大象和我

〔肯尼亚〕达芙妮·谢尔德里克 著
刘颖 译

著作权合同登记号　图字 01-2018-0252

Copyright © 2012 by Daphne Sheldrick
This edition arranged with PEW Literary Agency Limited, acting jointly with C + W, a trading name of Conville & Walsh Ltd
through Andrew Nurnberg Associates International Limited

图书在版编目(CIP)数据

大象和我 /(肯尼亚)达芙妮·谢尔德里克著;刘颖译. —北京:人民文学出版社,2018
(我的动物朋友)
ISBN 978-7-02-014069-5

Ⅰ.①大… Ⅱ.①达… ②刘… Ⅲ.①纪实文学-肯尼亚-现代 Ⅳ.①I424.55

中国版本图书馆 CIP 数据核字(2018)第 062506 号

责任编辑　卜艳冰　周　洁
封面设计　钱　珺

出版发行　**人民文学出版社**
社　　址　北京市朝内大街 166 号
邮政编码　100705
网　　址　http://www.rw-cn.com

印　　刷　上海利丰雅高印刷有限公司
经　　销　全国新华书店等

开　　本　890 毫米×1240 毫米　1/32
印　　张　11.375
字　　数　252 千字
版　　次　2018 年 11 月北京第 1 版
印　　次　2018 年 11 月第 1 次印刷

书　　号　978-7-02-014069-5
定　　价　58.00 元

如有印装质量问题,请与本社图书销售中心调换。电话:010－65233595

献辞／

谨以此书献给荒野和它所包容的一切，献给对大卫的回忆和肯尼亚国家公园的巡守长先驱们，也献给我的家人和外孙们，希望他们了解那些往事。

目 录

序　　　　　　　　　　　　　　001

第 1 章　　定居者　　　　　　001
第 2 章　　童　年　　　　　　019
第 3 章　　成　长　　　　　　041
第 4 章　　婚后生活　　　　　063
第 5 章　　坠入爱河　　　　　081
第 6 章　　决　定　　　　　　101
第 7 章　　新的开始　　　　　121
第 8 章　　爱与孤儿　　　　　141
第 9 章　　安　居　　　　　　163
第 10 章　　冲　突　　　　　　187
第 11 章　　发　现　　　　　　211
第 12 章　　扩　展　　　　　　231
第 13 章　　动　乱　　　　　　251
第 14 章　　哀　伤　　　　　　273
第 15 章　　成　长　　　　　　295
第 16 章　　成　就　　　　　　329
尾　声　　大　卫　　　　　　　345

致　谢　　　　　　　　　　　　348

序

那天本来一切正常。我和朋友在察沃国家公园交缠的草木和野生兽群中寻找埃莉诺。我急于找到这头自己最珍爱的孤儿大象。在我和象群打交道的这么多年里,埃莉诺无疑让我从它身上对这一物种有了最多的了解。

找它可不是件轻松的活儿。察沃覆盖了一万三千平方千米的土地,我们现在所在的位置是听说它前一天到过的地方。以前许多次我怀疑埃莉诺也许就在某支野生象群之中时,只需要呼唤它的名字,它就会静静地从象群中转过头,向我走来。我们有着许多温情时光,拥着我的脖颈时,它的长鼻子感觉毛刺刺的;迎接我时,它还会抬起一只巨大的脚,让我双臂张得大大地抱住它。

埃莉诺七岁成为孤儿时,我就认识它了——现在它已经四十多岁了,和我的大女儿吉尔同岁——我和它之间有着奇妙的友情和信任,即使在它回归荒野之后也丝毫不减。

终于，就在这个区域，我们发现了一支野生象群。你很难在远处从它的成千上万头成年同伴中轻松地分辨出埃莉诺，但我也根本用不着这么做，它总会认出我。不像察沃的其他野生大象没有理由喜欢或信任人类，埃莉诺仍然念着旧情，在我呼唤它来见我时，它总是会出现。对于大象的记忆力及其与人类的相似性我有着许多了解，毕竟，迎接老友会让你开心，感觉到被记住、被需要。

一头庞大的母象在泥塘边饮水，它的家庭已经走进灌木丛中了。从我现在的位置看去，它并不是很像埃莉诺，尽管也很大，但这头象看上去更矮壮些。我这样告诉朋友。

"太遗憾了，"他说，"我真想见见它。"

"我来叫它，"我回答，"如果是埃莉诺，它会回应的。"

它回应了。那头象抬头看着我，它的耳朵微微提起，很好奇。它离开池塘，直接走向我们。

"你好，埃莉诺，"我说，"你胖了。"

我看着它的眼睛，很奇怪，它们是浅琥珀色的。我一闪念觉得埃莉诺的眼睛颜色要更深些，但又马上打消了这个想法。这一定就是埃莉诺。察沃的野生大象根本不会有如此信任地接近人类的举动。在经历了二十世纪七八十年代和九十年代初期"偷猎大屠杀"的无情残害后，察沃的兽群现在对我们这一物种有着与生俱来的警惕。

"是的，"我告诉朋友，"这就是埃莉诺。"

我举起手，抚摸着它的脸颊，感受着它长牙的冰凉滑润，摸摸它的下巴下方作为迎接。它那镶着长长的深色睫毛的眼睛温柔友好，欢迎着我们。

"它真美,"朋友喃喃地说,"站到它旁边去,我给你们拍张照。"

我站到一条粗壮的前腿旁边,伸出手抚着它耳朵后面的皮肤,我喜欢对埃莉诺做这样的动作。大象的耳朵后面摸起来如丝缎般柔软光滑,而且总是宜人的凉爽。

对后来发生的事,我完全没有防备。

那头象往后退了一步,晃动起它巨大的脑袋,用长牙拎起我的身体,将我像片轻如鸿毛的垃圾一样用力高高抛向天空,我狠狠砸在差不多二十步开外的一堆大石块上。我立刻知道撞击粉碎了我的右腿,因为挣扎着坐起来时我能够听到并感觉到骨头的碎裂,还看到鲜血从自己大腿上裂开的伤口里汩汩流出。神奇的是,没有疼痛——至少现在还没有。

朋友尖叫起来。在我努力强撑时,那头象——我现在肯定它不是埃莉诺——冲向我,像座高塔一般威压在我破碎的身体之上。我闭上眼睛,开始祈祷。要感恩的人和事很多,可我真的暂时还不想告别这个世界。我开始感到慌乱,脑海里千头万绪搅在一起。但突然间,有片刻纯粹的静止——就好像世界停止了转动——我睁开眼睛,能够感觉到那头象正轻柔地将它的长牙插入我的身体和石头之间。它不是想杀死我,我意识到它实际上正想帮忙扶我站起来。我想,这正是它们对待幼象的方式。

可我的骨头碎了,现在把我抬起来会是一场灾难。

"不!"我大叫着将它伸到我脸上的湿鼻尖拍开。

它俯视着我,耳朵展开呈非洲地图的形状,眼神慈祥而关切。然后,它抬起一条巨大的腿,开始轻柔地感受我的整个躯体,却几乎不触碰到我。它的大耳朵在巨大的脑袋旁立着，打量着无助地躺在离那两根长而锐利的尖牙顶端只有几厘米距离的我。那时，我知道它并不想杀我——大象对它们的脚步很小心，并不会践踏受害者。如果真的有杀意，它们会跪下来使用长鼻子和前额。

此时此刻，我以一种至今仍然能体会到的惊人的清晰思维意识到，如果想要活下去，我得还清这笔欠了大自然和所有那些充实了我的生命的动物的债。即使能够感受到我皱巴巴的躯体里破碎的骨头，现在疼痛的烈火吞没了我，即使给我造成如此伤害的正是我最热爱的一种造物，彼时彼地，我明白我有绝对的责任将自己对非洲野生动物的第一手知识及了解和我对肯尼亚的归属感传达出去。

我想，如果我活下来，我会写下来。这将是我的遗产。我会将毕生所学奉献给对这片神奇的土地上的野生动物的保护、留存和保障事业。

那头象仿佛听到了我的想法。紧张的沉默之后，它再看了我一眼，慢慢地离去。我能活下来了。心急如焚中，朋友设法回去找司机寻求救援。

在那块大石头下面躺了好几个小时，经历了从未有过的痛苦与伤痛后，我被飞行医疗队救起。酷刑还远未结束。我还将忍受无休无止的手术、炎症、骨移植和漫长的康复期，花上几个月时间重新学习走路。但我还活着，还在非洲。由于大象间互相交流复杂信息——甚至常常是背离它们天性的信息的非凡能力，我幸存了下来。因为我们发现，埃莉诺认识凯瑟琳（这是我们后来给我的野生攻击者取的名字），并通过某种方式告诉过它我是朋友。

至于我的顿悟——确定我必须写写我的生活和工作——几年之后，就是这本书。这是一个关于我的移民祖先，关于在我父母的农场里成长的岁月，关于探险和星空下的夜晚，我的灵魂伴侣大卫、我的女儿吉尔和安吉拉，我们的大象孤儿院的诞生，我活过的一生的故事——所有这些故事里都交织着许多不同动物，那些无限充实了我的生命，那些我曾经珍惜热爱过，并成为它们养母的动物的迷人故事。

从宏伟壮阔的非洲大陆，这片人类的起源之地，我的故事开始了。

第1章

定居者

大象和我

> 我们是谁乃上帝所赐，我们成为谁则是我们奉献给上帝的礼物。
>
> ——阿努

一次偶然让我的祖先移民到了肯尼亚。

一九〇〇年代初，我的太舅公威尔在南非东开普省过着相对富裕的生活。他的家人（我的曾祖母是威尔的妹妹）在十九世纪二十年代中期离开苏格兰农村来到非洲。威尔是个相当能干且有手段的人，他在各种环境下辛勤劳作，种地、养家，还要帮助身边的人在布尔战争①的影响下生存。他贫嘴而又迷人，目光闪闪，对大狩猎充满热情，时不时买上一张到肯尼亚的票，坐上早期的蒸汽船去那儿满足一下对那片土地和动物的渴求。无论是那无尽丰沛的野生动物、翻滚着的草浪，还是生命的宝库本身，肯尼亚都是他的心灵飞翔之所在，在那里他完全成了另一个人。

一九〇七年春天的一次狩猎远征中，威尔结识了初建期的肯尼亚英国殖民地总督查尔斯·艾略特爵士。这两人一拍即合。威尔是一名真正的先行者，一个努力实现梦想的人；而艾略特则是一位真正的政客，一个让别人出力实现他梦想的人。某天早晨的灌木丛旁，艾略特向我的太舅公提出了一个诱人的建议：如果他能将二十户人家搬到肯

---

① 布尔战争（Boer Wars）是英国与南非布尔人建立的共和国之间的战争。历史上一共有两次布尔战争，第一次布尔战争发生在一八八〇年至一八八一年，第二次布尔战争发生在一八九九年至一九〇二年。

尼亚，政府就会分给他们免费的土地安居。就在同一周，艾略特收到英国当局发来的命令，要求加速对殖民地的开发，以顺应对内罗毕以远的唯一一条铁路的延伸，并引入白人定居者促进贸易发展和增加铁路资源。不列颠政府迄今为止已经拨出大约五百万英镑，他们想要看到点回报，越快越好。

英国卷入东非事务其实并非为了肯尼亚，而是为了乌干达和尼罗河的资源。英国政府必须阻止德国或是法国威胁到苏伊士运河的入河口，因为这是英国往印度的贸易航线，帝国王冠上的珍宝。这条铁路的建设是一项浩大的工程，成千上万锡克族劳工从英属印度被运来从事建造。从港口城市蒙巴萨开始，铁路在肯尼亚的多个动物栖息地间蜿蜒，穿过无法居住的茂密的灌木林，直到开阔的草原——那里曾经是原住民马赛人最优良的牧场。马赛人曾经是当地最主要的部落，一九〇〇年代末，由于天花，他们的人口数锐减。

太舅公威尔醉心于肯尼亚的丛林，对真正生活在这个惊人的国度这一想法心驰神往，于是他缩短旅程提前回了家，因为我们家族的这一支里满是生育能手。他自己就和三位妻子生育了十七个孩子，这些孩子又繁衍出更多孩子。他既兴奋又跃跃欲试，成功地说服了几位直系家人同意这一计划，之后又瞄准了自己的妹妹——我的曾祖母阿吉特。她和她的丈夫，以及他们那规模不小的一窝八个孩子可是完美的目标。我的曾祖父当时过得并不顺心。他嗜酒而又好赌，成天和当地那些银行经理混在一起，那些人使得他对越来越高的透支视若无睹，眼看着就债台高筑了。家族在东开普省珍贵的老宅地和曾经繁荣的农场被卖掉，酗酒和赌瘾造成的恶果让他备受指责。他虽然已经年近六十，仍急于洗清自己的恶名，开始一段新的生活。威尔向他伸出了救命稻草，他相当感激地签上了自己的名字。

阿吉特家的大女儿艾伦·玛格丽特结婚不久就成了寡妇。她带着两个年幼的儿子斯坦利和布莱恩回家和我的曾祖父母住在一起。艾伦是个精力旺盛的年轻女子，她的坚韧和能干远近闻名，而且乐于冒险。而最终，这一决定对我有着直接影响。艾伦是我的祖母，她七岁的儿子布莱恩后来就是我的父亲。

威尔是位出色的故事讲述人，他的甜言蜜语描绘出肯尼亚的壮美，让他所描述的那片土地、人们和野生动物栩栩如生。很简单，他视肯尼亚为另一座伊甸园，能够住到那儿去简直就像一份来自天堂的邀请。短短几个月内，他游说的功力已经足以说服了二十户家庭打算搬离东开普省，跋涉过东非那片陌生的土地，在另一头开始新的生活。这是一群坚定的拓荒者的后代，坚忍，敢于冒险，迷恋非洲，他们的血液里就具备扎根、生存并建设新生活的能力。他们听父辈讲述着横跨新大陆的传奇故事，内心的某处总是燃烧着亲历挑战的欲望。我非常想听听许多年前在威尔传奇般的筹备会议上的讨论。虽然我们几乎能从世界的任何角落找到任何东西，但是对这段旅程还是得精心策划，反复思量。尽管蒙巴萨的登陆点仍然是那片古老的海滩，而内陆的铁轨已经延伸到了内罗毕，但旅行者们在各方面仍然得靠自己。一路上无所依傍——没有路，没有商店，没有医生、牙医和药房。他们完全得自力更生，让自己、婴儿、孩子和牲畜好好地活着。

这不仅仅是食物分配的问题。如果能够到达指定地点，他们会需要基本的牲畜家禽用来繁殖，还需要农业资材、种子、工具、家具，最最要紧的，还要有保护自己和财产的枪支弹药。妇女们要准备路上所要用到的必需品：锅子、毯子、床单、针线、机器、衣物以及卫生用品。还有那些移民者祖先流传下来的厚厚的手写笔记，上面记录着各种自给自足的实用技能，详细讲述了怎样自制肥皂、蜡烛，怎样保存封装食物，怎样做衣服，怎样教育孩子，怎样使用草药、浆果和野生植物治病疗伤，甚至怎样应对情绪波动和不可避免的犹疑摇摆。那时的妇女们既是超级大厨，也是娴熟的裁缝，在移民生涯中顽强而坚定，但对整个家庭来说，旅途的艰险和一切从头开始的严酷现实仍然是全新的挑战。

万事俱备，那一天终于到来。没有回头路了。南非东海岸的伊丽莎白港上，特许航行的德国船只阿道夫·沃尔曼号在等待着那些家庭和他们的所有财产。那都是些什么财产啊！一旦满载，那艘大船看起来、听起来一定就像传说中的诺亚方舟。我的脑海里栩栩如生地浮现出甲板上祖母和她年幼的孩子们被大大小小各种各样尺寸的动物环绕：耕牛、奶牛、肉牛、马、绵羊、山羊，还有鸭子、鹅和火鸡这些家禽，千奇百怪的宠物，一辆大车，各种用途的农耕用具，几件祖传的珍贵家具、箱子和图书、瓶瓶罐罐，还有缝纫机。那时候，根本没有轻装出门的概念。

我的孩子和孙辈已经在这里扎下根来，安居乐业，成为这片土地的一部分。每当想起当年那艘船缓缓驶离船坞，甲板上的每个人都举起手向岸上他们所爱的人们挥泪告别的那一刻，我就感动至深。没人知道那片新土地上等待他们的未来是什么，每个人都必须在以后的岁月里小心翼翼，举步维艰。他们也知道，对于家族长者而言，这次分离就是永别，他们未必能再次踏上这片故土。他们定是抱着极大的勇气，尤其是那些女人，将自己和他们的孩子投入这未知的赌局中去。

阿道夫·沃尔曼号航行了两个月。这段旅程并非风平浪静——可怕的逼仄空间里，疾病和牲畜家禽不可避免的死亡时有发生。但当风景如画的蒙巴萨港从壮丽的热带日出背景中浮现之时，一定让人觉得到达了真正的乐土。大人们将行李从船上运下船坞，孩子们不顾恼人的闷热快乐地在四周奔跑。蒙巴萨是一个充满生机和嘈杂的地方，阿拉伯和印度商人的那些色彩斑斓的货物，还有香料、香水和异国食物的味道将它点缀得光鲜明亮。街道上种植着成排的白色鸡蛋花和椰子树，日落时分，还可以闲下来在老城区享受一顿美餐。

在内陆的旅程开始前，所有牲畜都得用黄麻布包裹起来，只在眼睛和鼻子部位留出开口，因为他们将要穿越的是臭名昭著的遍布采采蝇的尼伊卡高原。这块可怕而荒凉的干旱灌木地屏障被称为塔鲁荒漠。十九世纪七十年代时，苏格兰探险家约瑟夫·汤姆逊这样描述这片土地："古怪而阴森……诡异而悲伤，仿佛盛满死亡和孤寂。"只要被携带传染病菌的飞蝇叮上一口，就有可能造成灾难，在畜群中传播开锥虫病，当时这种病无药可医。早几年前，大部分用来运送物资、修建铁路的牲畜就是这样被夺去生命，人们现在吸取了教训。裁布和给每头动物包裹妥当需要花上好几天时间，这可不是什么轻松活计。

等到将牲畜们准备好，火车装载上林林总总的家产，旅程的下一段就要开始了。然而，当时烧柴提供动力的蒸汽机车需要大量的木材和水，即使是让火车驶离站台所需要做的准备工作也相当复杂。蒙巴萨没有自来水，因此供给水汲取自两口二十四米深的水井，或是六千多米之外的一条河中。让火车启动是件大工程。从小听着父亲给我们兄弟姐妹讲述我们一家怎样来到肯尼亚定居的故事,我最喜欢的就是关于这段旅程的故事。直到今天,我闭上眼睛就能让自己置身于车上,感受着火车驶出蒙巴萨时在耳边嗡嗡嘈杂的期待。母亲们的心头肯定会掠过一丝不安:铁道刚刚竣工,尽管他们会在去往内罗毕的中途下车,但在过那些摇摇晃晃的木栈桥和火车横跨的深沟时不免还是要担心。大人们当中流传着关于这条路的恐怖故事:一八九八年,五十名来自印度和非洲的筑路工人在修建跨越察沃河的大桥时惨死。这一事故让该地区的狮子被冠上"察沃食人魔"的称号,这无疑在我家族中那些意志不那么坚定的成员心中点燃了恐惧之火。

尽管我在肯尼亚的生活经历与祖先各方面都不同,但当他们第一天清晨在火车上醒来,看到黎明在眼前辉煌宏伟地展开,天空中铺陈着深浅不同的红色、粉色、铁锈色和金黄色,这一切和我现在看到的没有什么不同。他们的眼眶边积着尼伊卡高原的红色尘土的疲惫的眼睛和我一样,也在出神地凝望着翻滚着的广袤无垠的亚提平原。从车窗看去,展现在他们眼前的是大自然的慷慨——海潮般的牛羚、斑马、羚羊、瞪羚、长颈鹿,大群大群的野牛,甚至还有犀牛。孩子们被旅程和变换的风景所震慑,瞪着眼睛看着眼前从未见过的景象。铁轨旁的一家狮群在平原上孤零零的树下懒洋洋地休憩,司机停下车,让乘客们好好看一眼。大部分时间里,太舅公威尔和其他人其实都待在火车头的专用平台上,以便更清晰地观察路过的兽群。威尔嗜猎成癖,看到路边有不错的猎物时,他竟然无数次地让火车停下,开始一场实打实的狩猎活动。火车就停在那儿,等着猎手们回来,而其他乘

客对这样的拖延也没有抱怨，开心地旁观着这一切。

我的祖先们对动物开起枪来是那么的无所谓。我们这些生活在不同时期的人，对野生动物大屠杀心有愧疚，在野生环境下即使对这些生物惊鸿一瞥也心怀感激，祖辈的行为在我们面前显得令人震惊，难以理解。但当时他们对肯尼亚几乎一无所知，只看到一道又一道向未知领域无尽延伸的地平线，阳光照耀下长着金黄色草浪的平原，繁茂的森林，生机勃勃的峡谷，水晶般清澈的流水。每一处的野生动物都如魔法召唤般汹涌，数量之庞大令那些从未见过眼前景象的人很难想象。彼时彼地，没人能考虑到猎杀多少会摧毁野生动物资源，更别提绝种了。

火车一到达内罗毕，乘客们就要下车去办理官方手续，并为他们的内陆远征做最后的准备。内罗毕原本是马赛人居住的乡村，一八九九年被建设为乌干达铁路线的供应点，几年之后就成了英属东非保护国的首都。一九〇七年，刚刚被一场瘟疫摧毁的内罗毕正处在重建中。我的家人到达时，那里还是一片混乱的棚屋和印度人开的小杂货铺，一条穿插其间的种着一排树的马车道被称为政府大道。为了不让里面的住户被淹没在周围的泥沼中，大多数建筑都是高脚屋。到处都是灰，灰尘覆盖了任何可见的表面和树木。但那里繁忙而生机勃勃，印度铁路工人、街上的商贩、人力车和骡车让城市热闹非凡，让我的家人们着迷。年纪较长的家人在一间叫诺福克的旅馆里过夜，那儿可以俯瞰一片沼泽，来自平原的野生动物们闹哄哄地过来饮水。对于太舅公威尔来说，这是一个绝妙的地方。从不放过任何机会的他在第一个晚上就将酒杯扔在诺福克的阳台上，冲出去，从沼泽中满载而归。而在另一晚,他甚至都不用放下酒杯,在阳台上就有所斩获。

很快,牛车装载准备好,我的家人们就要开始内陆远征了。大家穿上粗卡其布衣服,女人们将下摆紧紧束好或塞进袜子,头上戴着强化木芯做的头盔。他们走得却有些心惊胆战。尽管政府方面分配了二十平方千米灌木林处女地是个相当慷慨的举动,但这片新财产的位置在纳罗克,位于马赛人土地的核心区,这令许多人感到不安。但其实他们不必担忧。尽管马赛人的名声在东非过去六百年的时间内令人生畏,但他们已经听从了巫医穆巴提安的建议,不再强烈反对那些白皮肤的人或是"铁蛇"踏足自己的土地。有个女孩曾经梦到过这些事物的出现。实际上,这片土地上的野生生物才是对踏上新土地的家庭的最大威胁。

这段旅程持续了好几个月。没有路,只有随着兽道没入密林的车辙印。伴随着车队的飞蝇到处都是,不断地落在脸上。尽管穿着厚重闷热的保护服,厚厚的尘土仍然积聚在每个人的眼睛、喉咙和肺里,让孩子们总是咳个不停。那些土著居民大概从未见过白人的脸,经过当地部落聚居区时,女人们看到队伍接近,常常放声尖叫,使得男人们带着棍棒、弓箭和长矛出现。车队被插上长矛并不是什么新鲜事,直到太舅公威尔勇敢地站出来,姿态镇定地安抚他们。尽管大多数时间里,喧闹的野生猎物给大家带来了受欢迎的消遣,但掠食者带来的威胁仍然无所不在。他们沿着先行者标记的小道下行进入大裂缝峡谷。小道从高地浓密的原始森林蜿蜒下到大裂谷断层形成的陡峭悬崖,然后再进入开阔的热带草原峡谷谷底。休眠火山隆戈诺特和苏斯瓦各自守卫着一连串的咸水湖、淡水湖。裂缝的西壁,马乌陡崖对那

些身处其中的家庭来说是令人生畏的背景,他们必须劈出一条路才能到达目的地。

但也有美到极致的时刻。经过阴凉的森林进入洒满阳光的青翠盆地让这些旅行者再度记起了这片土地的富饶多样。业余植物学家们每走一步都能对着新品种的植物和花朵惊叹——兰花、唐菖蒲、木槿,还有令人惊叹的巨型半边莲,在高海拔能够长到六米多高。对那些热心的鸟类学家而言,那里有着所有你想得到的鸟类:一大群的鸵鸟,蓝黑色光泽的八哥,彩虹色的栗头丽椋鸟,还有色彩艳丽的太阳鸟。这里有遥远的村庄飘来辛辣的味道,牲畜和炭火烤肉的味道,五颜六色的布料和珠饰,远处村庄传来令人困惑的交谈和驴鸣。马赛族人穿着耀眼的红毯,头发混着毛线编得长长的,用赭石色的黏土染成红色,身体上也用赭石涂红。他们腿上、胳膊上和被拉长的耳垂上都戴着精心编制的串珠首饰,他们的长矛和匕首闪着的寒光让孩子们既恐惧又兴奋。

我的父亲对这段旅程记忆犹新。我听不厌他告诉我各种各样的兽群是怎样立在一旁让车队通过,之后又在他们身后合拢,形成一道坚不可摧的活物屏障。雷鸣般疾驰的蹄声和动物的喧闹仿佛就是这片新土地的心跳。他很喜欢模仿鸽子绵绵不断的咕咕声,还有总能令人毛骨悚然的狮群的低沉冷血的咆哮。碗里从来不缺肉,猎狮几乎是每日例行的节目。人们手牵着手在长夜里监守,防备狮子、土狼和豹子来捕食珍贵的家畜。所有的孩子都喜欢看威尔在开阔的平原上骑马在大羚羊和长颈鹿身边飞驰,看它们是否能跑得过他的马。

然而,这些是我父亲无忧无虑的记忆,当时他还是个孩子。对成人来说，旅途日复一日，时时刻刻充满着艰辛和困境。由于得在几乎密不透风的丛林中利用狭窄的象道砍出一条路供车队通过，穿越马乌陡崖茂密森林覆盖的山坡往纳罗克的进程缓慢得令人痛苦。每个夜幕降临前的黄昏，女人们搭起帐篷，男人们就得竖起"博马"篱笆，用来在夜里保护他们的牲畜。即使终于到达了纳罗克，他们还要穿过乌阿索·尼伊罗河。今天看来这只是一条小溪，但当时却是一条又深又宽、水流湍急的河流。到达对岸的唯一办法是带着动物游泳过去，再护着车漂过——简直是一场运输的噩梦。但他们意志坚定，能力过人。终于，长达四个月的艰险旅程过后，这些家庭到达了他们的目的地。威尔的队伍驻足在埃尔蒙特塔湖附近，而阿吉特家则面临着更令人望而却步的挑战——去往纳罗克。雏形中的纳罗克城中心有一个小小的贸易和管理中心，但分配给他们的土地还远在河的另一头。

当然，他们到达时，那里一无所有。难以想象这种情形：在绝境中跋涉了几个月，身后拖着全部身家，然后"到达"了这个除了荒野之外一无所有的目的地。我常常会好奇，他们怎么依靠自己到达正确的位置的？盖起临时的草屋，竖起结实的尖篱笆来保障牲畜的安全之后，男人们就要开始着手一项艰巨的工作——清理土地。还要过一阵子他们才能建造更坚固的住所，过上比较正常的家庭生活。况且，他们的新土地意味着阿吉特家族被分割开来，无法如愿互相帮忙。对我的曾祖父来说，这是一段艰难而无情的光阴，五十九岁的他身体状况已经难以胜任这样的劳作。如果他们曾经希望得到马赛人的帮助，也是不可能的。马赛人的传统和文化中，全部体力活由女人承担，而男人负责照顾和保护牲畜。但他们也没有敌意，只是远远地充满好奇地观察着新来者的一举一动。他们对曾祖父的坚韧与勇敢印象深刻——那同样也是他们自己最为看重的品质。

如果去商店需要半个多小时的车程，今天的人们都会嫌麻烦。而我去采购的时候脑子里总会突然想起阿吉特曾祖母，她显然采用了更简单的办法。离她最近的商店在基加贝，坐马车要走六天。于是在饲喂动物和没日没夜地与飞禽走兽斗智斗勇的间隙，那些家传指南都派上了用场。她用自制黄油、从平原上收集来的鸵鸟蛋和从家里带来的苛性碱做出了肥皂；将牛羚油融化，浇入放入灯芯的空筒中制成了蜡烛；而将野生草药与蜂蜡混合就有了乳液和药剂。肉类抹上盐晒干制成干肉，灌木林中采来的野浆果则装瓶制成了果酱。她仍在不知疲倦地工作着，尽管那时她已经年近六十。

那段时间，我的家人们抛开了精神上和肉体上的所有一切，全心全意开创他们的新生活。阿吉特的儿子乔治花了许多时间和马赛人打交道，很快就学会了他们的语言，熟谙他们的生活方式。我曾祖母那一头浓密的长发总是让当地的马赛族女人为之着迷，她发现自己被传扬成一位远近闻名的治愈者。马赛人甚至信任地由她来医治病人和残疾人，其中许多人身上都有被长矛刺伤、被狮子撕裂的伤口，还有一些人眼睛和皮肤被感染。她的秘方是石蜡和干牛粪中的霉菌混合剂以及世世代代传下来的草药酊剂。

当生活的节奏稍稍安定下来，家人们对自己的自力更生、自给自足时常感到极度自得。广袤开阔的空间、梦幻般最纯最蓝的无垠天空，无穷尽的野生动物，周边壮丽无比的景色无论何时都能令他们精神振奋。可灌木林中极度艰苦的日常生活也总令人筋疲力尽、脾气暴躁。农场的进展时好时坏,非洲对这些早期移居者而言还是一个谜。那些看起来很肥沃的土壤通常缺乏种植庄稼所需的微量元素;海拔和赤道地区的短日照影响植物的生长;降雨要么泛滥要么贫瘠,不是太多就是太少——常常还有残暴的冰雹夷平眼前的一切。牲畜会染上以前从未遇到过的病症;除了野生动物带来的自然危害,还有云集的黄蜂和一种叫"行军虫"的毛虫铺天盖地地降临到庄稼上,吞噬掉眼前的一切。

对我上了年纪的曾祖父来说,这段时日相当艰难。在一个尤其倒霉的早上,他和平日一样出门,骑着最喜爱的马儿公主,领着另一匹母马戴茜。戴茜需要锻炼。他将公主系在乌阿索·尼伊罗河畔的一棵大树树荫下,放开了戴茜,认为它不会跑离同伴太远。之后他走向自己开掘的灌溉沟,那儿距离河流已经有相当一段距离了。他挖了一会儿,想要将河里的水引来浇灌自己开垦的一片蔬菜地。那天,他风尘满面地回来,筋疲力尽,却惊恐地发现他视为珍宝的马儿公主正被一头巨大的黑色鬃毛狮子凶恶地按压着啃噬,戴茜则紧张地围绕着攻击者打转,危险近在咫尺。那天曾祖父没有遵守他的铁律,没有带枪,于是除了试着带走那匹幸存的马儿以外,他无能为力。

那头狮子却越来越生气,伸腰扭动着怒吼咆哮,尾巴凶狠地拍着地面,喷火的眼睛紧紧盯着曾祖父的一举一动。当曾祖父示意戴茜停下来,好让他攀上马背的那一刻,时间仿佛静止了。他终于意识到机不可失,时不再来,用尽全力冲向戴茜。连他自己也不知道是怎样让自己跨上马背,狠狠用脚后跟踢向马的侧身的。此时狮子的愤怒到了极点，发出了令人毛骨悚然的吼声，而戴茜刚刚来得及跳开，勉强逃离了狮子的利爪。

老人那天晚上跌跌撞撞回到家时心惊胆战，疲惫不堪，心碎不已。这并不是由于自己受到的惊吓，而是因为他对公主极其钟爱，对它付出了一个男人能给马儿的全部信赖。公主忠实地驮着他走过南非和肯尼亚的漫漫长路，他们之间有着心灵相通、紧密坚固而又难以言说的感应。生平第一次，他承认被击败了，无法与这样不可战胜的不平等相抗衡。我想他当时还希望自己从没有离开南非。那一晚，他和曾祖母几乎没有合眼，掂量着他们的困境。第二天早上，他们做出了决定。他们所在的地方无法再待下去——他们得搬家。第二天，曾祖父给戴茜装上马鞍，骑到内罗毕去寻求殖民政府的建议。

实际上，政府方面也已经认识到得将马赛族土地上孤立而脆弱的白人移民移居他处，并已经开始与相关的长老和酋长谈判，让肯尼亚的马赛族人迁移到纳罗克地区集中定居，远离他们的敌人基库尤人。等曾祖父到达内罗毕时，已经决定将他和他的家人移出马赛人的土地，并向他们提供了在莱基皮亚高原的土地作为置换。这是一片颇为值钱的大牧场，野生动物资源丰沛，无穷尽的兽群足以与亚提平原和纳罗克的马赛人土地相媲美。

于是，我的家人再一次装载好牛车，踏上旅途，带上他们幸存的牲畜，艰难地沿着来时的脚步回溯。与此同时，住在莱基皮亚高原的马赛人由成千上万全副武装的战士引领，在十万头牛、五十万只绵羊和数以千计驮运的驴子的伴随下迁居到了大裂谷。女人、孩子和老人们在背负着他们寥寥无几的财产的驴队旁缓慢地走着，而另一队开路的战士接上了前队的队尾——所有这一切都在一支英国国王的非洲步兵分队的监视下进行，以防止马赛士兵们在路上制造事端。这一定是一个令人难忘的场景，马赛人如此大规模地从莱基皮亚返回到纳罗克，同时我们阿吉特家族的大多数人则移往莱基皮亚。

年轻的一代兴奋而热切地想在他们的新领地上有所作为，但我的曾祖父母在经历了过去几年的折腾后，无论在身体上还是感情上都已经疲惫不堪，于是选择在距离湖畔小镇奈瓦沙不远的一小片土地上落下脚来。他们在那里建起的家园成为家族其他人温暖舒适的聚会地点，让孩子们可以在大裂谷里淡水湖周边的广阔平原上无拘无束地自由漫步。

此时，我的父亲布莱恩在内罗毕快速成长起来。自从两个年轻的异父弟弟弗雷德和哈利来了之后，他的生活就改变了。他的母亲艾伦在布莱恩很小的时候就成了寡妇，后来又嫁给欧内斯特·奈伊·查特。她在格兰德旅馆开了内罗毕第一家烤肉店，现在和欧内斯特一起接管了整个旅馆的事务，成了一位小有成就的当地企业家。尽管一开始非常艰难，父亲的表亲们也都在自己的新家园里获得了成功，建立起专业的狩猎队、牧业公司、农场、旅馆、运输和贸易公司。布莱恩在他的新家庭和数不清的表亲中如鱼得水，每一次到访都获得热情欢迎和殷勤款待，他在家族中很受欢迎。

我的父亲是最早两名参加并通过剑桥大学举办的辍学学生再入学考试中的一位。他的教育背景也许在第一次世界大战中救了他一命，他入伍后被派文职工作，而不是被送上前线打仗。然而，和其他千千万万人一样，他染上了致命的西班牙流感，又被送回了家。在阿

吉特曾祖母的照料下，他完全恢复了健康。后来，博伊斯叔叔给他提供了一份工作。博伊斯叔叔富有进取心，有着不少红火的生意：一家皮草贸易行，一家狩猎旅行公司，一间位于纳罗克附近的商店以及好几处农场。父亲在一切实际业务上都非常出色，并成为叔叔的狩猎旅行公司里最重要的财富。那时候的狩猎旅行一次出行历时五到六周，布莱恩很擅长让客户们在丛林中度过难忘而丰富多彩的时光。

我的祖母艾伦对她的二儿子寄予厚望，并不赞同他成天"和狮子瞎胡闹"。她敦促他投资牲畜。布莱恩一如既往地听话，用他在军队里存下的一百英镑买了八头奶牛和三头小牛，然后将它们寄存在我祖父母那里，自己去物色合适的土地。大战之后，由于士兵安置方案，越来越多的新移民来到了肯尼亚。我父亲和他的哥哥斯坦利想趁着竞争变得激烈之前先行一步。布莱恩和斯坦利的农场经营得法，种植适时，还发明了让庄稼免于灾害的新办法。然而，事情的进展并不能如他们所愿，更倒霉的是，到了收割的时候他们耕种的土地竟然着火了。布莱恩到另一位叔叔那里再次找到一份工作，这次是为皮草公司猎水牛。而艾伦也再一次表达了不满，这一次她采取了果断行动：坚信布莱恩需要再锻炼，她将他送去了南非。

布莱恩其实对这一计划相当配合，因为他哥哥斯坦利已经被打发去尝试了艾伦的文明课程，并向他热情洋溢地描述了一些非常漂亮——并且待嫁——的女人。于是，就在那里，我父亲认识了马乔里·韦伯，一个身材苗条且出身无可挑剔的女子。他立刻对她神魂颠倒，爱上了她与生俱来的优雅和跃动的金色鬈发。他们情投意合，马乔里告诉朋友，他们一见钟情。到布莱恩要离开之前，马乔里和他已经深陷爱河，想要结婚，这让马乔里的父母非常恐慌。尤其是她的父亲，和阿吉特家族有着过节，认为他们缺乏教养、粗野专横。他对让自己的女儿在"黑非洲"度过余生毫不感冒，即使他挺喜欢布莱恩——每个人都喜欢他——但并不认为他"足够好"到能配得上自己的宝贝女儿。但他很精明，知道拒绝他们的要求会适得其反，于是给马乔里买了一张去往肯尼亚的票，让她和布莱恩一起回去，花几个月亲身体验一下粗粝的生活。

马乔里远没有被吓倒，她爱上了肯尼亚，她为这片宏伟的土地和这个纷繁多彩的国家着迷。回到南非，她更坚定了要嫁给布莱恩的决心。而她给我父亲带来了怎样的动力！有爱情的加油，他在其后两年里前所未有地辛勤工作，终于在吉尔吉尔附近买下了一块土地。他用农场采石场里的石头和香柏树木料，在那片土地上建造了一所房子。他在农场里造了锯木场，成立了一家小型木材行。满含着对未来的期望，他深情款款地将农场命名为埃斯佩兰斯（希望）。当布莱恩的成就传到迪克·韦伯的耳里，他知道自己再也无法留住女儿了。

相识两年后，马乔里不无疑虑地上了停靠在东伦敦港的船，去和布莱恩团聚。一看到蒙巴萨码头上急切地搜索着甲板上每一张脸的布莱恩，她就知道自己的决定是正确的。即将开始一生的时间相伴，他们在内陆的行程如同梦幻，让她领略到了肯尼亚的奇观。马乔里从来也没有忘记到达农场的那一刻，没有忘记那香柏油清香弥漫的美丽墙板和我父亲为她建造并配上家具的闪亮房间。

婚礼派对是一场充满欢乐的庆典。庞大的阿吉特家族从四面八方赶来，派对持续了好几天。马乔里立刻就被家族欢迎接受了，即使艾伦也（差不多）表示赞同，她快乐地融入了农场生活。她是一名天才的主妇和艺术家，给房屋赋予了女性气息。她开垦的花园后来成为当地最美丽的风景之一。马乔里是位亲切的女主人，很快她和布莱恩就开始款待家人和朋友，让农场溢满了活力和欢笑。一九三○年，他们结婚第二年，她就要成为母亲了。她有了一个儿子彼得，十八个月后，又有了一个女儿希拉。再过了三年，一九三四年六月，我出生了。我们的小妹妹贝蒂在我出生四年后呱呱坠地。那时，父亲为他的母亲艾伦——我们管她叫查特奶奶——在吉尔吉尔附近盖了一所房子，又为新来的岳父岳母——韦伯外公和韦伯外婆——在离我们的房子不远的地方盖了一座。他们决定要成为孙子孙女们生命中的一部分，于是也从南非移民过来了。我们的家庭完整了。

离开伊斯特角将近三十年后，一些先行者中的杰出人物已经去世——其中就有太舅公威尔、曾祖父和曾祖母。他们年老或去世时我还太小，无法记得他们的样子。我永远感激他们的精神和决心，还有他们为了保证家族下一代安全而做出的牺牲。因为他们，我的家庭才能稳稳地将根扎入这片土地，感受到归属感带来的心怀激荡。

第2章

童年

大象和我

爱与仁慈的主啊,你创造了美丽的地球和所有那些在上面漫步飞翔的生灵,让他们得以彰显你的荣光。直到临终之日我都要感谢你让我置身其中。

——阿西西的弗朗西斯

我和动物一生的缘分是从一只母猫和它的小猫开始的。

母亲说,我是个好奇的孩子,总是在动,想要参与行动。为了不让我打扰哥哥姐姐上课,母亲把我塞进猫箱里,那显然是唯一能让我老实听话的地方。她后来告诉我:"你会在那儿一待几个小时,吮着大拇指,大腿上还蜷着一两只小猫咪。"那时候我还是个初学走路的幼儿。

动物无处不在,它们的声音、气味、行为都是农场日常生活的一部分。我一学会走路,就会蹒跚着走到房子后面,将身子挤进鸡笼,去看刚刚孵出来的小鸡。我喜欢它们毛茸茸的身体,它们小声唧唧的叫声,我会和它们一起叽叽咕咕说话。我以为在一大群人和动物的陪伴下在森林里散步是再正常不过的。我们离开家时,妈妈、爸爸、哥哥、姐妹和我会带上我们所有的狗、黑斑羚鲍勃、水羚戴茜和老塔维——一只老是跑在前面为我们开路的小小的棕色矮猫鼬。它是大家的宠儿,也是一只很棒的宠物,总是忙忙碌碌爱打听。矮猫鼬是食肉动物,还爱吃蛋,它们会蹿到树上或石头上,用后腿抱着蛋猛砸下去,把蛋砸开。我们总是捉弄老塔维,给它乒乓球而不是蛋,这会让它发疯的。球不会像它认为的那样裂开，它就对着球愤怒地咆哮。但通常它自己找到昆虫、爬虫和小鼠等食物时就会发出友善的像小鸟一样的吱吱叫声。它长着小小的耳朵、长尾巴和短短的四肢，它热爱交际，不管我们做什么它都想要参与。我们都喜欢把它揣进套衫里面，让它暖和一些。

这样的每日远足，家人和动物们的活力和交谈声已经融入了我的生命，从很小开始，我就什么动物都不怕，对它们甚至比对自己的影子还要熟悉。家族里流传着一个老故事：大概十六个月大的时候，我蹒跚着穿过阴影跑到阳台上，在高原清晨的明亮阳光照射下，影子跟在身后，我认为自己被某种阴暗邪恶的东西附体了。估计我的号叫声惊天动地，家里所有人都跑了出来。母亲害怕我是被有毒的行军蚁、蜘蛛或是蛇咬伤，将我倒拎起来仔细检查，可什么也没有，我的尖叫毫无道理。"随便哭哭（Na lia bure，斯瓦希里语），她不为什么就是要哭！"我们的基库尤厨师塞加证实说。"告诉我们，宝。"哥哥催着我。直到贝蒂出生，我在家里的昵称一直都是宝（宝宝的简称）。我被放下来，惊恐地指着身后的影子。随之而起的是一阵如释重负的欢乐笑声。"哦，宝，小讨厌！那是你的影子。"希拉说。很怪异，直到今天我的脑海里仍然鲜明地记得对自己影子的第一瞥，那是对未知的恐慌带来的可怕感受。我和哥哥、姐妹很亲密，因为早年我们每天都在一起，掺和着各自的游戏和小诡计。我们的大部分时间都在户外度过。地球上也许不会再有像东非大裂谷一样美得惊心动魄的所在了，这里在一千五百万年前由于地壳运动和断裂而诞生，据说在其他星球上也许会有类似的裂缝，但地球上绝无第二处，因为所有其他类似规模的裂谷都深藏在海底。非洲的这一地质奇观长达七千二百多千米，有些地方宽达八十多千米，始于埃塞俄比亚高原，横贯肯尼亚和坦桑尼亚高原，一直到达坦桑尼亚南部邻近莫桑比克的地方渐渐消失。裂谷里遍布着星星点点的老火山和新火山，以及美丽的淡水湖和咸水湖。两种湖泊在父亲的农场附近都可以找到。农场的位置在阿伯德尔山脉脚下裂缝东壁的楔形突起上，海拔两千多米，气候宜人，白天阳光普照，夜里清凉干爽。

母亲养了成百上千只鸡，上午都关在大鸡圈里，好让它们将蛋下在专用的箱子里，而不是藏到灌木丛中的某个秘密巢穴里。小鸡托托的工作是在下午鸡被放出鸡圈自由活动时，阻止它们进入花园和菜地，花园和屋子前面不是这些长着羽毛的家庭成员的地盘。我最喜欢的是一个小小的铁丝鸡舍，孵蛋的母鸡抱着蛋坐在小锡格子里，还有新孵出来的一点点大的小鸡小鸭们跟着它们咯咯叫的妈妈，就像一团团小毛球，我可以在那里一看好几个小时。车库旁的另一个小窝里，是我们的宠物安哥拉兔，它们对我也非常重要。不管何时我生兄弟姐妹的气了（这事几乎每天都会发生），都会跑去找兔子、小鸭、小鸡、孵蛋的母鸡，或是在猫箱里的母猫和它的小猫咪，在它们的陪伴下舒适平静地待上一个钟头。

像当时大多数殖民地民居一样，我们房子每一头的房间都有面朝美丽花园和壮丽景观的对称大飘窗以及宽敞的门廊。我最喜欢的是我们的主要活动空间，也就是起居室。那里墙壁上铺着光滑的香柏木，上面挂着的画像里是栩栩如生的水牛、狮子和一头孤独的公象。窗帘、休闲椅和靠椅都是花卉图案的，整个房间通透明亮，弥漫着花园里飘来的玫瑰芬芳，每只瓶子里都插着各种颜色的玫瑰。地板上铺的不是地毯，而是豹皮，除了钢琴，房间里最为珍贵的是一张手工的非洲黄金木桌，取材于一整块巨大的珍贵硬木，是我父母得到的一件新婚礼物。一整面墙的窗下都是堆放着色彩艳丽的靠垫的带盖板飘窗座椅，我们叫它地牢，是理想的储物空间，但对我来说，则是弄乱了希拉的娃娃屋时的一处藏身之所。

房子里我的另一处最爱是厨房，那是塞加的领地。我和彼得最爱干的事情就是在后门晃悠，努力想蹭到一点他美味的艾里奥，那是一种混合了土豆泥、南瓜叶、豌豆和整根玉米的美味。作为对我们没完没了的跑腿的奖励，他会让我们尝上一口。可当我们淘气又大胆时，会趁他没注意的时候偷吃一大口。为了防火，厨房和主屋是分离的，一条带屋顶的走廊将两边连起来。盘踞在厨房里的是一台多佛炉，每天不停地吞吃着柴火，上面煨着咕嘟咕嘟的汤，还有盛在罐子里给狗和小鸡们热着的剩菜，我们用来熨衣服的熨斗也在上面加热。透过一扇小小的高窗可以望到外面的柴堆，农场的非洲工人的妻子们每周都会背来一捆柴，用来换取一周的玉米餐以及农场的八千平方米土地。每个农场工人的家庭都可以分得这样一块地，他们可以在上面耕种，再养最多三十只山羊和绵羊。这些小块的领地被称为夏姆巴，离我们的房子有一小段距离，工人家庭嘈杂的声音和烟火让这些土地生气勃勃。依照传统，基库尤女人是部落中的负重者，所以对她们来说，背柴送到我们家和带回自己家一样平常。用来挂负重的皮带在她们的头骨上勒出深深的印痕，她们的背上永远都背着一两个小娃娃，而挂在脖子上折叠的兽皮里晃着的还有个跟着一群飞蝇的尚未断奶的婴儿。

我们总是对这些女人背上的承重能力感到不可思议，也着迷于她们的孩子和婴儿，他们严肃地盯着我们，正像我们望着他们。

白天，我们家里忙碌喧嚣。除了动物的声音，还有查特奶奶和韦伯外公无休止的争吵。艾伦对此很不高兴，每次她和他们同时来我们家时都会像飓风一样扫过房间，把门摔得砰砰作响，一心显示她对他们的存在非常不快。她的身材高大丰满，仿佛是用足以创立一个帝国的强大力量铸就而成。韦伯外公也不好惹，他顽皮的幽默时不时给自己带来麻烦，尤其是他在夸张但传神地模仿查特奶奶发脾气时，经常被逮住！那时一家人就会陷入冰封般的沉默中，直到我温柔的轻言细语的韦伯外婆费尽心机地努力安抚。这些大人彼此喊叫发脾气时，我们孩子总是瞪大眼睛看着，一旦事态严重起来，母亲就会把我们赶到听不见他们争吵的地方去。

我的父母极其勤奋。和那些从东伊斯顿角跋涉至此并安顿下来的女人一样，母亲必须精通农场生活和家政的方方面面。她总在忙碌着，要负责照管包括猪这种我们赖以挣些零花钱的大家伙在内的所有饲养动物，还要管理家务和雇佣的帮手，做我们所有人的衣服，每天给孩子上两个小时课，打理对我们非常重要的蔬菜园。可她总是慈爱温和，还能挤出时间来兼顾自己的爱好——绘画和装扮我们的家。她是出色的艺术家，以技法高超的壁画而闻名。于是从我们的卧室墙上飘出了摇篮曲，丝质灯罩上也点缀着手绘的肯尼亚太阳鸟。我认为母亲是位天使，每晚临睡前，我们跪下来做晚祷时，她总是在我们身边。我喜欢花朵，特别喜欢坐在黄水仙地里，被它们天堂般的芬芳簇拥。我长久地凝望着起居室里的"漂流碗"，沉浸在自己的思绪里。

那儿立着一个浅蓝色的玻璃美人鱼，长发飘飘，四周环绕着花园里采来的玫瑰。

比起母亲来，父亲和我们要疏远些。他的喜怒都写在脸上，由于当时要满足家用相当艰难，他的脸上几乎一直都是一副操心担忧的表情。白天我们很少见到他，他总在农场的某一处忙着。农场的经营艰难，总有这事那事让他操心——需要他照顾的病畜，或是被来觅食的猎豹杀死的他所珍视的动物。最近的兽医站离我们有两百多千米，农场工人也不具备符合欧洲农业标准的技能。父亲得到了一个每周给内罗毕送去三百磅黄油的合同，每磅可以得到六便士。我们的猪在市场上很难卖，于是他自己在农场做成火腿和香肠，一磅火腿可以卖到一便士。赚到足够的钱养活我们有时候变得非常困难，父亲就会出去打工，给邻居造浸渍罐，或是用我们的牛车替别人送货。尽管自从第一批移民到来之后积累了很多经验，在裂谷里的农业生产仍然难以捉摸，周期性的干旱让放牧的时间也大为缩短。还有当时知之甚少的地域性疾病都有可能卷走所有牲畜的性命。

还有蝗虫！我还清晰地记得大群蝗虫飞临时父亲那绝望的脸。如果从未见过蝗虫的降临，那实在是一种奇观。和大草蜢一样，它们从一片遮天蔽日的稠密黑云中飞来，啃噬掉方圆几千米范围内的每一片绿叶，所过之处一片荒芜。我印象最深刻的是它们来临前造成的慌乱。不论谁看到蝗群都必须警告其他人，好让他们拿起马口铁罐子拼了命地敲打，试图让蝗群转移方向。有那么一阵子，就好像世界再也不得安宁，它们飞行的嗡嗡声让我们的敲击声越来越紧，那是混乱来临前无调性的预警。

但蝗虫带来的也不只是坏消息。对塞加来说，那可是美味佳肴。我们既恐惧又着迷地看着他扯掉蝗虫的腿和脑袋，将身子扔进热黄油里，在炭火上烤熟，然后陶醉地嘎吱嘎吱嚼着那些焦黄的身体。有一年，我的一位特别的朋友、一名来自白喉部落的园丁（我曾一遍又一遍地央求他表演怎样将门牙扯出来再塞回去）说服我也尝尝，为了讨好他，我勇敢地照做了。我并不记得味道了，但还是被彼得偷偷看到了，后来母亲告诉我再也不要吃虫子了。

在雨季，父亲眉头上凝聚的所有焦虑都消失了。他会站在门廊上，双手伸开，眺望雄伟的裂谷，看着第一滴雨珠落下湿润了土地，呼吸着空气中雨的气息。同时，我的哥哥姐姐在祈求着下冰雹。尽管冰雹对父亲的庄稼意味着厄运，但对我们只意味着一件东西：冰淇淋。

我们没有冰箱，所以也不知道怎样保存会融化的东西。一旦有下冰雹的迹象，我们就会冲出去，疯狂地舀起雹子，而母亲则冲进食品储藏室去准备冰淇淋配料。将配料放进一个密封好的容器里，再放进一只桶里，在容器四周堆满雹子和盐，然后我们得在后门廊上将桶滚来滚去，直到冰淇淋被冻得开始凝固。而我们当中不参与滚桶的则在一旁流着口水蹦来蹦去。冰雹大约每三年才下一次，所以几个小时后只要有冻好的冰淇淋就令人心满意足了。再没有什么比冰淇淋更美味的了。

尽管我们是个一切完备的家庭，还是会有许多客人来到农场。父母的好客远近闻名，除了我们的奶奶和外公外婆，邻近农场的朋友们也常常不约而来。一来客人，父亲就活跃起来，用各种好玩的故事来款待他们。而他也深受朋友和邻居们欣赏,他们知道,只要是他所擅长的领域——木工、建筑、机械、农业或是动物饲养,等等,任何时候都可以来寻求他的帮助。我们小孩子总喜欢观察他和母亲或是朋友们在一起时的变化:他会从一个一心扑在和农场相关问题的人变成一个爱聊天、有趣的人。父亲滴酒不沾,看到他坐在起居室一边谈天说地一边享受着母亲做的美味的不含酒精的姜汁啤酒,我们总是很开心。

父母的密友中有希金森夫妇,他们和两个与彼得年龄相仿的儿子迈克尔和菲利普住在吉尔吉尔外的一座小农场里。希金森夫妇(大家昵称他们为希吉家)是一对快乐的夫妻,爱开善意的玩笑,经常相互斗嘴。这一点在一个雨夜我父母结识他们之后得到了很好的展现。当时母亲正在给彼得和希拉洗澡,门被敲响了。由于雨季时的路况极其糟糕,天黑后极少会有客人来访,于是母亲匆匆出去开门,担心出事了。门口站着湿透了的希吉太太,后面跟着她的两个小儿子。她用很疲惫的语调解释说,他们的拉格比汽车走得好好的,却在路的尽头陷进了烂泥里,所以希吉先生建议车上所有的乘客,包括两个小男孩都下去推车。费尽九牛二虎之力后,他们总算将车拖出烂泥,希吉先生却开着车扬长而去,把他们所有人抛在后面,尘土满身。母亲听了吓坏了,竟然有丈夫能做出这样的事情!她叫父亲开车送他们回家。之后,据说父亲到达他们的农场后也被吓得大吃一惊,希吉先生正跷脚烤着火看着报纸,丝毫也不关心他的家人,对他妻子的咆哮也没显出一点在意,只是抬眼透过眼镜镜片若无其事地扫了一眼,就又继续埋头看报去了。

其实希吉先生曾经是名军功累累的战士,善良有趣。我们都非常喜欢他和希吉太太。希吉太太是我们关于当地的小道消息的最大来源,那时的孩子们对许多事情都是"看到过,却没听说过"。我和希拉总是踮起脚躲在餐厅门后,偷听她讲述"快乐峡谷团"的故事。我父母和希吉夫妇都不是这个贵族小团体的成员,那些人在裂谷东壁的万乔希峡谷中过着不修边幅的生活,可所有人都喜欢听关于他们放荡的性怪癖和不羁的生活方式的故事。

希金森兄弟总是和我哥哥黏在一起,成天和我们一起玩。大多数时候我们玩得很不错,希拉和我童年时都是假小子,喜欢和男孩子们一起爬树攀山,四处探险。可等我们长大一些后,男孩们开始论资排辈起来,女孩们发现自己被他们的哥们儿情义排斥在外了。

我们时常远足去周边区域,特别是去吉尔吉尔镇。那时父亲最珍贵的财产是一辆T型福特汽车,那是彼得出生时父亲送给母亲的惊喜,因为他不想用牛车带着她从护理所回到家中。这辆车被充满感情地称为"永生"。公路前方住着一位叫沃辛汉姆先生的老移民,他认为汽油太贵,所以决定用四头公牛来拉着他的新车走。看到他庄严地坐在方向盘后面,操纵着一辆公牛缓步拉动着的汽车,许多人都笑了。尽管有时需要石蜡助燃,"永生"至少以正确的方式行驶。

从年复一年在花园里观察着花朵从蓓蕾到绽放开始,在母亲的耳濡目染下,我们对自然都充满热爱。我们房子的外墙全部被基塔莱爬山虎覆盖,它深蓝色的喇叭形花朵终年点缀着墙壁。花园里的玫瑰色彩缤纷,扶郎花、大丽花、黄水仙盛开在各种各样的美丽花丛中。有三个花坛全部种着甜美馥郁的玫瑰,它们是母亲的骄傲和欢乐。玫瑰花坛的另一边是果园，杏树种子是母亲从南非带来的。果园里还种着桃树和相当倔强的葡萄藤，以及一丛高大的仙人球，这对鼠鸟有着巨大的吸引力，彼得总是举着气枪驱赶它们。

但最能让母亲变得活泼热忱的还是我们每周一次去看韦伯外公外婆的路上，穿过附近森林时的漫步，她将其称为"生命的子宫"。森林中有某种东西撩拨着我的灵魂，背景中河流的潺潺水声将这种感觉提升到灵异体验的层次。在虔诚的缄默中，我们缓步走过林间空地，尽可能地寻找着更多的动物。如果有一队猴子在附近，你总能分辨出来，因为空气中会有一股霉味，但要找到它们，就得保持安静。一旦你发现了一只在动，突然空中就会到处都是它们的身影和声音，我们会蹲低身子，一动不动，看着它们突然活了过来。我们最喜欢看的是髯猴，这些森林中黑白色的漂亮猴子轻轻松松一跳就能在树枝之间滑翔，毛发舒展开来，在空气动力学上帮助它们飞跃。母亲告诉我们，这是因为它们在进化中手上长出了一个用来抓握树枝、减慢速度的赘生物。最令人感兴趣的是它们的声音，它们互相招呼的时候就像是摩托车发动的声音。森林里看到的各种各样的动物让我着迷不已。大多数羚羊、小羚羊和岛羚都蜷起身子，好从树木的枝叶下面通过，带斑点或条纹的外衣是很好的伪装，林中的光线在草地上转瞬即逝。林中的鸟类丰富而又精彩——犀鸟、布谷鸟、八哥、鹦鹉、巨嘴鸟，还有珠芽鸟、鸫鸟、画眉和鹟鸟比比皆是，它们的歌声打破了森林的寂静。

我们学会了根据叫声分辨不同的鸟类品种，我还喜欢少女蕨向我挥舞着羽毛般的叶片。我相信那些围绕着伞菌和细小野花、被苔藓覆盖的小岩石是仙境的入口。我对小精灵的存在坚信不疑，我会非常非常慢、非常非常安静地接近它们。而我从未见到它们当然要怪彼得和希拉，他们一看到我踮起脚尖，就会竭力弄出各种噪声来。

母亲将森林比作一块巨大的海绵，留住水分，再温和而不间断地将水分释放到低地，终年不息。她说，如果搬走森林，山坡就会裸露，岩石就像被剥除了肉的骨架一样支棱着。她对森林的治愈作用深有体会，教我们放松精神，敞开心扉，去感受那昏暗的绿色微光的抚慰与安定作用。通过母亲对森林耐心而又充满激情的热爱，我开始相信，尽管植物以不同的形态存在，但它们有着一切有生命造物的特性，它们对外界的反应是如此确定、多面而又迅速。我们虽然不能解读所有植物的反应，也不明白它们互相交谈的内容，或是它们对我们在"叫嚷"着什么，但通过仔细观察，可以了解到一些最为奇妙的事情。食肉类植物会在准确的方向、准确的时机，以百发百中的精确度抓住飞蝇；某些寄生植物能认出猎物散发的最轻微的味道，甚至对此做出反应，克服重重阻碍，悄悄往准确的方向延伸。还有些植物似乎只要虫子来偷取花蜜就知道是哪种昆虫，一旦有贼闯入就把它们牢牢关起来，直到茎秆上的露珠足够打湿掠夺者才张开。而更为经验老到的品种竟然还能争取到蚂蚁充当护卫，用花蜜回报它们与害虫和食草类动物战斗的义举。母亲给我们看过一些花瓣长得极其像某种飞虫的兰花，甚至会有公飞虫想要和它交配，以此来完成授粉。为了更好地吸引夜蛾和夜间出没的蝴蝶，夜晚开放的花朵都是纯白色的，黄昏中还散发着浓郁的芳香来引诱它们。不同于其他百合清雅的香味，腐肉百合让自己闻起来非常恶心，就像腐烂的肉类，以此来吸引苍蝇密集地赶来。太多的事物要观察，太多的知识要学，后来我觉得本来也许可以用一生来深入研究植物的精密构造。

漫游在森林里的时候，我喜欢寻找采撷自己最喜爱的花朵——芬芳迷人的野生假虎刺花，送给韦伯外婆。很快，这些花就被家人称为"达芙妮花"，直到现在，它们仍能使我回忆起我们的每周森林漫步和母亲教我的点点滴滴。

星期三对我们来说是个特别的日子，在外公外婆家，我们可以想干什么就干什么。但首先，我们得靠墙排队站好，让外公量量我们长高了多少。我们当时正在被"矫正"，并被教导如何行为得当。一旦被解放，我奔向的第一个地方就是卫生间的床单柜，外婆把她香柏味、薰衣草味和玫瑰味的香皂都卷在一起。然后我问外婆是否可以戴她的珠宝，蹦蹦跳跳跑进外婆的房里，坐在床上。要想试戴所有的首饰，必须先遵守一个条件：必须一直安安稳稳坐在床上。我像个佛像一般坐着，戴着戒指、手镯、项链和胸针，脖子上、胳膊上、腿上、手指上都套得花花绿绿，外婆珍贵的金表静静地在我手腕上嘀嗒嘀嗒走着。直到现在，每一件首饰都还深深地刻在我的脑海里，而其中的有些已经归我所有了。最让我着迷的是那块金表，因为我知道得等到十五岁生日才能拥有一块自己的手表。

我会开心地在床上一坐一个小时，检阅、赞叹着每一件饰品，直到听见哥哥姐姐叫我去玩开商店游戏才下床。玩这个游戏要全身换上外公外婆的旧衣服，还要"采购"食品架上的物资。等到被叫去吃午餐，整个上午才算结束。午餐总是会有我最爱吃的西米布丁，被染成粉色或黄色，松软美味，上面还点缀着做成肯尼亚山形状的蛋白或是外公最有名的土豆司康饼,我还保留着他亲手写的制作配方。毫无疑问,星期三在我的童年里是个特别的日子。

到我四岁时,彼得和希拉去了寄宿学校,他们一开始去的是纳库鲁附近的一所学校。贝蒂那时还是个婴儿,不能参与户外探险活动,于是在哥哥姐姐走后,我变得失落而孤独。更糟的是,他们离开之前,老塔维钻进了永生的引擎缝隙里,而对我们最喜爱的猫鼬的藏身之所一无所知的父亲那天正好要用车,于是悲剧发生了。全家人都为我们珍爱的小朋友悲伤不已。和以往一样,我又去和猫咪、小鸡小鸭们待在一起。可一夜之间,我的生活被改变了。我担负起了照顾一只失去母亲的幼年羚羊的责任。我给这只羚羊取名叫布希,它到来的那一瞬间,我就全心全意地爱上了它。

布希是第一只让我有机会一窥野生动物王国奇迹的生灵。它长得极其漂亮,有着柔软的大耳朵和水汪汪的美丽眼睛,皮肤是深栗色的,喉部有白色的斑块,身上是竖直的白色条纹。我能永远地搂抱它、抚摸它也不厌倦。我的园丁朋友帮我给它做了个窝,辛辛苦苦地砍了树枝堆在鸡圈的一角。我们取得了巨大的成功,布希马上就钻到里面藏了起来,每四个小时出来一次,让我用奶瓶给它喂稀释的牛奶。一开始,我对他把自己藏得这么久有些失望,我想尽可能久地和它在一起玩,于是想要把它拽出来。但母亲对我解释说,它还是个婴儿,在成为孤儿前,它的母亲会将它藏起来保护它,它还太小,只有在藏起来的时候才能真正感到安全。她告诉我,因为我爱它,所以不会强求它做现在还不能做的事,等它长大了,就会更多地待在外面了。于是,我白天大多数时候都坐在它的新家旁边给它做伴,到了晚上,就把它带到小教室里,让猫咪们陪它,躲开豹子的偷袭。外婆的朋友汉森太太给了我一只小铃铛,我把它系在布希脖子上,这样它在花园里嬉戏的时候,我总能找到它。等到它长大一些,更加独立了,布希和我的互动多了起来。我会没完没了地跟它说话,坚信它明白我跟它说的一切。

可野生动物毕竟是野生动物,比我们更古老,更富有经验。它们直觉地知道关于生存的至关重要的知识——吃什么、害怕什么、它们是谁,以及在种群的等级社会中怎样行动,这些知识与生俱来,它们一降生到这个世界就已经规划好了一定的程序。然而,对于人类抚养长大的动物,自然本性潜伏在了温和安全的生活之下,所以必须让它们暴露在野生环境之下得到锤炼。

这是养育野生动物所面临的最大难题——知道什么时刻该在夜里打开厩门,让你亲手抚养长大的孩子去面对自然的威胁,即使知道未来只能听天由命,也得鼓起勇气这么去做。但这正是放归的精髓。只有这样才能让一切事物各得其所,让花园中的宠物真正走上它命定的归属——野生社会中的一分子,去直面大自然最强大的鬼斧神工——自然选择。

通过放归野外,动物会学到一些至关重要的教训:鸟类鸣叫对危险的预警,猴子和其他动物报警的叫声,草茎上、粪便中、风中隐藏的气味信息,更重要的是它在自己种群中的等级和地位。人类养母无法教会它这些事,我们和自然已经隔绝得太遥远,已经失去了很久以前曾经和动物王国的其他种类一起必须拥有的共同点。一个人类抚养者所能做的就是提供适当的环境和安全的基地,让失去母亲的动物能够自己去探索，如果遇到危险有家可回，直到它在野生社会中找到自己的位置。如果不能保证让动物孤儿在有所依赖的成长生涯结束时过上有质量的生活，或者不能确定自己是否会在合适的时机无私地放它自由，那就不要养育它。

现在的我深知这一点。但四岁时，我无条件地爱着布希，甚至愿意给它吃我所有的雹子冰淇淋。在我看来，它也爱着我，我们要永远在一起。我知道要温柔地对待它，我喜欢和它在一起，无休无止地跟它聊天，跟着它围着花园一圈一圈跑，喂养它，安置它，爱抚它。我明白被圈养让它不快乐，于是让它走出鸡圈漫步。没有什么我不能为它做的事，而我错误地以为它对我的感情也深到永远不会离开。

外公外婆的朋友汉森太太去世的同一天，它也消失了。我伤心欲绝，苦涩的失落让我哭泣不已。后来，我明白，在我们称之为"直觉"的神秘的遗传记忆浮出水面前，野生动物在需要依赖的那几年里只是借给你的宠物。

"她到上帝那儿去了。"外婆轻声说，眼里滚动着泪花。

"不，她没有，"我说，"我能看到她躺在床上。"

"在床上的只是她的躯体，她的灵魂已经飘走了。"外婆说。

我抬头望向天花板，看看是否有什么东西飞在上面，但什么也没有。无论如何，我哭了，但比起为汉森太太来，更多的是为了布希哭。生活看来悲伤得令人难以忍受。

然而，凭着一个孩子的恢复力，没过多久我又高兴了起来，因为马上就要到一年中最开心的时候了，我们一年一度热切盼望的旅程，去外公外婆在马林迪的海滨别墅度假就要开始了。外公外婆买下这所别墅作为家庭的度假屋，后来他们又从吉尔吉尔搬到那里住了几年。关于孩童时去往那里，关于在农场收拾行李，关于那段充满探险经历的旅途，还有头也不回地第一个冲向大海的幸福都深刻地留在我的脑海里。每年回去，我都仍旧能看到、听到我和家人们在那所房子里、在海滩、漂浮在海面上的情景。

一九三九年夏天，我五岁那年，战争的阴云正在聚集，空气也因为不确定的前途而变得稠密，父母决定，我们应该趁着还能去，走公路到马林迪。出发前的好几个礼拜准备工作就开始了——父亲做了火腿、培根和香肠，母亲烤了无数甜饼干和咸饼干，将它们放进一只巨大的木箱里，给许多蛋涂上油以保持新鲜，还做了肉条，那是一种抹上盐和香辛料，在醋中浸泡过，再挂着风干的腌肉。父亲将一辆老福特 V8 卡车的后部改装成了一个让孩子们相对舒适的车厢，尽管我们要带的东西太多太多，孩子们大多数时候只能缩在一块。凌晨四点，我们出发了。父亲把我们从温暖的床上拎起来时，我们还迷迷糊糊的。但当黎明将天空点亮得绚烂多彩时，我们到达了内罗毕。我们从梦中醒来，开始了令人兴奋颤栗的真实探险。

在那时候，内罗毕对我们来说简直是文明的顶峰。父亲先将卡车停在市郊，让我们换上最好的衣服，因为母亲希望在我们遇到熟人时看起来衣着入时。内罗毕对我们孩子来说就是个奇迹——熙熙攘攘的人潮，商店和货摊上货物堆得高高的，各种刺耳奇怪的声音，这和大自然是如此的不同。之后在去往亚提平原的路上，我们成天都谈论着我们的所见所闻，夜里就在平原上搭帐篷休息。父母睡在卡车后面连着的油布篷下，而我们就睡在车后部，上面的帆布也被换成了一顶大蚊帐，透过蚊帐可以看到月亮和星星。亚提平原的夜间合唱总有成千上万的牛羚和斑马加入无休止的背景和声，间或还有土狼怪异的嗥叫和豺狼的吠声，而一头狮子的低吼则会触发短暂的缄默。

这样的旅程无与伦比，每一步都向我们揭示着新的东西。我最喜欢的一站在尼伊卡的心脏——"秃鹰之地"玛提塔-安迪附近，那里的土壤是红色而多沙，闷热的空气里弥漫着泥土和野生鼠尾草的芳香。这里的景色苍茫，宏伟壮阔，无垠的广度能让人体验到永恒。天空是水晶般透明的蓝，高耸的乞力马扎罗的圆顶山峰述说着威严和力量。阳光砸下来，炽烈地烘烤着血红的土地，明黄色的织巢鸟倒挂在猴面包树的枝条上建造精致的巢穴，空气中充满了它们兴奋而急促的唧喳声。我们在一棵巨大的猴面包树弯曲的枝条下露营，许多非洲人将这种树视为他们祖先灵魂的栖居之所，它的花朵转瞬就会凋零。树皮上的那些褶皱、印痕和皱纹中隐藏着生命，一对犀鸟在深处筑起了巢穴，用黏土填充起褶皱，将自己包围起来，只留下一条小裂缝让雄鸟将蚂蚱和昆虫送进在里面的妻子口中。变色龙、蜥蜴和长着倒钩毒牙的树蛇在树上找寻着雏鸟和鸟蛋。晚上，我们能看到迷人的有着又圆又大水汪汪的眼睛的林间精灵——那是长着魔法球一样眼睛的夜猴，它们浅黄色的四肢和尾巴动个不停。而小型的长着黑白斑点的麝猫其实更像猫鼬一些，它们的脚底有着小小的吸盘似的肉垫，能以令人赞叹的轻捷穿过树枝。我们从猴面包树上挂着的大果实里取了些纯奶油一样的白色果肉，再看怎样将掏空的果壳当舀水勺来用。母亲向我们解释那些纤维丰富的木头怎样做成纸张和口袋，而它们的根则是红色的燃料。她告诉我们，许多树被故意掏空，用来做储水箱，将雨水保存在它们巨大的凹碗里，可以在长达好几个月内保持纯净新鲜。这种承载了千百年来的生命期待的树自身就是一个世界。夜里躺在它的下面，让我觉得很安全，好像它所给予的除了庇护，还有安全。

我们继续往前走，离大海越来越近。我们在卡车后部愉快地争论着谁能第一个看到椰子树，谁能第一个看到大海。在蒙巴萨郊区的玛利亚卡尼，我们敲开了假期的第一只椰子，吃到了一只芒果。我们几个孩子目不转睛地盯着吉莱玛部落的女人，她们娴熟地保持着头上负重的平衡大步流星地四处走，上身赤裸，乳房在印花棉布的百褶短裙上晃来晃去，有些背上还趴着个婴儿。在蒙巴萨，我们停下车接贝蒂和外公外婆，他们是坐火车来的，虽然旅途顺畅，但远不及我们刺激。之后父亲叫了一辆出租车将他们送到往马林迪的最后一站，他说着斯瓦希里语的对话不停地被查特奶奶打断，她是位厉害得多的讨价还价高手。我们在蒙巴萨过了一夜，那里的气氛独特，香气扑鼻的煎鱼味道和醉人的海洋味道交织在一起。

到马林迪的最后一段是一条颠簸的沙石路，还有两条小河需要摆渡通过，花了整整一天时间。渡口很有意思，每个都有用几只巨大的浮鼓托起的木平台，可以装下大约三辆汽车，我们的卡车也没问题。车辆都由一名老工头熟练地引导上船，他大力挥舞着一只乒乓球拍子，指挥车辆停放到合适的位置，虽然他的手势到底是什么意思对我们来说是一个谜！当一切就绪后，渡口的管理人用一只海螺吹出一串响亮的号声，这回的信号大家都能明白了，因为几乎同时，就响起一首好听的节奏鲜明的踏脚舞歌曲，召唤乘客们出发。一开始，晃来晃去的渡口让我着迷，因为摆渡人看起来竞相比赛看谁踏脚更快。可很快，我就开始聆听歌词了，那时的我已经能听懂并会说斯瓦希里语了。摆渡的人们开始边唱我的父亲和他的家庭边指着我们小孩，被如此特意地指出来，让我们觉得自己很受关注。

我们终于到达了马林迪。当我们的海边小屋进入视野时，我们已经脱下了外衣，跳过成群的粉红色大鬼蟹，直接跃入海中。从外公外婆的别墅可以俯瞰海湾最美的景色，沙滩柔和地渐渐没入海浪，洋流缓慢，因此在海中游泳很安全。然而，潮汐低落时，海浪就会变成我们称之为"翻斗车"一样的状态，需要小心谨慎。海岸边漫长静默的大潮涌突然昂头弯成绿色透明的弧形，向着低处的海水轰鸣，将水雾甩向高空，搅动起海里的沙砾。这种野蛮的"翻斗车"有一次打断过父亲的鼻子，卷起他的冲浪板，雷霆万钧般将他脸朝下甩到沙滩上。父亲几乎人事不省地爬上海滩，脸上鲜血直流。希拉轻声对我、彼得和贝蒂说："那肯定是鲨鱼！"而母亲从小屋跑下去接他。实际上，据我所知，在马林迪湾还没有人被鲨鱼袭击过，可父母老拿它们来吓唬我们，说它们在晚上觅食，以此来阻止我们在天黑以后下海。

我们在马林迪度过的时光美妙无比。远离农场的汗水和辛劳，父母变得很轻松。外公和查特奶奶也达成了一年一度的停火协议，而哥哥、姐妹和我成天不是泡在海里就是待在沙滩上。别墅几乎是开放式的，棕榈叶编成马库蒂式的屋顶，海风可以自由地从宽敞的屋檐下吹进来。那里的卫生设备和我们在农场的一样——是建在屋后的一个洞，一个很深的洞上放置着一只下面是空的木箱当座位，下面则是巨大的蛛网、大个头蜘蛛、一动不动的壁虎，也许还潜伏着一条蛇。所以即使必须忍受哥哥姐姐不停的嘲笑，我还是尽量使用便壶。

开始几天在海里游泳，在沙滩游戏之后，我恳求母亲带我到当地的珊瑚礁去抓几条色泽艳丽的小珊瑚鱼，建造自己的水族箱。带上渔网和水桶，我们跟着潮汐往下，小心翼翼地跨过礁石覆盖着海草和海白菜的平整表面，以避开那些把家扛在背上的忙忙碌碌的寄居蟹，而弹涂鱼则以胸前的鳍为腿在浅滩上跳来跳去。我们还得小心各种挥舞着黑色胳膊的海星，它们从每一处角落和缝隙里钻出来。还有海胆的尖刺，它们可以穿透我们的网球鞋。外侧的礁石壁旁有一条深邃的海峡，珊瑚在里面不受干扰地生长，形态、大小和色彩各不相同，美得令人窒息。这是一个全新的世界，有着大群大群千姿百态的鱼儿。珊瑚礁的外壁是最迷人的地方，在珊瑚丛中，被藤壶覆盖着的，是一艘古船的残骸。

给我带来最大快乐的是马林迪南面瓦塔木海上的蓝色环礁湖。和如今不同，当时的环礁湖偏远而人迹罕至，只有来自海上的一小块基亚陆地上的渔民出入。这是个双湖，由一片古老的珊瑚海岬分隔开来，海岬粗糙的岩壁被大海雕琢得千疮百孔，也生成了可以在低潮汐时露出水面的阴凉洞穴，成为白天的热浪中理想的乘凉地。有些洞穴里还残留着退潮后的小水潭，阳光穿过海岬的孔洞筛下来形成棱镜，折射出七色的彩虹，如梦似幻。根据当时吹拂的季风的不同，其中一个环礁湖会被大堆海藻充塞，而另一个则清澈如旧。透过我们的泳镜，这里的珊瑚比马林迪珊瑚礁的还要美丽。由于海水清澈无比，未被满是泥沙的萨巴基河河水污染，这里的鱼色彩也更艳丽一些。闪亮的蓝红相间的鹦嘴鱼轻啄着它们的珊瑚城堡，黑白的蝎子鱼躲在它们的藏身之所，蝴蝶鱼和刺尾鱼时而漂浮时而猛冲，而鲜红的海星和各种尺寸、色彩、形状的贝壳则散落在海底。

环礁湖和它魔幻般的海洋景观是我童年时最接近仙境的体验。我深深地怀念着那里，它总是让我想起凯伦·布利克森的那句话："是的，世界本该就是这样。"

这是我的最后一个纯真夏日。

第 3 章

成长

我站在这里,被属于我自己的无价遗产所充实,所馈赠。这个世界没人可以从我身上夺走阳光、大海和轻轻拂过的温暖南风。

——我的母亲,一九五〇年

近乎完美的童年过后,生活改变了,我不得不飞快地成长起来。

"二战"的阴影迫近,英国和肯尼亚军队在与阿比西尼亚(埃塞俄比亚)作战,并出兵缅甸,政府需要设法提供补给,另外还有在阿比西尼亚抓获的意大利战俘和在中东抓获的德国战俘需要养活。为了提供食物,成千上万头动物被屠杀,为此父亲被选上到南部狩猎保护区一个叫塞伦盖蒂的地方打牛羚和斑马。这片幅员超过两万五千平方千米的核心狩猎区,包括了纳罗克附近的罗伊塔平原东沿、内罗毕以外的整个亚提平原、乞力马扎罗山脚下的安波塞利,一直到现在的西察沃国家公园的边缘。这一地带有森林、高度不一的矮树林、热带草原和难以容人的多刺灌木林。这是一片遍地野生动物的土地。

父亲别无选择,只能接受任命。他的心情沉重——不仅是因为要离开农场六周时间,也因为他将要导致的毁灭。到战争末期,他已经射杀了成千上万只牛羚和斑马,而我知道这令他有多崩溃。如果说有任何令人安慰之处,就是没人比父亲更适合承担这一工作了。他是个敏感的自然主义者,一个对野生动物满怀深情的人,他确保不让任何一只受伤的动物被留下来经历绝望痛苦的缓慢死亡过程。他每天将一百麻袋食物从离他营地最近的埃马利车站送到内罗毕,切实地出力养活了军人和战俘。一开始，他对自己这样一个农场主被指派担任非战斗性工作颇感失望，于是在业余时间加入了肯尼亚抵抗力量。但我的母亲和奶奶肯定对他没被送到前线去打仗而暗自庆幸不已。

尽管年纪还小，我也能够感受到战争给大人们带来的阴影。只要有新闻公报，父亲就一步不离收音机，所有的大人总是在聚精会神地交谈，他们的声音压得很低，脸上的表情也很不安。只有外公干劲十足地将他的铜扣子和一战勋章擦了又擦。"做好准备，抗击德国。"他告诉我们，声音无比骄傲。外公有一条腿不好，我总操心着万一他遇到一个德国兵可怎么办。我向他指出："您只能用一条腿踢他。"外公丝毫也不泄气，带着他典型的幽默感，只用一条腿来回跳着，以拳头来诱敌，向我们展示他将如何战斗。可后来，他一时冲动，穿上帅气的卡其布服装，头戴老式"托皮"遮阳帽，响应当局的号召应征时，却被告知他年纪太大了，这次没什么用，这令他极其气愤。

六岁时，我和哥哥姐姐一起进了纳库鲁的一所寄宿学校。总体上我挺喜欢学校的，但在每个学期开学被留在学校时还是感到伤心。很快我就习惯了学校日程以及和这么多人一起过集体生活。记得我那时孩子气地想让所有事物都名副其实，对校歌的歌词迷惑不解，那里面将纳库鲁湖描述成"下方宁静的湖泊"，而我认为一个湖里得有水才能真正叫湖！我们从吉尔吉尔过来的路上停在那里时，那里只是一个干涸的土坑，旋风卷起粉状的盐碱土，喷雾一般将气味呛鼻的云母粉撒遍整座城市，其中就包括了我们的学校。幸运的是，不久以后，干旱结束，雨水让它摇身一变，变得宁静而美丽。我充满惊奇地看着鸟儿们飞回来（据说总共有四百多种鸟），融入了留居的火烈鸟形成的

粉红色奇观当中。火烈鸟只能被描述为湖上最轻盈缥缈的存在，就好像芭蕾舞舞者一样，从水面过滤水藻时，它们娴雅地弯曲着优美的脖子。鹈鹕和多鱼的浅滩，尤其是小罗非鱼也同样有趣。在湖边可以看到雄鱼在忙着挖掘它们小小的育儿所，一次含起一粒沙子，将它们喷到穴外，还会用无形的水柱来攻击竞争的雄鱼。只要雌鱼对育儿所表现出点兴趣，它就会被雄鱼待若上宾，领着参观。雄鱼会横起身子一面朝上，让光线照亮它们侧身上的美丽色泽。交配就在育儿所上面进行，将卵子排出并受精后，雌鱼就会将受精卵含在嘴里，在孵化过程中，鱼卵在母亲嘴巴的天堂里安全成长，一直长到大约一厘米长时才出来自力更生。每次父母或外公外婆带我们来湖边野餐时，我都会花上很长时间入迷地研究鱼儿的奇特习惯。

我对学校的"病房"日程就不那么感兴趣了。每天早餐后，我们都得排队接受"治疗"，由一位凶恶的老小姐教师负责分配。她叫查特小姐，是学校的舍监，穿着浆得硬硬的朴素的白衣服，声音粗哑得像个男人。我刚知道她的名字时吓坏了，担心她也许会是我们的亲戚，但查特奶奶向我保证她不是。我总是排在队伍中，因为母亲安排我要喝额外的牛奶和韦洛尔斯科特乳化剂，好让我能长胖一点——这在如今已经成了一个家族笑话。

校长韦德特先生掌管了我们一切的校园生活，并施以最为羞辱人的惩罚——还好现在已经不能容忍这种行为。我还能记起他在每周的心算考试时，像一头猎豹一样在教室里潜行，寻找那些没考及格的孩子时那种令人恐惧的感觉。一旦被盯上，你就会被扔向角落，骂自己"我很蠢"，或是真正被拎起来扔出门外。有一次，我们不得不打开课桌，把头伸进去，等着他来将桌面狠狠砸下。我落得裂了一颗门牙，但还可以自我安慰说这比他平时对待女孩子的方法要好得多了。平时他会摸着我们的胸，嘴里嘀咕着"长势不错"。我永远也不明白为什么有一年夏天父母会邀请他加入我们的夏季旅行。大概当时的人们还没意识到这种行为是完全不可接受的，也不像今天的孩子们会坦然跟父母谈起。

当然，教职员中也有好人——带着我们读完小学所有年级的班主任是一个可爱的秃头威尔士人，我们管他叫"受欢迎的大卫"。希拉的班主任亚瑟·布林德莱是个和蔼的高个子英国人。四十年后，发生了一件令人不可思议的逆转：希拉多年的婚姻破裂后，亚瑟成了她的情人！这事让父母都感到不知所措。

一九四〇年，长假一开始，母亲就带着我们去了父亲在塞伦盖蒂的营地。第一眼看到营地的位置我就想，这就是我想要生活的地方，在动物周围，在蓝天之下。父亲将生活区建在一片有着黄色树皮的金合欢树林里，树冠覆盖着大约四千平方米土地，他想着法子充分利用这块区域，因此住得虽然局促，但看起来还算宽敞。一根树枝上系着一顶大蚊帐，下面就是我们的就餐区，而树荫外围是父母的寝帐，里面还有一张贝蒂的小床，每块地方都覆盖着蚊帐。彼得有他自己的帐篷，希金森兄弟和我们同行时就和他住在一起。话说回来，他们一直和我们同行。我们的卫生间是用砍下的带刺灌木枝围起来的一小块地方，里面有一只帆布浴盆。而厨房则位于就餐区的旁边，开了一个小口用来通风。父亲利用一个倒放的军用油桶做了一台巧妙的旅行炉，上面甚至还有烟囱，这就意味着母亲可以烘烤我们平时在家常吃的美

食了。

除了将肉风干成肉条（先把肉晒干，然后浸泡在卤水桶里），父亲对怎样利用动物的其他部位也很拿手。在他两个得力助手——两名意大利战俘的帮助下，他建起了一个"肉条工厂"。达里奥是一位会讲一点英语、喜欢做意大利面的机械师，他将面条挂在晾衣绳上吹干，令人目瞪口呆。费雷拉虽然不会说英语，却是一位老练的皮革专家。我是工厂的常客，尽管如此还是会被眼前巨大的木砧板上放着的巨大肉块吓住。那里有四十位来自瓦坎巴部落的工人，戴着他们样式独特的草帽和斑马头巾，高声唱着歌，将切好的肉块浸在盛着卤水、盐、胡椒和醋的大桶里，泡上一夜之后一条条挂在用绳子编织成的大网上风干。父亲告诉我们，动物身上的所有部位都可利用：牛羚和斑马的皮被单独包装起来运往美洲，那里的人用它们来做机械皮带；骨头被碾成骨粉作为动物饲料和肥料；鬃毛和尾毛被制成刷子和扫帚。而剩下来的肉，尤其是内脏不适合做成肉条，父亲就将它们分给瓦坎巴工人。他们部落的土地遭受了干旱，靠着在工厂的工作，他们可以给饥饿的家人带回营养品。他们将内脏视为美味佳肴。

比起我们农场的随意布局和学校曲里拐弯的走廊来，营地简直就是一块组织有序的飞地，每一个部分我都很喜欢：乱哄哄的帐篷和厨房区，我们的就寝区，晾肉条的网线，还有员工的帐篷，特别是我所有的家人都在身边。如果有访客到来，我和希拉就得腾空帐篷，睡到一顶一头开口的油布篷下去，母亲用一排营地椅挡住开口，侧面则由两块厚木板固定。当黑夜降临时，我和姐姐都会有些坐立不安。肉类的味道每夜吸引着各种体形和大小的掠食者，而不仅仅只有狮子，它们的咆哮让我们没法合眼。但躺在漆黑的布篷下，真正让我们害怕的是它们舔着我们的藏身地侧面时发出的有节奏的刺耳声音。狮子们无法抗拒美味布篷的诱惑，这块布曾经用来装过盐。毫不夸张地说，一想到我们和狮子的脸之间只隔着一层薄薄的帆布就足以令人生畏。我和希拉都尽可能地往中间挪动，最终常常一边小心着不要惊扰到狮子，一边互相挤捱起来。对于住在营地附近的猎豹，我们的警觉性就没那么高了，而对鬣狗怪异的呼唤声和笑声更是丝毫不在意，因为这些本来就是非洲之夜的缩影。但最终我们还是睡着了，然后在一片鸟鸣中醒来，接着日出又将所有的掠食者驱散开，天地陷入一阵令人神清气爽的沉寂中。

每天清晨，所有的日间活动开始前，我们都要进行防止蜱子的仪式。蜱子到处都是，它们会钻进我们的每个器官。尽管它们都快把我们搞疯了，但我仍然对这些花腿的、斑点腿的、红腿的、黄腿的、斑点带绿条纹腿的……各种类型着迷不已。那时我们没有任何防虫剂或防晒霜，所以母亲给我们浑身上下都抹上包治百病的祖传秘方——石蜡和油脂。说实话，这其实用处不大。晚上我们还是得没完没了地进行隆重的赶蜱子仪式。

丛林中的白天处处都是冒险。我对母亲驾驶我们破卡车的能力印象深刻。每天早上，我们都跟父亲和他的瓦坎巴扛枪人穆特提一起出发，穆特提是个追踪猎物的高手，一个丛林中的人。父亲和穆特提在中途跳下车徒步走向猎场，将母亲和我们留在车上。秃鹫已经学会了跟着卡车，知道它所到之处就会有杀戮和食物，它们在头顶盘旋，眼睛紧紧盯着车上的肉。不管父亲在哪里，他只要抬头看一眼天上的秃

鹫，就知道我们的确切位置。有一次，我们闯进了犀牛的安全距离，引发了它的愤怒，母亲疯狂地驾车逃离，颠簸地跳过一个个蚁冢和泥坑，在矮小的灌木丛中弯弯扭扭地前行，而后面跟着一只愤怒的犀牛。可以想见，母亲的心脏肯定跳得比汽车引擎还要快。

我们在营地住了整整六周。我常常留在营地，跳上驶往当地的生命之水沙河的卡车，从沙中挖开的一个深洞中汲水灌满油桶。这个洞里的水清澈纯净，经过河床的沙子过滤，我们不需要多想就直接入口。我们坐在阴凉的地方，从那里可以看到动物下来到浅塘里喝水。沙鸡坐在软蓬蓬的云上喝水，而让我想起老塔维的小矮猫鼬忙着在树下的碎屑中奋战，寻找着昆虫，一旦被打扰，就消失在蚁冢洞下。马赛人会花上一上午时间让所有动物都喝上水。

每天都会有新发现，这是我童年时对塞伦盖蒂的记忆。但后来听我父母谈起那段岁月时，才意识到那场剧变对他们有多艰难，以及这一工作让父亲付出了何其惨痛的代价。对我来说，花上数小时近距离认真观察种类如此繁多的野生动物习惯和行为模式，对我与自然之间形成终身纽带发挥了巨大作用。从一只当时失去母亲的叫庞达的小斑马宝宝身上，我懂得了许多。一天在平原上，一只已经快分娩的母马倒在了达里奥的枪下，一位帮手立即上去剖开它的腹腔掏出内脏时，子宫中的胎儿正在蠕动，显然马上就要生产了。刀光一晃，切开了子宫，一个湿淋淋、黏糊糊的斑马宝宝被接了出来，它无力地踢着腿，竭力进行着第一次呼吸。以一种悲惨的方式，它来到了这个世界。等父亲来到时，他从仍然温热的母马乳房里挤了点珍贵的初乳，以增强马驹的自然免疫系统。我们是斑马宝宝第一眼看见的移动物体，它用尚站不稳的腿蹒跚站起来，直接朝我走来。它的纯真和无条件的信任打动了我的心，让我想要永远保护它。我们将它抬到卡车上，它蜷缩着依偎着我。一回到营地，母亲和我就将初乳和甜浓缩奶混在奶瓶中，由我带着无限温柔喂养它。从此以后，对庞达从出生那一刻开始的观察让我对斑马有了宝贵的认识。我们将它带回了农场，它适应得很好，和每个动物都交上了朋友，特别是狗。令人难过的是，这也带来了祸端：几个月后，它跟着狗跑进了森林中的锯木场，我们就再也没见过它。

在我十岁时，战争终于结束了。吉尔吉尔镇附近有一个大型的军队中转站，供给物资和士兵来来往往，时刻都忙忙碌碌，喧嚣不宁。父母将农场提供给在邻国阿比西尼亚和意属索马里打战时受伤的军人和妇女疗养。我还能清楚地忆起和我们待过的一些人，不仅是因为他们对自己的遭遇喋喋不休，也因为他们送给我们进口饼干和糖果。父母与其中一些在不那么严峻的状况下绝不可能与我们产生交集的人结下了深厚而长久的友谊。等到和平降临，虽然主战场在遥远的欧洲和缅甸，但是身边的人都在谈论着战争的暴行、损失的众多宝贵生命和应汲取的教训，并祈祷着能让全世界的下一代有一个更美好的未来。

回到学校，我的成绩不错，也很用功。但母亲给我们好一顿打击。当听说父亲的肉条厂搬到纳库鲁，而我们的探险旅行将在马拉——一块得益于维多利亚湖和充沛雨水、为野生动物提供了优良栖息地的富饶土地时，我和希拉兴奋得跑来跑去。可当姐姐翻过信的一页继续读时，她的脸拉长了。"他们还邀请了韦德特先生。"她说。通过我们交换的眼神就知道,我们吓坏了,这次可不能轻饶他。

然而,当假期越来越近时,即使这样的打击也无损我们的兴奋。马拉现在是地球上最负盛名的野生动物天堂旅游景点,可当时尚未开发,人迹罕至,原始而美丽,野生动物的数量比南部狩猎保护区还要多。我们的营地靠近苏布塔伊,这是一座锥形山,坐落在离乌阿索·尼伊罗河五十千米的一片广阔的金合欢树林里。我们猜想,这里有可能还是曾祖父原本的领地,父亲讲述的家族先驱者的故事让我们的热血又一次沸腾起来。搭建营地时,我和希拉为了离韦德特先生越远越好,怂恿着将他的帐篷搭在了营地最远端的一条支路上。

探索这片基本上未经勘察过的土地真是令人兴奋。我们开着卡车缓缓地走过一块又一块平原,好避开那些食蚁兽的大洞,每一块平原展现在眼前的都是遍地动物的奇观——牛羚和斑马、转角牛羚和东非狷羚、格兰特和托马斯瞪羚,它们小小的尾巴像汽车雨刮器一样起劲地甩着。大群大群的水牛、大象和犀牛在密林中时隐时现,有些脚下还跟着小牛犊。每块平原看来都有狮子栖居,每一片旷野都有它的猎豹。不管走到哪里都有疣猪蹦出来,尾巴竖得像旗杆一样跟着我们跑。而鬣狗则受到我们打扰,从坐着的盛满雨水的水潭中跑开。

我近来对牛羚产生了兴趣——它们被称为"平原小丑",也是有蹄类动物中进化最高级的种类。我们从父亲那里了解到在塞伦盖蒂牛羚和斑马游荡的生活方式,它们为了追逐新鲜草叶迁徙近五百千米。现在我可以观察到它们的自然栖息地,亲眼看到它们是怎样生活在密集的群体中,却又几乎互相没有任何肢体接触;即使休息时,公牛羚看起来都更多的是在为占有领地而战斗,而不是为了与一头适宜交配的雌性亲近；雄性之间激烈却又短暂的仪式性战斗时不时会发生。

所以，这次看着那些挂着一条一条待风干的牛羚肉的绳子时，我感到了悲伤。这不是父亲、达里奥、费雷拉的假日，他们有工作要做，猎杀、切割、风干，开始了一轮又一轮。然而，很快出现了一个问题。很显然，在马拉新招募的团队效率还不及老团队的一半高，许多工人根本就不是干这个的料，很快就弃之而去。父亲开始对于在最后期限前完成合同感到绝望了。一天清晨却发生了一件最出人意料的事情。是彼得首先听到远方传来熟悉的声音，他招呼我们大家一起听。很快，我们可以分辨出远处大约有五十个人排成一条线向我们小跑过来，等到他们靠近了，我们听到了熟悉的歌声，Ngaw, Ngaw Mama, Ngaw Ngaw miwe！我们简直难以置信。塞伦盖蒂的老团队，由穆特提领头，好像回应我们的祈祷般降临了！他们自己买票坐火车到了基加贝站，然后边唱边走余下的一百多千米到达了营地。

父亲感动得说不出话来。工人们围成一团，微笑着要跟我们握手，我们的手向上挥舞，用力地一个一个握过来。很快，父亲和那些人一样笑得合不拢嘴，一起欢呼，一起唱起来。但之后他不得不告诉穆特提，这次只能雇佣二十个人。经过团队一番激烈的探讨，他们脾气极好地决定，这个难题可以通过赛跑轻松解决，跑得最快的二十个人留下来。我们成了热情的观众，又蹦又跳地给他们加油，赛跑者在平原上卷起一团尘土。从那一刻开始，一切都和塞伦盖蒂一样顺利了。

对孩子来说，旅行余下的日子稀里糊涂过得太快了，但也充满了新体验：爬出灌木丛到巴拉吉塔布温泉旁偷看韦德特先生洗澡；收集秃鹳肚子上的软毛；和哥哥一起练枪法，甚至被允许在哥哥的掩体（他修建的可以近距离观察野生动物的藏身之所）里面度过一夜，虽然在营地说笑打闹时我和希拉仍然形影不离；花上整整三天旅行到贾基提耶克去寻找传说中的黑鬃狮子。然后——最好的是——回到营地时听说战争结束了。达里奥和费雷拉很沮丧，这让我们感到惊讶。"我们得回意大利了，我们会想你们的。"可其他人都喜出望外。我轻声地感谢上帝，不会再有需要养活的俘虏，也不需要再杀死动物做肉干了。我们举办了一场盛大的丛林宴会庆祝停战，之后还玩了最难忘、竞争也最激烈的"踢罐子"游戏，这是我们自己发明的捉迷藏，在黄昏暮色中进行，参加游戏的人从藏身地被赶出来时大家都兴奋得大喊大叫。几天后，我们得送达里奥和费雷拉到吉尔吉尔的军营等待被遣回国，我们也回到了农场。这让大家都很难受，我们在一起是那么开心。我们常常会设想他们向孙儿们讲述他们在非洲旷野上的故事。战争末期，一场可怕的瘟疫让农场的牛群所剩无几，父亲不得不想办法来为家里增加收入。他消息灵通，又一心想要出售高品质牛奶，所以从澳大利亚进口了几头纯种埃尔郡乳牛——四头小母牛、两头公牛——如此持续干了两年。尽管进口牲畜极容易感染非洲的牛蜱疾病，但我们的牧场还是日渐繁荣起来，几年内繁殖了五十多头小牛。一些奶牛日产能达到四加仑，让我们获得了稳定的收入，出售小公牛则是另一个稳定的收入来源。我们还添了新设备，父亲突发灵感发明的"喷雾系统"，比起传统的浸浴缸来要好用得多。他可不想让自己的贵族牛冒险跳进水缸中受伤，于是建造了一个淋浴系统，在牛群安详地通过时给它们喷洒杀虫剂。第一头勇敢尝试这一发明的"母牛"

是希拉，当然给她喷的是水。试验证明这是一项极大的成功，当地许多农场主都采用并改进了这一设备。

十三岁时，我去了内罗毕，进入姐姐所在的肯尼亚女子高中就读。我很容易就适应了那里的生活，结识了几个持续至今的密友，同时也将自己确认为理科生，而非文科生。少女时期，我以前又直又凌乱的头发变得浓密而拳曲，我剪成了短发，而身材也变得凹凸有致起来。跟着同班同学配对，我有了一个"补丁"男友。"补丁"是我们给威尔士王子学校的外号，我哥哥彼得就是在那里读的中学。那时候，进大学深造只是那些有志当医生或兽医的学生的选择，这两个专业都需要大学学历。我们知道父亲无力承担大学学费，事实上，我们几个女孩子从来都没想过要上大学。我们现实得多，急切地想要自己赚钱，好减轻父母身上的担子，也过好我们自己的日子，最终找个人结婚，有自己的家庭，从此以后过上幸福的生活，就像我们的父母那样。

结果，即使按照当时的标准，我也太早地倾心了。十五岁的时候，我疯狂地爱上了一个前"补丁"男孩比尔·伍德利，他当时在内罗毕国家公园和我哥哥一起担任初级助理守卫。我们有许多共同点：出生在肯尼亚，热爱野生动物，着迷于大自然。更神奇的是，他也爱上了我，这让我的朋友们羡慕不已。一到我们被允许出校门的日子，他就会驾着卡车停在校门外，嘀嘀叫着等我上车，他的卡车叫"莉娜"，是家人留给他的遗产。他穿着猎装，看起来比平日更帅气了。二十岁的他在大家的眼里老练而世故，比其他同学约会的中学男生强多了。那时我已经是学校的级长，负责维持我这栋楼的秩序，并给低年级学生作好榜样。我痴迷于和比尔恋爱，整个假期都在努力给我的"箱底"添置家当，好品质的床单，以及其他一些当时时尚的婚后家庭生活用品。外婆和母亲都曾经温和又不失明智地提醒过我过早许下终身的风险："别着急，达芙妮，根本不用着急。"可我和比尔是如此情投意合，我只是很不耐烦地等着她结束唠叨。对我来说，这只是时间早晚问题——我知道至少得先毕业再说——我和比尔迟早要结婚的。

进入二十世纪五十年代，非洲局势变得动荡起来。一开始的动荡无关紧要：消极怠工、小偷小摸，但几个月后，动荡显然从地方性的问题延展到了政治和领土问题。基库尤的地下组织成员茅茅党员们想要摆脱英国对肯尼亚的统治，驱逐那些他们认为夺走了自己土地的欧洲移民。地方警察告诉我们，秘密集会已经司空见惯，这些活动家四处活动，大获支持，因为他们承诺只要将那些"白人族"赶出肯尼亚或杀死他们，就会有土地、房屋、汽车和那些白人们拥有过的一切。对白人农场主的牲畜和财产的攻击越来越多，违法事件也在不断增长，这些都预示着风向要变了。

在我们家，在朋友间，我们对此有许多讨论和各执己见的看法。对查特奶奶来说，要我们白种肯尼亚人中的任何一个接受茅茅党对移民和非法入侵者的看法都是不可能的。我们不是残忍的外国殖民者，我们和我们的祖先都是高尚且值得尊敬的先驱者，勇敢挑战未知，用自己的血汗和辛劳给非洲最黑暗的角落带来进步，有望在不列颠温和的统治下获得法律、秩序和良好管理。有识之士敦促英国政府在茅茅党能够煽动起整整一代年轻人前尽快平息骚乱，但白厅对这些警告置若罔闻。那些针对被目击反对抵抗组织，或拒绝秘密宣誓效忠的人所发布的恐吓渐渐变得更为野蛮残酷、肆无忌惮，几乎每日都有谋杀与断肢事件发生。

起初，人们的日常生活并未受到大的冲击，但随后屠杀的迹象越来越明显，从树上吊着的被扼死的猫和无头的狗，到白人农场主被残忍杀害，我们不得不开始限定活动范围。我们不能再出门进入森林了，日落后门也必须上锁。父亲将他的纯种牲畜搬到房屋附近，雇用了与基库尤、恩姆布和梅鲁部落没有联系的部落男子在夜间看守。

此后不久，茅茅党的攻击这一恐怖的现实降临在我们家族的核心。深夜，外公和外婆在家里被抢劫并痛殴。实际上，他们比邻近的受害者要"幸运"得多，那些人被剁得碎尸万段。我的外祖父母都被大棒打得人事不省，躺在血泊之中，那些人以为他们已经死了。很幸运，他们只是受了轻伤和脑震荡，但袭击者的残暴和击打在他们身上的仇恨，使他们的心中烙下了深深的伤痕。那时候，农场间没有电话线，只有少数人拥有无线电通信。外祖父母不愿搬来和我们一起住，最后他们同意搬到马林迪的海边别墅去以保安全。一想到我们现在只能一年见上几面就令人无法忍受，连查特奶奶都对他们的离开感到难过，虽然她仍然强硬地坚持不管发生什么，自己都会留下来，哪儿也不去！她甚至拒绝了父亲再明智不过的招募一位预备警官作为房客的建议，说她可不想在照顾自己的同时，还得照顾他。在查特奶奶的基因里，就没有恐惧这一条。

然而，担忧已经成为农场生活的一部分。我们的员工变得紧张而暴躁，没人愿意在天黑后出去。我们以前最快乐的一个姆坎巴工人（瓦坎巴部落中的每个成员都被称为姆坎巴），外号叫基南达或者留声机——因为他总是在唱歌——也开始日渐消瘦。他的行为变了，歌声停了，越来越孤僻内向。我们大家都替他担心，以为他得了重病，所以父亲借口需要去城里办点事，让他坐进车里，带着他去纳库鲁看医生。一大堆检查化验后出来的结果却令人迷惑，医生找不到任何导致他消瘦的生理原因。等回到家，基南达开始说话了，可他愿意透露的只有一句：他命中注定要死了，没人能够阻止；只要可能，他想继续工作，等到无法继续的时候就回到祖先的土地上去，他将埋在那里。我们对他打算这样放弃自己的生命深感震惊，尽一切可能和他谈话，但仍然不管用。父亲怀疑他被下了诅咒，于是接连请了好几位巫医来，希望能驱除凶兆，可还是无济于事。基南达在我们的眼皮底下一天天衰弱下去，一直说他自己也不知道为何失去了生存的意愿。最终，他声称是回家等死的时候了。他凹陷的脸颊上挂着泪水，所有人的脸上也都挂着泪水，我们和他告别，知道这是我们之间的最后一面了。

不久以后，基南达死了。在临死前，他托人给我们带了口信。他被迫参加了茅茅党宣誓仪式，接到命令将我们全都杀死。由于太爱我们了，基南达不忍心冷血地将我们杀害，他拒绝这样做，于是他们对他下了诅咒。他拒绝杀害我们，为此赔上了自己的性命，这令我们不安到难以承受。基南达的牺牲让我们全家都感动至深，他依然活在我的生命里，直到今天。

十六岁时，我离开学校，以为自己考砸了剑桥高中的毕业考。但因为自信我的未来是要和比尔在一起的，我认为自己能做的有用的事情就是学会持家技能。母亲的想法和我一样，她并不认为我当时就该跟比尔结婚，但在她看来，成为一名全能主妇是一项基本的生活技能。在她内行的指导下，我开始了紧凑的为期三个月的家庭培训课程，学习如何整理家务，如何烹饪，如何清洁，如何润色，如何打理园艺。包括怎样做蜡烛和肥皂，以及尝试使用草药治疗小毛小病和创伤在内的这些家传秘笈都被馈赠予我。我还趁机学会了开车，我能获得驾照估计是因为主持考试的警察被我抽风一般的车速给吓着了，不想再重复一次这样的惊吓。这三个月中，我获得了终生受益的知识和技能，后来，我又将它们传给了我的女儿吉莉安和安吉拉。看到她们依照老一辈先驱者们的方子实践——即使随着岁月的变更，其中的一些配方和方法也有所更新——我感受到的是欣慰和代代延续的传承。

意外的是，虽然心不在焉，我的考试成绩竟然还不错，这对我关系重大。我以全殖民地第八名的出色成绩通过了高中毕业考，获得的奖学金可以让我免费读大学。我的校长斯科特小姐坚信我应该选择医科，而父母和祖父母对此也极为重视。但我知道，这就意味着要背井离乡到英格兰去读七年书，我一点也不想去，更别提要和比尔分离了。我无法想象自己生活在肯尼亚以外的任何地方，因此告诉父母，如果他们非要我去，我会心碎，我会私奔。

他们明白我是说真的，多次软言相劝未果后，他们放弃了这一话题。我进了内罗毕的基督教女青年会，和希拉在同一所学院学习文秘课程。比尔当时得到了额外的任务，平整内罗毕公园内的道路。这项工作的优先级要高于他的公园守卫职位,因此我们可以时常在一起,整个周末都待在他那辆巨大的卡特彼勒推土机上一圈又一圈兜着。他在推土机的车身上画上了硕大的名字"达芙妮"。但很快,比尔就接到通知,被调往当时尚未开发的、新成立的巨大的察沃国家公园。巧的是,彼得也被调到同一座公园的西部工作。对我和比尔来说,这一委任简直是灾难,察沃离内罗毕有三百多千米远,因此我们决定先订婚。在我十七岁的生日派对上,家人都到场了,比尔向我父亲要求娶他的女儿。父亲完全没有准备,只能含含糊糊地回答:"好的,好的,当然,会有那么一天,不着急。"可当我们在内罗毕一起挑选的戒指被温柔无限地套上我的手指时,父亲不得不严肃地考虑这件事了。外公明白了谈话的主要内容,开始在钢琴上弹起生日歌《他是个快乐的好小伙》,给父亲提供了恢复神智的时间,之后他宣布:"我们希望订婚持续至少一年,让这两个孩子有时间重新考虑。"我扫了比尔一眼,他显然给逗乐了,对我挤了挤眼睛。我们知道,什么都不能改变我们的意志。

从文秘学院毕业后,我得到了一份在非洲炸药及化学工业公司的办公室工作,这是 ICI 的一家当地分支机构,每个月可以得到三十英镑,这是相当不错的薪水。比尔按时出发去了东察沃,和"二战"期间英国非洲军团里最年轻的连长大卫·谢尔德里克少校一起工作。大卫从阿比西尼亚和缅甸战场回来,加入了内罗毕的首家专业狩猎探险游运营公司沙法利兰。他已婚,有两个年幼的孩子,以电影明星般英俊的外貌和令人生畏的领袖气质,以及对非洲自然历史和野生动物的丰富知识闻名,察沃原本是塔鲁荒原,一片浓密得难以进入的灌木丛林，要改造成生机勃勃的国家公园，大卫毫无疑问是最佳人选。察沃是个奇怪的选择，里面没有长期定居的住户，因为这是一片极不适合居住的土地，被浓密纠结的灌木丛林覆盖，里面满是舌蝇，过于干旱，不适宜种植，也不适合放牧，这块半干旱的荒原，估计一年的降雨量也不会超过二十五厘米。尽管察沃缺乏种类繁多的野生动物，却以它固有品种的多样性而闻名，包括令人生畏的狮子、繁殖期的象群，以及成千上万的黑犀牛。这里正好是南北动物区系交汇之处，诞生出成倍的长颈鹿、鸵鸟和格兰特瞪羚品种（当时人们并不知道这一点）。大卫和他的工作队（包括比尔在内）到那里去的任务是要白手起家，和将近五十年前阿吉特家的人们在更北的土地上所做的事情非常相像，但这次，他们要做的是将无用的丛林改造成国家公园。

比尔的来信让我有了盼头。虽然很喜欢我的工作和同事，但办公室这种受限制的环境并不适合我。我向往着户外，再度和动物、树木在一起，所以我依赖着比尔的来信而活。他向我描述他和大卫如何在丛林中砍出一条路来；如何得徒步勘察以决定在何处建立公园的管理中心。他们的基地位于沃伊河畔的恩多洛洛，离高耸的泰塔山脚下的沃伊镇不远，那里可以种植新鲜蔬菜，甚至还有草莓。沃伊镇上有几家亚洲人开的小商店，里面出售各种风味的干货。那里还有一座第一次世界大战纪念公墓，一大串有意思的人都长眠在那里，其中有两位"一战"老兵、维多利亚勋章获得者，一个被狮子吞噬的人的靴子（这是唯一可留下来埋葬的部分），还有几个被大象压扁的人。新建的沃伊酒店的设计图是画在一只可利福香烟盒背面的，他和大卫看来在那里寻欢作乐。我吸收着比尔信中所写的每一个细节——毕竟，东察

沃将是我未来的家。

一九五二年，肯尼亚宣布进入紧急状态。乔莫·肯雅塔——这个命定将成为独立的肯尼亚首任总统的男人被捕入狱，他被控建立了茅茅党。基库尤部落的队伍占领了阿伯德尔山脉，他们有武器，很危险，袭击政府机构和白人移民的农场的事件几乎每天都会发生。有天夜里，接连发生了十一起凶杀案，位于基南戈普的整个村庄都被残忍地屠杀，而那里离阿吉特家住的地方不远。恐怖在整个国家蔓延。基库尤部落内部不愿独立的派别人数不少，他们遭受了最惨重的残杀，在拉里大屠杀的巅峰时期，几乎整个村子都被抹去——超过一百名男人、女人和孩子被斩首或腰斩作为对其他政府支持者的险恶警告。政府出台了"土地村有化"计划，以保护基库尤部落中那些忠实的人，围绕着他们的村庄挖掘干壕沟，里面竖起蒺藜或尖桩，试图阻碍茅茅党发动的袭击。不久，比尔这样年纪的年轻白人男性也被动员起来加入肯尼亚军团服紧急军役，从英格兰兰开夏郡近卫军团调来的部队也开始支援当地军队。茅茅党叛乱分子难以对付，尤其是森林中的党羽，由留在部落中的妇女给他们提供食物补给。被送往罗德西亚接受为期半年的训练后，比尔和彼得被挑选为军官。比尔的来信现在有了新故事，尽管他不能在其中披露具体细节，我仍然明白他目前的任务极其危险，需要秘密深入森林对敌人发动攻击。后来，他因为作战英勇被授予军事十字勋章。

英国军队被调来协助平息茅茅党叛乱这一举动在白人定居者社群中引发了深深的怀疑，其中就包括韦伯外公和查特奶奶，这是他们唯一的一次意见相同。茅茅党人在阿伯德尔和肯尼亚山上野兽出没的密林中,被称为"蓬蓬球"的英国士兵根本不是他们的对手,他们不熟悉当地人民和地形,更别提那些野生动物了。许多英国军人对茅茅党持公开的同情态度,谴责我们这些定居者是特权精英阶层、一开始就没有权利留在肯尼亚,这让人们心怀怨愤。这也深深地影响了我。我知道自己是英国人一代又一代的后裔,可此时却被我所谓的同胞所非难。当然,我们的社群也在不经意间改变了。被贴上"非洲白人部落"标签,我们很快丧失了在这个视为家园的国家的根基。由于长期隔离生活在非洲,我们再也不能成为真正的英国人了。而因为肤色和文化,我们也无法真正成为非洲人。我们家对此展开了长篇的讨论,特别是父亲,而我则感到困惑不安,从心底里确信我属于这里,属于肯尼亚。我生在这里,我想在这里度过一生。我是这片土地的一部分,这片土地也是我的一部分。

我想要和比尔在一起,和他结婚,住在察沃,一起工作,创建这座新的国家公园,我们要在丛林里,在这个对我们两人意义重大的自然世界中。结果,我只需要再多等一阵子。

第4章

婚后生活

> 这些不幸的殖民地是缠在我们颈项上的磨盘,终有一天会取得独立。
>
> ——英国首相本杰明·迪斯雷利

那件蕾丝花边和薄纱缀成的结婚礼服是我拥有的第一件在商店购买的服装。我和比尔终于决定了婚礼日期。由于我是同辈中第一个结婚的,婚宴将会在农场的花园里隆重举行,还有为数众多的来宾。大部分计划都落在母亲肩上,她以一贯的艺术鉴赏力操持着一切,甚至还给伴娘做了淡紫色的礼服,那正是我最喜欢的花——开普敦栗子花的颜色,它们在我们农场后面的森林里恣意生长。我们一起去内罗毕购买我的婚纱,在那之前我只穿过手工制作或是别人传下来的旧衣。我们花了整整一天挑选我梦中的婚纱。

婚礼前的那段时间应该是幸福快乐、满是兴奋和忙乱的。然而,就在婚礼前几周,两桩悲剧击中了我们全家。首先是茅茅党人袭击了我的姑婆艾瑟尔在纳纽基的农场。她的房子被放火烧了,工头和他的妻子以及三个孩子没能逃出来,被活活烧死。每个农场工人都被残忍杀害,整个农场就是一幅屠杀和毁灭的惨象。艾瑟尔姑婆当时住在查特奶奶那里,农场员工的丧生对她是沉重一击。看着她面如死灰、颤抖着坐着,悲从中来,我找不到任何言语去安慰她。

接着,几天后,一封发自马林迪的电报给我们带来了最为震惊的消息:韦伯外公在熟睡中过世了。那天他先是在月光下的沙滩上教当地孩子踢足球,随后回到家和外婆一起享受了一顿美味佳肴。夜里他醒来过一次,抱怨说有些消化不良,但吃了一剂苏打水后,又继续睡了。

我非常爱我的外公,听到他的死讯我呆在原地。当明白失去他对我的生活的冲击时,脑子里千头万绪。我想,他不能看着我嫁给比尔了,他不能和我在婚礼上跳搞笑的舞了,我再也听不到他有感染力的笑声了。外公顽皮的幽默感无人可以取代。在那短短的时间里,我知道自己接下来的余生都会想念他。连查特奶奶都感到难过——我暗地里觉得,这么多年来,她因为和外公棋逢对手的斗嘴而健旺精神。

母亲和希拉赶到马林迪去陪韦伯外婆。外婆依旧平静,相信自己很快就能和相伴差不多五十年的伴侣重聚了。外婆一直是个深具灵性的人,对来生有着不可动摇的信念,外公却不信这些。那晚深夜,当母亲坐在走廊的沙发上,聆听海浪的拍击声时,她确信看到了她的父亲、韦伯外公出现在面前,对她说:"佩格,照顾好你妈妈。不会太久的。"母亲坚持说自己绝对不是做梦,他真的曾经来到那里和她在一起。外婆一点也不惊讶,因为当晚她也和他说过话。她没有逗留太久,只留下了足够的时间参加我的婚礼。六个月后,她安静地带着尊严去了外公身边,正如她一直相信的那样。外公葬在珊瑚礁上的一块小墓地上,从那里可以眺望大海,在海浪的声音中沉睡。但外婆是在纳库鲁离世的,她被葬在那里的公墓中。

难以想象现在还要庆祝什么,可我们知道外公不会愿意让我们为了他而推迟婚礼。母亲和姐姐给外婆打好行李,带她来和我们住。由于婚期将近,外婆也积极参与到所有那些狂乱的准备工作中来。我和

希拉直接冲到沃伊，到地区行政官署张贴结婚告示，并在声名狼藉的沃伊酒店住了一晚。回到家，我忙着参加一场场同事和大学同学组织的"厨房下午茶"聚会，她们送了我一个新厨房所必要的所有用具。接着，就在离职回家之前，我和朋友认为我们需要办一场真正的派对来送我上路。一场真正的派对就意味着充沛的酒精，那对我来说是个新鲜事物，因为父母从来不碰它。

我向主管请求允许我们一夜的童贞狂欢，她好笑地同意了。当我回想起我们的纯真年华有多么天真时，总是又好笑又惊恐。我们大约二十个姑娘，每人都买了一瓶酒：壮观的一长溜威士忌、杜松子酒、白兰地、红酒和雪利酒足以灌倒酒量最好的酒鬼。那一夜开始得很顺利，但很快就变质成了一群醉醺醺的女孩不受控制的混乱的喊叫和傻笑。"深红泡芙"这种游戏要求一口气喝下所有的杯中液体，这让我们醉得很厉害，很快许多人连站都站不稳了。我还模糊地记得希拉扮演着弗洛伦斯·南丁格尔，照料着不舒服的人，将她们拖上床。不可思议，我已经彻底完蛋了，她竟然还保持着清醒。

即使这么多年过去了，对于宿醉的记忆也一点没有磨灭。我们许多人整整三天都提不起精神来，自怨自怜，奇怪于怎么会有人喜欢喝酒。我再也没有那样醉过，也不想再来那么一回。当比尔几天后出现时，发现我正待在一间黑暗的房间里哼哼唧唧。他以为我一定是得了什么可怕的重病，但仍然发誓会保密——我的父母如果了解到真相会被吓坏的。接着我们出发回农场去完成最后的准备工作。

一九五三年六月二十七日，十八岁生日三周后的那天，我醒得很早，不知道自己是否为将来做好了准备。外婆帮我穿上礼服，在我的衬裙上缝上了一块曾属于她母亲的花边，作为传统的"旧东西"；她给我一块她的手帕，我塞进胸罩里，作为"借来的东西"；还有蓝色的吊袜带——"蓝色的东西"，那是她为我的婚礼特地做的。"新的东西"不成问题，我穿着婚纱，感觉很好，头发和妆容都前所未有的精心。到达奈瓦沙教堂的时候还太早，我开始越来越紧张，最终导致脖子和胸脯上爆发出一片难看的皮疹。父亲建议到当地的酒吧来点烈性饮料，很快我就平静了些，能够欣赏教堂的美丽了。这是一座掩映在胡椒树林中的教堂，可以俯瞰奈瓦沙全城，那是父亲年轻时住过的城市，也是曾祖母阿吉特坐着马车去采购的城市。这座处于高原中心的田园小城很久以来一直是我们家的中心，在那一刻，我不会选择在任何其他地方出嫁。下面，图尔卡纳湖在苍翠的裂谷底部像一条蓝色的披肩，湖面清晰地倒映着四周起伏的丘陵和火山。这是个完美的下午，阳光从清澈的蓝天上洒下，虽然在高海拔也温暖宜人，野花在路边开放，空气中嗡嗡地响着各种声音。

关于婚礼，我已经不记得太多——只记得教堂里弥漫着花香，五彩缤纷的花和浅紫色的伴娘礼服相得益彰。在圣坛上，我记得在想着比尔穿着全套肯尼亚军团制服，胸前别着系着紫白相间缎带的军事勋章的样子简直无可挑剔。比尔在庄严的宣誓中保持了严肃让我松了口气，因为大家都知道他老是在正式场合爆发出一阵不可抑制的大笑。挽着他的臂弯走下通道时，我想，我现在是弗兰克·威廉·伍德利太太了。

回到农场，朋友和家人们聚集在一起向我们祝酒，互相问候，交流对农事和政治问题的看法，并展示着各家成长中的孩子，尤其是那

些适婚年龄的。母亲搬出了她所有的食物，畅快流淌的美酒也保证能让客人们吃饱喝足。比尔和哥哥彼得做了代表性发言，我们切开了美丽的婚礼蛋糕，蛋糕的最上面点缀着肯尼亚山的模型。花园里来了三百七十五位来宾，我和比尔一圈又一圈兜过来，尽量和大家多说说话。可最活跃的人还是查特奶奶，有了美酒打底，她享受着生命中最快乐的时光，忙碌地吸收着各种家长里短。

夜幕降临前，我抽身为离开做准备。由于茅茅党的袭击，走夜路并不安全，而我们在去英格兰度蜜月前要先去棕鲑——一处在基纳戈普高原上的乡间休养地。我换上旅行的两件套，颜色鲜艳得像捣碎的草莓，思考着手指上那枚纤细的金戒指将给我这一生带来的各种变化。就要离开这个一直被当作港湾的美丽的家了，我突然明白我会有多想念这里的温暖和安全，还有我亲密关爱的家人，还有那些在我生命中地位重要的动物。说真的，对前路我有些害怕，对当晚、对未来作为比尔的妻子要发生的事都是。我才刚满十八岁，站在今天回想，我意识到自己当时有多年轻和天真。回想起那个晚上，当期待中的激情稍稍平息，我才知道自己有多缺乏经验。

我们在英格兰的蜜月令人终生难忘。这是我第一次海外旅行，我盼望着亲眼去看看这个祖先的国家。我们乘坐的是SS肯尼亚号，旅途中我用父亲大方地给我度假的钱买了一串人工培育的珍珠。从早年坐在外婆床上披挂着她所有的项链和手镯的时候开始，我就对珠宝充满激情，直到现在我仍珍爱着这串珍珠。到了英格兰，我们参观了伦敦的许多著名景点，然后又从英格兰到苏格兰，去看望比尔为数众多的姑妈和她们的后代。路上我们绕道林肯郡去看了看"斯利福德"，那是韦伯外公的老家。在约克,我们还遇到了一个幽灵——那不是比尔的亲戚,而是一家图书馆里坐在凳子上的罗宾汉塑像。它穿着老式的绿色紧身裤,头戴一顶软软的高帽,帽侧还插着大丛羽毛。它看起来很像真人,我们还以为是被放在这里吸引游客的。直到第二天我们在报纸上看到关于每年在那一天定期光临图书馆的幽灵,将上面的描述和我们见到的罗宾汉一对,才惊讶我们看到的到底是什么。我们精神焕发、生气勃勃地回到肯尼亚,自以为见多识广了,搬到了离内罗毕郊外的马古加不远、肯尼亚军团现场指挥部附近的一所租来的小屋内。

肯尼亚仍然处于全国紧急状态之中,被怀疑是幕后策划者的乔莫·肯雅塔被捕入狱后,茅茅党更为好战了。尽管英国部署了军队平息叛乱,茅茅党激进分子的暴动和游击战仍在持续,基库尤部落的武装人员出来实施毛骨悚然的杀戮,组织宣誓仪式并引发动荡。比尔和他的战友在继续执行秘密而又极其危险的任务,深入森林深处,甚至进入茅茅党的巢穴。他们熟悉地形和当地人,了解如何在密林中行动,成功地突破了敌人的队伍。

比尔带了许多被俘获的叛乱分子回到我们和另一位年轻军官弗朗西斯·厄斯金一起合住的小屋。比尔的角色意味着我们也将成为茅茅党的袭击对象,所以我们也得习惯守在前后门的武装守卫。夜幕降临,比尔和弗朗西斯就穿上破旧的外套或皮衣,套上打劫帽,皮肤上涂上炭黑,并在自己身上抹上薄薄一层牛粪,以遮盖肥皂的味道。肥皂味道是暴露身份的致命信息,茅茅党人很轻易就能分辨出来,长期野外生存使得他们的感官和直觉无比犀利。

比尔和弗朗西斯与一队经过特别挑选的士兵一起行动,他们有些来自瓦里安古鲁非法猎象组织,比尔从察沃周边地区招他们来担任追踪者。比尔对这些丛林专家非常尊重,他们对于穿越森林追踪人类和在荒漠中追逐小羚羊同样在行。从茅茅党转投过来的告密人也是比尔队伍中的重要成员。他们对森林了如指掌——每条小道、每片空地、每条沟壑、藏身之所、秘密仪式和会议举办的地点,乃至对方指挥官之间传递消息的树洞,他们都一清二楚。更重要的是,他们清楚茅茅党人的各种暗号,小道上将树棍摆成特殊角度、地上的某种特殊树叶、一根扭曲的草茎、一两颗小石子——这些都传达着特定信息,就连各种各样的声音都是这样,而在一个外来者听来不过是普通的鸟类或动物叫声。这些茅茅党的叛逃者成了打垮藏在丛林中的叛军核心的中坚力量。

比尔的工作大部分都是对邻近部落领地的短暂夜袭,但如果指挥部让他率队深入阿伯德尔森林,进入沼泽时,就需要离开更长时间。沼泽地是茅茅党徒的聚集地,也是在这里,比尔和他的队员们花费大量时间追击,经常四肢着地匍匐摸索,全身湿透,伤痕累累,精神紧张地防备着茅茅党人的埋伏或是来自野生动物的攻击。由于先导部队轰炸可疑窝点开路时使用的是"二战"时期的兰开斯特炸弹,阿伯德尔那些不幸的动物变得胆战心惊,许多动物被飞溅的弹片所伤,它们对任何移动的物体都深怀敌意,也更具有危险性。在兰开斯特炸弹的轰鸣中,林羚和岛羚这些较小的森林居民在林下植物中乱窜,不知道藏到哪里才安全,而猴子则惊恐地从一棵树上跳到另一棵树上,蜷缩在一起寻求安慰。

第4章 | 婚后生活

　　茅茅党徒的基地建在巧妙隐蔽起来的巢穴中，有些建有竹子造的房屋，圆木长凳家具和兽皮铺的床，一般都有好几个出口以方便快速撤离。许多甚至还有用掏空的竹竿做成的从泉水或小溪引水的水管。另外一些窝点则只是简单地刨开丛林挖个洞，上面覆盖兽皮。更有一些叫作"达基斯"的地洞是建在地下的，出口从里面巧妙隐藏起来，只留下一枚钱币大小的通气孔，从外面几乎无法察觉。比尔需要经过多次锻炼才能熟练掌握搜寻这些窝点的专门技能。他告诉我怎样将全部体重放在一只脚上，这样就不会留下脚趾或脚跟的印迹来隐藏行踪；还有在林中追击时，怎样将木棍绑起来敲打植被。

　　通常可以通过兽皮的味道探查到敌人的藏身巢穴。茅茅党人身上都穿戴着兽皮，普通人戴兽皮帽子和臂章，头目身披皮草。里衣通常使用蹄兔、松鼠或小型的岛羚等林中小型动物柔软的皮子制成，贴身穿着用来保暖，而大羚羊和林羚等较大型动物的皮毛则用来做外衣。这些动物所付出的代价令我惊骇不已：一件里衣就需要三十到四十只蹄兔或是岛羚的皮毛，更不用说那些带毛的巨大斗篷了，那是晚上可以用来当毯子盖的，需要超过一百张皮子缝制而成。

　　渗透到这些叛乱团伙中去是件极其危险的工作，我对比尔所面临的生命威胁毫无概念。更危险的是，他和弗朗西斯都一心一意要抓到茅茅党最著名的头领，其中之一就是德丹·基马蒂。这个名字象征着茅茅党为自由进行的斗争，意志坚定地要处罚那些被视为茅茅党叛徒的亲英分子。他狡猾而多疑，尽管环境险恶却每次都能全身而退。每次比尔安全地回到家都让我长呼一口气。

　　就在结婚一周年后，我发现自己怀孕了。那时我十九岁，想到就要有我自己的孩子了，一开始觉得那么不真实，我简直难以置信。当晨间的恶心和越来越大的肚子让我接受事实时，我被吓着了，不仅是因为想到要经历生产的苦楚，更是因为在不到二十岁就要成为母亲这一令人望而生畏的前景。有时候，我希望能将钟表的指针拨回去，回到和所有朋友一样无忧无虑、不受约束的日子中去。然而，我冷静地反思，我是这一代人中的先行者，第一个结婚，也是第一个有孩子的。暗地里，我对自己的婚姻，尤其是性生活也深感忧心，它们和我少女时期的期待相差太远了，所有那些读过的爱情故事中所暗示的狂喜都还未经历就要离我远去了。

一九五五年一月，我很快就要生产了，比尔带我回到农场休养。越临近分娩，我越渴望母亲的慰藉。在回吉尔吉尔的路上，比尔还得给他的队伍中一支在奥尔卡劳的小分队打电话报告行动情况。比尔总是弄得很晚，几乎每次都要花上一整天才能出发。我的脾气已经快爆发了，因为这一地区是茅茅党袭击的多发区，尤其是晚上，林中的党羽回他们的大本营，在夜色的掩藏下实施恐怖袭击。热带地区的夜晚降临得很快，比尔不得不打开汽车大灯。一反常态的，一种尖锐的预感向我袭来，我几乎无法言语，瞪着路边探查着一切危险迹象。仿佛永无止境地开出几千米后，车辙印突然急转向一条小溪，于是比尔减速下来准备小心开过一座摇摇晃晃的木桥。就在刚刚驶上对岸时，我们发觉了河堤上的黑影。

接着，恐怖袭击开始了。一声吓人的巨响爆发之后，在大灯照出的光圈中可以看到一群来势汹汹的身影，披着兽皮，狂怒喧闹着向我们走来。他们有些挥舞着砍刀，有些投掷着巨大的石块，还有些冲着我们开枪，枪口喷射着火光，子弹和石块猛烈地击打在汽车上。那一刻，声音很遥远，仿佛来自很远的地方，即使是横飞的子弹也看起来那么不真实。时间好像静止下来，而我在远远地看着。很奇怪，我没有丝毫慌乱，尽管明知我们面临着生死关头。我身体的某些部分自动关闭了，我一动也不动。比尔却对此司空见惯。他将我的脑袋塞到仪表盘下面，拔出手枪，将油门踩到底，一系列惊人的驾车绝技过后，将车头猛然甩向前面的路障，从窗口向我们的袭击者开枪。汽车一路蹦跳扭动着压过障碍物，在一块巨大的岩石前令人心跳停止地稍稍犹豫了一下，轮胎失去抓地力开始打滑。接着，谢天谢地，我们的车完全凭着动力猛然越了过去，冲开了路障。

这一刻，比尔在我眼里就是西部片中的英雄，边开车边开枪，冷静镇定，充满勇气地来解救我们和未出生的孩子的性命。胎儿在我腹中动起来，将我从麻痹状态中唤醒，肾上腺素在我的体内暴涨。比尔抓过我的手紧紧握住，将车开到奥尔卡劳警察局报告事故。警察在汽车窗框顶部找到了一颗子弹，离比尔的脑袋所在的位置只有大约两厘米距离，这让我意识到我们曾经离死亡那么近。感谢上帝赐予比尔勇气。之后在父母的家中，当我回到弥漫着玫瑰花香的房间里，泪流满面瘫倒在地板上时，母亲用毯子包裹着我颤抖的身躯。我的眼泪是为我们的安全而流。

我们的女儿吉莉安·莎拉·艾伦出生于一九五五年一月二十六日，迟到了两周，完全健康。我记得自己只想一个人待着，就像动物一样，让自己慢慢地适应，没有任何干扰、打断和指导。我们为她的名字慎重考虑了许久——吉莉安是因为我们喜欢这个名字，而且它的词源是吉尔，大家很快就都叫她吉尔了；莎拉是察沃一座小锥形山的名字，也是姆利安古鲁语中对大羚羊的称呼；而艾伦则是查特奶奶的名字。姐姐希拉就不那么高兴了，她本来也打算用吉尔这个名字来命名自己的第一胎的。她最终嫁给了吉姆·瑞恩，我们在基督教女青年会时她结交的男朋友，她出嫁时我的肚子已经太大，没法在婚礼上做伴娘了。结果，她的第一个孩子是个男孩，所以她无论如何也没法用吉尔这个名字了。

母亲这个身份让我难以适应。乳房总是肿胀酸痛，被乳汁绷得紧紧的，我对小腹能否平坦下来也感到绝望，一夜一夜地无法入睡，羡慕嫉妒身边每一个人的自由自在。给吉尔喂奶是一场无休无止的战斗，她好像不会自己吸吮，这让我相信她肯定是有什么地方不对。还是母亲耐心地劝说我，强调孩子是上天的厚赐，我和吉尔现在都好好的是多么幸运，她还指出这么早结婚是我自己的选择。我对自己的自私和不成熟感到内疚，医生也向我保证吉尔没有任何问题，这让我松了一口气，逐渐克服苦闷和烦恼。"孩子是带着爱而来的。"母亲说，我很快就发现这句话一点不错。我和孩子之间日渐成形的纽带坚固而持久，联系着我和她的生命。

到了上世纪五十年代中期，紧急状态逐渐解除。估计只有大约一千五百名茅茅党死硬分子还盘踞在阿伯德尔森林中。由于扫尾行动是警方的责任，比尔得以退役回家过平民的生活。他对没能抓到狡猾的德丹·基马蒂很是失望，但在丛林中练就的本事在身，对于追踪现在的察沃国家公园内层出不穷的野生动物盗猎者大有用武之地。他的上司大卫·谢尔德里克急切地盼望着比尔的回归。我对自己的宝宝将生活在这块弥漫着瘴气、蝎子、毛茸茸的食鸟蜘蛛、致命的毒蛇和数十种其他叮咬吸血的虫子的地区仍有顾虑。我们居家过日子的后勤工作也充满挑战,我得从内罗毕订许多沃伊的印度人小店里没有的新鲜食品,这些只能通过火车运输,一周到当地的车站去取一次货。

我要如何适应这个听比尔说起过这么多遍的地方?更别说他那个吓人的上司了。我只见过大卫·谢尔德里克一次,那是四年前,我十七岁,还在学校读书,所留下的印象并不好。那是我第一次到东察沃去,比尔带我去了穆旦达岩,那里是观察象群饮水、交流、在一块巨大的伸出来的岩石下的水塘里嬉戏的绝佳地点。那一天,那里不仅有好几百头大象供我们观赏,还有一支摄制组在忙碌地为电影《没有秃鹰飞翔的地方》拍摄场景。大卫和电影明星安东尼·斯蒂尔和黛娜·谢里丹在一起,我们则爬上了岩石。他打着手势告诉我们电影正在拍摄过程中,我们必须保持安静。我们匍匐着爬上岩石,小心地跟他们保持距离,很快就被下面的场景所吸引了。比尔这个不喝茶就熬不过一个下午的人还随身带了炖锅,我都没注意,就随手扔在我身边。我正好转过身去指着什么好玩的事情,不小心将锅稀里哗啦地撞下了岩石。重力让锅转得越来越快,老远都可以听得到声音,直到最后啪的一声掉进了下面的水塘。

那一刻整个世界都安静了下来,每一头大象都呆住了,警觉地扇着它们的耳朵,惊恐地逃离。很快,它们都消失了,让人以为仅仅几秒钟之前它们在这里喝水嬉戏的景象只是幻觉。那么多大象就这样静静地消失了,只留下空气中飘浮的一层红色尘土。摄制组停止了拍摄,演员中断了表演,时间仿佛静止,每个人都抬头难以置信地看着

我。我窘迫得要死。

大卫走向我们，比尔向他介绍了我们这群人，最后满怀罪恶感地嘀咕了一句："呃，这是达芙妮。"我不知所措地抬眼看去，大卫伸出手来致意。他很高，眼睛是深极了的蓝色，既感兴趣，又好笑地看着我；眼睛周围的又长又密的睫毛能让所有女孩羡慕。他握起手来很有力，腿形修长，脚上穿着"楚普利"凉鞋，他的猎装剪裁熨帖合身，浑身散发着不容置疑的权威气质。

现在我二十一岁，结了婚，做了母亲，在许多方面都成熟了不少。然而在到达马辛加山脚下新完工的公园管理中心后，看到大卫出来迎接我时，却发现自己张口结舌，手足无措。他接过在摇篮中的吉尔，陪我到他的新家，说在我们的房子重新装修完工前，我们是他的客人。之前没有给我们装修是因为他觉得应该由我来决定颜色和最后的装饰。我到长门廊尽头的客房中去整理行李并安顿吉尔时，他带比尔去参观他离开的四年里管理中心的各种变化。我很惊讶，没见到大卫的妻子戴安娜，因为我挺想见她。可后来比尔告诉我，发生变化的并不只限于公园的建筑，大卫和他的妻子显然最近已经分手，她带走了两个年幼的孩子。

那天晚餐时，大卫和比尔讨论着察沃面临的问题。在幅员一万三千平方千米，相当于威尔士、以色列或密歇根州面积的公园内建造必要的基础设施，以及在如此广阔荒蛮的领地上面临的艰巨的运输工作让我始料未及。察沃是当时肯尼亚最大、最偏远、最不为人知也是最原始的公园，没有人居住，除了那些追逐着象牙和犀角的专业盗猎者之外鲜有人迹。这个国家找不到第二座比这里更困难重重的公园了，可大卫告诉我们，他还得为争取合理的开发投资而艰苦奋战。实际上，察沃是殖民政府有能力划给野生动物而不会引发人类的土地所有纠纷的唯一一块成规模土地，却被当作"灰姑娘"一般对待。他坚定而又充满激情地说着打击偷猎者和铲除残忍地猎取象牙和犀牛角行为的紧迫性。他历数数年间和同事们一起发现的那些骇人听闻的野生动物盗猎事件，说："如果我们不制止这一威胁，就没什么值得保护的东西了。"

第二天早晨，我在小鹀鸪的合唱声中醒来，回忆着在塞伦盖蒂的营地，透过窗户望着一只年幼的羚羊在大卫的阶梯式花园里大嚼鲜花。两头小象伸着像碟子一般的耳朵，扭打嬉戏着。我马上振奋起来，准备去敞开怀抱拥抱新生活。后来，我得知那只小羚羊是一名野生孤儿，大卫给它取名叫布歇，而两头小象则是著名的萨姆逊和法图玛，除了那些远方的动物园以外，它们是肯尼亚著名的第一对孤儿大象。这两头大象在《东非标准报》上每周都有专栏报道，已经是全国家喻户晓的明星。早餐桌上，我向大卫问起营救过程以及怎样"驯服"它们。两岁大的公象萨姆逊是最具挑战性的。大卫甚至要和它一起进厩场，每当它发起脾气，大卫都会用拳头捶着它的身体，强迫它回到角落里去，然后再轻柔地跟它谈话，在应对下一次发脾气前取得暂时的和平。最终，在无数次因为表现出攻击性而被批评后，萨姆逊认识到这种行为不值得，面对自己的那个古怪的动物是不会被轻易吓倒的。就在同一个下午，它彻底平静了下来，直到能轻松地听从指挥行动，从此和大卫之间结下了特别的情感纽带。而母象法图玛不久前遭到了一头狮子的攻击，它允许大卫给自己清理并治疗伤口，勇敢地

忍受着不适，因为它明白大卫是在帮自己。

大卫谈起他的两头小象时满腔的同情和深入的了解让我深为感动。我不禁惊讶于他强硬个性下的敏感温柔，这样的品质在当时的男人中很是罕见，大多数男人都对野生动物无动于衷。大卫从事专业狩猎的时候，显然也杀死过不少动物，但我能感觉到他并未从杀生中得到快乐。我还能感觉到，我能从这个男人身上学到很多，尤其是关于大象的知识，他说起萨姆逊和法图玛的语气让我想要马上开始学习。

然而，当务之急，我渴望去看看我们的新家并参观管理中心。管理中心热闹而忙碌：木匠在制作朴素的香柏木路标和家具；还有一台巨大的液压泵，大卫有时会顺便用它来制作"比力比力嗬嗬"——一种他家里每顿必备的超辣辣椒酱，很快我就被这种辣酱给辣坏了；一个配备了修理公园车队所需要的一切装备以及重型机器的机械车间；一台只有他能够操作的机床，他用这个将废铁制作成螺栓、轴承和备件。大卫自己培训了公园的工匠和所有劳力，更重要的是巡守，他们的职责是控制对大象和犀牛的非法盗猎，让这些动物安全地成长。

第一眼看到新家，我被吓了一跳。房子的前门楼梯下就是一个高耸的红土蚁冢，给蛇和其他令人恶心的爬行动物提供了绝佳的容身之处，房子四周生长着密密麻麻的剑兰。无边无际的仙人掌类落叶浅根树弯弯扭扭的树干和尖锐多刺的丛林后面，无疑躲藏着水牛、大象和可怕的察沃食人狮。房子本身很简单质朴，可最令我失落的是缺乏任何看上去像个花园的地方。我转过头，不想让主人难堪，但大卫平静地说："别担心，达芙妮。一切都会改变。"

他认真地兑现了诺言——第二天，一辆拖拉机被派来夷平蚁冢，清除灌木丛；泥瓦匠开始给新砌的花坛铺上石墙；木匠在房间的墙上钉上搁板，油漆工则给墙壁刷上了我选定的奶油色。随后的几周中，在照顾正在适应炎热的天气而异常暴躁的吉尔的间隙，我做好了窗帘，也把所有行李开包整理完毕。大卫派来了一位园丁，给顶层露台种上草皮。他自己也过来监督鸟浴盆的安装，这也成为我的新花园中一个美丽的景观。等我觉得一切都井井有条了，我和比尔邀请大卫来用晚餐。他在起居室四处打量了一番，微笑着说："现在高兴了？"我向他保证我很满意，并说："我会喜欢住在察沃的。"他盯着我研究了一番，然后说："希望如此。我妻子对这里恨得要死。"

语出不祥，但从很早开始，我真的开始爱上了察沃。每个黎明，太阳像一颗鲜红耀眼的火球一般升起，给这片广阔无垠的神秘土地镀上温暖的霞光时，都让我沉迷。我爱上了察沃的荒野和它的开阔，还有受它庇护的大自然。

随着岁月的流逝，我发现自己爱上的不只是风景。

第 5 章

坠入爱河

大象和我

没有言语能够表达荒野所隐藏的精神,能够展现它的神秘、它的忧郁和它的魅力。开阔之地的艰难生活中蕴藏着欢乐……除了这些,交织其中的还有沉默的土地、热带的大月亮和星星的璀璨的强烈诱惑,漫游者在地球广袤的荒地上看着充满敬畏荣光的日出和日落,没有人类的触碰,只在永恒中随着时光的流逝而变幻。

——西奥多·罗斯福《非洲猎踪》

由于接受过打字和图书管理培训,我被邀请在办公室给大卫做帮手。一边照顾吉尔,打理家务,一边在花园里栽种母亲寄来的花种和插条,很快我就沉浸在公园的每日工作中。我乐于加入到这里正在进行的一切蓬勃的事业中来。我和大卫共用一间办公室(那也是管理中心唯一的一间办公室),这里是一切活动的汇集地。无线电不停地响,巡守们从远处汇报着情况。当大卫的反盗猎战役全面展开时,我负责记录"盗贼名录",将每名知道的盗猎者详尽地登记在案。我开始了解盗猎危机的严重性,比尔在巡察中几乎从每个水塘旁边都能发现令人作呕的屠杀迹象——牙根、人去楼空的窝点、盗猎者生过火的灰烬、骨头和葫芦。成规模的屠杀仍在继续。

大卫的计划是开发察沃二十万平方千米的土地,将这片广阔的未开发的无人区改造成可以吸引接纳观光客的国家公园,内罗毕到蒙巴萨铁路以东为东察沃,以西为西察沃。这不是一项轻松的工作。在这片覆盖着无边无际的灌丛和荆棘密布的林下植物的土地上修筑公路和小道是一项艰辛的工作。早年，还没有运土设备，巨大的树桩和岩石都只能依靠人力徒手搬出被烘烤得如同混凝土一般坚硬的泥土中。天气热得让大卫不得不允许在上午十点到下午三点间停工，好让精疲力竭的工人们可以随便找块阴凉地躺一躺。水比金子还要宝贵，只能定量供应，每一滴都得从基地运送过来。这是一直极其匮乏的商品，因为占地一万三千平方千米的东察沃只有两条永久性河流。比尔和大卫一直都发着疟疾，更不用说蝎子、蛇、愤怒的犀牛和对人类闯入它们的领地而心怀怨恨的大象这些不那么严重的威胁了。

公园的北部非常偏远，只有一种方式可以到达。加拉纳河将公园一分为二，将北部隔绝开来。在旱季，河流处于低水位时，可以冒着鳄鱼和河马的威胁涉过浅水，游过河道，巡守们在例行巡逻时经常这么做。不过在这之后遇到的是另一重险阻：无水之地，下一站可以取水的地方是九十千米以外的季节性河流蒂瓦沙河。在两次雨季中，加拉纳河和蒂瓦沙河都会泛滥，让对岸的土地在最后的几个月中与世隔绝。大卫意识到修建通往北部的更可靠路径的紧迫性，早早地开始准备在加拉纳河最狭窄的地方铺筑跨越河流的长堤。这就必须四处勘探寻找一条可以作为地基的岩缝，最终他在卢吉瀑布的上方找到了这样一处位置，加拉纳河在这里被一条狭窄的岩缝收束成翻滚的急流。这项工事进行了整整一年，其中好几个月时间都花在砸石头获得所需的碎石上，而每次河流涨水都要令人沮丧地推后工期。但一旦完工，第一辆汽车驶过河流，北部地区的那近八千平方千米的土地就拥有了通途。五十年后，这一全凭人力建造的建筑仍然是横跨加拉纳河的生命线，成为那些巡守先锋技巧和毅力的活生生的证明。

公园开发过程中，对野生居民的保护也时刻放在大卫心上。察沃以象群和黑犀牛闻名，所拥有的黑犀牛数量超过非洲其他部分的总和，还拥有全世界象牙最长的大象，每一根象牙重量超过四十五千克。正是这些华丽的生物成为千百年来白人狩猎人和盗猎者的目标。据估计，二十世纪五十年代中期，每年都有一千二百多头大象和数百头犀牛被盗猎偷杀，象牙和犀角作为贵重商品，被盗猎组织向沿岸罪恶的亚洲和阿拉伯中间商出售，随后走私到远东国家，赚取巨额金钱。

象牙长期以来就是令人垂涎的商品，石器时代的人们就将其作为天然的工具或用来支撑棚屋、作为国王和王子的配饰，或是由古希腊、古罗马、中国人雕刻成器物。可令我难过的是，在二十世纪的今天，我们已经找到了如此多的替代品，象牙却仍然奇货可居。在当代的西方市场上，象牙被用来制作成琴键、台球、雕塑和象棋棋子，而在东方则被制成筷子、婚礼手镯和印章——这些根本就不是什么生活必需品。也有证据表明，它还被当作"白金"用来抵御通货膨胀以及易损的纸币。犀角则因其药物属性在东方备受珍视，被认为可医治阳痿、风湿、发热和弱视等众多人类疾病的灵丹妙药。实际上，犀角的成分只有角蛋白而已，和指甲的成分没什么不同，所以服用者完全可以靠啃指甲达到同样的目的。

盗猎夺走了公园里无数野生动物的生命，大卫下定决心要控制这一趋势。新入职的巡守不是从好战部落中选拔的，他们不愿和携带涂有致命毒药的弓箭的盗猎者起正面冲突，由于害怕报复，也不愿逮捕自己部落的人。大卫向位于内罗毕的国家公园管理中心恳请调拨合适的人选和装备，让他至少可以开始着手处理危机。但比起其他更受欢迎的地区来，察沃的重要性排位要低得多，于是他只能利用有限的资源、步枪和那些毫无经验、情报匮乏而又不情不愿的手下。

公园东界外，加拉纳河以南是瓦里安古鲁人的家园，他们是专业的猎象人，部落文化也和大象紧密交织在一起。我们到达公园的时候，象牙的商业价值已经逐步侵蚀了他们一直以来对伦理道德和商业主义的苛刻准则。更险恶的威胁来自瓦坎巴部落，他们来自公园的最北端。尽管不如瓦里安古鲁人那么经验丰富而无所畏惧，但同样也是高效的杀手，最多时有将近五十个人成群结队活动。这两个部落几乎从不侵犯对方的狩猎领地，各自遵守着由巫术定下的不成文规定，相信若有违反，必遭报应。实际上，瓦里安古鲁人看不起瓦坎巴人，总嘲笑他们狩猎不如自己部落有胆有谋，经验丰富。

这两个部落都使用毒药来杀大象和犀牛。制作毒药是一项需要极高超技术的专长，也是吉里亚玛部落世代保守的机密。他们是起源于蒙巴萨沿海的班图族斯瓦希里人，会配制并出售毒药。毒药的配方中包括取自一种剧毒夹竹桃的树皮和树叶，经过在水中煮沸熬制大约七个小时，加上一些其他配料后，制成黏稠的柏油状物质。这种毒药是致命的，一旦进入血液循环系统立刻生效，扰乱动脉和心脏的搏动，足以在几个小时内毒死一头大象，对付一个人则只要几分钟就够了。出售前，会先测试效力，用一根尖刺蘸上毒药扎入一只青蛙或蜥蜴，或是将毒药注射到一个表面已经裂开、就要孵出生命的蛋里。如果没有合用的活体标本或蛋，药贩会刺破自己的胳膊，让血流出来，将少量毒药放在血流过的地方，观察血液是否会迅速变黑。夹竹桃箭毒没有解药。制作毒药是个有利可图的行业。

毒药被抹在箭头和钢制附件上，缠上布料或兽皮作为保护。射击时，箭头和钢制箭杆与尾端装有秃鹫羽毛帮助飞行的木质箭杆分离开来。一旦脱离，有毒的箭头和钢制箭杆就会深深扎入体内，让毒药进入血液系统，而木质箭杆则可以回收继续使用。箭头上总是刻着箭手的特殊记号，标记着谁是被杀猎物的主人，而不必去管是谁最早遇到猎物。盗猎者通常会埋伏守候在可以俯瞰水源或是经常使用的象道的战略制高点上伏击猎物，一旦有理想的目标出现，第一支利箭就会射入除了胃部以外的任何部位。胃部不是适合的部位，因为胃容物会中和毒药的药效。第二支箭对准的是象腿，将它射瘸，猎物就无法在死亡前走太远了。

被毒死的动物的肉绝对不会受到夹竹桃毒的污染，可以安全地食用，一般都会割成长条在灌木林的隐蔽处晒干。需要用斧子将刚死去不久的尸体上的象牙从颅骨上砍下来，如果尸体已经腐烂，轻松就能将长牙拔下来。之后，象牙被锯成适合加工的长度，或是掩埋收藏起来，以待日后之用，这样在雨季开始时就不用担心存量不足了。资金充裕时，还会雇上些搬运工将战利品搬回基地或是和中间商的碰头点。中间商随后将象牙转卖给沿海地区那些道德沦丧的买家，赚取可观的利润。走私的单桅帆船从海岸线出发，最终到达远东，在那里象牙得以以它真正的市场价格卖出。

动物中了夹竹桃毒死去，尤其是如果毒药不太新鲜的话，是非常残忍而痛苦的。直到今天，仍然有些这样的画面如噩梦般缠绕着我：一头母象在垂死挣扎，围着它身边的它狂乱的亲人疯狂地努力想让它站起来,它幼小的新生儿已经注定要失去母亲,却仍在拼命地吸吮着母亲再也挤不出乳汁来的干瘪乳房;一头受伤的公象趴在地上将长鼻深深插入自己的喉咙,想要从里面吸出点水来洒到自己高烧的身体上,它无助地待在灼热的烈日下,"泪滴"从它暂时的腺体中流淌下来,那只支撑身体的脚已经肿得有平常的五倍粗,痛得难以再踩上地面。虚弱的受害者身上,溃烂伤口流淌着黑色的毒血,苍蝇聚集飞舞,它们在作垂死的挣扎,蹒跚独行,每迈出一步都是折磨。大卫的话形象地表达出我的想法:"我希望那些应对此负责的人也能够遭受到哪怕是一点点为他们的象牙饰品所付出的痛苦。"我难以面对遭受如此苦难的动物,对比尔和大卫在不得不结束那些已经无法救治的动物的生命时感受到的苦闷与无力也感同身受。许多动物中毒极深,只需要一颗仁慈的子弹射来就轻易地爆裂开来,结束了它们的苦难。

  杀害公园里的野生动物的不仅仅是毒箭。在加拉纳河中还隐藏着险恶的双头勾,用肉作为诱饵,一头焊上钢链拴在树上,用来将偷猎到的鳄鱼完整地拖出水再打死。在公园的另一侧边界,瓦特伊塔部落在地上挖掘的陷阱也威胁着许多野生动物的生命。这些陷阱伪装巧妙,大约有三米多长,一米左右宽,两米多深,顺着动物经常出没的兽道沿线成排挖掘,树枝围篱呈四十五度铺设数千米长,以诱导毫无戒心的动物踏入死亡陷阱。有时,他们还会请狙击手来将动物往陷阱的方向驱赶。瓦特伊塔盗猎者主要从事农耕,通常只会偶尔去看一眼陷阱,从上面将那些尚未渴死的动物用长矛刺死。比尔曾经发现过一段足足绵延一百六十千米长的围篱。套索也是偷猎者不分对象捕猎的手段之一。绳套固定在树木或灌木上,有些放置在陷阱上方,正好位

于长颈鹿脖子的高度。一旦有动物踩进或是将头伸进套索，拉扯绳子想要挣开时，绳索就会快速将它缚紧，动物挣扎得越厉害，绳子就越深地勒入肉中。大象和犀牛这些大型动物一般可以逃脱，但之后却面临着严重化脓的腿伤或是颈伤带来的极其痛苦的死亡。

早期，打击盗猎的方式由几个设立在战略要点的前哨站共同决定，但由于部落纷争，这一体系被证明徒劳无功，许多巡逻队员被发现竟然与同部落的盗猎者同流合污。等到大卫在距离沃伊公园中心一百多千米的萨拉路附近发现了两具大象尸体，而驻扎在当地的巡逻员辩称说不知道时，他知道必须进行改革了。根据他的军事经验，他决定训练一支准军事化的机动部队，并招募了一名前非洲步枪队的索马里军士长以及一名曾跟随他在阿比西尼亚和缅甸战场上服役的久经沙场的老兵。同时，比尔则被派到肯尼亚的偏远地区招募新生力量——那些来自图尔卡纳、桑布鲁、索马里和奥玛部落的天生警觉、勇敢无畏且丛林经验丰富的战士。他们到来时可没有一点精锐的样子——没有人能说一个斯瓦希里语单词，从他们瞪大眼睛四处打量的样子看，明显这是他们与外部世界的第一次接触。然而，令人惊讶的是，经过三个月高强度的军事训练和射击练习之后，这群来自部落的人蜕变成了一个迅猛且纪律严明的团队，大卫给他们命名为"野战军"。现在，他们已经做好准备奔赴战场，这个极其高效的反盗猎团队的雏形，成为后来东非所有国家公园组建武装力量的范本。

在这之后，新成立的野战军很好地控制住了公园内的盗猎行为，但这仍然不是长久之计。需要有法律的手段来追踪盗猎者在带着战利品逃出公园围墙以外的行踪，当然，打击那些散布于原野和海岸线上的中间商也是当务之急。无休无止的讨论和无数报告申请之后,内罗毕当局终于同意,将与政府动物事务管理部门侦察和警察同样的搜查及逮捕权延伸授予野战军巡逻员,由此赋予他们只要掌握充分证据证明有罪,就可以进入盗猎者的村庄逮捕他们的权力。反盗猎巡查队一般要在丛林中度过好几周才能回到基地,所以到最后抓捕者和俘虏都混得挺熟了,甚至还由于对彼此的尊敬和共同的兴趣建立起友谊。外出巡逻时,比尔会和他的犯人围着火堆悠闲开心地聊上很久。任何有关大象牙的话题总能打破坚冰,盗猎者会开始讲述此类故事,以及其他一些丛林奇遇。随着时间的流逝,他们一个个都放松下来,也更健谈了,通过这种方式,比尔为我们的盗贼榜收集了许多有用的信息。有时候,如果犯人非常合作,并自愿提供信息,据此逮到其他盗猎分子,在保证不再有违法行为之后,就会被释放,甚至有可能成为收取报酬的线人。

离公园东面三十千米左右的瓦里安古鲁部落的村庄奇斯基-察-姆尊古里盘踞着许多被通缉的盗猎者,于是这支被委以新权力的野战军在这里和相邻定居点展开了一系列夜袭。在一次行动中,虽然巡警已经包围了已知的嫌疑犯,大卫却在村子的另一头遭遇到一伙驻扎在那里的盗猎者。他们静静地坐在那儿,打量着月光。看到他走近,一个人礼貌地站起来。大卫问:"你叫什么?"那人回答:"我叫加洛加洛——加洛加洛·卡方德。"

加洛加洛·卡方德是瓦里安古鲁中最具威望的盗猎者,他曾经杀死过数百头大象,受到整个部落的崇拜。有那么一刻,大卫都不知该说什么好,他被吓了一大跳。接下来,他要求搜查房屋和聚会点,在

附近的灌木丛中发现了两根巨大的象牙，于是加洛加洛被依法逮捕。在后来的审讯中，他承认自己的四个儿子都在公园里一个叫雅塔的隐蔽处从事盗猎，并欣然同意带领一支巡查队去找他们。稀薄的月光下，大卫将加洛加洛的一只手和一位巡查队员的手铐在一起，带领着队伍沿着一条狭窄的象道前进。但走了大概两个小时后，加洛加洛就设法挣脱了手铐，飞速地消失在茫茫夜色里。大卫马上知道，再去追踪只是徒劳，只能命令队员们回到基地，心中对这个臭名昭著的盗猎者从自己眼皮底下逃脱愤懑不已。我从未见大卫如此垂头丧气过。

我们都和他一样沮丧，但几天之后，来了个好消息。吉里菲的动物事务管理部门传来消息，另一名臭名昭著的盗猎者瓦姆布阿·马库拉被捕了。他成了宝贵的消息提供人。除了对自己所在的瓦坎巴部落的同伙了如指掌外，他还向我们透露了许多关于瓦里安古鲁盗猎团伙的信息，他跟他们有联系，但不喜欢那些家伙。我的盗贼榜信息一下暴增。官方撤销了对他的所有指控，他正式成了我们的线人、翻译和反盗猎队伍中的积极分子，带领着巡查队沿着雅塔山壁搜索无名小溪附近的藏身窝点。瓦姆布阿真正是个人物：瘦长结实、轻巧迅捷，缺了几颗牙，双颊深陷，面色枯槁。说话的时候，他的鼻子会一下一下弹在下巴上，让我很是着迷。他和动物的遭遇充满了传奇，当然也让办公室的气氛大为活跃。他曾经被水牛抛过，被犀牛顶过，被狮子抓伤，被鳄鱼咬到，被蟒蛇缠住，还多次从大象那里死里逃生。在他的帮助下，许多盗猎者终于被抓住并接受审判。

当然，只靠一位线人，就算消息再灵通，在阻止盗猎方面也不可能比一支野战军做得更多。所以，当之后不久，内罗毕当局正式承认盗猎确实属于犯罪、需要采取更强有力的措施时,大卫大大舒了一口气。新成立的东非野生动物协会执行总裁诺埃尔·西蒙是一位既有着远见卓识又能脚踏实地做事的人,他接受了大卫的建议,在实权人物和社会名流中奔走游说,效率惊人。肯尼亚的军队司令、警察总长和动物事务管理部长最后全都被说服,保证协助创建一个足以涵盖整个肯尼亚东南部地区的扩大机构。除了户外无线电设备,他们还借调了一架警用飞机和飞行员,以及一名检察官给大卫。肯尼亚总督伊夫林·巴林爵士预祝战役取得成功,并指示所有地方法官对那些被查犯有伤害野生动物罪的人做出有威慑力的判决,并对交易贩子予以重判。一切行动均由大卫从沃伊附近现在新命名为"盗猎监控中心"的公园管理中心指挥。公园的野战军得到了扩充,被称为"沃伊军"。另外两个动物事务管理部门的反盗猎机构也建立了武装力量,"马金杜军"负责沃伊和内罗毕直接的区域,而"霍拉军"则活跃在北部的塔纳河附近。

大卫和比尔兴奋不已。这正是组织一场卓有成效的反盗猎战役所需的及时雨。与此同时,围绕着察沃的建设还有许多开发工作要继续,我们的指挥部现在忙得热火朝天。几位新的军官加入了我们的队伍,休·马塞伊以前是军队少校,另外还有三位动物事务管理部的职员:"卷耳"伊安·帕克、"马克比"大卫·麦凯布和大卫·布朗,跟大卫和我一间办公室的是检察官"辣椒粉碎机"艾伦·柴尔兹。所有这些绰号都是我取的。我总是喜欢给各个熟人安上恰如其分的绰号,从前这让母亲和其他家人都忍俊不禁。

吉尔是个安静知足的孩子,我将这一点归功于母亲和韦伯外婆的遗传。她可以自己玩上好几个小时，大自然给她什么，她就玩什么——木棍、小石头，要是有甲虫或者蚂蚁就更美妙了，她可以温柔地调动它们玩着自己想象中的游戏，指挥它们走上她的各条"道路"，或是进入小石块或灌木掩盖下的房子。等她长大一点，我们已经形成了习惯：早上八点，一起漫步走到指挥部，我工作时，她可以在那儿和她的各种"哎呀"小发现玩。她是办公室最受欢迎的宝贝，尤其是爸爸和叔叔停下工作陪她玩时更是得宠。然而，我对她爸爸的感情却日渐减退。他的时间观念淡薄一直都是引发我挫败感的原因之一，就算在结婚前，他也是要么会突然出现在我面前，等着我给他准备饭菜，要么就在我忙碌了半天之后却根本不出现。他是个懒散随意的人，对生活的态度就是随遇而安，等到我们结婚后，这一点表现得越来越明显，他指望我来挑起所有责任，操持一切家务。抚养吉尔上，他没花太多心思，我还得管理我们的财务、独自偿付账单、申请返税、应对官僚、确保汽车上牌，还要应付所有用人的事务。和比尔截然相反，我像父亲，永远将守时放在第一位，希望一切都井然有序，有条不紊。有时候，我渴望找一个更有担当的伴侣，一个可以分担责任、时常起主导作用的人。我和比尔的关系早就存在不和谐的种子，随着婚姻生活，这一点变得越来越明显，我开始担心起来。

打猎是让比尔从不懒散的事，尤其是猎象。从我认识他那天起我就知道，他一到合法年龄，就给自己买好了年度猎象执照。尽管这点让我有些困扰，可那时我的眼里满是星星，自动忽略了过去。到了察沃，我发现自己很难认同他一面作为大象安全的监护人，一面却仍然对猎象乐此不疲。况且，他的这一爱好直接影响到了我们的生活，每逢他的年假，我打算和他带着吉尔去看望我现在已经搬到马林迪的父母时，他总会将猎象远征放在优先地位。由于他执行反盗猎任务时大部分时间都不在家，这就意味着我几乎都见不到他，自然而然地，我们也就日渐疏远了。

比尔参加的专业猎象会是一个令公园烦恼不已的组织。察沃的相邻区域被划为狩猎片区，隶属于政府的动物事务管理部，由官方向专业猎手颁发执照，猎象会的客户可以射猎执照上注明的所有动物，猎手则向他们缴纳一定费用。但事实是，动物事务管理部根本就不清楚狩猎片区里到底有哪些动物。很有可能持照猎手射杀的是该地区的最后一头狮子，因此他们所谓的"控制"只是一个传说罢了。况且，由于动物事务管理部在野外的人手不足，大部分时间都花在处理闯入定居点的野生动物和人类利益冲突的问题上，这些地区盗猎猖獗。该部门的内部纪律松懈，经常对随意狩猎不予追究，甚至有很多工作人员还参与射猎，他们对狩猎比动物保护要热衷得多。比尔对猎象如此兴致勃勃，让我难堪不已，连国家公园的负责人默文·考伊上校都对此事大皱眉头，特地要求大卫关注。在从事职业狩猎工作时，大卫也曾经射杀过大象，但自从有了萨姆逊和法图玛之后，察沃的守护者从它们身上学习到了很多，就再也没有猎象的想法了。

和比尔结婚已经六年，我发现自己的内心开始骚动不已。事实上，我无法将此完全归罪于比尔当丈夫的不称职上，因为我对大卫的感情从一开始的敬佩和崇拜已经转变成了另一种令人困惑混乱的情绪。每次看到他，都能让我的内心一动。我无法不去看他，因为他就是我日常生活的一部分，我和他在同一间办公室工作。我心有愧疚地

意识到，我们大部分时间都在一起——而这些时间并非完全与工作相干。当比尔在公园的偏远角落执勤或是远征打猎时，大卫从不会让我孤身一人待着，而是带我去看动物或时不时地去沃伊酒店参加周六晚上的聚会。

沃伊酒店的周六聚会成了一个专有名词，因为它几乎已经是一项社会习俗，吸引着周边的人们在经历一周的辛勤劳作和与世隔绝后聚集于此。毕竟，沃伊在殖民时期是个相当热闹的社交场所，除了二十世纪五十年代中期修建姆兹玛到蒙巴萨的自来水管道的法国人外，还有大约七十位移居在此的欧洲政府官员，以及附近牧场的几名经理人。

在这些聚会上，我见识到了大卫狂野的一面。一周的严守纪律、专注努力的工作过后，他在沃伊酒店显然完全放松了下来，变身为远近闻名的"喷火手"，就是从嘴里喷满口石蜡，点燃它，让一条火龙射过酒吧。纵酒狂欢时，他喜欢恶作剧和搞笑的小把戏，折磨折磨已经受够了的经理亨利·海耶斯，一个魁梧的好脾气的约克郡人。

当看到大卫有多受其他女人欢迎时，我发现自己在嫉妒。他当时是整个地区最有魅力的男人，我很快就注意到他是女性崇拜者永恒不变的目标。其中有一个言行放荡的热情女人，私底下能和所有男人上床。只要大卫一踏进酒店的大门，她就熟门熟路地进来，甩着深色的鬓发，两只胳膊搭在他脖子上，厚颜无耻地黏着他。她虽然已经结婚，但勾引起其他男人来还是肆无忌惮，就连丈夫在场时也没有丝毫收敛。大卫对付起她来游刃有余，脸上挂着的消遣微笑让他魅力倍增，他随时都保持着无懈可击的状态，尽管她的纠缠总是无休无止。观察大卫和其他女人相处的情形非常有意思。她们总是不可避免地被他吸引,追逐着他的关注,尽管他早就公开宣称自己对终于摆脱婚姻枷锁如释重负,一次又一次地声明自己再也不会掉进同样的陷阱里去。他告诉我:"我是独来独往的人。我太自私,不可能让女孩子幸福的。"可在他的怀抱中跳舞时,我的双膝发软,我的心跳加速。我一遍又一遍地告诉自己,大卫已经三十七岁了,对我来说高不可攀,我有丈夫,应该为女儿着想,于是小心翼翼地将这份感情深藏心底,尽情地去享受他的陪伴。

大卫让察沃荒凉粗粝的一面活生生地展现在我的眼前,让我领略到空旷的魅力,领略到第一场雨降下后,旱季里砖红色的半沙漠土地和光秃秃没有一片叶子的枯树变成生机勃勃的人间仙境的神奇转变。第一滴珍贵的雨珠让我们所有人都陶醉,就好像在吉尔吉尔的时候,父亲站在门廊上伸开双手,看着雨幕逼近一样。在察沃,当雨水汇聚成红色的激流,平时干旱的季节性河流沃伊河感应着雨水的召唤,从特伊塔山上奔腾而下时,我们都挤到大卫的小橡皮艇上,划到泛滥的河水上,磕磕绊绊地在河流上漂浮着的枯枝碎片中奋力保持平衡。

我和大卫有时会去散步,那也是我开展迷人的自然研究的时机。每一次散步都充满新鲜感。大卫见多识广,指点我注意到各种大部分人根本都不会注意到的食物——洞口排着丝线、还精巧地连着个小盖子的大蜘蛛洞穴;威武的屎壳郎奋力滚动着巨大的粪球,直到将它深深埋到土里;树枝上树蛙留下的里面包裹着卵子的白色泡沫,孵化出来的蝌蚪直接掉进下面的水洼和池塘里;还有能向任何方向弹射的水金龟。他会一边走,一边告诉我眼前景物的来龙去脉。对他来说,每一个有生命的有机体,再卑微,也都五脏俱全,每一个器官都有其功用，对整个生命体至关重要。他教会我对自然之谜要相信自己的直觉和常识，而不是寻求复杂的解释。他说："你永远都能相信的一条，就是大自然知道怎样是最佳的选择，它能在任何环境下提供最好的方案，大自然的适应力是无穷尽的。不要被愚弄，认为人类必须扮演上帝的角色，一旦这样做了，人们往往把事情搞得一团糟，还会引发其他一系列问题。"

大卫需要去巡察工作进展时，我和吉尔有时会跟着他一起到公园的偏远角落去探险。由于路上可能要花一整天时间才能到达目的地，我们就在灌木林中扎营，有时一去好几天才回家。往返的路途给我们提供了整理文稿的理想机会，我一边走一边用速记记录下大卫的口述，等到回去之后才全部打成文稿。这样的短途旅行让我有机会去了很多以前从未到过的地方，比如在加拉纳和提瓦河中间的基亚萨山上可以储水两万多升的巨型水箱，这是为了让反盗猎巡逻队旱季里能在北部活动而设立的，那里方圆一百多千米范围内都没有永久水源。日复一日，我开始了解并爱上了察沃那些我本来也许根本就无法涉足的偏远区域。卢吉瀑布的水力将岩石雕刻成点缀着红石榴石的雕塑；东察沃最壮观的雅塔高地如同一条细长的脊梁贯穿整座公园，并继续延伸；世界上最长的熔岩带莫皮亚沟千百年来被数百万头大象踩踏成高地间的两条自然通道之一，我们总要在那里向一头叫鲁道夫的老公犀牛道歉，它在那里隐居，直到公路打破了它的宁静。雅塔的另一条自然通道叫塔班·古恩吉，有块巨石孤独地立在那里，守护着很久以前那些为了保护自己的牲口在激烈的搏杀中死去的勇士的墓地。大卫解释说，好战的游牧民很久以前使用这条道路掠夺弱者的财物，经过时每名战士都要向这块岩石扔个小石块,这是一种祈求好运的仪式。静静地坐在这块孤独的巨石旁,听着风声掠过,沉思着那些古老的战役和掩埋在通道两旁岩石下倒下的战士,这真是令人感动的经历。

察沃有许多我从未见过的物种——小彼得瞪羚;耳朵上有着优美鬃毛的大羚羊;索马里鸵鸟,这种公鸵鸟在繁殖期有着蓝色的脖颈和腿、鲜红的胫和鸟喙;长颈羚,一种优美的锈红色羚羊,完全摆脱了对水的依赖,能靠后腿站立获得更广阔的视野,它们耳朵上像树叶般的黑色花纹让我着迷。即使在极端干旱的季节,长颈羚也不需要水,只在不得已的情况下互相喝尿,它们啃食的草木中所含的水分已经足够满足需要了。不管遇到什么动物,大卫都能说出它们的习性,但最令我印象深刻并且意识到他的博学的还是他对大象以及它们在大自然中的角色的深入理解。他对我说起过,从童年开始他就对野生动物兴趣浓厚,他的父亲怎样建立起一个基金,他在英格兰读书期间又怎样进一步为基金会添砖加瓦,以及他在战后作为职业猎手的生涯和住在尼耶利的时光。听着他娓娓道来,我能够感受到这正是他的热情所在,那是一种不仅来源于知识,也来源于灵魂深处的东西。他告诉我,远在开展任何大象研究之前,"为了解读大象的行为,必须简单地从人类的视角来分析,这样通常能得到接近真相的答案,而科学家们还不明白这一点。对于从人类行为来解释动物,尤其是其情感,他们似乎极其看不上眼。"后来,在我自己的工作中,这些谈话内容都一一得到了验证。

大卫将公园的北部和提瓦河叫作"东察沃皇冠上的明珠"。只要工作需要到北部去，我们都会尽量安排在满月前后到图恩达尼过夜，在一块露出地表的巨大岩石上支起一排低帐篷，在那里，我们可以观察夜间的活动。月光在浅色的沙滩上嬉戏时，大象静静地出现在画面中，就像突然冒出来的一样，深色的庞大躯体像帆船一样安详地移动，象牙在月光的浸润下闪着银白色的光。然后，犀牛从河岸的阴影中走了过来，每一头都想要占据一口沙地里被大象踩出来的水坑，抢到之后，埋头将坑修整成它们的头和角的形状。一夜的活动过后，日间的表演者们出场了——猴子和狒狒从树上下来，猫鼬蹦蹦跳跳地跑来，跟在后面的是长颈鹿、斑马、大羚羊、成群的松鸡、鸽子、织巢鸟、椋鸟、秃鹫，接着猎隼、雕和老鹰这些猛禽出现了，寻找着易得的猎物。渐渐地，越来越多的动物走近河床，就着大象踩出的坑饮水解渴，一派和谐共处的景象，直到捕食者到来——花豹、狮子、土狼或是一大群猎犬，警报声响起。这一刻，舞台在一片雷鸣般的啼声和一片翻飞的翅膀中一眨眼就变得空空如也。

还记得有一次，我们经历了梦幻般的一刻：作为人类被动物王国接纳了。我们当时在河床上察看沙上的脚印，这时一头羞涩的捻角羚出现在对岸。大卫急切地对我低语："蹲下来，装作喝水的样子。"于是，这头有着牙白色顶端的螺旋尖角的美丽动物无比优雅地择路走下了坡，直接走到我们身旁，到离我们只有一两步远的水坑中喝起水来。被信任、被大自然接纳为无害的一分子的经历简直令我兴奋得颤抖起来，那一刻将在我的有生之年中被永远铭记。

这些旅程对我来说就是天堂般的幸福，也让大卫从反盗猎战役和公园日常事务的紧张工作中得以短暂的休憩。但很快还是要回到工作上来,尽管要证明那些逃脱法网的中间商有罪让我们头疼,但毕竟有一切理由为已经取得的进展高兴。到一九五七年末,几乎所有瓦里安古鲁部落的盗猎者或者转为我们服务,或者被判入狱——当然,除了加洛加洛·卡方德,他总是比我们早走一步。这些盗猎分子刑期即将结束时,大卫和比尔总是努力为他们寻找工作,让他们有事可做,不再回到老路上去。他们很受国内那些旅游公司的欢迎,被请去担任观测员和追踪人。

在国家层面上,事态的发展将对白人定居者产生直接影响。在阿伯德尔森林深处,抓捕行动终于逮住了最后一批茅茅党叛乱分子,其中就有传奇人物德丹·基马蒂。被捕前,这位著名的茅茅党将军似乎预感到自己时日无多。有人看到他大胆地冲过旷野,而一般有经验的茅茅党逃亡者都不会这么干。连续不停地跑了二十八个小时,跨越漫漫长途后,他倒了下来,孤身一人在森林的边缘度过了一夜。第二天,他爬上树梢,看着那块他曾经度过童年的土地。他精疲力竭,一整天都静静地往下凝视着那座小小的农场和上面的茅草屋。当天夜里,由于饥饿,四十多个月来,他第一次回到基库尤保护区,偷了些甘蔗和生香蕉,之后又冲回森林中的藏身地。三天后,一切都结束了。他被几名部落警察抓住,他们一枪打在他大腿上,制止他逃跑。尽管他挣扎着将自己拖回了森林,不久之后还是被发现了。等到伤口完全痊愈后,他被送上了肯尼亚高等法院接受审判。整个审判过程中,他魅力四射,附近地区的人挤满了法庭,他们要来亲眼看看这位传奇人物。他被非洲评估人陪审团判决有罪,一九五七年二月被绞死。在后来,独立的肯尼亚将德丹·基马蒂视作自由战士,为打破殖

民统治而奋斗的代表人物。

基马蒂被捕后,茅茅党人最后的抵抗被粉碎,历时五年的紧急状态正式结束了。在白人社区中,这无疑值得庆祝,我们期待着生活能够恢复正常。然而,事情的发展却并非如此。遥远的英国政府中吹起了改变之风,一直吹到了白人高地,我家的农场香柏木庄园也在其中。紧急状态时期的紧张让我父亲感到疲惫,他打算卖掉农场,这令我们所有人都感到不可思议。我常常彻夜不眠,想着这对父亲来说将会是灾难性的打击,而母亲也在那里投资并辛勤工作了三十年。农场是我们的锚地,是暴风雨中的避风港。没有休息,没有银行抵押贷款,也没有他人的帮助,父亲和他的工人们在那里辛勤劳作。当得知父亲中止了出售计划,只是打算在他和母亲在马林迪长期休养期间出租农场后,我大大松了口气。

马林迪离沃伊只有三小时路程,从公园东界的萨拉大门出去直接下去就能到达。现在去看望父母方便多了,这让我很是高兴。他们也可以顺路来我们家。一见面,我们就发现父亲的状态很不好。而令人窘迫的是,母亲也注意到我和比尔之间的关系不那么融洽。我们现在更像兄妹,而不是夫妻。她私底下向我打听起大卫,虽然除了友谊之外,其他情感我一概坚决否认,可她毕竟太了解我了,不会上当。"我能亲眼看到你被他吸引。"她平静地说。谢天谢地,她没有再深入问下去。

如果她问了,立刻就会觉察到我对大卫的感情有多深。大卫望着我时,我能看到时而在他眼中一闪而过的渴望,可他总是飞快地转过头,一脸冷漠,令我困惑不已。

我渴望知道他对我的感情,却又不敢问。

第6章

决定

大象和我

> 男人生命中所求只有三件事：身份、刺激和安全感，而身份则是重中之重。
>
> ——大卫·谢尔德里克

大卫白天在我身边，夜晚也在我的梦中，我心里不停地想着他。

深知总有一刻我们将不可避免地分道扬镳，我以后的生命中不会再有他的陪伴，我有意识地做出了一个决定，要充分享受和他在一起的时光。几年来，我一点一滴地收集着大卫告诉我的那些生活经历，对他渐渐有了更深的了解。过了相当长的时间我才知道，他其实出生在炮火下的埃及，他父亲第一次世界大战时在亚历山大港服役。他童年时随父亲来到肯尼亚，在士兵安置计划的安排下成了姆维加的咖啡种植农场主。可是，他对我讲起自己时，他的保留让人很难透过这些经历本身对他有更深的了解，如果不是有机会和他一起工作并参加一些聚会，我觉得自己不可能和他太过亲近。我很留意他的内心宁静，很快就知道不要打探得太过深入。当然，在心里，我想要了解有关他的一切事情。

大卫总是将最深层的想法藏于内心，这显然是从七岁到十七岁被送到英格兰寄宿学校念书带来的影响。我问他长时间远离父母是否很艰难时，他说："一开始，我想家、想父母想得要命，晚上抱着枕头默默地哭了好几个月。但那都过去了，等到终于回家，我几乎都不记得他们了。实际上，毕业前我在尼耶利车站和母亲擦肩而过都没认出她来。"大卫其实是他父母骄傲和快乐的源头，也是他们深爱的独生子。在学校，他体育出色，是名轻重量级拳击手和优秀的骑手。等后来见到他母亲，亲身感受到她对儿子强烈的爱，让我意识到他父母将他送到英国接受教育是做出了多么巨大的牺牲。一九三〇年，他回到肯尼亚时，他们肯定万分高兴。之后，他在金加波普做了一名农场经理。他从不吹嘘自己的成就，我从许多人那里听说，如果不是第二次世界大战爆发，他的马球水平本来足以让他进入肯尼亚国家队。大卫在阿比西尼亚、索马里和缅甸服役时，他的父母再一次坚韧地等待着他的回归。而他们获得的回报则是大卫被选中代表皇家非洲兵团东非队参加在伦敦举行的胜利大游行。

虽然大卫严守自己的内心想法，我仍然感觉到他对我并非真的那么漠然。我们在沃伊酒店跳舞时，他将我抱得很紧，我能感到他的心脏在和我一起跳动。偶尔我能看到他的眼中不经意间燃烧的欲火，让我的心都欢唱起来。但随之他又会变得超然而冷漠，全神贯注于其他事情，根本无视我的存在，我的幻想又破灭了。有一天，他喃喃自语："比尔真是个幸运的家伙。"这让我欢欣鼓舞了好几天。比尔并不"幸运"，我们的婚姻早就耗尽了所有热情。现在，我们更像是兄妹而非夫妻，当他承认他和老情人尤吉妮仍有联系时，我惊讶地发现自己对此事的关心程度还不如对大卫被其他女人追求的反应。

吉尔是我最大的安慰和快乐，她的稚气天真令人清新振作，她的好奇和冒险精神也在日渐增长。她极其宠爱大卫抚养的孤儿小象萨姆逊和法图玛，夜色降临时我们会坐在一起一边看着它们，一边不停地互相评论：它们要干什么了、它们在想什么、它们在对对方"说"些

什么。吉尔已经和法图玛很熟了。法图玛虽然只有五岁，但已经表现出强烈的母性直觉，它会经常走到某个地点，找到吉尔，然后用它的长鼻子轻轻地努力引导我的小女儿走在它的两条前腿之间，就像母象对它的幼仔那样。而吉尔跟这两头小象一起长大，当然也将它们视为另一个孩子，就像家养的小猫小狗。如果法图玛表现感情的行为打断了吉尔喜欢的游戏，吉尔会毫无畏惧地使劲把大象往一边推，让我好笑不已。法图玛有无限的耐心和温柔，但对保护自己的幼仔也态度坚决，于是最后往往双方妥协，吉尔钻到大象四条柱子般的腿中间，在法图玛宽广的肚子下继续玩她的游戏。我知道大象从不会不小心踩到它们无意踩踏的东西，也观察到吉尔的每一步移动都处在法图玛高度敏感的鼻子监控之下，因为它那双温和的、有着和我手掌一样长的睫毛的棕色眼睛向下凝视着，闪烁着安静的智慧，那是一双有思想、有理解力的动物的眼睛。

　　这些特别的时光对我是莫大的安慰。观察温驯的小象也将我带出了内心的樊笼，我开始逐渐对它们的行为习惯建立起正确的理解，着迷于它们的日常生活和感情。当你开始真正去观察，你就会看到以前从未注意过的东西或是看到现象后面的本质，并向自己提出许多问题。我观察着萨姆逊和法图玛用无数种方式使用它们的鼻子，对它们的灵巧大吃一惊。它们的长鼻子极其敏感，可以像潜望镜一样举起来检测风中的气味，也可以当作一条非常柔韧有力的胳膊，鼻尖裂开成两根灵巧的手指拉扯或捡起食物和水，将它们送到嘴里。象鼻还让大象的声音响得像喇叭，一开始让吉尔吓了一大跳，但现在她已经完全习惯了这种声响。当然，我们知道象鼻也很危险，只要一扫就能要人性命。几年前，一名驻扎在当地军营的年轻士兵兴高采烈地向一头大象走去，递给它圆面包，正像他在英国动物园做的那样。随着象鼻飞快地一甩，大象将他抛向了空中，他身上的每根骨头都像柴火杆一样被摔断了。

我能花上好几个小时观察萨姆逊和法图玛觅食，用它们的长鼻子小心地找一个嫩芽或是一举撸下整根树枝上的所有叶子。我们对它们剥除树皮的巧妙方式大为赞叹，它们用长鼻子将树枝绕进嘴里，用巨大的臼齿啃出整齐的一圈，然后用鼻尖抓住松开的一端，让树枝垂下去，于是树皮就被纵向撕开一道口子。而如果它们想吃的是植物的根茎，就先将植物连根拔起，用鼻子卷起拍打着前腿，拍去上面的泥土然后再吃。如果植物长得太低难以抓住，它们就用一只前腿勾住鼻子，将植物从地上撬出来。

萨姆逊和法图玛都知道怎样用鼻子绕着打开水龙头，常常抓起水管直接塞进嘴里，这样连先用鼻子吸满水的麻烦都省了。可就连大卫都无法教会它们解渴之后应该关掉龙头，不过我从大象的角度来考虑的话，则是完全合理的。如果，只要拧拧鼻子水就能在干涸的土地上流淌，那为什么要关上呢？萨姆逊还有一项天赋是开关门，它很小就精通于打开象舍的门，将鼻子伸出围栏，从上面提起门闩，同时用身体靠住门将门往前推开。作为一位彬彬有礼的小绅士，自己出来后，它会再绕到法图玛的象舍去，替它将门打开，这次的流程反过来，要将门拉开，而不是推开。为了将萨姆逊在晚上关起来不到花园里去，大卫还被迫精心制作了一套围栏、门锁和铁丝装置。

我一而再、再而三地对它们皮肤的敏感程度感到惊讶。它们的皮肤尽管很厚，上面还覆盖着硬毛，但质感松软，哪怕是一片羽毛拂过也可以察觉到。身上被皱纹分割成一块块，好似百衲被，后腿上的皮肤松松地耷拉着，就像哈伦裤。尾巴上的毛长而柔韧，是巡逻队员的爱物，他们从遇到的死象尸体上将尾毛拔下来，做成漂亮的可调节的手环——当然，如果盗猎者先到就轮不到他们了。这些手环非常流行，那时候，每个人都骄傲地戴着它，那是丛林爱好者的标志。

大象的耳朵柔软光滑，背面摸上去就像丝绸一般。耳朵也是明确的情绪指示器，在象群微妙的肢体语言中起着重要作用。我们有时看见萨姆逊和法图玛将耳朵伸展开来，仿佛在聆听遥远的声响。当我和吉尔燥热难耐时，真希望自己能有一对像它们一样能当扇子用的耳朵。

我给吉尔讲汉尼拔穿越阿尔卑斯山的传奇故事和战争时期大象们怎样为人类服务，向她描述大象在古代所扮演的角色。在早期的非洲岩画中就出现了大象的形象，在古代货币上也有。我当然知道古往今来人们为了象牙追捕大象以及那些精美的雕刻工艺品这些冷酷的事实。但在二十世纪五十年代中期前，关于大象的科学数据显著缺失，对它们的习性、习惯和种群迁移没有做过任何详细的观测研究。尽管时常有科学家来到察沃，可大卫对他们印象不佳。我见过他最为沮丧的一次是努力想要说服某个科学家团队，在极端情况下大象能够将鼻子伸进喉咙进入胃中，将里面的水吸出来浇到自己灼热的身躯上。这种景象他见过多次，我也见过，但科学家们却对此大表怀疑。大卫说："估计如果没有哪位科学家在他们那些又臭又长无人能懂的论文中把它当作自己的发现写出来前，这都不'科学'。"直到有摄像机镜头将此情景拍摄下来，这件事情才算是尘埃落定。

为了寻求一些尚未解决的问题的答案，大卫很早就开始自己搜集数据。他看出我对这方面有兴趣，就问我是否有时间愿意帮他记录他要做的各种实验。当时的我还不知道参与到这项工作中去将会怎样改变我的生活。

一开始，大卫认为尽可能准确地测定公园内象群的行踪至关重要，由此可以估算出它们的活动范围。当时还没有那种无线电信号传输颈环，我们只得千方百计给尽可能多的大象做记号。大卫制作了一支相当原始的记号枪，上面有一个用来装油漆的容器，一头是喷嘴，另一头则连接着一个气筒。我们决定先在萨姆逊身上使用，测试一下射程。于是某天下午，萨姆逊正好在工作室下面觅食时，大卫将水喷在了它身上。萨姆逊看起来有些疑惑，还有点不高兴，躲到更安宁的环境里，充满怀疑地看着大卫，耳朵微微地竖立起来。我们止不住开始嘲笑萨姆逊受伤的自尊心，不过大卫对测试结果很满意。

于是，我们带着记号枪去了通往穆旦达岩的路上动物常去的水潭。站在一小块突起的岩石上，我的工作是等象群接近时发出信号，而大卫和另一名队员则蹲在一棵细长的小树后面，我觉得这棵树实在难以保护他们不受到大象的攻击。回报来了，八头大象结队出现了，领头的是一头我们叫它"耷拉耳朵"的坏脾气老母象。它领先于其他大象第一个走进水里，干渴地吸起水来。我向大卫示意，焦急地等待着一柱白油漆击中耷拉耳朵的那一刻。可我唯一听到的是一阵微弱的嗤嗤声，然后一滴白油漆从喷口淌了出来，落在大卫的鞋上！补救的努力立刻吸引了耷拉耳朵的注意，它发出一声令人毛骨悚然的啸声，转身对着小树，逼得大卫和他的助手只能全面撤退。等到大卫倒腾好被堵住的喷口，另一群大象又来了。天已经开始黑了，但幸运的是这次实验成功了，他们在一头母象首领的后臀上留下了大大的一团白漆。等到它一察觉，也调过头来，摆出狂怒的样子，吓得两个男人赶紧再一次爬上了岩石，而象群中的其他成员则四处逃窜。显然大卫的标记装置有限的射程是我们的短处，但尽管如此，接下来的几周里，我们还是设法成功地给十八头野生大象做了记号。

要让标记在大象身上长期保持则又是另一回事了。那时候尚没有任何空中监视能力，但我们总能在公园旅行的途中间或碰到做过标记的大象，其中有一头是在距离做标记的地点将近一百多千米处发现的，远远偏离了公园北部的中心地带。象群中有着显著的长牙，这就意味着大卫观察的察沃象群在行动上并没有限制，而是遍迹整座公园和公园以外的区域，哪儿的植物在雨水的滋润下一片葱绿，水塘中盛满雨水，它们就去哪儿。它们某一天可能在公园南部，第二天又跑到北部去了，对大象来说一百六十千米路程差不多散散步就到了。我们的油漆实验到大雨降下就结束了，到时大象会让全身都滚满红色的泥浆。尽管如此，我们还是达到了目的。

很快，我们又开始了第二场实验，这回是收集大象食用的植物。每种植物的样本都被压平后送往内罗毕城外在卡贝特的科学研究中心分析，那里的植物学家菲尔格罗弗博士对大卫的研究极为支持，他为每一种植物都建立了档案。萨姆逊和法图玛是这项研究无价的资料来源。从一离开它们过夜的象舍开始，大卫一整天都跟着它们，观察、收集它们挑选的每一种植物，直到黄昏才一起回来。我们大吃一惊，萨姆逊在那一天里吃了六十四种不同的植物,只花了四小时二十分钟来干除了吃以外的事!为了完成实验,我们还收集了萨姆逊的排泄物并称重,我花了好长时间才除掉那些带着水果味、装着大象所有粪蛋的纸袋的味道。

大卫想了解大象消化食物需要的时间,为了这个实验,我们给萨姆逊喂了大量橘子。橘子是萨姆逊最喜欢的小零嘴,它一个接着一个狼吞虎咽地吃着。我们没料到要守这么长时间,第一只橘子用了十一个小时才出现在萨姆逊的粪便里,被整齐地一分为二,而最后一只直到整整十九个小时以后才出现!这一事实以及对大象粪便中蛋白质的分析引发了一场对大象惊人的低效率的消化系统的探讨。

我最欣赏大卫的一项品质就是只要自己能行,绝不假手他人,他对工作每一方面的娴熟与精通令人肃然起敬,他的研究为察沃的生物多样性研究提供了可靠的宝贵数据。在搜集大象群体的数据的同时,他还抽时间汇编了一份公园内所有鸟类的清单,之后又加上了啮齿类动物清单。这些工作需要夜间出动才能捕捉夜行动物记录下数据,于是夜幕降临后令人兴奋的猎鼠行动时常开展。大卫将特殊的品种放进他房子后廊上的土箱里,它们在那里可以挖掘地道和巢穴,成为人类长期观察的研究对象。照看啮齿类动物也成了我的任务之一,直到它们被放归自然。我和吉尔每天都要巡视那些箱子好几遍,给每一只动物编个故事。吉尔不断丰富的想象力已经能够很好地理解动物生活的内在规律了。

大卫并没有就此止步。办公室里渐渐塞满了青蛙、蛇和昆虫。对此,我们的检察官同事"辣椒粉碎机"艾伦·柴尔兹直言不讳地反对，他悲叹道:"这里本来就够挤的了，更别提那一箱箱该死的老鼠、一罐罐青蛙、一袋袋毒蛇了，抽屉里竟然还有被大头针钉着的苍蝇!"而与此同时，大卫又有了新发现。他在一个远离人类定居点的疣猪洞穴里发现了一种已知携带回归热病菌的软虱;一种以前除了埃及，在东非从未发现的稀少的无尾平头蝙蝠;一种科学史上新发现的小树蛙，被以他的名字正式命名为"谢尔德里克苇蛙";另外还有一种红色的小虫子。大卫对记录公园中的生命充满了激情，我们还经常接待前来和他一起出发探险的专家们。每当第一场热带暴雨宣告又一个漫长的旱季结束时，柯林顿博物馆(现在的肯尼亚国家博物馆)的亚历克斯·杜夫-迈凯伊都会赶来。当他穿着标志性的绿色防水鞋出现在通往办公室的小径上时，"辣椒粉碎机"都要鄙视地嘀咕一声:"哦，上帝啊!青蛙男又出现了!"

这里一年有两次雨季，四五月份的长雨季通常难以捉摸，而十月、十一月的短雨季则可靠得多。雨水真真正正唤醒了察沃种类繁多的各种蛙类，它们精力旺盛地聒噪，呱呱呱、吱吱吱、啾啾啾整夜叫个不停。我最喜欢的是树蛙，它们叫起来就好像有一千只铃铛在叮当作响。亚历克斯的到来意味着我们晚上将去池塘和水坑边来回晃荡，努力捕获那些比较有意思的品种，并录下它们特别的鸣叫声。巨型牛蛙只有在非同寻常的暴雨中才会偶尔露面。它们在被雨水淹没的地上一边扑通扑通地跳着一边疯狂地进食，大张着黑洞般的嘴，露出凶残的牙齿，狼吞虎咽地吞食着路上遇到的所有东西，包括其他蛙类、小鼠、蛇，连沿途遇到的不断挥舞着鞭形尾巴上的尖刺的大蝎子都不放过。有一次大卫给我看"爱德华"，并请我照看它的饮食，为它精心设计一个带池塘的住所，以及一只牛蛙所需要的一切时，我推辞了。"辣椒粉碎机"坚定地支持我，他问大卫："你疯了吗？"

著名的爬行动物学家艾奥尼迪斯是一位很有意思的来访者，大卫搜集的蛇跟他搜集的相比就小巫见大巫了。他是个怪人，无所畏惧，而且在追索心爱的蛇这件事上成就非凡。他对蛇类热情投入，愿意让蛇咬自己，坐下来记录下感受，然后在自己几乎快要不行了的时候，给自己打一针蛇血清，再继续记录下自己的康复经过。他能从最出人意料的地方掏出一条蛇来。到达公园后的半个小时内，他就已经迈着轻快的步伐，带着他的捕蛇装备，歪扣着锥形帽子，嘴里叼支香烟，在办公室外面的灌木林中探头探脑，将树蛇和眼镜蛇一条条甩进包中。比起我们接待的其他到访者，他尤其让"辣椒粉碎机"郁闷，这让我很是好笑。

大卫发现了一条珍稀美丽的兰菲奥菲斯属的桃红色蛇，艾奥尼迪斯认为它够特别，可以被送往内罗毕博物馆。之后不久，反盗猎战役进入了最终阶段。调查表明，公园北界东北的乌辛古藏有大量象牙。在比尔的指挥下，沃伊军被派去该地区作进一步侦察。那一带乡村干旱无水，毫无特征，炎热压抑，在无边无际的丛林中寻找大象骨骸不是一项轻松的任务。然而根据自己的经验，比尔知道该怎么交待他的手下："检查那些有断枝的烛台形状的树。"那些守在上面等着其他猎食者散去之后乘虚而入的秃鹫的重量不可避免地会将大树柔软的顶端压平。

冒着与好斗的大象和狮子狭路相逢的危险，艰难地搜寻了几天后，巡逻队发现了一具盗猎者的尸体、五十多处藏身巢穴、三百八十一头大象的尸体，还没收了九十二根象牙。

此后，大卫决定将全部三支反盗猎队伍部署在加拉纳河与塔纳河之间一个叫达迪马布尔的地方。环境依然危险，而战绩也依然惊人：三百五十二根共两千七百千克象牙，另外还有七十一千克散落在丛林间的烟蒂和其他杂物。行动中又发现了一千二百八十头大象尸体，其中有将近两百头小象的尸体就躺在它们被杀害的母亲身旁。我不安地想象着那些悲哀的失去父母的小象，它们花瓣般的耳朵痛苦地在察沃灼热的烈日下逐渐变得又干又薄，无助地呼唤着母亲——它们在死前清楚地知道自己幼仔的命运：孤苦无依，最终死于饥渴或是成为狮子的一餐。

最终，反盗猎战役期间总共发现了惊人的一万一千六百六十五千克象牙，所有这些都将在蒙巴萨每年一度的象牙拍卖会上售出，用来填补这三年行动的花费。对大卫来说，如此大量的象牙用来支持他组织的反击非法盗猎的铁腕行动是公平的，如此大规模的杀戮不可能不付出代价。但同时，这场战役也带来了副作用。由于公园对大象来说更为安全，许多大象从外部迁徙而来。我们在公园行走时看得很清楚，大象的饮食和行走习惯破坏了大量植被。我见到公园里靠近永久水源的平地逐渐变得像经历过一场大战，满是断枝残骸，大部分都是没药树，只留下寥寥数棵冷清地立在原地。我们甚至亲眼见到萨姆逊和法图玛也在其中做了部分贡献，尤其是雨后，它们变得极其活跃，一边兴奋地吼叫着一边冲向办公室下面视野所及处的每一棵没药树，简直就像一场野外发生的更大范围的一幕戏剧再现。断裂残缺的树很快就成了东察沃的标志,要求对此采取行动的呼声渐起:"大象太多了!必须采取措施!"这股众口一词的压力已经盖过了反盗猎战役,现在谈论的都是大象数量过多及其造成栖息地环境退化问题,让我们极为尴尬。我们非常担心将不得不走上南非的老路,为了将大象数量保持在一定水平,对大象进行每年一次的"人工淘汰",从而节约资源,将过多的大象送进肉类加工厂制成宠物粮食出售。这也会发生在肯尼亚吗?我们得怎样向那些盗猎者解释突然又需要大量屠杀大象了?而就在不久之前他们刚刚被禁止这样做。

反盗猎战役结束,大卫得到了该得的荣誉,他在一九五九年六月十三日女王诞辰那天被授予大英帝国勋章。但比这更重要的是盗猎者传奇人物加洛加洛·卡方德本人的突然投降,他自己走进了马林迪警察局。他戴着手铐,在警察的押送下走进了公园管理中心,但我一眼就能看出他身上那仿佛触手可及的权威的光环,正和大卫一样。看来他已经幡然醒悟,厌倦了长期被追捕的生活,想要缴纳罚金,然后宁静地度过此生。当他简洁、平静而又诚实地回答大卫的问题时,他发自内心的认罪令我吃惊。审讯结束时,他坚定地盯着大卫,说:"大象已经完了。该对此负责的是有钱人的贪得无厌。和你一样,我也担心大象的消失,它们是我们的文化和日常生活的核心。瓦里安古鲁人一直和大象生活在一起,像个真正的男人那样光荣地猎取它们,我们针对的只是大型公象,从来不会杀害母象和它们的孩子。而现在,那些根本不关心它们的人仅仅为了收入粗笨地杀害它们。我不想成为其中的一分子,我也发誓再不会捕猎任何大象。"大卫简洁地回答:"我相信你。"从那天起直到现在,在察沃国家公园里,再也没有任何瓦

里安古鲁部落的人被发现从事盗猎。

一九五九年年末，公园及邻近地区内的盗猎行为得到控制，到了解散两支动物保护部的武装马金杜军和霍拉军、让昔日同仁们各自回归普通岗位的时候了。在沃伊酒店举行的告别晚会喧嚣如旧，但狂欢背后总有着一股伤感蔓延。并肩作战中，我们已经建立起看似不可能的友谊和紧密的纽带，同舟共济，同甘共苦。分别让人依依不舍。我特别喜欢的是"辣椒粉碎机"，我和他共享一间办公室这么长时间，他是我许多玩笑捉弄的对象，特别好玩。他回到警察局之后不久就去了英格兰，很遗憾，我们从此再也没见过面。这些年来，我有时会想起他，不知道他是否了解自己的工作所留下的影响，了解自己对延续至今的察沃的大象保护工作做出的贡献。

战役结束了，大卫必须决定如何更好地聘用反盗猎团队中的资深成员。他要求我的哥哥彼得正式负责管理北部区域，在伊桑巴的山坡上建起了一幢朴实迷人的小屋。一股清澈透明的泉水给这里提供了永久性水源，而跨越公园的最北界基梅塔纳丘的景观也蔚为壮观。彼得将监督正在进行的北部区域开发，成为我和提瓦沙河的巨型大象们最为喜爱的察沃一角的负责人。和大卫一样，他要面对的挑战是既要开荒，又要保持野生形态。我知道，他会以从我们父亲那儿继承来的完美主义一丝不苟地完成这一工作。我很喜欢我的哥哥，对他被委以这一责任开心不已。虽然他看起来外向，人缘也好，但实际上却是个内向而缺乏自信的人。他能获得提拔令我骄傲。

彼得有了归宿，那么比尔呢？还有我和吉尔呢？一个天气晴朗的早晨，大卫走进办公室，递给我一张纸，请我打出来并寄给国家公园

第6章 | 决定

总监默文·考伊。信上是这么写的:

> 在国家公园年度报告中,对我有诸多肯定,但我觉得大多都受之有愧。我想要指出,我们目前在野外取得的一切成功主要应归功于比尔·伍德利的努力。他不知疲倦地打击盗猎组织,并以饱满的热情感染了工作中的每一个人。他不辞劳苦地收集信息去了解盗猎者控制的乡村。比尔和他指挥的队伍所采用的策略毫无疑问被另两支从事反盗猎斗争的队伍所采纳,并取得了极为可观的成果。他对瓦里安古鲁人的了解无可匹敌,在应对瓦里安古鲁部落时,其他队伍指挥官们总要征询他的建议。有鉴于此,如果他的工作能获得赞扬将令我不胜感激,我急切地期望他在战役中的贡献能够得到充分肯定。

于是,当考伊上校来到东察沃,祝贺所有为战役的胜利做出贡献的人时,指名找出了比尔,委以晋升——一份阿伯德尔和肯尼亚峰国家公园的主守护长的工作。当比尔和他握手,而大家围着我们欢笑时,我感觉到自己脸上血色尽失。尼耶利离这里有四百八十多千米。住到那里将意味着离开察沃,离开大卫。我的内心一片混乱。虽然我为比尔在反盗猎战役胜利中的贡献得到肯定而感到骄傲,可那时,我觉得心快要碎了。我静静地溜出房间,一出门就漫无目的地逃离而去。

我需要在旷野中彻彻底底一个人独自整理思绪。只要走一小段路,尼伊卡就吞没了我。坐在一棵盘根错节的老没药树下,我在直面我的两难局面中纠结挣扎，直到眼泪夺眶而出，而混乱的思绪开始渐渐清晰。我知道继续生活在谎言中对比尔不公平，因为我无法从心中和脑子里抹去大卫的影子。但同时，我也深知离婚在当时为人所不齿，会将一个人打入社交的最底层，还会影响到身边的所有人。大卫一直说得很明白，他绝不会再婚，所以不管怎样激情澎湃，我也不能指望和他会有未来。与此同时，内疚也在不断拷问着我，如果离开比尔，吉尔将会失去她的父亲。况且，我和她将不得不搬到内罗毕去，我可以在那里找份文秘工作，以此维生。我知道，这些事不能指望寻求比尔的帮助。

一想到要回到内罗毕工作我就不寒而栗，不管是吉尔还是我自己都难以想象生活在城市环境中。察沃是我们的精神抚慰剂，我向往和那个我确定无疑的灵魂伴侣永远生活在这里。我怎能让自己、也为我的宝贝女儿着想而离开察沃和大卫，去忍受未来那如同高海拔的迷雾一样冰冷的居住环境呢？

那一刻，我突然清醒过来，我知道不管怎样，必须做个了断。我要回家，到内罗毕去找份工作，安排吉尔入学，过我自己的日子，然后只要有空就时不时回察沃看看。不知不觉中，夜幕已经降临，我知道自己必须回去照顾吉尔了。这时，我听到一只足球轻轻滚到我身边，凭着直觉就知道是大卫来了。我既困惑又难堪，只有将脸埋进双手里，又一次啜泣起来。他的声音很温柔，他说："达芙妮，这样最好。你的未来是和比尔、吉尔在一起。不是和我待在察沃。以后你会根本就想不起来有我这个人，我知道你会爱上那些山脉的，就像你爱察沃一样。"

第6章 | 决定

我被吓坏了，我的美梦破碎了。"你怎么知道我在这里？"泪眼蒙眬中我磕磕巴巴地问，"走开！我恨你！"可大卫将我拢入怀中，抱着我贴近他的胸膛，一边轻轻抚摸着我的头发，一边低声说："如果这样，我们两个人都会轻松些。"他的猎装上有烟草和肥皂的味道。我不顾一切地抱着他，但他解开了我的双臂，将我带回他家，递给我一杯白兰地。等我稍稍平静些，他开车把我送回家，向比尔抱歉让我在外面待得太晚了。

回到家，我坐在沙发上，披头散发，不言不语。比尔立刻察觉到我正处于某种危机之中，他说："跟我谈谈，达芙妮。我们得解决自己的问题。"不知怎的，我找到了勇气告诉他我的心里话，告诉他我不想跟他去尼耶利，想跟他离婚。有那么一会儿，比尔调转了视线，但接着他告诉我，他早就知道我的感情已经另有所属，为此他感到自责，是他不够完美。我们一直谈到深夜，着重讨论对吉尔的安排，以及对各自未来的计划。我们决定，在离开察沃前继续保持原状，同时我会将这个消息通知我的家人。我们的谈话没有怨恨和指责，彼此深知我们的友情仍在，也深知做出这个决定的必要性。我只能庆幸自己的好运，比尔是如此坚忍而有尊严。事实上，他对分手这一事实的接受不仅减轻了对吉尔的伤害，也巩固了我们之间持续终生的友谊。那一晚，我无法入眠，我想起了韦伯外婆，我多想念她啊！她早已预见了这一结果，可我也知道她会明智地劝告我如何踏入未知的人生的下一个阶段。

第二天早晨，在办公室，大卫伏案工作时，我告诉了他我和比尔的决定，心中抱着一线希望，也许他会安慰我，也许他会很高兴。

相反，他猛地抬头看着我，说："你确定知道你们在做什么吗，达芙妮？但愿我没有无意间影响你的决定，或者你已经把我纳入你的未来计划中。"那一刻，我好像被一拳重重击打在肚子上，皮开肉绽。"你想得美！"我回击道，大步流星走出了房间。那一刻，我恨他。我开车回到家，发誓再也不跨进他的办公室一步。

不用说，这个决定第二天就烟消云散了，大卫为他的不当言辞向我道歉。我能察觉到，他有事想问我，但一杯缓和气氛的咖啡下肚后，他告诉我备受尊敬的科学家朱利安·赫胥黎爵士和其他几位科学家将飞来察沃，考察大象对栖息地的影响。他们计划去北部，大卫问我是否打算一起去，负责营地的餐饮。比尔也认为我和吉尔会喜欢再一次探险，因为他得去续办自己的猎象执照，并按原计划在狩猎旅行中陪尤吉妮。

访客很快就要到来，我们这支先遣队提前出发去设立营地。没有比在丛林中扎营更让我享受的事了，有可靠的"大师清单"提供咨询，我对自己的工作职责也很胜任。大卫做一切事情都追求尽善尽美，比起和比尔在一起的探险旅行来，大卫的安排要豪华得多。毕竟，早年在专业狩猎公司沙法利兰工作时，他曾经陪伴过许多重要人物。回想起父亲不得不接受比尔的扎营习惯，我不禁笑了起来。大卫甚至还有一台远足冰箱，当时这可是丛林营地里豪华享受的极致。它被装在一只可以从前后打开的结实箱子里，使得我们可以带上充足的新鲜食物，让丛林中的家务工作方便了许多。我兴致勃勃地将需要为我们的 VIP 客人烹制美食的所有原料装进一只只漂亮的编上号的绿箱子里。和我母亲以及我们的先驱者祖先一样,在丛林中变出新鲜面包甚至蛋糕可是我的拿手好戏,每每都能让客人们惊喜不已,更重要的是,让大卫也印象深刻。炉子就是一只空石蜡罐子,中间一半有只纵向的盖子,前面有一扇闭上的门。在罐子四周和顶部堆上大量烧得红红的炭后,可以很方便地调节温度,关键是要清楚用多少炭来让炉内的温度保持在高热、中热和低热水平。另外还有一些我自己摸索出来或是传自祖先的秘方。将胡萝卜和其他根茎类蔬菜"种"到湿润的泥土中就可以保鲜更久,而将家禽的内脏掏空,不要清洗,里面塞满炭屑和树叶,挂在通风的地方也可以长时间保存。

在大卫的指挥下,到达目的地后,要不了几分钟帐篷就像蘑菇一样在营地上绽开,我和吉尔则开始忙着捡树枝,好生起一堆大篝火,拨出一些小火苗来架上营地水壶,让大家喝上渴望已久的一杯茶。营地水壶是我的,这是一个巨大的黑铸铁怪兽,奇重无比,随着太舅公威尔从南非一路来到这里。尽管要花很长时间才能把水烧开,但它的保温性能无敌,一旦热起来了,随时都可以泡茶冲咖啡。我知道吉尔对丛林生活的注意事项已经很熟悉了,直觉地知道要当心躲在我们捡来的树枝桠杈和缝隙中的蛇和蝎子,要记住不能独自离开营地太远。泡茶的时候,营地已经迅速成形。事先准备好的铺盖从帆布卷中取出来,铺在每张营地床上;炊事帐里的营地桌上也覆盖上了色彩鲜艳的桌布;每顶帐篷旁边都放置着一只装满了热水的脸盆,晾衣绳上也准备好了毛巾。大卫总是精心将营地选在风景优美的地点,既要遮阴,又要赏心悦目,如果可能,还要取水方便。连在卡车上的十二盏灯泡给营地提供照明,而且总是会有泡热水澡和冲淋浴的空间,出来还有一张竹垫用来清洁脚。淋浴设备包括有着连接水箱的水管，水箱里装满温度适宜的水，吊在一根树枝上，用粗绳固定。虽然现在已经不稀奇了，但在五十年代，如此豪华而周到的露营实在很罕见。

客人到达的前一夜，吉尔和其他人都睡下后，只剩下我和大卫两个坐在篝火旁。我们坐了很久，直到深夜，也聊了很多，分享着各自的回忆，看着余烬慢慢黯淡，听着夜之声渐渐升起——有着珍珠斑纹的小猫头鹰悲伤的尖啸，遥远的地方有头狮子在吼叫，大象在下游河水中溅起哗啦啦的水花。当余烬终于只留下微光，压抑被抛开，我们的灵魂在各自充满渴望的眼中敞开。大卫松松地拥着我，陪我走向我的帐篷。到了入口，他转过身，仿佛就要离去，却又在一瞬间回过身来，紧紧抱住我，亲吻我的嘴唇、我的头发、我的眼睛、我的脖子，低声说，也许我们应该一起睡，就这一次。

那一夜一直留在我的心中，刻在我的灵魂里。那是奇迹般的一夜，点燃起吞噬一切的爱情，此后再也未动摇。那是梦幻般的一夜，让我和大卫释放出以前从不敢梦想的激情和温柔。今天的我愿意用余生来换取重温那一夜。我将它深深地藏在心底，还有他从未模糊过的模样。当察沃清冷的黄色月光笼罩在帐篷入口处时，我知道自己会爱这个男人一辈子。

随着日光而来的，当然还有罪恶感——和罪恶感一起来的，还有我们的访客。从那时起，无论是我还是他都再也无法错过忙中偷闲的每个机会，找各种荒凉而出人意料的地方独处。现在，我对大卫身体的了解和对他心灵的了解一样多，它们都强壮而美丽。

第 7 章

新的开始

大象和我

> 我有一个英俊的男人，就像蜜蜂追逐蜜；他让每个女人心动，其中当然也有我。有些害羞，有些大胆，有些头发闪烁如金。你争我夺人再多，只有一个冠上他的姓。
>
> ——无名氏

一九五八年年末，我和吉尔离开察沃的荒原去往内罗毕。我们搬到姐姐希拉家住，我也在一家金融公司找到了一份秘书工作。虽然我总是觉得窒息，吉尔倒是很快适应了我们的新生活，开心地和表弟表妹做伴，进了附近的幼儿园。希拉和她的丈夫吉姆亲切地欢迎我们住进他们的家，下班后的每个晚上，孩子们的叫声和轻松的钢琴声填满了整个房子。晚上是我最艰难的时刻：我被自己做出的决定所困扰，被不安全感和焦虑折磨着。大卫没有做出过任何要和我共度一生的暗示，离开察沃的那个晚上，夜间列车驶离沃伊站的月台时，我泪眼蒙眬地看着他高高的身影渐渐淡去，直到车站成为地平线以外闪着黄光的一点。我知道自己不能没有他。但大卫仍然坚持他已经被第一次经验吓倒了，不打算考虑再婚，所以我根本不知道以后会怎样。只有家人的爱和支持，还有吉尔阳光的笑脸，才让我走过这段黑暗忧郁的时光。

这时我妹妹贝蒂正好也在内罗毕工作，正是她帮我找到了工作，和她在一幢楼里上班，但分属不同的老板。她的未婚夫格拉汉姆·贝尔斯很热心地帮助和支持我们全家人，已经成为我们全家的甜心。成长阶段，贝蒂和我在一起度过的时光并不长，四岁的年龄差距让我们上学时就各自成长。她十四岁时我就离开家了，因此这也是个难得的了解她和格拉汉姆的好机会。贝蒂是在礼拜堂里认识格拉汉姆的。贝蒂对宗教的虔诚出人意料，但她对我的境遇从不存偏见，已经像喜欢比尔一样喜欢大卫了。格拉汉姆真是个好人，可以预见他会是个忠诚的好丈夫，我为贝蒂感到高兴，也为吉尔如今有机会和表弟妹和姨妈们在一起高兴。

吉尔和我一样怀念丛林的开阔。比尔很快在尼耶利安顿下来，距离他了如指掌的阿伯德尔山脉只有一箭之遥，因此只要一有机会，吉尔就要去看他。烦人的提出离婚诉讼流程自然就落在我头上，看来我有两种选择——证明对方虐待，这显然不可能；或是证明对方通奸。律师建议我提出通奸指控会容易证实得多，但这需要比尔的配合，还需要我父亲支付一笔可观的费用，用来雇用一名侦探，而他会目击比尔和一名花钱雇来的"伴侣"以夫妻的名义在酒店登记开房。他们必须做出睡在一张床上的样子后，在第二天早上一起离开酒店。侦探的证词和酒店的登记表将足以支持诉讼，按照律师的说法，这是大多数感情不和的夫妻用来解除婚姻关系的做法。比尔愿意按照这一选项做，因此按时登记入住了林荫道酒店，不过他后来说比起在酒店房间里发现的那个和他共处一室的女人来，他还不如带尤吉妮去。呈送"证据"之后，法庭发布了"中期判决"，我们得等上整整一年，待到它"无条件生效"后才能正式解除婚姻关系。比尔好笑地配合走完了全部流程，我们还是好朋友，这似乎让所有人都觉得惊讶。从我们的角度来看，我们只是在年轻时犯了个简单的错误——没有道理现在要变得互相仇视誓不两立。

然而，我的心每天都在近五百千米以外的察沃，在大卫那里。我极度想念他和察沃，就靠着他的来信过活，每次他提及去了沃伊酒店的星期六晚会我就会心慌意乱。我想要去看看那两头新来的大象孤儿坎德里和阿鲁巴，萨姆逊和法图玛热情地欢迎它们加入自己的团队。现在萨姆逊的身高已经超过一米八了，自视为团队的长官，在另一头小公象坎德里的崇拜中陶醉不已，而法图玛作为年龄最大的母象，自然也是领袖，一心扑在抚育坎德里和阿鲁巴上。它和萨姆逊沿着沃伊河嬉戏时时常会遇到野象群，炎热的白天它们喜欢去那里的泥水中打滚。大卫写道，法图玛有天开小差，跟着一群野象离开了，还带着坎德里和阿鲁巴。等到夜幕降临，它们还没回来，大卫心想是否这就是分别的一刻了。那天晚上，萨姆逊焦躁不安，又是怒吼又是喷气，显然在想念它的三个同伴。第二天早上，它变得更加孤僻，拒绝和往常一样跟饲养员一起到丛林去，甚至一反常态地对吃东西也没了兴趣，泪水从它的临时腺体中流出，它很伤心。

大卫写道，当时有客人住在他那里，他们当晚从穆旦达回来，路上遇到大约二十五头大象组成的象群在一片开阔的平原上进食。汽车接近时，象群散开了，只留下三个熟悉的身影，显然对野生动物朋友们的大惊小怪迷惑不解。"我马上认出了法图玛，"大卫说，"于是我从车里下来去叫它。它马上急切地向我走来，小坎德里和阿鲁巴跟在它身后。它想要我和它一起跟着象群走，走几步又回头看看我是否跟上。等到看见我没有动，它走回到我面前，低低地柔声劝说，还用鼻子卷着我。于是我站在那里，它就在我身边，直到象群离开。我决定让客人们自己驾车回去,而我陪法图玛、坎德里和阿鲁巴走回家。"

大卫接着描述了他和大象们步行着走过原野的路程,我仿佛能亲眼看见他们的每一步。那天晚上一片漆黑,马辛加山模糊的轮廓只是一座遥远的灯塔,所以他只能看到自己眼前的几步路。但大象们知道准确的路径,走得没有片刻迟疑。最令他感动的是,它们似乎明白他在夜间行动不便,知道他需要引导。天越来越黑,它们则跟他挨得越来越近,直到他被法图玛和坎德里夹在当中,一只手轻轻地搭在大象的前腿上,它们的步伐也调整得跟他相适应。黑暗中,他知道它们经过了其他几个象群,他可以听到它们的声音,甚至闻到气味,让他讶异的是大象孤儿们主动避免跟象群接触,大概因为直觉地知道大卫的存在不会受欢迎。他继续写道:"这真是一次卑微却又激动人心的经历。我觉得就好像生活在它们的世界里,我的安全要完全依靠它们,它们保护着我,就好像我是它们中的一员。我多希望人类能够像它们一样只靠嗅觉和听觉就能了解视野不及之处所发生的事情啊!我们花了四个小时才走到家,你真该看看萨姆逊是怎样迎接我们的,它都高兴得不知道怎么好了。"

他的描述让我更想要回到察沃,当一个多星期后,随着复活节假期的临近,大卫邀请我去参观提瓦河畔新完工的动物观测掩体时,我简直喜出望外。他说邀请我的父母也去,他们一定想要看望彼得,而我也有了体面的监护人。那时候,一个单身女子与一名适龄男子单独同处一室是不恰当的行为,所以我父母同意和我在察沃碰头,同时希拉也表示她会照顾吉尔,而吉尔能和表弟妹在一起再开心不过了。我永远不会忘记初次从内罗毕回到察沃的旅程——工作结束后直接登上开往蒙巴萨的夜行列车,昏昏欲睡地听着摇摇晃晃的车厢节奏,然后在月光中醒来,尼伊卡在晨曦中慢慢浮现出来。当火车缓缓地驶向察沃那小小的古怪车站,光影在车窗上舞动,我突然想到那些声名远播的察沃狮,它们以前就在夜间的月台上逡巡,将乘客拖出车窗,吞噬了成百上千修建铁路的印度劳工。当火车缓缓进站,我的手表指针指向凌晨四点,我的心开始紧张而兴奋地加速跳动起来。很快,我就可以分辨出沃伊车站的灯光,认出月台上大卫高高的剪影。我用尽了所有的自控力才能平静地走下楼梯,在月台上候客的一列人面前轻轻亲吻他的面颊,将我的包递给他,走向等着我们的汽车。但一出城,大卫就停下车,将我搂进他的怀中,紧紧地抱住我,激情洋溢地亲吻我。

第二天早晨,我兴高采烈地和父母团聚在一起,接受公园总部所有人的热情欢迎,开心地看望萨姆逊和法图玛,它们骄傲地带我们去看两位新朋友。早餐时,大卫生动地谈起"大象问题",他对此有着深切的关心。他解释说朱利安·赫胥黎爵士认为如果想让公园不至于变成沙漠,需要减少大象总量的三分之一才行。这是个令人震惊的建议。不加选择地屠杀察沃的大象就好像是终极的背叛,可到现在为止还没有其他解决方案。"加拉纳动物管理计划"原本打算将公园东界到海岸线之间的一大块地域划给瓦里安古鲁部落,允许他们每年捕获指定数量的大象和其他动物,成立合作农场,让他们维持生活,合法地销售象牙、动物肉类和皮毛,但这一计划已经失败了。所有的大象都转移到了公园圣地,而其他留下来的变得狂野无比,根本没法接近。无论如何,在大卫看来,所谓"可持续生产"的概念本来就有漏洞，人们不可能像喂养家畜一样，将野生的自由行动的动物"饲养"起来。唯一的解决方案是专门针对大象中处于繁殖年龄的母象，由此来减少并控制大象数量，但这根本没有可操作性。像南部非洲采用的将整个家族一窝端掉的传统做法仅仅只能缓解土地的压力，让活着的大象生活更加轻松，大象数目很快又会上升。母象之间终生都保留着共同的情感纽带，它们对家庭成员的爱和支持强烈而又长久，而如果干涉母象群，很有可能导致众多大象变得危险狂暴，威胁到访游客的人身安全。

  无疑，必须采取措施来解决这一问题了，媒体上公众的压力已经甚嚣尘上。我们出发去伊桑巴和大卫新建的动物屏障时，我发现察沃的主要水源地两岸被毁坏的程度已经远远超出了我上次见到的情况。树木的残枝杂乱地堆在被烤焦的光秃秃的土地上，猴面包树被完全掏空，有些甚至完全倾倒。大象问题显然占据了大卫的全部心思，让他夜不能寐。可这次，我们分离之后初次相聚，尽管我父母就在身边，他还是暂时将这些放到一旁，尽情享受我们在一起的时光。

  一到伊桑巴，我们就能看到彼得在开发北部区域上干得非常出色，我们参观了他宜人的居住区和办公室，还游览了他新开辟的几条路线，从前的隐蔽之所现在变成了坦途。我们到达新建的卡萨穆拉掩体后短暂停留，在河畔的树荫下搭起帐篷，所有人都小声地说着话，小心翼翼地不要弄出太大的声音。不用说，在大卫的监督下，掩体修造得十分完美。一条齐整的楼梯直达河岸边一间下沉的屋子，大得可以容下六张野营床，下面还有地台，这样靠在床上就可以清楚地看到河上的景观。再下级台阶，摆放着一排椅子，坐在上面可以从地平线位置观景。更动人的是,掩体的顶部还可以望到星空。我们坐在这座大卫的梦想剧场的椅子上,忍不住想万一来头狮子越过掩体两旁和后面的壕沟跳进来可怎么办。知道大卫的步枪就在手边,我放心了。

于是,当一只小小的角鸮开始单调地鸣叫起来时,大而橙黄的月亮从棕榈树上升起,我们脚下的沙子泛着淡黄色的光芒。大卫拉住我的手,令我全身仿佛有电流通过。我不禁想,如果我父母和哥哥不在这里,这将会是一个最浪漫的夜晚。我提醒自己,我们来这儿不是为了谈情说爱,眼前的景象宁静优美,自有其魔力。

三个黑影,是公象沿着沙滩走来,仿佛庄严的幻象般越来越近,在我们对面站住了。它们查看着已经被一直挖进河床沙滩上的坑穴,开始刨松软的沙子,好将它们的长鼻子伸进去吸水。每次最大的那头昂起头将鼻子塞进嘴里的时候,我发觉自己都在私下算着它的接触距离,确定我们在它的鼻子所能扫到的范围之外。更多的黑影出现在画面中,向我们走来。我们可以分辨出大约有五十头左右大象,其中还有幼仔。很快,夜里充斥着它们的泼水声、开心的呼气声、咕噜噜的哼叫声,还有被抛到一旁的一只小象奇怪的尖叫声,我们也有了观察象群等级的机会:象牙最长最大的那头总是有着最优先的权利,它接近时,其他大象会站到一旁,让出通道。在水坑旁,小一些的象会给高等级的公象让道,自己却总是和最小的幼仔一起分享。它们如此彬彬有礼,严守着千百年来延续下来的社会伦理。

我们就好像在观赏一出戏剧,演员阵容令人陶醉不已。下一个走上舞台中心的是犀牛,有一头从我们对岸的河堤上滑下去,比起大象的敏捷来要笨拙得多。它从一个水坑漫步到另一个水坑,发出可怜兮兮的咪咪声，难以找到一个满意的水坑喝水。在它下定决心前，另一头犀牛从下游走了过来。面对竞争，它迅速占据了最近的一个水坑，并猛然回身气势汹汹地捍卫自己的权利。两头犀牛对着彼此喘息喷气，前前后后一来一回，进入了战斗状态，时不时地向对方冲过去那么一下，还发出吓人的吼叫，表示事态严重。终于，新来者后退离开，在附近另外找了一个水坑。它显然打算在那里待上一阵子，直接躺到了坑里，舒舒服服地享受着。见到威胁退去，第一只犀牛开始按照自己笨重的大脑袋和角的形状修整沙坑。它用脚在沙地里刨，挖出一条甬道，同时脑袋一下一下砸着，用角将洞口弄大，还要一边小心观察它的对手，不时地喷几口气警告警告。我们和表演者如此接近，看着这一场等级地位的示范演出几乎心醉神迷。

一小队母象加入了进来，它们的年轻活力让节奏加快了。两只犀牛齐声叫着站了起来，成功地使得象群转身往上游走去。平静了片刻，又来了一头犀牛，这次是头母的，身边还带着它的幼仔。它在外围转来转去，祈求前两头能让一个水坑给它，于是开始了又一轮恐吓与反恐吓。先到者不愿挪窝，而母犀牛则努力劝说着它们。这也意味着谁都喝不着水，因为担心被从屁股后面顶到。大家怒目而视，一直吵到母犀牛决定认输，开始自己另外挖掘一个新坑。

上游的大象早已喝饱了水，到别的地方去了，我们好奇到底有哪头犀牛能喝到水。只有在其中一头决定离开后，其他两头才会冒险将脑袋埋到沙坑里去，可就算这样麻烦还没算完。一头犀牛没注意到有头高等级公象正在无声地接近，公象直接走到那个冲天的棕色大屁股旁，低下头将象牙伸到它下面，然后不费吹灰之力就将犀牛撬了出来，让它没面子地翻了跟斗四脚朝天落在地上。我们确认那头犀牛没有受伤后，实在忍不住大笑出声，这实在太搞笑了。我们也不禁同情起那个可怜的老家伙，它爬起来后狂叫着抗议，不得不再次开始给自己找一个合适的沙坑的乏味过程，当然，这次它瞄准的目标是那些已经被别的动物占据的坑。

夜徐徐展开——又有其他犀牛来了，每一头都想篡夺前一头的洞穴——直到凌晨我们离开回去休息。由于争吵过一会儿就要重复一次，我们只能断断续续地眯一会儿眼睛，直到鸟儿开始歌唱，朝霞染红东方的地平线，宣告我在卡萨穆拉动物观测掩体度过的第一夜的结束。大卫给我带来过无数新体验，让我大开眼界，但那特别的一夜始终在我心中无法磨灭，多年以后那些景象和声响仍然鲜明。等待路虎车将我们接回营地吃早餐的当口，我们趁着黎明的凉爽空气在河床附近散步，查看一夜喧嚣留下的痕迹，新鲜粪便的刺鼻臭味，以及动物身上留存不散的体味。就在我们装车时，随着黎明的大幕拉开，白昼的动物演员们逐渐开始登台——鸟、猴子、狒狒、斑马、水牛、黑斑羚，还有羞涩的捻角羚。

一想到还要回去上班，就令我在返程中情绪低落，再次和大卫分离让我心事重重。但和往常一样，旅程也不是那么平淡无奇。大卫得回公园总部赴约，不想在回去的路上耽搁，就算看到有母狮子带着小宝宝坐在路中央也不作停留。等我们开近来，母狮子和一头幼狮踱着步走开了，但还有两头小狮子继续在车前方沿路跑着。乡间的路太烂，这时我们已经无法绕开它们了，于是大卫慢慢接近它们打算超过去。"当心！"父亲突然喊道，我一扭头，看到那只母狮闪电一般朝车冲过来，跑动中耳朵平展着，尾巴也朝水平方向伸得直直的。大卫猛地踩下油门，有那么吓人的一瞬间我们好像就要压到幼狮了，但他奇迹般地和它们擦肩而过超过去了。飞速冲过去时，我看到一片尖牙利爪向着我们的后轮扑来，母狮伴着敞开的路虎车狂奔，几乎齐着我的膝盖，一边还在咆哮，狂怒不已。我扑到座位的另一边，几乎将母亲撞了出去，只能认命地等着母狮随时跳到我的腿上。幸运的是，它已经没有更多的体能加速跳起了，我们渐渐地拉开距离，将它和幼狮们留在一片红土尘埃中。大卫说："插到一只母狮和它的幼仔当中真是太不明智了。"我们其他人都吓坏了，谁也说不出话来，只有当我的心跳渐渐稳定下来后，才明白是大卫的机智让我们从灾难中逃离出来。

之后，大卫把我送到车站，我调转脸去，不想让他看到眼泪。我们终于有了点私人时间互相拥抱，我感觉到大卫也和我一样不舍。火车缓缓进站，我不知道自己怎样再去面对接下来几个月的孤单生活。回城后我又陷入移民者社群中甚嚣尘上的激烈争论中去了。英国首相哈罗德·麦克米兰于一九六○年二月在南非议会上的演讲《改变之风》令我们震惊，他勾勒出保守党政府打算让在非洲的众多殖民地独立的意向。几个月后的现在，这股风潮横扫而来。就在不久前英国政府还在通过实行士兵安置计划积极鼓励白人定居者，前阵子还忙于向定居者保证，在任何新宪法中都绝对会保证多种族平衡，白人社会将一直在未来独立的肯尼亚的政治经济领域享有一席之地。可对我们来说，英国现在显然打算简单地搞"一人一票"——这意味着黑人将以压倒多数占支配地位。父亲称这种行为是彻头彻尾的背叛。定居者社

群在殖民地只是少数民族,指望有代表进入肯尼亚独立政府显然不现实。但对于我们,肯尼亚就是家园,我们大部分人也没有第二个祖国。

最近召开的兰开斯特厅会议上,殖民地大臣伊恩·麦克劳德已经开始为独立的肯尼亚商议新的宪法框架,使得我们的社群深深割裂开来。部分自由主义定居者对与新肯尼亚休戚与共态度乐观,支持由曾经接受过古典音乐教育的歌手、后转为农场主的迈克尔·布兰德尔成立的多种族的新肯尼亚党。但我们当中年纪较大的人以及许多先驱者家庭都对被英国政府像垃圾一样抛弃感到愤怒,支持联邦独立党,我的家人也一样。他们对该党直言不讳、烈性子的战斗英雄集团军上尉"小妖"布里格斯很有好感,他发誓要为少数民族定居者争取到公平的份额。他们中许多人都是孩童时就跟着先驱者父母来到肯尼亚,经历过父辈筚路蓝缕、开荒垦地的艰难,长大后又在两次世界大战中为英国服役取得荣誉。英国抛弃了这些人——甚至连从前播报"英国国内新闻"的BBC每日节目都改口成了"英国新闻",这一微妙的改动并非未引起人注意。当迈克尔·布兰德尔从兰开斯特厅商议回来,似乎将国家移交给了非洲人管理时,激起了众怒,他被撒了三十枚小银币,象征着《圣经》中的叛徒。这个标签一直到他在女王诞辰的授勋名单上被授予爵士称号之后也没被摘下。

当时的非洲政治家主要来自基库尤和卢奥部落,他们为肯尼亚即将脱离英国完全独立而欢呼。基库尤派对于他们想要占有白人高地——这片他们认为理所当然属于他们的土地毫不避讳,尽管实际上在白人到来前,那里的长期居民是马赛人。年轻的卢奥部落联盟领袖汤姆·姆博雅野心勃勃、激情洋溢，他极富煽动力的演讲丝毫不能平息我们的恐惧。他说，欧洲人将会向他们的新非洲主人下跪，当实现独立的那天到来，他们将剥夺欧洲人的土地和他们拥有的一切。但非洲人的主要关注焦点在争取释放茅茅党领袖乔莫·肯雅塔上，他于一九五三年被关押在肯尼亚的偏远地区洛德瓦尔。一九六〇年初，两万五千名肯尼亚人在内罗毕举行集会要求释放肯雅塔，接着又向总督递交了超过百万人签名的请愿书。后来，他被缺席选举为肯尼亚非洲国家联盟总统，终于在第二年被释放出狱，接受英雄般的凯旋迎接。

英国政府知道白人高地是块烫手的山芋，于是提出由官方组织强制性收购，买下白人定居者在最富争议地区的所有土地。只有很少几户家庭有自信能够安然不动，有胆子选择新独立的肯尼亚国籍的就更少了，虽然英国向我们保证如果情况不妙可以重新恢复英国国籍。与此同时，父亲已经打定主意选择被收购这条路，将我们心爱的香柏木庄园农场"上锁、封存、打包"，这样他和母亲可以搬到海岸边更宜人的环境里去休息。理论上，将农场出售给英国政府是件很简单的事，但接下来的几个月却经历了令人难以想象的挫败。到了评估土地价值时，赔偿金额似乎和关系网紧密联系在一起。对我父亲来说，很不巧，总督的一位朋友最近买下了香柏木庄园隔壁的一座农场，据说他不想和非洲人做邻居，由于他过硬的关系，他想方设法将周边的所有农场排除到政府收购之外，这样他的领地就有了一块白人缓冲区。

我们全家都尽力想撤销这一决定，但我们的呼吁被置若罔闻。看着父亲一次又一次从内罗毕开会回来身心俱疲的样子实在太令人伤心。最后，看来我们没有其他选择，只能将农场独立出售，这在当时的政治气候下不是件易事。几乎没有买家能出得起香柏木庄园真正所值的价格,于是父亲几乎是半买半送地将它卖给了一位非洲买家。父亲的终生产业只换取了微不足道的六千英镑,新买家得到了二十四平方千米肥沃的土地,以及里面的河流和原始香柏森林,我们美丽的老家,一百头左右花大价钱从澳大利亚进口的珍贵的纯种牛,十几千米的围栏、浸浴池、喷淋设备、围场、马厩、猪圈、储藏室、挤奶棚、发电机、液压油缸、搅乳器和所有的农场设施。父亲将他最珍贵的财产——一台最先进的拖拉机——当作礼物送给了他忠诚的基库尤工头万杰希亚。

父亲的同母异父兄弟哈利和弗雷德·查特的运气要稍稍好一些,虽然也没有得到物有所值的回报。和我父母一样,哈利也决定搬到沿海去,但弗雷德则在裂谷靠近埃尔蒙特塔湖旁边另外购置了一处产业。查特奶奶不再年轻了,三个儿子中的两个就要搬离,将她搬到离弗雷德近些的地方是个合理的安排。三个兄弟聚在一起,在弗雷德的新农场上给她造了一座舒适的小屋。她激烈地反对这一安排,直到最后一刻她小山般高耸的财产都被塞进了父亲的卡车。我还记得多年来她数量惊人的囤积品,还有她站在所有那些之上,像一头被激怒的在保护幼仔的母老虎,连一张日期为一九一二年的报纸都不许我们扔掉的样子。

一九六〇年,除了社会政治的动荡不安外,火上浇油的是我们发现自己身处一场严峻的干旱之中,这是肯尼亚的记录中四十多年来最为干旱的一段时期。东察沃在最好的时节也是半沙漠,这时已经几乎一派沙漠的样子了。每天,太阳像颗火球一般升起,越来越强烈地灼烧着下面的土地，让人无精打采，汗如雨下。干旱给野生动物带来灾难性的影响，一次去卢吉瀑布上游野营时，我亲眼看到一大群犀牛在亚提河畔奄奄一息。即使大卫用移动水泵和洒水设备从河里取水灌溉沿岸，也救不回那些衰弱的犀牛。我们将一头失去母亲的小犀牛带回营地，给它取名叫洛克万。尽管我和母亲竭力想救活它，但它还是没有挺过来。据我们所知，还没有人养活过新生的小犀牛，所以我们根本不知道该如何着手，很快就发现奶粉冲兑的牛奶并不理想。几天之后，它突然死去了，让我们很震惊。当时我们还不知道不安和紧张会引发犀牛染上一些健康状态下能够免疫的蜱虫传播疾病，其实只要在它被叮咬后立即注射一针抗生素就能成功挽救。

必须承认，和大卫在一起的宝贵时光中总是有我父母在一旁实在是令人沮丧，尽管他们也会有意让我们享受两人世界，但我们仍然没有机会做我们真正希望的事。我懦弱地不敢向大卫提起任何有关我们未来的言辞，哪怕是旁敲侧击。他虽然知道我的离婚判决当时已经正式生效，谈话中却从来不见提起。所以，在返回沃伊车站的路上，当大卫停下车，问：“我们什么时候结婚，达芙？”我的震惊可想而知。除了张大嘴看着他之外，我没有其他反应了。日思夜盼了这么久，竟然一下子发生在眼前。他对我的回应胸有成竹，这让我有些不快，于是我听到自己说：“你怎么这么肯定我想嫁给你？”大卫转过脸去，盯着窗外说：“你说的没错，我太自私了，你最好还是把我彻底忘了。”我立刻慌乱起来——不，我不能——但他又看着我，轻声说：“我愿意为你而死，达芙。请认真考虑一下我的建议。”随后又温柔无限地向我靠过来，一个长久而缠绵的亲吻说出了我的回答。这正是我想要的一切。

我迫不及待地想要回去告诉我的姐妹们好消息,告诉吉尔我们就要回到察沃了。我递交了辞职信,开始准备一场低调的婚礼。大卫直接从车站出发去向我父亲请求迎娶他的女儿,这一次我是一路笑着回去的,时不时还要拧拧自己确认不是在做梦。然而,一回到希拉家,等待我的却是一个坏消息:我喜欢的比尔的母亲老伍德利太太由于癌症晚期住院了。我看着她靠在枕头上,脸色苍白,却仍然有精神,手里也照旧夹着香烟。她说:"我一直都很喜欢你,达芙妮。我不怪你离开比尔,他和他该死的父亲一个样。"出来时,我碰到了比尔和他的新女友露丝·黑尔斯,我是第一次见到她。她用水汪汪的黑眼睛看着我,我马上就喜欢上她了。比尔告诉我,他和露丝打算差不多三个月后结婚,我开心地向他们表示祝贺,心头也放下了个大包袱——现在这种情况下,如果我单方面告诉比尔喜讯未免有些残忍。

我和大卫将婚礼日期定在十月末,在蒙巴萨的海边成婚。我选了一条有着宽大白领子的蓝白点礼服,可以贴身勾勒出我纤细的腰肢,而有着硬褶皱的衬裙可以将遗传的大屁股遮掩得很好。婚礼前几天,我们去了高档的海洋酒店眺望蒙巴萨港,大海交杂闪耀着宝石蓝、浓绿和青翠的光芒,据说是世界上最大的一种树——猴面包树静静地矗立在港湾入口。这片不同寻常的猴面包树总是令我着迷,因为它们很少成片生长。据说每一个猴面包豆荚中都埋着一名在一五〇〇年到一七二〇年葡萄牙占领期间的葡军士兵,而当地人长久以来也深信每棵树上都有神灵居住,以至于修铁路时工人们无论如何都不肯砍一棵树,导致工期延误了好几个月。最终,一名狡猾的苏格兰人想了个办法，说必须用阿拉伯语通知神灵，因为他们对英语毫无反应。工人们按照他的建议做了之后，又留了一段时间让神灵可以另外安顿住处，那位苏格兰人终于可以不受诅咒地第一个对那些树开锯。

我们到达酒店时，发现查特奶奶正在那儿等我们，这真是一个意外惊喜。大卫和彼得从沃伊赶过来，另外还有我最亲密的家人，当天晚上，我们热热闹闹吃了顿晚餐。我是早上坐火车从内罗毕过来的，看到大卫又让我的心悸动起来。我们设法溜开了，到海滩待了一小会儿。大卫将我拥入怀中，紧紧抱住我，微风从海面吹过，我呼吸着酒店花园飘来的一种类似茉莉的依兰依兰独特清香，大卫家中的花园里也种着它。此情此景下，我知道我的余生中只要闻到这种香草的味道就会想起这一刻。我快乐得不得了。

于是，一九六〇年十月二十日上午十一点，我成为了达芙妮·谢尔德里克。一枚朴素的黄金镶边的铂金指环之上，大卫又给我戴上了他母亲的美丽的蓝宝石戒指。随后，回到酒店，香槟开启，我们的伴郎彼得发表了一段风趣的演说，大卫回应后，所有人都举杯为我们的幸福未来干杯。这是一个欢乐、私密的家庭仪式。我父母大方地提出在我和大卫度蜜月期间代为照看吉尔一周，但我们首先得回到沃伊酒店参加周六晚会常客们为我们筹划举办的结婚庆典。迎接我们的是一大群熟悉的面孔，外加公园巡守们授予的荣誉守卫称号这一惊喜。晚会相当喧嚣放肆，有些事如果不是新婚之夜我是绝不肯做的。凌晨时分，我们才回到家，熟悉的花园沐浴在月光下，我们手挽手走向房屋大门的楼梯。大卫将我抱起来搂在怀里，一边走上通往门廊的楼梯，一边用一个又一个吻让我窒息。终于，我们摆脱了负疚，之后所发生的一切会让我铭记到生命的最后一刻。早晨醒来，我的枕畔，一枝从花园中采下的红玫瑰摇曳在透过窗户照进来的阳光中。没有哪个新娘会有比这更浪漫的婚姻起点了。

我已经对自己的新家很熟悉了。它宽敞宜人，混凝土建造，外墙刷成白色，红色的平屋顶，无处不反映出大卫对细节的关注。一道宽阔的长前廊两端各有一扇玻璃门，连接两间主卧室，中间则可通往一间通风良好的大房间，一道红色幕帘将房间分成休闲区和就餐区。前后两面的大窗户保证了有习习凉风吹散察沃的酷热。屋子的另一头是餐厅，连着装备齐全的厨房，开放的一面用铁丝网格保护起来。对厨子弗里德里克和家中的其他成员来说，发现比尔从前的妻子变成了这里的一家之主和大卫的妻子一定很迷惑不解吧。可在第一天早上，瘦弱的弗里德里克还是敞开胸怀拍着巴掌迎接我。我们一起为大卫做了他最喜欢的早餐——热咖喱，上面加个蛋。

我们一起坐下来享受着作为夫妻的第一顿早餐，大卫告诉我，我们去马尼亚拉湖度蜜月之前还有些事情需要解决，一些跟猪仔和绵羊有关的事。等我明白是猪仔——一只淘气的灌丛野猪孤儿导致了这般麻烦时不由得笑起来。猪仔是"卷耳"帕克留给大卫的，一开始这个吱吱叫的小家伙既顽皮又讨人疼，总是抱住路过的每一个人的腿不放。它最近成了法图玛的宠物，萨姆逊却对它没有一点好感。猪仔会时不时地从法图玛腿下冲出去啃萨姆逊的脚跟，然后在萨姆逊能转身拿鼻子对着它之前又冲回到法图玛身下的庇护所去。由于猪仔的存在，大象们都变得有些神经质，它们的饲养员一大早就来找大卫，请求他为大家解决这一问题。

第7章 | 新的开始

另一起阻碍我们出发的事件是六只大肥羊的到来,这是住在察沃东北界的奥玛牧民送给我们的结婚礼物。绵羊被关在萨姆逊隔壁的空厩房里,萨姆逊显然对这些不速之客心怀怨怼,它深夜大闹自己的厩房,毁掉了门,将关着绵羊的厩房变成了一堆碎石。有两只绵羊被豹子吃掉了,但其他的活过了当夜。在去马尼亚拉湖之前,大卫还得组织人修复厩房,给绵羊另找住处。谢天谢地,我们晚些时候终于可以出发去度蜜月了。

我和大卫的婚姻序曲简直就是之后我们日程的每一天的写照。每天都有出其不意的事情发生,不论什么时候,我们几乎很难一起安静地吃上一顿饭而不被打断。尽管如此,我内心的平静和安宁,还有嫁给这样一个棒到难以置信的男人带来的幸福感却一点也不会减少。嫁给大卫的每一天都是蜜月。

第 8 章

爱与孤儿

大象和我

> 只有放大我们的爱心,去拥抱所有活着的生物和整个大自然的美,我们才能解放自己。
>
> ——爱因斯坦

二十六岁那年,我沉浸在一段极度幸福的时光中,嫁给了我倾心爱慕的男人,而他是我完美的灵魂伴侣。我们在马尼亚拉湖国家公园度过的蜜月浪漫而充满喜悦。大卫对周边所发生的一切都有着天生的解读能力,我们能花好几个小时观察动物的日常活动。他打开了我对野生动物身体语言的眼界,教会我理解不同步态的意义和细微差别。这么多年后,我仍然觉得他就紧紧坐在我身边,静止、安宁、一成不变。我们的身体语言也诉说着婚姻生活中的爱意。

我希望这一周永不结束,但沙漏从不会休止,很快就到该回家的时候了。我非常非常想吉尔,急切地想从父母那儿把她接回来。那期间发生了几件事,让我很高兴她当时不在察沃——法图玛和坎德里走了。猪仔交给内罗毕国家公园的巡守长照看去了,它的离去让法图玛陷入了极度悲伤,之后很快就和坎德里一起加入一个野象群走了,从此杳无音信。法图玛是吉尔的最爱,坎德里也淘气可爱,它的滑稽古怪常常逗得我们大笑。还好,它年龄已经够大,能够在野外生存了。

感受到我的难过,大卫温柔地安慰我说,每一个野生孤儿都是"借给"我们的,不可能永远"属于"我们。我们只是它们需要、依赖我们帮助的一段时期内的看护人,之后它们的位置和生活质量终归要取决于回归同类,而不是处于人类的半圈养状态。不管我们人类有多想念它们,法图玛和坎德里在我们的养育下顺利毕业,再度成为野生大象这一事实值得我们庆祝。从当年布希离开时,我就知道这个道理,但与所爱的分离仍然令人伤感。我仔细考虑着重逢时要如何把这件事告诉我的小女儿。

至少吉尔可以从小犀牛宝宝鲁福斯身上得到些许安慰。它是新来的副监守长丹尼斯·科尔尼某天黎明时分在我的老房子外面发现的,四周找不到它的母亲,后来搜索团队找到了它分娩的地点,估计早晨有人经过,它受到惊吓后扔下幼仔跑了。当时丹尼斯和他妻子快乐地养育着这只犀牛孤儿宝宝以及三头新来的水牛孤儿。我告诉吉尔关于法图玛的事时,她严肃地看着我:"好吧,妈妈。它现在可以照顾其他的小象,交到许多新朋友了。"五岁的她已经比我当年机敏得多了。

我还知道,她还会爱上另一个由巡守队员带回来的截然不同的动物孤儿——一只破破烂烂的头部明显受过创伤的小猫鼬。我还记得自己童年时的那只老塔维,以及猫鼬家庭是多么的相亲相爱。虽然小家伙现在只有我的手掌那么大,但作为一只条纹猫鼬它会长到大约猫的一半那么大,比起当年那只比老鼠大不了多少的老塔维要大得多了。它全身皮毛是棕灰色的,背上长有细细的黑色条纹,我们管它叫"小歪",因为它走起路来总是东倒西歪的。

小歪头上的伤渐渐康复,但还是花了好几个星期才能站稳不倒,虽然之后看起来还是有些歪斜,可它总是得意扬扬地昂着头。它很聪明,无所畏惧,充满好奇心,不高兴时会将尾巴上的毛竖得像个瓶刷来表示不满。只要听到它像小鸟一样的吱吱叫声我们就知道它在哪里，它唯一能安静下来的时候就是睡着了。吃饭的时候，它在餐桌上忙碌着，坐在后腿上，小小的黑鼻子一抽一抽地品味着有些什么美食，从一条大腿跳到另一条大腿上，两只小小的前爪一直搭在桌沿，时不时从面前的盘子里捞上一小口。猫鼬是肉食动物，昆虫和肉是主要食物，但小歪奇特地钟情于奶酪，只要一提到这个词，它就会一路蹦跳着跑来，满心期待地叫唤起来。

小歪很快就和我们亲密无间了，我们对它的感情也是如此。它来后不久就和我们一起去了位于公园北部提瓦河下游的恩迪安达扎，大卫在那里负责一处钻井。我们的当务之急是为旱季提供足以灌溉广阔流域的水源，也让反盗猎野战军能够去往更远的地方执行任务。之前已经有一台签约的钻孔设备为该项目启动了，我们现在要接着干。路上，我们遇到了鲁道夫，那头仍然住在卢吉瀑布堤岸对面的莫皮亚沟里的老犀牛，很高兴它还活着，身体状况也很不错。可不久之后，我们就看到一伙非洲猎狗将一只黑斑羚活活开膛破肚。我和吉尔被吓坏了，因为那只黑斑羚几乎是被活着吃掉的，可大卫安慰我们说，这种情况下的动物处于极度惊吓中，大脑释放出一种能麻木神经并压制所有感觉的物质内啡肽，所以它们什么都感觉不到。他告诉我们战争期间他见过受到重创的士兵，如果不是发现流血，都不知道自己受伤了。疼痛是后面的事情。后来，我亲身经历了这一体验，才明白真相和他说的一样。

这次，我已经是大卫的合法妻子，再来到北部就好像做梦一样。这里勾起了我对那段明知无望却仍然渴望的日子的回忆。现在，我可以纵容自己，给我们的营地添上女性气息——餐桌上放一小瓶野花，夜里将被子翻开，在弗雷德里克的帮助下给大卫准备他爱吃的菜，还搭配上新鲜出炉的面包和蛋糕。那把祖传的老铁壶也一直在咕嘟咕嘟地沸腾，给大家提供茶水。

我们的营地扎在钻井现场附近，离野战军的拉扣布骆驼片区也很近，当时那里尚无飞机可以直达，这算是一项新举措了。我们的目标是让巡守队员具备更大的机动能力，到更远的地区去执行任务，因为骆驼能够用来运送淡水。骆驼们看来对此很不乐意，脾气暴躁，毫无礼仪地趴在地上，一边让人将负重绑到背上，一边或是哼哼或是咆哮着抗击。比起它们定期打针预防可怕的采采蝇传播的锥虫病时的叫声来，这声音实在不算什么。不参加巡逻时，它们被关在荆棘围场里。小歪很快就发现了这个地方，被这些吵吵嚷嚷的"沙漠之舟"所深深吸引住了。它每天早晨都会冒着成为鸟类美食的危险，冲过开阔的平地去看它们。谢天谢地，它在危险中幸存了下来，余下的一天里都开心地在荆棘围场里探寻，对它的新朋友们着迷不已。

营地周边的野生动物活动丰富，让我和吉尔过得很充实。每天早上八点，一群沙地松鸡会俯冲过来在工地旁的浅水塘喝水。它们的时间总是分秒不差，我们都能根据它们到来的时间点准确地调表。它们来自广袤无垠的远方，将小小的带有斑点的蛋或是毛茸茸的雏鸟暴露在光裸而炙热的地面，完全依靠自身的伪装求得幸存。只有雄鸟才具有能够储藏水分的大翎羽，将水带回给远方那些还不会飞行的幼鸟。它们的父亲一停下来，孩子们就围上去吸吮它的羽毛，获得所需要的水分。奇怪的是，雌鸟身上没有这些能够储水的翎羽，所以一旦雄鸟

发生不幸，小鸟们就会悲惨地渴死。这令人非常难过，我很清楚地知道沙地松鸡时常被那些"猎人们"大群地射杀取乐。我震惊于有人竟然能够从杀死一只小小的鸟儿，或是任何有生命的动物中获得快乐。鉴于松鸡幼鸟要在这样艰苦不利的环境下历经艰辛才能存活下来，射杀它们尤其可恶。

我们还对一只母犀鸟发生了兴趣，它躲在一棵高大的金合欢树里，赤裸着身子，完全依赖伴侣喂食，直到重新长出羽毛才出来。巢穴离钻井设备太近，让它的伴侣很为难，可以理解，它很害怕去送餐，只能在附近蹦来蹦去，竭力想鼓足勇气接近巢穴。因此，最开始几天我和吉尔代它履行了这一职责，给雌鸟送去了鲜美多汁的蚱蜢，它三口两口就吞下了。可它的伴侣很快就赶超了我们，不顾钻井机的重击声滑翔过来，将珍馐美味送到巢中的妻子嘴里。相思树撒落下来的扭曲豆荚营养丰富，覆盖在我们的帐篷上，彼得瞪羚也鼓起勇气过来捡食了。正是由于这些豆荚的存在，察沃的羚羊在旱季的状态一般都比雨季要好，毛皮油光锃亮，体形丰满轻盈。超级椋鸟也变得温顺起来，享受着我们每天扔给它们的面包屑，在炊事帐外凹陷的石头上扑腾洗澡。它们在四处蹦来蹦去，对着小歪乱叫，对它完全无畏而且信任。吉尔喜欢看椋鸟金属色鲜艳的胸脯，在明亮的阳光下，闪耀着彩虹的所有色彩。

终于，钻井机在深入地表五十米后，打出了水，营地上一片欢腾。我们都跑过去看那从地底抽出的第一股水，一边品尝它的味道，一边急切地等待着测试泵的结果报告这口井所能提供的水量。很不幸，水量并没有我们期待的那么多，但现在毕竟有水供给了，这让我们松了口气。当机器带出一大斗深灰色的泥巴时，大卫说："我们来个泥巴庆典怎么样，达芙？"我大笑："既然对大象来说没什么不好，我们为什么不可以？"大卫于是开始用从察沃地下深处涌出的泥浆涂抹我的脸，让工人们好笑不已。很快，泥浆就变硬成了黏土，我突然意识到，这样不但不能除去皱纹，也许还会让我再多长几根，但这种感觉很好，而且，我是第一个用东察沃的第一钻泥土做面膜的女人。除去面膜花了我很长时间，估计那以后也不会有人去做察沃泥浆保养了。

那天晚上，营地的气氛十分欢乐，但嘈杂的说话声突然被一阵遥远的奇怪轰鸣声盖过，听起来像是沉闷的爆炸。我们对此迷惑不解，这里方圆数千千米内都渺无人烟。几分钟后，一名桑布鲁巡逻队员向我们跑来，嘴里喊着："艾尔古布！艾尔古布！"宣称那声音是黄腿南非大鸨鸟在预报特大暴雨的来临。他告诉我们，他们部落的人听到这种声音就会赶紧将牲畜赶过来，这里肯定很快就会长出新草来饲喂牛羊，这种鸟从未误报过。尽管南非大鸨个子很大，是能飞的鸟类中体形最大的一种，但说这种声音竟然是由一只鸟发出的实在是令人难以相信。好奇心很快就占了上风，大卫建议我们过去调查一下。果不其然，走了一段路之后，我们看到一只南非大鸨鼓动着它长着灰白色羽毛的胸膛，朝天高唱着暴雨之歌。

天气又连续晴了两天，第三天中午前后，大团的乌云突然聚集在天空，空气变得潮湿闷热。天地突然一片沉寂，静止得令人透不过气，所有生命仿佛都在等待着什么事情的发生。就连小歪都从骆驼身边跑开，冲回帐篷寻找庇护所来了。接着，雷声轰鸣，第一阵雨珠从天空降下——雨滴又大又重，迟疑片刻，就砸在了地面干燥粉末状的土地上，激起一片小小的烟尘。很快，我们就置身于一场壮丽的热带暴雨之中了，雨势大得让下午的天色变得暗如黄昏，雨水打在帐篷上的爆响盖过了其他一切声音。帐篷顶部受到压力开始下沉，我们只能不停地抬起帆布，让一阵阵小瀑布冲下帐篷侧面，最后渗进地下。

一开始，我们还在享受着新鲜湿润的泥土芬芳，神清气爽，但看到焦干的土地迅速吸饱了水，变成一片泥浆海洋时，我们着急起来。地上形成了一条条小溪，向各个方向蜿蜒伸展，再冲向提瓦河的河道。一旦河水泛滥，回家的路很有可能被切断，我们会被隔离在这个公园的偏远角落里好几个月。另外，虽然我们对这场不期而遇的暴雨有着复杂的态度，从未有过这种经历的骆驼们害怕至极，小歪也是，它在大卫床脚的毯子下面蜷成一团浑身颤抖。

第二天，暴雨的威势减弱了，我们在一个湿润清新的世界中醒来——草木绽出新绿，无数鸟儿欢快的鸣唱让周围一切都生机勃勃。我们帐篷的周围铺满了无数白蚁掉下的蛛网般轻薄的翅膀，所幸未被鸟捕食的蚁后们来回在底下钻来钻去，尾巴翘到天上，向追求者们散布着自己的气味。我以前见过，一旦配好对，蚁后和它的伴侣就会永久性地消失在地下，它的唯一责任就是下蛋，创建并维持一个新的白蚁群落，而它的伴侣则被判了终身监禁——"雄蚁"这个物种在圆房后除了陪伴蚁后外没有别的作用。

雨后突然出现的亿万昆虫给所有动物都呈上了盛宴，这个潮湿的早晨，整个营地都在忙碌。雄犀鸟叼着满嘴蠕动的虫子疯狂地为它的妻子提供着特快专递，而小歪则蹲在一个蚁冢旁等着虫子一露头就嘎吱嘎吱饱餐。其他鸟儿在空中飞扑啄食，咬住昆虫的翅膀，而飞龙蜥蜴则趁着白蚁潜伏到地底之前一对一对地享用它们。巡逻队员们也忙着大吃白蚁，将它们在炭火上烤香，享受着据他们说是坚果风味的美餐。我小时候在农场时就知道，和蝗虫一样，白蚁对大多数非洲部落的人来说都是美味佳肴。尼罗河地区的某些部落甚至有着精湛技艺，用木棍轻敲蚁冢并泼水来模仿下雨的声音，在非繁殖季节将未来的蚁后引诱出来。

　　要看的东西应接不暇，我和吉尔愿意整天待在那里，可大卫认为冒着发洪水的危险在恩迪安达扎浪费时间是不明智的，于是当天上午我们开始拔营。显然，南非大鸨是正确的，这场暴雨宣告了水量丰富的十年雨季的开始，为了向这只先知鸟致敬，我们将这口井命名为"艾尔古布"。五十多年后的今天，井上有一架水车为野战军巡逻队员们汲取着生命之水，他们仍然在察沃的这块敏感地区上巡视。

　　回到家，我们收到了一只箱子，里面是给小歪的伙伴。我在察沃的生活中已经习惯了野生动物孤儿不断出现在面前，通过对它们野生习性的了解的积累，建立了养育不同种类动物的信心。学习的过程大起大落，但我喜欢赋予孤儿幼仔的每一刻。在大卫的耐心指导下，每一只动物都让我受益良多，为我今天的知识打下基础。不用说，小歪开始疯狂地研究这只新箱子的内容，吱吱叫着，尾巴也竖成了瓶刷。野生动物之间的初次会面令人担心，我怀疑小歪对新来者不怀好意，但大卫坚持说它们应该见见，就打开了箱盖。里面的小孤儿立刻跳了出来，躲到一张扶手椅下面，身后还跟着眼里闪着危险的贼光的小歪。还好小歪吃了太多奶酪，现在已经圆得追不上了，只好恶狠狠地绕着椅子转圈,尖叫和咆哮声四起。我无法看着两只猫鼬打架,于是将这一局面留给大卫来处理。大约一个小时后我回来,以为会看到一具残尸,却惊喜地发现小歪和它的新伙伴互相围着转来转去,看来就要建立起友谊了。日暮时分,它们显然已经很喜欢对方了,睡觉都蜷在一起。

从此泡菜和小歪形影不离。小歪越来越独立,不再那么依赖我们,开始带着泡菜外出,有时候每天会离家三千米,去它最喜欢的地方——察沃公园的主门。我起初对小歪认路回家的能力有所怀疑,还开车过去接它们,但很快就发现它对周边的路径都很熟悉。不过,我们还是担心泡菜太小不适合这样的冒险,但小歪坚持认为无论去哪里它们都应该在一起,说服起来也异常顽固,屁颠颠跑出一段路,然后停下回过头去看泡菜是否跟上了,如果没有,又跑回去用鼻子捅它,然后再一次重复之前的把戏。

由于小歪最渴望的是同伴,我们决定尝试将它介绍给沃伊河下游流域的野生表亲们。有一群条纹猫鼬定居在那儿,而且那里的环境看来十分理想——茂盛的植被,食物充足,靠近水源,实实在在是猫鼬的天堂。那天晚上,我们带着它去河边,将它放到汽车旁边的地上,自我感觉好像背叛了小歪。开始一阵子,它看起来很是迷惑,用它不怀好意的斜眼瞄着我们,但很快就忙着研究草丛中一个好玩的洞穴去了。趁着它入迷的时候,我们悄悄离开了。最后回头望了一眼,我看到小歪在盯着我们离去的汽车。我们默默地驶离,心中负疚。大卫说:"我觉得自己就是个无赖。"回到家,我们给自己倒上一杯酒,悲惨地坐在后廊上,看着黑暗降临。泡菜躺在我的腿上,安静却闷闷不乐，我抚摸着它，心中无限后悔，想象着小歪迷惑孤独地留在一个陌生的地方，连每天晚上给它安慰的巢穴和可以钻进去安睡的被褥都没有。连大卫都显得有些焦虑，坐在那里打量着手中的酒。吉尔已经睡着了。我不知道明天该怎么对她说这件事。

突然，泡菜开始吱吱叫起来，从我腿上跳下，头也不回地往前门跑去。我们跟着它过去，看到匆匆跑上楼梯的，正是小歪，它尾巴上的每根毛都竖起来发泄着猫鼬的愤怒。带着无限的解脱，我冲向它，想要抱它起来，欢迎它回家，但它态度鲜明地无视这些，狠狠地在我脚趾上咬了一口。它看也不看大卫和泡菜，拒绝一切食物，连奶酪都不要，重重倒在自己的床上，裹着小毯子，气哼哼地睡下了。接连好几天，我们都努力讨好它，可它仍然态度冷淡，显然还没打算原谅我们的背叛行为，虽然对吉尔，它不能生太久的气。后来，它的怨憎终于消失了，生活又回到了从前。

几周后的一天晚上，小歪和泡菜在每日远足后没有回来，我开车到主门去询问是否有人见过它们。只开了一小段路，我就发现有只大战雕坐在地上，啄食着一只小动物。我下车想去看看情况，靠近时，战雕飞上了天，利爪尖还带着一个小小的尸身，我认出那是泡菜。我在灌木丛中磕磕绊绊地跑着，一边拍手一边喊叫，想要让那只雕松开爪中的猎物，但已经来不及了，它带着泡菜高高飞起，消失不见了。我的脸埋在手中，坐在林中抽泣。一会儿后，我感觉到有东西在揉着我的背，竟然是小歪！至少它还活着。我紧紧地抱住它，带它上了车。

我知道，对泡菜来说，这是个自然的结局，但它的死还是折磨了我很久。我希望大脑分泌的内啡肽能够让痛苦迅速消失。小歪也变得极其小心，好几天时间都一直待在家附近，一只眼总是朝着天空望着。然而，不可抗拒的，荒野的呼唤让它再度消失了，有时它会在外面过夜，有时会外出好几天，最后终于无影无踪，我们再也没见过它。

不论是家养还是野生动物，照看它们是一整段从爱到悲伤的感情经历。我体验过许多次这两种极端。分离总是使人痛苦，难以释怀。当然，小歪回到了它真正所属的地方，正如大卫提醒我的那样，这是值得庆祝的，而不该自怨自艾。他说，重要的是生活质量，而不是寿命。我们抚养的孤儿们不论结局如何，都获得了重生的机会。否则，它们不会有此幸运。

大卫喜欢让我在晚上帮他按摩头皮。等到吉尔睡着了，一天的活动结束，他会坐在我的脚边，让我揉着他的脑袋，嘴里唠叨着当天的事情。这是我们的宝贵时刻，我们讨论着各种各样的话题。大卫的哲学对我理解和解释动物行为起到了重要作用。他相信，野生动物在许多方面比我们人类更为复杂精致，在自然中更为完美，经由大自然千万年的打磨，完美无缝地置身于栖息的环境，并为整体环境的良好运转做出自己的贡献。他无法忍受那些将动物"智力"视作低人一等的想法，因为在他看来，每一个物种都是从生命的不同分支顺应目的进化而来，动物的"智力"肯定会有人类永远也无法完全理解的地方。那些号称能够理解的人就说明他们有多无知。"你知道的越多，所未知的也就越多。"他说。我们不该如此自大，以为自己拥有一切答案。

大卫坚定地相信动物拥有神秘且人耳所不能闻的沟通能力，例如大象之间的心灵感应和次声波，被认为是天生哑巴的长颈鹿的语言可能也是。他已经教会我怎样观察许多动物的身体语言，那些神秘的物质在动物的日常活动中起着极其重要的作用——脚印远不止是留在地上的印迹，随风而来的一丝气味预示着即将来临的危险。他了解，身份是所有雄性动物潜意识中的需求，人类也不例外，而雌性动物中这一渴望就要少得多。一个动物在同类中的等级如何也意味着自尊、自信和内心的宁静。他说："哺乳动物一生中所需的三大要素就是身份、激励和安全感。而这三项心理基石中最重要的就是身份。"他无疑是对的，但在那些温情脉脉的时刻里，我私下里相信，爱才是一切幸福的根源。

大卫公开鄙视那些将动物仅仅视为地球上对人类有利的货品的人，以及那些有着"拟人化障碍"，不接受动物和人类有着同样感情的人。毕竟，我们人类在大自然中的位置也只是"动物"。和我们一样，每一个动物都是一个单独的个体。它们也会幸福和开心，也会沮丧和悲伤。与此同时，大卫经常发表的观点就是，在大自然中，我们人类是所有物种中最濒危的一类，我们与自然世界的联系已经变得那样疏远。大卫说，我们面临着自我瓦解的危险。而那时还是二十世纪六十年代！

在察沃的生活总是兴奋而忙碌。我和大卫很少长时间待在家里，在公园偏远区域从事的开发工作也意味着需要野营，有时会是较长一段时间。吉尔如果不待在比尔和露丝家中，就和我们一起出门。等到吉尔六岁时，我和比尔决定送她到尼耶利的内罗毕政府小学去上学，那是一所声誉良好的寄宿学校，离比尔和露丝在阿伯德尔山脚下姆维

加的家也不远。那时，寄宿学校是住的远离合适学校的父母的唯一选择，由于我和兄弟姐妹们都是从寄宿生过来的，我对此没有多想，认为吉尔到时候自然也会和我们一样。和往常一样，分离来得艰难，总是让人泪流满面。吉尔坚强地接受了她的命运。学期中比尔和露丝会定期去看她，向我报告她的最新进展。我和大卫也会在期中假时去探望，同时也去看看大卫的母亲以及比尔和露丝。我安慰自己，一个学期还好不算太长。

大卫总是急切地盼望着投身到野外去。现在迫切需要落实使用对野生动物的拨款，分派给我们的任务是为类似察沃这样的干旱地区建设补水点，在上游的雨水使得卢吉瀑布的堤道无法通过，并将北部区域的交通彻底切断前完成。一九六〇年的干旱之后，在加拉纳和靠近雅塔高原塔班古恩吉通道的亚提区域安装了一所新泵站，高原顶部还建了一座巨大的储水库，我们的设想是将河里的水抽到储水库里，然后再通过重力补充到干旱地区的一系列天然水池里，由此避免再发生犀牛之灾。如此复杂的工程需要大卫到场，于是我们在河流上游一个叫基塔尼雅·恩杜恩杜的地方扎下了营。

这次旅程中，我有一个新来的相当特殊的孤儿需要抚养——一只我们管它叫"老帆船"的麝猫。它是一只小猫大小的夜行动物，爪子不可回缩，因此带来的时候我觉得长得更像狗而不像猫，但到成年时，它的体型会跟一只斗牛梗差不多大小，长得却像只浣熊。它全身覆盖着粗硬的灰色毛发，上面有黑色的斑点，长而强壮的尾巴上有着鲜明的黑色横条纹。但它外表最惊人的还是背上一丛又长又黑的毛发，那是揣摩它心情好坏的晴雨表。生气或防备时，它会竖起冠毛，突然变得好像有平时两倍长。

它之所以被叫作"老帆船",是因为只要一丁点大卫的老帆船牌须后乳液就能让它陷入乱蹦乱跳的疯狂之中。我珍贵的香水对它有着更加惊人的效果,但那可是昂贵的奢侈品,不是寻常可得,因此我可不想给它一星半点。大卫也一点也不想跟它分享须后液,可当老帆船开始在夜间出行后拖着臭烘烘的腐烂尸身或是其他更糟糕的东西回来后,我们觉得如果给它一点我们选择的味道,而不是由它自行决定,可以省去很多麻烦。一次简短的争执后,我们决定应该牺牲的是大卫的老帆船。

由于老帆船是夜行动物,它觉得我们是相当沉闷的伙伴。一成不变的,总是它刚醒来,我们就要睡了。因此,为了让我们陪它玩,整个晚上它都会跳上我们的床,一边用它的橡皮鼻头拱我们的胳膊,一边还用前爪使劲地揉捏我们,直到搞得我们的胳膊仿佛被痛殴过一番。当它意识到我们睡着了后,就会跳下床,啪嗒啪嗒走入夜色中,嘎吱嘎吱嚼着被门廊上的灯光吸引而来的昆虫,扑向一切倒霉的马陆,它们显然是麝猫的最爱。

我对麝猫所知有限,在此之前也从没有跟它们打过交道。大卫告诉我,在埃塞俄比亚和北非,人们为了香水产业圈养麝猫,它们被残忍地一只摞一只关在小笼子里,将它们的肛门腺挤出来,搜集这种带有刺激性气味的物质作为能让香水留香持久的基调香。为了女性的虚荣,这些温顺的野生动物将会遭受如此痛苦,令我非常难过。吉尔听说后也很生气,直到现在,差不多五十年后,她仍然拒绝涂用可能使用从受难动物身体提取香料的昂贵香水,而选择使用花草纯露和精油。

老帆船总是喜欢隐蔽而偷偷摸摸地行动。只要家里来了陌生人，它都会直到夜深人静时才出现。第一抹晨光出现时，它的情绪就会显著改变，变得紧张，四处寻找最茂密的灌木林，急切地想要躲起来。我们了解到这个庇护点必须只有它自己知道，一旦它怀疑有别的人或者动物看到它进去，就会变得焦躁不安，马上搬家。知道它白天待在哪儿会让我觉得安心些，但为此我不得不采用各种小诡计，比如说背过身用一面镜子来监视它的行动。

水源项目的计划和设计都由大卫完成。这个项目将让一大片曾经缺水的土地变得物产丰饶，其目的是为了缓解大象啃食沿河植被带来的冲击，让该区域的犀牛能有更多的食物和水。近来超过三百头黑犀牛的死亡被许多人归罪于"大象灾害"。但由于还有数量可观的黑犀牛存活了下来，大卫的结论是近期的灾难可能仅仅是该区域内的黑犀牛数量过多了。这项工程富有挑战性，因为它需要让河流从塔班古恩吉附近改道，原本那里水流湍急，而且突然掉头。因此，必须在一侧岸边修建一堵混凝土堤墙才能固定水泵。在雅塔高地的最高点修建大型循环储水池的工程——用水泵将水抽到顶部，再反过来灌溉下面的水池或滋润河对岸虽然没有地表水却牧草丰茂的土地——这一工作也不轻松，所有的建筑材料需要靠人力在三十五摄氏度以上的酷暑中拖上崎岖陡峭的山坡。由于在两处同时开工，大卫也得耗费大量体力来回上山下山赶到两个工地。我则在营地负责整个团队的饮食，与此同时，还有机会观察鸟类和鳄鱼间新奇的共生方式。鸟类为鳄鱼将牙齿剔干净，有时甚至会深入到张开的下颚里面，鳄鱼只需一合嘴就能将它们整个儿吞下去。

雨季越来越迫近,在河流泛滥前完成泵站的建设是一场与时间的赛跑。给水泵提供电力的发电机连上了电线来提供泛光照明,好让工人们可以二十四小时倒班工作,大卫以身作则,每天工作到夜里。同时,要将餐食从营地运送到好几千米外的建筑工地,我的工作也让我累坏了。到工地后,我就坐在一棵巨大的猴面包树下休息,树冠上挂满了一群吵闹的水牛织巢鸟凌乱的巢。这棵树下是各类活动和闲谈的汇聚点,一派忙忙碌碌、生机勃勃的景象。鸟儿们聚集在树枝上,小心地设置荆棘路障来阻挡蛇。那些小小的肩膀上有着醒目白点的黑色雄鸟用细树枝和草茎加固巢穴,而其他鸟则进进出出给雏鸟喂食,看着水牛织巢鸟忙碌喧闹的生活很容易让人沉迷。

一天早晨,我看到两只光秃秃的雏鸟,身上只有几个粗糙的毛点,张大嘴无力地尖叫着。它们是从巢里掉下来的,我把它们放进掌心,轻柔地抚摸它们,其中一只越来越虚弱死去了。我知道,如果不采取行动,另一只也会随之而去,于是向大卫求教。大卫马上让一位擅长攀爬猴面包树的工人将雏鸟送回树上。工人用斧头砍出一个个落脚点爬上去,不一会儿就将雏鸟送回巢里了,可当他准备下来时,鸟儿又再次滚出巢穴掉了下来。幸运的是,我用裙摆接住了它。

大卫大笑:"你可真够忙的!"我很快就发现他说的没错。每天的送餐间隙,"逮蚱蜢"就成了我的全职工作。从清晨到日暮我都为它奔忙,手拿一根有弹性的长棍子,追逐着视线所及的每一只蚱蜢,弄死之后再塞进果酱瓶里。我们管这只雏鸟叫格利高里·派克,它很健康,长得也很快,很快就知道自己的名字了,一听到派克一词就回以一声响亮的鸣叫。

河里的混凝土堤墙终于固定住了河岸的岩石，塔班古恩吉工地上的水泵可以安装了。这可不是一时半会能完成的，两天后河流喧闹起来，受到上游降雨的影响，水位也开始上涨。察沃依旧是一片焦土，热得无法形容，就好像再也不会下雨了一样。水位上升淹没了新修建的混凝土堤岸，我周围的那些面孔变得越来越焦虑，担心如果水泥还没来得及完全凝固被水冲走，数周以来的辛勤工作就可能会彻底泡汤。

一天晚上，风停了，空气也凝滞了。星星消失在一片漆黑的云幕后，张牙舞爪的闪电在瞬间点亮云层，雷声轰隆。雨点落下时，我们听得见炭火的嘶嘶声，火焰被熄灭，激起几缕青烟。整个营地的人都仍然环坐在营火的余烬旁，享受着雨水带来的凉意和刚刚湿润的泥土的清新芬芳。可当雨点越来越重，变成一场持续的暴雨时，我们不得不全都撤入炊事帐内。大卫打开广播，在雷声隆隆的背景下，我们听到跨越亚提河上游的铁路大桥已经被冲垮，一切都预示着还将有更为汹涌的雨量袭来。

"我认为应该把营地移到地势更高的地方去，"大卫说，"现在就搬，赶在河水上涨之前。"于是，在茫茫雨幕中，我们开始拆帐，将湿透了的沉甸甸的帆布扔上路虎车的顶部，搬到雅塔悬崖下方地势稍高的地方。我们都躲在紧急架起的炊事帐里面，所有人都拿着光线黯淡的手电四处摸索寻找着自己的东西，同时还要抖着顶部松懈的帆布，让积在上面的泥浆水像瀑布一样流下去，帐篷里一片喧嚣。终于，从行李堆中清理出一块空地，我们蜷在中间，浑身湿透，疲惫不堪，却仍然为察沃这场水量充沛的大雨兴高采烈，这从来都是值得庆贺的理由，虽然来得有点不是时候。我将正在发抖的格利高里·派克抱在胸口，很担心老帆船怎么样了，那天早上它躲在河岸上的某处，很有可能会被水冲走。入夜之后，河水的咆哮声越来越大，当我终于断断续续睡着之后，梦到了马林迪和涨潮时的海浪声。等到湿漉漉的黎明晨光初现，雨停了，我们走出帐篷，看到的是一片已经改观的景象。几个小时前我们营地的原址上，棕色的河水打着旋奔流，已经涨到了棕榈果树和金合欢树的腰部位置，许多树被连根拔起冲走。幸运的是，大家发现他们建造的堤坝经受住了洪水的考验。

等到大卫下午从建筑工地回来后，我们出去寻找老帆船。原来的营址现在已经变成河流，我们沿着水边走，竭尽全力压过水流的声音，大声呼喊着它的名字，学它咯咯的叫声。夜幕降临，我们的手电照亮了许多双夜色中燃烧着的眼睛，红色的是食肉动物，绿色的是食草动物，可没有一双是属于老帆船的。我们往回走时，我听到身后有啪啪啪的脚步声，回头一看，瞧！是老帆船！重逢的喜悦席卷了彼此，它边咕咕地叫着边用鼻子拱着我，我们将它带回了新家。回到营地，我到处翻找那瓶意义重大的须后液，从那以后，老帆船每天都会在傍晚时分回家，抹上须后液后，和我亲热一番，然后再匆匆消失在夜色中。雨季已经来临，有许多有趣的蛙类值得研究，炊事帐外竖起的灯光周围也总是有着成堆的夜间昆虫盛宴。

雨水在上游地区一直持续，没有减弱，让一九六一年成为令人怀念的一年。野花突然绽放，有芬芳的雪滴花、小小的蓝白色的非洲堇，还有纯白色爬藤的旋花。蝴蝶绕着花朵飞舞，在湿润的大象粪便上聚集。每天找蚱蜢的时候，我都会采下一大束野花装点我们的炊事帐。而时常在我上床睡觉时，会发现枕上有一朵兰花般的凤凰木花，那是大卫爱的表示。

我们被夹在加拉纳和提瓦这两条泛滥的河流当中，要对六十名无法返回基地的工人负责。附近清理出了一条跑道，补给物资可以通过空中运输而来，需要的话，病人也可以被带出去。河流在许多处都拓宽了将近一百米，水流的咆哮声中时不时点缀着大树垮塌倒下的声音，树干和枝叶加入本来就卷裹着众多残骸的滚滚洪流中去。大树倒下时，许多晚上栖息在河岸边树上的狒狒被一起冲走。还能看到牲畜的尸体，那些肯定来自公园以外的村庄。

与河流南岸保持联系是重中之重，只有这样食品和燃料补给才能运送给我们。最后，人们跨河拉了一条电缆，给河这边提供了文明的生命线并提供了补给。发洪水时，将工人摆渡到对岸要冒太大的风险，并不是一种安全的交通方式，许多人连游泳都不会。因此我们无能为力，只能坐等河水降下去。但现在，我们有了水泥和补给，工作得以继续。接下来的三个月里，当卢吉瀑布的通道仍然洪水泛滥时，我们安然住在雅塔高地下小小的营地里。大卫与内罗毕总部和沃伊的公园指挥部都保持着无线电联系，我得承认，我很享受大卫不需要忙于工作的日子。我给吉尔写长信，里面都是一个身处孤岛的母亲的沉思！

老帆船在营地长大了不少，现在外出的时间已经越来越长了，也更加鬼鬼祟祟、更加独立了。有时候我们一连几天都见不到它，然后它又会在某个深夜出现在我们的帐篷里。相反，格利高里·派克却变得外向而喜欢热闹，我干活时，它就坐在我的肩头。它甚至还会参与捉蚱蜢，跟着我一蹦一跳，只要我们逮到猎物就激动得发抖。一天早上，我让它站在手上，它要练习飞行了。它拼命地扇着翅膀，下一刻就已经在空中了，一开始往下扑过去，之后就高高飞起，摇摇摆摆地扑着翅膀飞上了一棵高高的金合欢树。我可以看到它站在树的最高点，对于处女航来说真是长途跋涉了。我叫它的名字派克，它和平时一样吱吱叫着回应，但要下来时却失去了信心。就在我努力说服自己，这也许就是分离的时刻时，它从树梢扑腾了下来，正正好好落在我的肩膀上，得到了罐子里最肥美的一只蚱蜢作为奖励。

格利高里·派克最喜欢参与各种各样的活动，因此我们决定这次让它见识一下汽车，计划了一次往北去提瓦河评估洪水造成的损害的旅行。雨水让公园的北部区域面貌一新。草已经长得齐腰高，路径几不可辨。我们仿佛开车在一片麦浪中穿行，时不时还得停下来清除塞住散热器、导致温度计直升到沸点的草籽。我们遇到了几头看起来很健康的犀牛，它们步伐轻盈，尾巴高高竖起——在因为干旱而奄奄一息的一年后，看到它们这样真是令人欣慰。到达提瓦后，我们发现洪水造成的严重破坏——大树被连根拔起，河流两岸堆满漂流木，大量的沙子堵住了马科卡的通道，积得有一座房子高。只要看一眼就知道，卡萨穆拉的那座掩体肯定已经被完全毁掉了。

格利高里成了一名经历丰富的旅行者，无论去哪里都待在大卫肩上，伴随着我们。有时候，它会从车窗里飞出去，我们就得停下来等它跟上。一次，我们无意间选择在一树吵闹的水牛织巢鸟下面休息，我饶有兴致地看着格利高里怎样和同类交流。令人惊讶的是，它压根

儿不理睬它们。大卫说由人类抚养长大的鸟受到人的影响深刻,有可能再也不能认同自己的同类。当然,格利高里的叫声和其他水牛织巢鸟并不完全一样,更像是沙哑的嘎嘎叫。但看来它自己不觉得有任何不妥,每天都用它那精力旺盛的尖叫宣告着黎明的到来。

　　回到南部,亚提河的洪水终于退下去了。我现在急切地想回去看吉尔,她从学校回来过圣诞节了。但堤道的路径已经被彻底冲毁,只在混凝土堤坝和河岸间留下一个个张着嘴的裂口,河流拓宽了差不多三百米。大卫跋涉其中去评估是否有可能容得下一辆汽车通过,结果认为毫无希望。除了在上游更多的雨水让河水再次泛滥前,冒险坐阿鲁巴小船摆渡之外,没有别的办法了。我将愤怒的老帆船和慌乱的格利高里·派克装进它们的盒子里,跟所有一起度过了一段特别时光的伙伴们告别,套上一件救生衣,走向了河流。我们坐上小船出发,有点儿害怕,我很清楚地知道,一旦翻船,我根本无法救起还在各自的盒子中的格利高里和老帆船。等到一路平安到达了对岸,我终于松了口气。大卫还留在营地修复加拉纳通道,好让大块头的装备和工作人员可以从公路进入。我迫不及待地想见到吉尔和其他家人,他们打算来和我们一起过圣诞节。

　　三个月孤立的营地生活就像一次探险,一次公园指挥部忙碌喧嚣生活的缓冲。我根本没想到回来以后得有多忙。

第 9 章

安居

大象和我

> 将野兽看作纯粹的无感情的机器是巨大的谬论,毫无理性,无需辩驳。
>
> ——雪莱

离家的三个月中,我们的大象、犀牛和水牛幼仔数量也在增加,变得不再适合与人做伴。回到家,大卫为所有孤儿新修了一个防狮围栏,一开始萨姆逊和阿鲁巴对新来者有所顾忌,以惊人的规律性来要求那些小水牛。犀牛鲁福斯对它们的示范毫不在意,而奇怪的是,这似乎让大象们得到了安慰,它们开始与新来的邻居们建立起了情感纽带。一两个星期后,我们的混合小兽群——现在被称为"孤儿大队"——已经变得相当亲密了,无论去哪里都要在一起,这让所有来公园参观的客人都开心不已。

格利高里·派克很快就摸熟了指挥部的地形。它睡在我们的卧室里,每天早晨听到外面的黎明大合唱时就把小眼睛睁得大大的,抖抖它现在逐渐交杂着黑色的羽毛,走到它住的盒子出口,四处张望寻找我和大卫,然后直接扑腾到我们床上,啄啄我们的眼皮,把我们都弄醒。等到终于达到目的了,它就挤出窗户上的网格,消失在空中,加入外面的大合唱去了。它从不飞远,只要我们坐下吃早餐,它就会出现,查看我们盘中的食物,攫取合意的飞走。吃下抢来的小零嘴,它又飞回我们的房间,永远都在期待着我将粉扑忘在梳妆台上。自从到家以后,它固执地想要将粉扑添加到它的一个巢里去,每个地方都有它乱七八糟的巢穴。还好我没有留当时流行的蜂窝式发型,有一位留这种发型的客人,蓬松高耸的头发里就被塞进了细枝和树棍。

我对我们的新家非常骄傲,在帐篷里待了三个月后就更欣赏它了。早餐前,我喜欢安静地从花园里剪取几朵鲜花,热心地向母亲学习,她总是让我们的家中充溢着花朵的甜美芬芳。看来,格利高里也是如此。只要我拿出修枝剪,它就会停下一切活动,跳上我的肩膀,在我剪花的时候啾啾鸣唱。它从来都不是一只只看不做的鸟,总是努力想要加入进来,用嘴死死咬住一根花茎,竭尽所能往后仰,花茎不出意料地总是弹了回去,但格利高里不会放弃,不顾死活挂在上面不松爪,通常都是被我从地上捡起来告终。每一次尝试都让它越发沮丧,疯狂地嘎嘎叫着,所有的羽毛都气得竖了起来,这就意味着我得帮它一把。可格利高里是一只独立的小水牛织巢鸟,喜欢自力更生。不久它就意识到一旦鲜花被精心地插进花瓶,放在起居室里,就可以随意叼取了。它还知道破坏我的花艺作品是不受欢迎的行为,所以会等到我转过身时再冲过去把花儿一枝枝叼出来,扔得满地都是,在我把它赶走时嘴里叼上一枝飞走。

格利高里是只神奇的小鸟,也是我事实上的全天候伙伴。每天的工作逐步展开时,它总是第一个报到的。淘气地破坏我的花艺之后,它直接飞到办公室,开始从大卫的办公桌上捡起信和铅笔,将它们一一扔到地板上,眼里闪着快活无比的贼光。接下来,它嘴里叼上一两张文件,就飞到工场去检查混凝土搅拌机是否开工了。这是它最重要的巢穴地点之一,所以它会将嘴里的小树枝和文件都扔在那里,然后跳上工具棚,忙忙碌碌地筑起巢来,一边还开心地高声叫着和庞大的发电机比赛。我想，作为一只水牛织巢鸟，它大概将这种声音和织巢等同起来了，那是它们族群最重要的工作，它们一边唧唧呱呱聊着天，一边在同一棵树上修筑窝巢。

格利高里很快就成了工人们的宠儿，有人向它挥手或是当它飞过头顶时大声打招呼，它都会快乐地嘎嘎叫。如果工作日没见到它，你肯定可以在周五下午工人们和巡守们聚集在办公室领薪水时见到它。发薪日是它一周最喜欢的一天，想要跟它斗智斗勇可不那么简单。为了防止它把原本摞得整整齐齐的纸币和硬币弄得乱七八糟，必须得把门和窗户关死。可这根本阻止不了格利高里。它只需要和排在门外的长队一起耐心地等待，在人们的头上和肩上来回扑腾，期待有人带它进去。尽管每个人都得到指示只把门打开一条缝尽快挤进去，然后马上把门关上，但格利高里总有办法抓住时机溜进去、冲下来、嘴里叼住一两张钞票，然后得意地绕着办公室一圈一圈地飞。人们总是被它逗得哈哈大笑，所有人都盯着看钞票会落在哪儿，好赶快捡回来。

我知道格利高里缺乏挑选的基本技能，尽管它在为自己建造巢穴上已经很下苦功了，但它需要看看样板。于是我在一棵被织巢鸟废弃的树上找到一个老的窝巢，将它挂在家里草地上的一棵蓝花楹树上。格利高里看到它时，激动得不知所措，兴高采烈地咯咯叫着，绕着它飞来飞去，坐在里面试试是否舒适，还重新修整外缘。我们以为它肯定能从中学到一些造巢的窍门，但很快就发现激起它无穷想象的不是窝巢的结构，而是造巢的材料。几分钟后，它把巢拆了，抽走了其中的荆棘和树枝，带到自己的一处工地去了。

我一直很清楚自己无法完全保证格利高里的安全，它在沃伊的最

第9章 | 安 居

初几周里就已经得到了宝贵的教训,两次从飞速冲进灌木丛中的猛禽利爪下死里逃生。我去找它时,它浑身抖得厉害,很快就学会要留意其他鸟儿发出的警报,在危险即将来临时,第一时间在房屋或浓密的植被下找到藏身之处。晚上它的安全无虞,因为它就睡在我们窗台上的小盒子里。但有次它连着两晚睡到了屋后地上的一丛干草上,脑袋藏在翅膀里,完全暴露在过往的蛇、麝猫,甚至还会定期来看望我们的老帆船的眼皮底下,这让我有些担心。我们能做的只有把它搬回卧室的盒子里,它看来也并不在意,结果将它从地上搬回盒子里就成了我们每日例行的工作。我们很迷惑,它为何会有如此反常的非鸟类行为?但格利高里·派克只是只普通的水牛织巢鸟,该责怪的应该是我们,我们没有为它提供可以栖息的树枝,它只能睡在盒子底部。

毫无疑问,格利高里的迷人之处在于它对周边世界的好奇。但它并不喜欢被人嘲笑,大部分人一看到它就会笑。格利高里对此很敏感,不论何时只要有客人走到门廊台阶上——每周总会有那么几位——它就会过来检阅,站在客人对面,头高高昂起,目光朝下,傲慢自大地瞪人家一眼。一旦那些人不出所料地笑了,它就会愤怒地嘎嘎叫,竖起羽毛飞到客人头上去。他们越是想把它赶走,它就越是不肯动,好叫他们知道这里到底谁做主!

让我难以忘记的是格利高里最爱的巢穴——混凝土搅拌机——不得不被从工厂搬到公园主大门附近的新巡守营工地去时的情景。它看着搅拌机被运走的时候,你几乎都能听到它的脑子在转动。我很好奇它会怎么做。等到机器被运到新地址开始工作后,格利高里的脑袋歪向一侧,仔细地倾听,然后就飞去找到了它。那天下午晚些时候,就在我收拾包准备下班时，它回到送工人回去的卡车上，高高兴兴地坐在驾驶室顶上，扑着翅膀在颠簸的路上保持平衡。不可思议地，它很快就懂得了如果早上准时到达工场，就可以搭上送工人的卡车到工地；如果迟到错过了便车，只要飞到天上，它可以自己去。它通常会跟着工人一起回来午休，浑身都是水泥灰，看起来筋疲力尽，可只要听到两点的钟声敲响，它就又准备好出发了。它小小的鸟脑袋的理解能力令我震惊，我还记得一位到访的科学家听到我的评语后嘲笑说："可是，达芙，一粒豌豆大小的脑子怎么可能有思维？你以为'鸟脑袋'这个词是从哪里来的？"和大卫一样，我对据说一贯正确的科学迅速失去了信任。

现在，格利高里和我们住在一起，消息很快传遍了远近四邻，而我则得到了一连串古怪的长羽毛的小孤儿：奥利弗·特维斯特是一只从在建火车站的巢里掉下来的小雨燕，我成功地把它养大，在家里的屋顶上放飞后再也没见过了；阿卜杜勒是一只小夜莺，它的结局就没这么幸运了，第一次飞行就被一只苍鹰抓走了；帕芬是一只很乖的蓬背伯劳鸟，小时候只肯吃我给它的食物；当然别忘了红头，一只从一九五九年开始就住在我家花园里的红头织巢鸟，它在草地上的楝树上有好几个窝，最新最好的当然留给自己，差一点的给它妻子住，破破烂烂的那些里面住着一对对吵闹的麻雀。红头太太是一只秀丽的灰色鸟，翅膀上有好看的红色条纹，一副被丈夫管教甚严的样子。虽然它对每一个新家都很感兴趣，却被禁止参与任何建设工作，如果它热情得过头，太接近红头先生正在精心建造的窝巢，就会被生气的丈夫赶走。但只要丈夫一转过身，它就会抓住机会冲进去，飞快地溜一眼。它被允许在那些比较高档的巢里下蛋,一旦宝宝孵出来,父母就开始忙个不停了。几张张得大大的小嘴是那么的充满期待,一天要喂好几次。令人惊讶的是,这么多年来,红头夫妇的所有后代在离巢之后我们就再也没有见过。它们在某天就这样突然消失,而红头先生和红头太太又开始了新一轮工作。

我们和这么多长羽毛和披皮毛的生物共享花园一点也不奇怪。大卫慢慢将花园变成了一个色彩缤纷的热带天堂,草铺小径蜿蜒穿过茂盛的花坛,一条精心挖掘的人工小溪缓缓流下山坡,翻滚着跃进美丽的莲花池,池中纱尾的金鱼在蓝色和粉色的睡莲下游弋。莲花池畔有淳朴的长凳,附近的树上还藏有音箱,让我们夜晚在外乘凉时也有音乐伴随。依兰依兰馥郁甜美的芬芳,还有它那黄绿相间的星形花朵弥漫夜空,胭脂树鲜艳的红色更增添了一抹亮色。我们的花园在干旱而炎热的严酷环境中出人意料的清凉。处处都是所有动物和谐相处的场面,许多野生动物放下了对人类与生俱来的戒心走进了我们的花园。在一天中,你能看到野生林羚在围着花坛散步;一大群超过百只胸前有着蓝白条纹的贪嘴的珍珠鸡温顺得和家养的鸡没有两样。地松鼠、树松鼠,还有绚丽的橙头飞龙蜥蜴都是日间花园里的居民。天黑以后,一批大型动物进来了,一只年纪很大的公长颈鹿经常会来啃食我们草坪上的树,嘎吱嘎吱的咀嚼声能把我们都给吵醒;还有几只老长颈鹿也会来吃草。日间,花园里处处都是鸟儿的鸣唱,而夜里则点缀着狮吼声声、猎豹喉咙里发出的呜呜声和土狼怪异的嗥叫。有时候从吉尔的卧室还会传来她睡意蒙眬的声音,说:"拜托赶走这些狮子吧,我没法睡!"非洲之夜的音乐对我女儿来说和城里人听到的车来车往一样司空见惯。

一九六二年的旱季后,雨水如期来临,缓解了先前几个月难耐的炎热,老帆船和格利高里·派克终于离开我们出去觅食了。我对老帆船很有信心,它已经长大了,可以保护自己。但我开始日夜为格利高里提心吊胆。我和大卫在蒙巴萨逗留时,有位巡守见过它,黄昏时分它坐在一位访客的肩头离开了公园。夜里回来后,我去屋后它惯常待的草堆上找它,却不见它的踪影,接下来的几天里也没有发现任何它回来的迹象。伤心流泪之后,我们终于接受了它已经离开这个事实,感谢它用生命中的这一年给我们带来的无限欢乐,感谢它教我们懂得豌豆大小的"鸟脑袋"的能力。它的奇思怪想和令人眩目的本领都让我怀念至今。

一九六二年年尾,我怀孕了,而且我立刻就知道我的宝宝是何时何地来到的——在一次到加拉纳河南面旅行中的一个暴风雨之夜,雷声在天空滚过,道道闪电照亮了我们的帐篷。一开始,我对自己的恶心和疲劳感到诧异,但一旦确定受孕后就十分开心。我早就想要有一个大卫的孩子了,但跟他提起这个话题时,他却不怎么热心。我们加起来已经有三个孩子了,而且他坦率地告诉我不想跟任何人"分享"我。大卫和他前妻戴安娜分手时,他们的女儿瓦莱丽只有六岁,儿子肯尼思才三岁。戴安娜再婚后,和她的新丈夫及孩子们搬到了南非,这让大卫非常痛苦。跟我和比尔不一样,大卫和戴安娜的离婚闹得非常难看,他连提都不想提起。我知道他并不那么热切地想重新拥有一大家子,因此小心地选择时机告诉他我们的喜讯。

这段时间对白人移民来说是个极其不安稳的阶段。一九六二年快要过去时，我们得知肯尼亚将于一九六三年六月脱离英国成立自己的政府，接着于十二月正式独立。我们怕的不仅是乔莫·肯雅塔，那个肯定要成为独立的新非洲人政府领袖的人，还担心察沃会被收走。人们都相信，整个非洲由"外国人"占据的位置都将很快"非洲化"。内罗毕的英国高级委员会对我们说得很明白，如果我们放弃英国国籍加入肯尼亚籍，就不会再被认为是英国人了。我们仍为自己的英国血统骄傲，还没准备仅仅出于行事方便就更换国籍。我的祖父母都出生于英国，我也一直持有英国护照。这一切显得那么的不公平：所有出生于英国住在肯尼亚的人，或是父母出生于英国的人都可以保留他们的英国国籍。尽管我的血管里只流淌着英格兰、苏格兰和威尔士人的血，但由于父母和我自己都不在英国出生，我们这些深深扎根于非洲、为著名的大英帝国做出巨大牺牲的人突然发现自己正处于被祖国抛弃的危险之中。

大卫最近在更新他的英国护照上遇到了极大的困难。尽管由于他父亲在"一战"时被英国政府派到亚历山大服役，他出生在那里；尽管他的父母都是纯英国人，只是出生在印度，因为当时印度是日不落帝国王冠上的明珠；尽管他的出生登记是在埃及的英国领事馆，证实他是英国人，以上这些他所能出示的证据能够说服英国高级委员会他是真正的英国人。实际上，官方建议大卫应该到印度高级委员会去申请护照，但当大卫平静地说"'二战'爆发时，我被应征为你们××的国家战斗时，没人怀疑过我是英国人"之后，他们不吱声了。最终，大卫不得不花大代价从伦敦的萨摩赛特宫调取文件，证明不仅他的父母是合法结合生育了他，而且他在英国出生的祖父母们也是合法

结合并生子的!

二十世纪五十年代的茅茅党暴动还在我们脑海里记忆犹新,我们认识的许多人都认为在独立的风口浪尖留在肯尼亚不甚明智而去了南非、澳大利亚、加拿大,或是回到英国。所有政府公务员,包括我们任职于动物保护部门的同事都有指望获得英国政府对他们在"非洲化"过程中失去工作时得到一笔慷慨的赔偿,并享有养老金。但我们这些当时在皇家国家公园工作的人却无法享受同样的福利,因为这些机构不属于政府,而隶属于一个独立信托委员会。之所以这样设置是为了让国家的野生动物资源免于被政治私利掠夺,于是这些将国家公园从原始丛林变成当时公认的非洲最好的公园的无私奉献的人们境遇非常不利。

可以理解,大卫当时非常缺乏安全感,而此时发生的一起盗猎事故更加凸显了事态的不稳。一支野战军巡逻队在公园靠近西察沃的马克陶的地方遭遇了一个用猎狗盗猎的团伙,成功地伏击捕获了一名盗猎者。另外两名向铁路营房逃去,巡守去追赶他们,留下了一个人看管犯人。被捕的盗猎者壮起胆子跟巡守扭打起来想要抢走他的步枪,而巡守在搏斗中担心自己打不过,出于自卫扣动了扳机,将盗猎者射死了。一眨眼间,一群满怀敌意的铁路工人拿着木棒和铁棍包围了巡守。急中生智,巡守当空鸣枪,通知自己的伙伴,其他人赶回来控制住了愤怒的人群。接到巡逻队的求助电话后,大卫很快就和一名警官赶到现场。当他们坐着大卫的车抵达时,敌对而愤怒的人群拥了上来。当有人喊出一声"两点钟先生!"——这是当地人对大卫的昵称,因为他每天都在这个时间吃午餐——之后,人群安静了下来。大卫的声誉现在已经得到了察沃周边所有部落的尊重。但接着,一个冰冷的声音打破了沉默——"等到独立——我们要把他们都杀掉!""自由"或是独立已经为期不远了,在茅茅党暴动事件之后,这些话让人无法轻松对待。

这起事件让我不安,我还记得自己怀着吉尔时是如何幸运地逃过茅茅党的伏击的。现在,我要在即将开始剧变的时刻宣布自己怀孕,我知道这是一个无法轻松面对的消息。当我终于鼓起勇气告诉大卫时,让我大大松了口气的是,大卫从震惊中恢复后,紧紧抱住我,喃喃地说他很高兴!尽管这话不算太令人信服。巧的是,让我受孕的那次旅行中,我们的生活中也多了一个宝宝,一匹刚刚出生的小斑马驹子,它的母亲不幸葬身狮腹,而它在悲痛中对我们的汽车产生了感情。这匹新来的斑马孤儿被取名叫胡佩蒂,这个漂亮的小生物长得极其标致,有着浓密的尾巴和一张纯种的脸。它喜欢有人给它梳理毛发,也喜欢进行夜间锻炼,开心地围着花园飞奔、弓背、扬蹄。等它累了,我会把它带回建在屋边的新马厩,哄它睡觉。这项工作需要大量时间和耐心,就在成功在望时,它会突然回过神又冲下山去。于是,我通常成为我们中精疲力竭的那个,这有时加重了我的孕期反应。

和格利高里一样,胡佩蒂从我们看到它那一刻起就对我非常依赖。回到家,它经常想要跟着我把家里环游一遍,蹄子在光滑的水泥地面上打滑时吓得乱冲乱撞。等到这项活动真正妨碍到我的日常工作了,我想了个聪明的办法:把我的一条裙子挂在一棵蓝花楹树树枝上,然后用它蒙住胡佩蒂的脑袋,我再乘机离开。只要它从裙子里钻

出来后看不到我，就会高高兴兴地待在裙子周围。随着它日渐长大，问题也越来越多，尤其是断奶后，它开始去尝试别的东西，特别喜欢屋后晾衣绳上的衣服。只要衣服一晾好，它就会奔过去，穿梭在衣物和床单间一顿大嚼，直到把它们嚼成破布。许多小件衣服就此消失，几天之后在它的粪便中发现了残骸！我们用竹竿抬高了晾衣绳，但这似乎让它更争强好胜了，它会偷偷跟在我们后面，耳朵朝后伸着，龇着牙，在晾衣绳升到它够不着的高度之前冲上来夺走一件就跑。它还喜欢啃窗户腻子，溜进大卫的办公室，吞下办公桌上所有的信件，甚至还喝了工场里的废油却仍然安然无恙。但这些大部分时候我都可以原谅，只要它用鼻子拱拱我，把脑袋贴着我来个充满感情的拥抱，我的心都化了，于是开始又一次纵容它。

一九六一年，彼得从北部回到东察沃和大卫一起工作，他搬到当年我和比尔结婚时住的山那边的房子里。胡佩蒂和彼得的一只温顺的薮羚古先生一见如故，亲热得都不肯回家，宁愿晚上跟古先生待在一起。它已经吃掉了彼得尚未开启的信件，其中有一封还是他的未婚妻跟他事无巨细地描述婚礼计划的。接着，胡佩蒂又嚼烂了我哥哥的更多东西，包括一幅他的宝贝红跑车的画，这让它更不受彼得的欢迎了。胡佩蒂最后的不轨行为终于引发了彼得的愤怒，连我都因为"不能管教好那匹该死的斑马"受到波及。他离开察沃去结婚前，将他的汽车停到工场车库里，还用带倒钩的铁丝和油桶筑起防御工事挡住房子的入口。

彼得和他英国出生的新娘莎拉·伍道尔的婚礼在内罗毕以北、尼耶利过去一点的纳纽基举行，海拔高达五千米以上、白雪皑皑的肯尼

第9章 | 安居

亚山峰给婚礼提供了绝佳背景。整个过程中大卫都很焦虑，因为我们的孩子随时会呱呱落地。我心里清楚可能性非常大，不由庆幸有母亲在身边让我平静下来。吉尔很喜欢她淡黄色的伴娘礼服，还可以和表兄妹们在美丽的博古利特庄园举办的招待会上奔跑玩耍。婚礼后，我们回到内罗毕，住在我妹妹贝蒂家，等着孩子降生。大卫抓住机会去参加了私人飞机训练，拿到执照后就可以驾驶东察沃新得到的超级幼兽飞机了。以大卫典型的行事风格，他训练了八个小时后就已经完全能够独立飞行了。在察沃拥有一架飞机将会是影响深远的改变，让我们得以对公园的全部区域实施监控，方便跟踪不同种类动物的行踪和习性，将补给物资运送到在偏远角落执行任务的野战军巡守那里，并观察栖息地的变化。

六月三十日晚上，比预产期提前五天，我分娩了。大卫把我送到医院后离开，那时候男人是不能亲临生产现场的，所以这在当时是很自然的事。我们以为宝宝会在几个小时后出生，但都错了！我们的女儿安吉拉·玛拉在十七个小时后，七月一日上午十一点才降生。大卫盯着她有些皱巴的笑脸说："一个好玩的小东西。"从那时起，她就被大家叫作皮普了，有时候也会叫她"吱吱"。吉尔非常喜欢她，因为九岁的她既可以照料小妹妹，也可以和她一起玩了。

我在贝蒂家继续住了几周，大卫则驾着公园牌照号为 5Y-KTP 的新超级幼兽飞机回到察沃。这架飞机后来被大家叫作"探戈爸爸"，大卫正是驾着探戈爸爸将我和安吉拉接回察沃的。在此期间，彼得度完蜜月回来，如之前威胁的那样对付了胡佩蒂。他将它带到一群野生斑马附近，它们对这匹从一辆卡车后面出现的漂亮小母马兴趣浓厚。

希望胡佩蒂有朝一日也能成为一位母亲，享受回归野外的生活。尽管一开始我有些生气，但还是释怀了，以后不用再为胡佩蒂和它的调皮捣蛋操心了。照顾我自己的宝宝已经够让我忙的了。

一九六三年十二月十二日，肯尼亚完全独立时，安吉拉刚满五个月大。我们坐在那儿，听着广播里的播音员描述着英国国旗降下，肯尼亚新国旗——黑、红、绿三色背景上有一面盾牌和两支交叉的长矛——升起的场面。爱丁堡公爵代表女王将政府设施移交给肯尼亚的新总统乔莫·肯雅塔。皇家国家公园也有变化，更名为肯尼亚国家公园，去掉了"皇家"前缀。第一位被"非洲化"的外国居民是公园的创建人默文·考伊上校。但在察沃，我们的工作和往常没什么两样，只是现在向上汇报的是一位肯尼亚主管佩雷兹·奥林多先生，一个很随和亲切的人。信托委员会的大部分白人成员都被本土的肯尼亚人所替代，我们在动物保护部的许多同事则领取了他们的赔偿金，要么退休，要么离开肯尼亚，他们的职位也被当地的非洲人代替了。

自从有了超级幼兽飞机，我们的外出旅行少了很多，因为大卫现在可以驾着飞机俯瞰整座公园，通过飞机上的无线电装置和野外巡逻队保持联系。所以当他得开车去趣亚提时，我决定和他一起去，也带上安吉拉，踏上她人生的第一次远征。路过格利高里出生的那棵猴面包树时，我有些伤感，那些窝巢仍然挂在粗壮的树枝上。接下来经过洪水期间我们营地所在的那片高地时，我又满怀柔情地想起了老帆船。我得承认，这次旅行是一次挑战。我们六个月大的宝宝需要一大堆各种各样的随身用具，而察沃的酷暑也让她难以安抚，所以一路上得经常停下来用小帆布盆装上水，把安吉拉浸在里面，用海绵给她洗澡。刚在我们以前住过的基塔尼雅·恩杜恩杜营地落脚,我就让安吉拉坐在手提座椅上,把她挂在车门外面,然后开始花上大半天时间洗脏尿布,尿布染上了棕色河水的颜色。清洗奶瓶和奶嘴则需要刨开沙坑收集干净些的河水。我们的营地面貌与以前相比改变巨大,许多高大的树木和棕榈都在一九六一年的洪水中倒下。每次从营地出发到任何地方都是一次探险,总有气冲冲的犀牛在我们经过时想要愤怒挑战。

一天清晨,我们在车上看到一只浅水池里有六条鳄鱼正在分食一只水羚,鳄鱼一圈一圈转着,把猎物的肉从尸骸上拧下来,脑袋往后一甩,一口将肉吞下。几只秃鹳站在旁边,勇敢地叼到几块漂过它们身边的残羹剩饭。我自然而然地同情起受害者来,想象着我们到来前它绝望的挣扎。大卫曾经目睹过一条鳄鱼在浅水滩里抓住一只母水羚的过程,它的伴侣回应着它痛苦的吼声,勇猛地反复用角去顶鳄鱼,想迫使它放弃猎物。但鳄鱼一点都不为所动,坚定地拖着已经吓昏过去的受害者进了水道,很快就只剩下几个气泡证明母羚最后的挣扎。公羚盯着伴侣消失的地方看了好几分钟,重重地呼了口气,然后转过身慢慢地走回了岸边。当然,大自然的生命循环中,这样的一幕一天可能发生好几次,每天、每年都会发生,但目睹任何动物遭此惨剧都会令我难过。

回到家后,得知我们的小犀牛鲁福斯与一只从附近树林中冲出的成年野犀牛展开了混战,它喷了一口气之后,就被野犀牛抛了起来,直接伤到了要害。它的饲养员在恐慌中爬到了最近的一棵树上,只留下萨姆逊能去救它。萨姆逊及时赶到,喷着鼻息,向挑衅者冲去。自

从法图玛和坎德里离开后，萨姆逊和鲁福斯成了一对滑稽的形影不离的朋友。玩耍时，萨姆逊会跪下或躺下，而鲁福斯则低下头，转着眼睛，直到露出眼白，挑衅地喷着气向萨姆逊冲过去，使出浑身力气用角去顶它。萨姆逊对这一招从来就不放在眼里，它可以用长鼻子来消解冲击，紧紧缠住鲁福斯的脖子，让它喘不过气来。鲁福斯愤懑地哼哼着，却也只能赶紧掉转身摆脱纠缠，但几秒钟后又会发起新一轮进攻，结局和前一次没有两样，直到鲁福斯终于接受失败走开。安吉拉喜欢所有的动物孤儿，每次看到它们都会拍起她胖胖的小巴掌。骑在鲁福斯背上对她来说是最好的奖励，她喜欢坐在鲁福斯宽阔的背上，而我或者大卫扶着她。鲁福斯对此一点也不介意，甚至还很享受这额外的关注，也很喜欢安吉拉坐在背上的感觉。

有意思的是，大卫的"博物馆"中最令人感兴趣的一个样本是鲁福斯提供的。"博物馆"是我丈夫一直以来乐在其中的爱好，里面收藏着他多年来煞费苦心收集的宝物。他总在寻找有意思的东西丰富自己的收藏，尽管我不觉得从鲁福斯的新鲜粪便里找到一只像甲壳虫一样大的蝇蛆有什么有趣。大卫小心地将它养在一只瓶子里，下面垫上一层泥土，封盖上还有几个通气的小洞。蛆虫迅速消失在土层中，瓶子也被扔在房间的一角，很快就被大家遗忘了——当然，除了大卫——几个星期后，他在瓶子里发现了一只金属蓝的大昆虫。

结果，这只人工孵化的生物是吉罗斯蒂格玛蝇——一种必须在开始下卵前五天内找到一头活犀牛，才能将自己椭圆形的小白卵植入犀牛柔软的皮肤褶痕里。六天之后，一小圈像逗号一样的小蛆孵化了出来，据推测它们也许是通过犀牛的鼻腔或口腔进入胃部的。但我们很快就发现，它们直接从藏身地进入了血管，从那里进入胃部，最终变成甲壳虫一样大的蝇蛆，生存在几乎每头犀牛的胃里。直到现在，人们对这种蝇的认识仍然只局限于长时间的进化历程中，不同的犀牛种群胃中的蝇有些细微的差别。人们认为这种蝇在生命周期中大部分时间都是以蛆的状态生存在宿主的胃里，以类似共生的关系食用胃容物，但大卫确定在犀牛年老或由于干旱导致健康状况不佳时，大量的蝇蛆进入胃部可能会转变为寄生关系。在犀牛胃中的蝇蛆会持续多长时间后才被排出仍然是个谜，但我们能证实的一点是：蝇蛆有评估外部生存条件的能力，在雨季来临时，蝇蛆可以暂时来到肛门附近，如果外部条件不理想，又会回到原来的地方。如果条件理想，成熟的蛆会和粪便一起排出，在地下化为蛹，最后变身为大卫发现的在瓶子中扑腾的金属蓝的像黄蜂一样的飞蝇。

　　大卫很少有时间顾及他的"博物馆"。二十世纪六十年代中期，公园的工作更忙碌了，每周都有更多的游客到来。大卫开掘的人工湖（这是他原本计划中的阿鲁巴大坝，大得可以被称为一个湖）畔的阿鲁巴旅馆里有自助厨房的小屋尤其受欢迎，需要提前好几个月预订。公园里还开了家小店，出售罐装食品和软饮料，汽油也可以用手动泵抽取。大卫在湖中养老罗非鱼，现在湖里已经是兴旺的水产养殖场，给公园带来了稳定收入，也为巡守、饲养员和其他员工提供了新鲜的蛋白质来源。晚上在湖中设下刺网，早上将收获的战利品清理内脏后储存在一只放满干冰的隔热大罐子里，供应商每周两次前来采购罐中的水产，再把它们卖到蒙巴萨去。下网时，我和安吉拉经常沿着水坝下去，为当天的晚餐捞几条鱼。

我的生活充实而又多彩，和大卫深深相爱，但最幸福的还是吉尔从学校回来，全家团聚的时候。大卫是安吉拉慈爱而又出色的父亲，也是吉尔专注关爱的继父，他小心地从来不去试图代替她生父的地位。现在有了架飞机，每日一次对公园的飞行视察成了惯例。大卫早上七点与内罗毕总部和所有的野外站点进行无线电联络后，驾机飞行几个小时，回来时特地震得家里轰轰作响，他减弱引擎，头伸出机舱大叫："准备好咖啡！"我们在地面上就可以听到他的喊叫，等听到"咖啡"这个词，离厨房最近的那个人就会打开咖啡壶开关。这段时间中，我也忙碌不已，时光在奔忙中过得飞快。夜晚才是特别的时刻，尤其是我和大卫有时间独处，聊聊一天的所见所闻时。

随着二十世纪五十年代的盗猎威胁逐渐消退，在察沃的保护下，大象的数量翻了好几倍，给公园的植被带来了巨大的冲击。大卫担心其他食草动物例如长颈羚、捻角羚和林羚还有犀牛会因此受到不利影响，因而敦促对此做深入的科学研究，以缓解这些变化带来的影响。他坚持避免采用对大象进行人工屠杀的南非模式。在南非，人们每年用人工淘汰的方法严格控制大象的数量，尽管在宰杀方式上十分专业，但对那些知道大象和人类有着某些共同情感的人来说尤其残忍不快。我们太清楚整个过程了，为了避免对肉质造成污染而妨碍对大象肉的消费，大象以整个家庭为单位被人从直升机上注射麻药思科林，这是一种收缩肌肉的药物，让大象在意识完全清醒，却连眼都无法眨的状态下等待着枪手下到地面，然后从容地往它们头部射一枪结束生命。电影中记录过这样恶心的场面，人类在庞大而呆滞的躯体间跳来跳去，寻找最合适的射击点，麻痹了的大象完全明白眼前发生的一切,却不得不无助地看着自己的亲人一个个被杀害。那些惊慌失措的幼象向着根本无法移动的成年象们大声呼救的悲伤画面让我们震惊。如果幼象们在被剥夺母乳后存活下来,就会被卖给马戏团或动物园。那些完全依赖母乳的小象宝宝则通常是最后被杀害的,至少它们不必忍受一生的苦难,在动物福利还是天方夜谭的遥远他乡被奴役。

一旦整个大象家族死亡或是被削减,那些无情的屠夫接下来将象尸切割开来,剔下所有的肉送往大型屠宰场,之后要么风干作为肉条出售,要么装罐制成宠物食品,甚至供人食用。一年一度的恐怖屠杀结束后,幸存下来的悲伤的大象可以有一段短暂的缓冲期,去凭吊失去的亲人。仅仅一年之后,直升机又会出动,新一轮屠杀开始了。我们听说,只要直升机的桨声传来,就可以让所有大象惊慌失措地四处逃窜,知道这回在劫难逃的也许就是自己了。在大象的世界里,语言像野火一般通过它们神秘的次声波交流方式可以长距离传播,因此即使那些相距甚远的大象也都获知了噩耗。

大卫对大象的智力和敏感度、它们家族间纽带的强度,以及它们对死亡的真实感知有着深入了解。他知道它们会为死去的所爱深深悲伤,而且它们的记忆力要远远超过人类。很少有人了解大卫在反盗猎战役和对我们养育的孤儿的密切观察中懂得的这些。我们知道已经有当权者提议对大象进行人工淘汰,关于如何最好地处理察沃的所谓"大象问题"谈过许多。无论如何,首先需要获得的是察沃大象的准确数量,人们对这一数字几乎一无所知。幸运的是,英国军方愿意提供帮助,将密集清点作为训练项目。当空军兵团带着三架海狸飞机、两架直升机、维修和地勤人员、油罐、伪装设备和所有那些训练所需装备到来时，公园一片欢腾。正好那天动物孤儿们在公园新修的先进的飞机跑道附近进食，于是它们也过来出力帮忙。萨姆逊滚动着燃料桶，并用长鼻子检查着飞机，而鲁福斯对帮忙没什么热忱，只是对着那些闯入它领地的陌生东西怀疑地喷着鼻息。

大卫和指挥官一起制定出清点行动的细则。公园被划分成几块，每一块在一天之内清点完毕，以避免重复计数，这样安排可以由不同飞机同时清点几个相邻的地块。飞行清点进行得如同时钟一般精准，每一架飞机上都有经验丰富的观察员，以军事化的精确度在各自的规定地块上空清点了一天，然后以一个点代表十头大象，在地图上作出标记。

清点的最终数字显示，公园共清点出九千头大象，而不是原本估计的五千头，另外还有大约一万五千头在周边大约四万平方千米的区域内活动，范围是公园本身的两倍大。大卫说："眼见为实。"现在，他掌握了最小数量，但怀疑可能还有更多。清点行动取得了巨大胜利，我们与士兵们告别时都有些不舍。他们给公园带来了活力，他们的帮助也是无价的。

从对公园的定期飞行调查来看，现在象群已经开始破坏没药树林，被啃噬的地区越来越大，也变得越来越明显。那些地区现在变成了开阔的平原，以前相互隔绝的小群斑马、水牛、大羚羊和其他羚羊都联合起来组成了规模可观的兽群。然而，被大象撞得七零八落的树木的残枝断干才是公众关注的焦点，报纸上要求对此采取行动的呼声日渐高涨。专家们习惯于相信只有南非式的削减大象数量才能让公园免于退化成荒漠，对大象日渐增长的数量越来越不满。每一棵受伤的猴面包树都被拿来作为话题，每一堆白骨都能跟饥荒和由于"大象过多"造成的栖息地"破坏"联系起来。

为了搜集关于早期景观的证据，大卫花费大量时间阅读早年探险者的日记。他分析了第一个从海岸到内地，沿着加拉纳河穿越现在的察沃地区的白人卢吉爵士的描述；还有穿越克拉普夫和里德曼的马赛族土地，第一个注意到乞力马扎罗白雪皑皑的圆顶和肯尼亚山的雪峰的约瑟夫·汤姆逊的日记；以及曾在现在公园所在的土地上打猎的梅勒扎根和塞卢斯对数量庞大的有蹄类动物种群的记录，而在一九四九年公园成立时此类动物数量极少。通过对这些细节的分析，大卫认为对没药属植物占主导地位的树林消亡的惋惜可能被夸大了，我们所目睹的只是自然植被循环的一次完美复生。从林地变成草地，再从草地变回到林地。由大象撞断树木引发，让草得以在被破坏的地方生长，用它们的粪便播下下一轮树木的种子等。他相信草地的出现是好事，有利于生物多样性，并由于易于观察能够更好地发展旅游业。具有讽刺意味的是，在担心大象灭绝而进行的反盗猎战役成功后，我们现在竟然因为拥有太多的大象而被指责。

很幸运，正在此时，我们一位重要的同盟者到访。年长的自然学家威塞·菲茨杰拉德博士出人意料地来到我们面前，要求和我们一起工作几天。他最近呼请坦噶尼喀国家公园的主管否决一项对水牛实施人工淘汰的提议，那将对坦桑尼亚的马尼亚拉湖国家公园的其他物种产生深远影响。我和大卫正是在那里度的蜜月。他认为察沃的草地将带来有益的缓冲，将被证实比茂密的没药属树林对动物更有利。旅游业将成为国家重要的收入来源，新出现的更开阔的草场可以让游客的视野更为开阔。他和大卫一样，觉得应该让大象自生自灭，我们应该观察大自然维持平衡的手段，从中得到启示。他说，这是对未来具有启迪性的管理方式。

这次鼓舞人心的访问之后，"卷耳"帕克来找大卫，想劝说大卫支持他的野生动物服务公司的投标。他刚刚在乌干达的默奇森瀑布国家公园对大象实施了人工淘汰，这项工作可怕却有利可图。"卷耳"放弃了早前通过实施加拉纳动物管理计划，努力为瓦里安古鲁族的前盗猎者们提供可行的职位这一实验后，现在的身份是一名专业的大象"收割人"，在乌干达和科学家理查德·洛斯博士密切合作。他暗示说，任何察沃可能签署的人工淘汰合同所带来的副产品都可以让所有参与者从中获利——当然也包括大卫。在他看来，察沃大约需要清除掉一万头大象，能赚到的钱三倍于他在乌干达的项目。他悲观地预测说："反正大象总是要被淘汰的，而我们这些多年来一直保护它们的人应该有些报答。"

帕克不是唯一一个明白贪污腐败已经开始渐渐侵蚀独立的肯尼亚的高层的人。达官贵人和他们的亲属开始涉足象牙、犀角和木炭贸易，以此发家致富。正是由于此种现状，再加上帕克谈话中的种种旁敲侧击，让大卫确信，如果迫不得已得对察沃的大象实施人工淘汰，这项工作必须由国家公园的管理人员实施，而不能交给受到利益驱使的私人公司完成。于是，大卫飞去了内罗毕，试图在当局做出对全肯尼亚的大象造成长期影响的不利决定前抢占先机。

他带回消息说，拨款的美国福特基金已经筹集到了足够的钱用于在察沃开展大象研究项目，对大象数量的动态增减与植被生长、气候和其他相关因素的关系进行调查分析。"卷耳"帕克的合作者洛斯博士将负责察沃的研究项目。终于有人和我们一起分担这一沉重责任，前途将交由科学来决定，这让我们松了口气。我们的工作重心转为为新来的研究者建造更多的员工宿舍、办公室和实验室。在大卫的监督下，疯狂赶工了几个星期后，我们已经做好了准备，迎接即将到来的科学家们。

他们的到来带来了争论，他们的断言与我们建立在多年经验之上的观点相冲突。于是，我们生活中最为吵闹、最为困难的一段时期开始了。

第 10 章

冲突

评论家并不重要；当一个强者跌倒或者一个实干家做得不够完美时，在一旁指手画脚的人并不重要。荣耀属于竞技场上的参与者，他的脸上是泥沙血汗，他不停地出击，他犯错，他会不停地跌倒或者打空。因为没有任何努力不是伴随着错误和短处，但他至少在努力出击。他懂得出击时的兴奋，他懂得全力以赴，他为理想奋斗。他最终也许会享受胜利的喜悦，也许会失败，但是至少他知道他曾经尽了全力。也因此他永远不会与那些冷漠胆小的从不知胜利或者失败的灵魂为伍。

——西奥多·罗斯福

洛斯博士看上去还是挺讨人喜欢的——大个子、五官柔和、吸引人的淡蓝色眼睛，一位因鲸鱼研究而闻名的英国科学家。一开始，他的团队开展的工作还不算太有攻击性，但不久他就掀起了轩然大波，宣布需要搜集三百头死象的数据作为人工淘汰样本。

我们无法理解为何在洛斯博士关于大象数量的增减与植被的关系的科学评估中，需要子宫、牙齿和眼球玻璃体作为研究对象，但他一再强调，这得到了信托委员会的赞同。他还坚持要求由野生动物服务公司来实施这项工作，称在默奇森瀑布国家公园的人工淘汰中，"卷耳"帕克和他的团队对于处理和保存尸体部分极富经验。信托委员会再次同意了他的要求，但规定实施屠杀的地点由大卫决定，应该远离旅游线路。

洛斯博士催得很紧，野生动物服务公司也毫不奇怪地开始磨刀霍霍。我和大卫彻夜讨论事态的发展,对于不得不置身这场对大象的严重背叛行动中而黯然神伤。我们花了那么多工夫取得了它们的信任,让它们把公园当作圣地,当作庇护所,感受到安全。大卫背负着选择杀戮场的压力,他心情沉重地选择了加拉纳河北岸的科维托,那里远离游客踪迹,相对偏远。他对人工淘汰的路线做了严格限制,大象是很受欢迎的物种,屠杀大象家族的图像将会在全球动物爱好者中引发愤怒。尽管"收割"由熟练的射手在地面实行,科维托进行的人工甄别还是令人恐惧地高效迅速。行动开始那天,我和往常一样工作时,却不由自主地想象着在科维托发生的混乱,想象着被鲜血染红的河水四溅,渗入了察沃的红土地。屠杀一整个家族只需要大约三分钟。大卫脸色凝重地从科维托屠杀现场回来,被内心的矛盾所深深纠缠。我们又谈到了深夜,眼前所发生的事让我们难以安宁。大卫的调查结果不仅使得他越来越确信大象在自然界中所扮演的是再循环的推动者,而不是破坏者,所发生的只是自然循环的一部分,以前也曾经出现,我也接受了这一想法。

信托委员会对公众批评向来很在意,他们认为应该最大化地利用那些象尸,这在我看来根本就是本末倒置。整个生产的流程让我想起父亲制作肉干的年月。象肉风干出售;脚被制作成废纸篓或凳子;耳朵变成了手提包、公文包或钱夹;臀部皮肤被加工成上等皮革制品;骨骼被压成骨粉;象牙当然被迅速地卖给了蒙巴萨的中间商,野生动物服务公司也从中分得一杯羹。过了一阵子,"卷耳"帕克指着他崭新的飞机说:"你们的大象。"

洛斯博士很快就沉浸在对搜集来的大象身体部分的研究中,在此期间，他有了一些不寻常的发现。一头老母象首领——现在已经成了他的统计样本——生来就是盲的，两只眼球中都没有玻璃体。但多年以来，它带领家族跋山涉水找到了水和食物所在地。它从二十世纪五十年代的盗猎屠杀中幸存了下来，让家族保持完整和安全。现在，就在保护区让它觉得安全的时候，它和它的整个家族都被射杀了。我无法去细想此事。当洛斯博士提出，需要从不同的大象群体中获取更多的死象样本来做比较时，我和大卫都无助得快要崩溃了。坦桑尼亚官方给予了洛斯博士许可监督在姆科马奇国家保护区进行的人工淘汰，那里的生态体统和察沃是连成一片的。于是，野生动物保护公司又再次举起了他们的大口径步枪。这让大卫觉得难以理解，他认为姆科马奇的大象实际上和察沃的是同一个种群。在他看来，那里的象群只是大察沃种群的一部分。

事情还没完。刚刚在察沃待满了三个月，洛斯博士就大胆地判断察沃实际上有十个独立的大象种群，他杀害的那三百头仅仅只是其中的一个。他需要从其他九个种群中各搜集三百头大象样本，换句话说，他要两千七百头死象，而这仅仅是开始！大卫被激怒了。通过长达二十年的观察，他只要看每头大象独特的象牙形状就可以认出它们来，而早年的标记实验也让我们知道一头大象可能今天在沃伊，第二天却跑到加拉纳河北岸去了，有时在东察沃，有时在西察沃，有时甚至到了坦桑尼亚的姆科马奇。

在前不久到坦桑尼亚的塞伦盖蒂公园的旅行中，那里的巡守长、我们的老朋友迈勒斯·特纳曾经警告过大卫，科学家即将入侵察沃。"他们简直就是赤裸裸的威胁。他们就要拥入你们公园了，你一定得对他们能做什么、不能做什么做出严格限制,否则他们会失去控制到处撒野,他们在这儿就是这么干的。"显然有什么不对劲的事正在察沃发生,不仅是要对大象发起新的屠杀,也包括大卫和住在公园里越来越不守规矩的研究人员队伍之间隔三岔五的摩擦。尽管大卫制定了严格的行为规范,但他们仍然认为自己可以为所欲为——超速行驶、未经允许进入关闭的北部区域、用公园的汽油为自己的私家车加油,从订家具到公园的工场去加工,不一而足。就好像巡守长没有权力管他们,他们的行为也不受公园法规限制。终于,大卫觉得自己受够了。他对洛斯博士做出的需要人工淘汰更多大象的判断做出了公开挑战,当这两个男人的争执就要在公开场合爆发前,国家公园管理部门的主管将他们叫到了内罗毕。

信托委员会聆听了双方的陈述,认可二十年的野外经验与任何博士学位都有着对等的资历。但双方的争执愈加白热化,洛斯博士使出了撒手锏,宣称要么大卫·谢尔德里克——这位他碰到的最不合作的巡守长离开,要么他的团队撤离。一次简短的闭门商议后,委员会宣布了他们的决定——洛斯博士可以轻松地换掉,但大卫·谢尔德里克作为东察沃的巡守长却无法替代。大卫从内罗毕回到家时,我和安吉拉在门廊上迎接他,这么长时间以来,他第一次露出了微笑。举目远眺,他说:"大象们安全了,达芙,至少暂时安全了。"

洛斯博士和他的团队安静地撤离了,他们的离去却导致了令人遗憾的家庭矛盾。彼得、莎拉和一队研究人员相处得很好,在争执中站在他们一边,这让大卫怒不可遏,他将此视为背叛和不忠。他觉得应该将彼得调离,因为高层间的矛盾会让他们无法很好地共事。由于彼得是我的哥哥，大卫放下了怒气和伤害，推荐他晋升为其他地方的巡守长。

这一家庭分歧让我的父母很是难过。现在彼得和莎拉已经有两个孩子了，可以想象要离开自己深爱的家园会有多伤心，尤其是出于这种原因。彼得被调到了内罗毕以北大约四百八十千米的梅鲁国家公园，那里原来是国家保护区，最近升格成了国家公园。彼得面临着繁重的基础建设的挑战，他几乎可以说是从零开始。但就栖息地而言，梅鲁面积较小，风景比察沃好，而且水资源也更丰富。许多清澈见底的溪流从尼亚姆贝尼山的高处流下穿过公园，那里的气候环境适宜种植庄稼和茶叶。梅鲁公园动物丰富，黑犀牛数量可观，还有大约三千头大象在公园内外出没，依据降雨地点来决定迁徙目的地。彼得和莎拉逐渐爱上了梅鲁，将它打造成了一个缩小版的察沃，但他们对大卫，包括对我的怨怼，却从未真正消散。

洛斯团队离去后，大卫和一组同事成立了察沃研究委员会，明确要求任何科学研究活动都必须与公园管理部门的要求相关，而不能仅仅为了满足科学好奇心或是快速获得一个博士学位。他们从过去几个月的争执中得到了教训，制定出了这份新指导原则，对将来在察沃进行的科学工作具有重要意义。本着这样的新合作精神，植物学家格罗弗博士被指定为新的察沃研究团队的领袖。同时加入进来的还有沃尔特·路索德博士，他的工作是研究大象的移动，确定察沃生态系统内大象的种群数，并对最有可能受到由大象造成的植被影响冲击的较小型食草动物实行监控。约翰·戈达德博士负责对犀牛的监控，另外还有来自荷兰、牛津大学和肯尼亚其他地方的科学家被征募来研究人造永久性水源附近的大象，研究死去的大象对环境的贡献，并研究粪便内的甲虫以及其他与大象有关的昆虫。新来的研究人员同意在指导原则下工作，建立起了一支有凝聚力的队伍，与我们相处得很融洽。此外，当对几头大象——有公有母——套上无线电颈圈，进行了连续几个月的监控后，洛斯博士提出的察沃境内有十个大象种群的观点也不攻自破了。科学家们确定，大象确实在广阔的区域内活动，它们跟随着雨水移动，内陆的水塘充盈、绿色植被繁茂时，它们的足迹遍布公园的所有地区，还延伸到公园以外。

大卫在许多方面的见解都被证明是正确的，虽然他放任自由的管理方式仍然被那些坚持认为大象会让察沃退化成荒漠，并导致许多物种灭绝的人所严厉批评。但随着时间的流逝，加拉纳和南岸的没药属树林转变成了开阔的草场，察沃反而因此吸引来了新的羚羊品种——细腿长脖子的侏羚和黑脸的转角牛羚，它们在察沃以前的记载上都不曾被收录过。现在，公园的很大一部分成了更加开阔的旷野，高高瘦瘦的察沃狮也开始长出更长更浓密的鬃毛，面对配偶更为骄傲自豪了。水牛成为占据主导地位的食草动物，形成了现在我们看见的一个个头数可以千计的族群，而在当年树木茂密的时候，只要看到一小群就足以成为大家的谈资。腼腆的海岸转角牛羚首次出现，曾经濒危的亨氏狷羚繁荣昌盛起来。金合欢树种子在开阔的平原上发芽，它们旱季坠落的种荚是所有动物的食物。大象经常把树摇倒，我则能收多少种荚就收多少，把它们储藏在油桶中作为羚羊孤儿们的食料。到现在，察沃和它的大象都应该感谢大卫坚持信念和坚定不移地反对人工淘汰的勇气。否则，当后来贪污腐败已经成为肯尼亚的生活方式时，人工淘汰肯定会被滥用。我为我的丈夫骄傲，尽管我眼睁睁地看着这场战斗销蚀了他的健康。我们总在一起，为对方而存在，我们内心的力量、爱情、信念和坚定让我们走过这段极其沉重的岁月。

与此同时，随着阿鲁巴加入了一个野生象群离去，我们的大象家庭成员也发生了变化。就在它离开后，又有两头小公象进来了。我们给它们取名叫拉鲁（恩达拉的简称）和布卡内齐。它们中个头较小的布卡内齐的名字意思是"弱者"，而它真的非常虚弱。事实上，它是我们人工抚育至今最年幼的大象。我们不敢给它喂牛奶，只能用人工拣出的绿叶和从沃伊市场上买来的红薯藤嫩尖以及苹果和橘子喂它。这两个新来的孤儿很快就成了萨姆逊日渐扩大的群体中的成员，加入了这个现在已经颇为可观的团队。前不久已经有三只鸵鸟和六头水牛加入了进来。那几只鸵鸟特别滑稽，不知为何，只要巡逻队员们在操场上训练，它们就加入到队列中去排好队。鸵鸟们一听到军士长的吼叫声，就会赶忙过去，以鸵鸟的方式和队员们站在一起，那画面实在太不搭调了。

每天早晨，我们都能听到萨姆逊打开围栏门，领着它的混编队伍走过果园——有时还得拽着鸵鸟的脖子——向植被更丰美的沃伊河谷走去。尽管那条河只在下暴雨时水流大一点，但河床上石头中间的凹陷形成了一个个水潭，可以让它们嬉戏、泼水冲凉，而退去的洪水或雨水留下来的砖红色泥浆很快就给它们染上了察沃大象标志性的红色。还好鸵鸟不会飞，它们被泥浆结住的羽毛紧紧贴在身体上，看起来就像是捡破烂的。这段时间就是用来嬉戏、泼水、打滚和打闹的。我还得注意鸵鸟们没被玩弄得太粗暴或是被溺死，有时候在萨姆逊的概念里，和它们一起玩耍就是缠着它们的脖子一圈一圈打转。一天中最热的时候，水潭边会聚集许多动物，所以大象孤儿们通常都有机会和它们的野生同类打交道。萨姆逊发现和其他与自己年龄相当的小公象打闹要比跟鲁福斯打闹好玩得多，反正鲁福斯现在更感兴趣的是向新来的小犀牛里尤迪挑战。里尤迪是人类将新开辟的定居地里面的犀牛迁移出来时的牺牲品，它的脾气可没鲁福斯那么好，虽然两个相处得还不错，却时常有意见分歧，最后爆发一场大战来解决问题。萨姆逊在这种时候显然觉得自己有责任实行干涉维持秩序，于是犀牛们的喷气声和萨姆逊吹喇叭般的鼻息让鸵鸟和水牛四散逃离，连保育员也赶紧躲到树上去了。

一天之中最热的时候，例行的泥浆浴后，保育员坐在附近的树荫下吃午餐，孤儿们聚集在他周围。之后他会在草地上躺下，用帽子遮住眼睛睡上一小会儿，大象们在附近放哨，鸵鸟蹲伏在地上，它们的脖子从草上伸出来，好像三个细细的潜望镜。水牛卧在树荫下，咀嚼反刍的食物，缓慢、懒散而又幸福。鲁福斯和里尤迪在近旁呼呼大睡，橡皮头鼻孔里满足地呼着气。烈日当空，正午的酷热中，一天中最安宁的午休时间，昆虫断续鸣唱，鸟语也静了下来，只有大象的湿耳朵轻轻拍打，为自己涂满红色泥浆的身体扇出习习凉风。我们很爱加入到其中，从菲利普和梅维斯·哈克斯的大篷车里欣赏美景。他们俩历时五年住在公园的公共营地搜集压制察沃的植物和花朵标本，是我们亲密的朋友。

大约就在这时候，埃莉诺进入了我的生活。一九六一年，比尔陪同当时的肯尼亚总督帕特里克·雷尼森爵士和他妻子埃莉诺夫人旅行时，在桑布鲁国家保护区的乌阿索尼伊洛河畔发现了当时两岁大、失去母亲的它。埃莉诺当时孤身站在被一场丰沛的夜雨浸透后的平原上，四周没有其他大象的踪迹，只在稍远处有一具象尸，一具少了象牙的象尸——那肯定是它的母亲。比尔到附近的旅馆找帮手回去捕获了它，在几位客人和总督以及埃莉诺夫人的帮助下，把它带到了安全的地方。埃莉诺的名字就是向雷尼森夫人的致敬。它当晚就住在一所旅馆小屋门廊上临时改造的厩房里。

经过耐心地用人工拣取的嫩叶喂养，并待之以温柔慈爱，埃莉诺很快就摆脱了一开始对人类的恐惧。回到比尔和露丝在姆维加的家后，它学会了每天从斜坡道走上卡车，卡车会把它和保育员送到草木丰茂的阿伯德尔森林去进食。它在山地国家公园的新家和它出生的干旱低地自然显著不同，因此它得了好几场病才最终适应。高地的夜晚潮湿阴冷，一年中大部分时间都有雾气遮挡着太阳，空气湿润，时不时降落的毛毛细雨滴在草茎和叶子上，使得清晨会有霜冻。埃莉诺很快就成了当地非洲人的传奇，他们中的大部分此前从未看到过大象，甚至连图片都没见过，虽然他们的居住地和阿伯德尔和肯尼亚山很近，那里是许多野生动物的家园，也是大象的家园。沿着公园边界外挖掘的维护良好的深沟将大象限制在它们的森林据点里，保护它们免受人类的伤害，也保护人类的庄稼免受大象的践踏。

我和大卫第一次见到埃莉诺是在一九六二年的内罗毕农展会上。这是一年一度的盛会，吸引了大批人流从远近赶来。比尔被逼着带上埃莉诺去参展，好让人们亲眼看看大象。从我们到达那一刻起，就能听见推搡着想要靠近埃莉诺的人潮发出的兴奋的喧闹声。只要它将鼻

第10章 | 冲突

子伸出围场栅栏，人们就一阵惊慌地尖叫后退。就算它做的是对大象来说再平常不过的事，比如说用鼻子往自己身上浇水，或是挠挠耳朵，都能让人群爆发出笑声、惊讶的喊叫。埃莉诺很快就知道，只要从自己的泥水池里吸满泥浆对着人群浇去，就能把那些吵闹的围观人群轻松打发掉。它的忍耐得到了报答，当埃莉诺·雷尼森夫人得知和她同名的大象正在展会上时，要求把它带到政府大厦去。埃莉诺从展会现场去往那里的旅程引发了轰动，大街上人人都扭过头来看，路过护送队伍的汽车司机们把刹车踩出阵阵尖叫。到达之后，总督和总督夫人亲自来迎接它，它被允许在他们绿宝石般的草坪上自由漫步，随意享用它看上的各种奇花异草。

由于埃莉诺在内罗毕农展会上引发的热潮，国家公园管理当局坚持要让它作为整个物种的大使留在城外的内罗毕国家公园孤儿院展出。尽管孤儿院这一举措出发点是善意的，想要给失去双亲的动物们提供一个家，直到它们可以回归自然，但实际上孤儿院却太受当地人欢迎，基本上沦为了一个动物园。人们希望埃莉诺的存在能够吸引更多的人潮拥入，创造更多的经济收入。当兴奋的人群每天排着长队等着看它时，它确实做到了。然而，无法在大范围内进行对动物至关重要的运动锻炼，缺乏均衡饮食所必需的多样化食物和它迫切渴求的专注爱心，它眼中的光彩日渐黯淡下去，变得孤僻、肥胖、缺乏生气——就像一名毫无过错却被冤枉入狱的不幸囚徒。

如果不是比尔和大卫再三向国家公园管理当局施压，要求放埃莉诺自由，它肯定会死去。最后，他们终于想办法让当局接受，要想挽救埃莉诺的生命，它必须做最后一次旅行，这次的目的地是察沃，在那里它可以加入其他身世相同的动物团队。于是，一九六五年三月十九日一个明媚的下午，埃莉诺来到了沃伊。为了让它觉得自己受欢迎，我们在它的厩房里准备了一长溜察沃最美味的各种灌木嫩叶。到达后，它慢慢从斜坡道走下来。注意到它的肚子由于在内罗毕缺乏运动的生活变得圆滚滚的，我的心都揪紧了。迟疑了一下，它伸出鼻子轮流向我们致意，喉咙里开心地发出低沉的咕哝声，然后在它的厩房入口停住了，被隔壁那两间犀牛住的结实厩房里发出的奇怪声音吓了一跳。萨姆逊也已经进了厩，看到新来的大象兴奋地想要趴上围栏，而埃莉诺看到个头比自己大的萨姆逊后，被人哄了好一阵子才终于肯走进去。

埃莉诺花了一阵子才恢复身心健康，适应了新环境。它是一头极其热爱和平的脾气温和的大象，对犀牛们的粗暴争执强烈不赞同，只要它们之间有一丝一毫不和的迹象，就会挤到中间将它们分开，还用长鼻子抽打着犀牛，直到把它们赶得各自掉头离开。它崇拜萨姆逊，而萨姆逊对自己成为奉承的对象激动万分，回报埃莉诺以宽容而真挚的感情。有了一个更年长更聪明的伙伴依靠，埃莉诺很满足，它还喜欢给两头小象拉鲁和布卡内齐当母亲。每天洗泥浆浴时，它对鸵鸟的态度也比萨姆逊要温柔很多，只是用鼻子卷住它们的尾巴，从后面推着它们一路往前走。

作为一头年轻的公象，萨姆逊正处在开始感觉自己的生活中缺少了什么的年纪。它常常在闻到野象群的气息后变得明显焦躁不安，急切地想要加入进去。一开始，它会时常在外过夜，然后是一走几个星期，后来是好几个月。就在我们以为萨姆逊真正完成了回归野象的转变时，它又出现了，通常身边还带着几个野生的朋友。一旦它的朋友们发现自己置身人类身边，想要尽快跑开时，总是将工人吓得四处逃窜，在公园总部掀起轩然大波。看着萨姆逊继续做着以前的事情非常令人感动，但我也对它为何无法交到长久的朋友感到很迷惑。大卫决定采用更强硬的手段阻止它带着野生朋友回来，选择了闪光弹作为震慑。对萨姆逊最好的就是完全切断它和人类的纽带，回到它归属的地方去。是时候了。一个周日的下午，离开很久之后它又出人意料地回来了。当它朝正在一边玩着玩具，一边蹒跚而行的安吉拉走去的时候，我的心跳都停止了。我害怕在被如此不客气的对待后，它会伤害我的女儿。可它伸直了巨大的长鼻子，轻轻地拍着她的头顶，冲着她开心的笑脸发出亲热的咕哝致意。它一看到我，就赶紧转过身跑开，耳朵伸着，以为我会呵责它。令人难过的是，这是我最后一次看到萨姆逊，但大卫在旅行中碰到过它几次，有时候独自一个，有时候在野象群中。萨姆逊热爱大卫，这也使得它离开我们进入荒野的情感历程更为艰难。随着萨姆逊的离去，埃莉诺承担起了女族长的角色，成熟地接受了这一责任，勇敢地不懈地尝试在鲁福斯和里尤迪间维持和平。

我们的孤儿总是来得出人意料，物种、体型大小和脾气都各不相同。我们有一群受过培训并乐于奉献的员工来照看它们。个头小的养在房屋侧面围场里的小保育厩房中，等到相信它们不会乱跑了，就可以跑出花园去。它们被称为"花园孤儿"，成员包括几只羚羊。其中的一只刚出现在我面前，我就爱上了它。它当时蜷在一只鞋盒里，完全就是个迷你版的小鹿斑比。它那深情的黑色大眼睛和秀美的模样让我的心都化了。我抚摸着它棕色的皮毛，描摹着它额头上红棕色的花纹，当它凝望着我的眼睛时，那真的是一见钟情。

我们给这只林羚取名叫"微风"，因为它细长鼻子上的毛发一直长到两只鼻孔上方，不管干什么——尝试、检视、品尝、分辨随风飘过的各种微弱气息时，这两簇毛总在徐徐摇曳。它快乐地住了下来，最喜欢做的就是围着花园蹦跳，闪电般地迅捷转身，在树丛下冲刺，越过围墙，避开我们的孔雀洪克，最后来到我身边，急促地喘着气。它的能量具有感染力。它能无休止地跟吉尔和安吉拉捉迷藏，有时候跪坐着等待伏击，然后突然从隐蔽处冲出来奔向下一个藏身之所。等到大家都玩腻了，它又迅速开始了抓强盗游戏，只需要从出人意料的角度轻松一跳就躲开了抓捕者。最后孩子们终于筋疲力尽地躺在地上大笑，它则找棵植物蜷在下面，仍然密切地观察着我的一举一动。

微风是只"一个人"动物，很简单，我是它生命中最重要的东西，它只允许我把它拎起来抱住，只接受我给它喂的奶，只对我的声音有回应，只对我投入全部感情。它对我的热爱是纯粹的，我则回报以成为它的母亲。它就像是我的影子，只要我在花园，微风就总是在我身后几步远的地方。由于它爬前门的楼梯有困难，每天晚上我都得带着它到起居室的地毯上去，让它在那儿享用它最喜欢的摊在报纸上摆放得如同盛宴般的晚餐——手拣野生美食配碎玫瑰或木槿花。比起微风来，格利高里·派克简直就是个独立少年。我夜里洗澡时，暂时从微风视野里消失，要不了几秒钟，它就已经跳过了浴缸壁直接落在我身上。接下来的场面太混乱了，微风在水里乱扑腾，而我挣扎着努力在它把自己淹死前抓住它。花了好几秒时间，我才把它捞出来，于是一只浑身湿透、备受打击的小林羚瑟瑟发抖地躺在地上，情绪要低落好几个小时。

夜间喂奶结束后——在这之前它会很迷惑地蹭着我的表带——我们带着微风到卧室，开始的几个星期它还会满足地睡在我们床边的毯子上，可很快它就觉得这样离我还是不够近，认为自己应该跟大卫一样，在床上有一席之地。连着好几个晚上它都贴着蚊帐睡，直到我们屈服，把它放了进来。但这下它又被蚊帐隔开的狭小空间吓坏了，到处乱扑，我们只好将我这一侧的蚊帐抬起来，让它在蚊帐外侧睡在我的脚边。就在我们习惯了这样的安排时，微风又向大卫投去了贪婪的眼光，就像童话中的金花姑娘一样——地板太硬，而我的床又太软，大卫的那边看上去刚刚好——于是它决定将大卫那半边床据为己有。一天晚上，微风开始行动了，它躺在大卫身上滚来滚去，想要把他赶走。可大卫没打算将床上他的位置让给一只林羚，不管它有多可爱。"该走的应该是你，达芙。"他大笑着坚守阵地，一晚上都在翻来滚去。我们本以为这样就能让微风无法在床上安睡，可它坚定地拒不挪窝，甚至在大卫把它从床尾踢下去后还跳了回来。它一点都不喜欢被这样对待，两耳间的那簇毛都竖了起来表达它的不满。

不久前，我们刚发现微风会尖叫。尽管大部分时间它都能在花园里悠闲自在，但从下午茶到上床睡觉的这段时间里它想要有人陪，有人跟它玩。几乎一到下午四点，它就会出现在前门楼梯或后门楼梯上，小声吱吱地叫着："你在哪里？"我通常都听不见它的召唤，于是它会大点声再叫。如果我还没出现，它就持续不断地发出一种尖利刺耳的叫声，直到我过来带它去进行午后散步。除了对我有诸多要求，微风其实是一个胆小的小东西，个头比它大的孤儿们对它来说都是威胁。我最喜欢的水牛孤儿洛丽芭特别喜欢吓唬它，虽然埃莉诺的团队只会在调皮捣蛋的时候才到花园里来搞点小破坏。一天上午，它们出人意料地出现在树篱后面，微风当时正在和孔雀洪克玩耍，完全没有察觉到。它跑到一半骤然停下，水汪汪的大眼睛里满是惊恐，接着发出一声被吓坏了的哨声，接连几个大步跳跃逃了开去。几个小时后我们在花园最深处的荆棘丛下面找到它时，它仍然在瑟瑟发抖。房屋附近的夜间到访者也很恐怖，虽然我们人类可以睡得人事不省，可微风就算睡着了也保持着警觉，它的眼睛从不完全闭上，对外面一段距离内的行动和声响都有感知。它会时不时地从床上站起来，大睁着眼，浑身紧张地瞪着窗户外面。为了想要好好睡一觉，我们只能祈求长颈鹿来光顾藤萝架，在把它庞大的身躯挤进去时，顶起了架子，这会让微风吓得躲到床底下去，直到天亮才敢出来。

微风长大后，出于母性的控制欲，我担起给它寻找伴侣的责任，到内罗毕公园动物孤儿院去给它寻找合适的追求者。可结果是我要操心的并不太多，我很快发现我们的午后散步有着更重要的意义。微风眼睛下面那两个小腺体很发达，它可以将那种焦油般的分泌物涂抹在灌木丛伸出来的小枝或草尖上。许多这样的小枝和草尖上都被挂上了一滴分泌物，每一滴这样的"路标"都在被微风仔细闻嗅辨别过后，添上了自己的一份。大卫发现当腺体湿润时，有一种特定的小蝇被分泌物吸引过来，聚集在两个腺体周围，让微风瘙痒难受。不用说，大卫很快就将它们贴上标签收藏进了他的博物馆中昆虫橱柜的小抽屉里。

第10章 | 冲 突

我总以为微风过分地依赖我，以至于没有欲望去寻找其他的林羚做伴，但看来大自然的意旨不可阻挡。它成年后，经常会一天失踪一两个小时，有天下午，我被四点钟时仍然死寂的花园弄得心神不宁。这是微风开始要和我分离的标志，它开始在外面待上一整个白天，渐渐地发展到外出一天一夜。和所有焦虑的母亲一样，我急切地想要知道它在哪里。于是一天上午，我跟着它出去，惊讶地发现它大胆厚颜地走进了格罗弗博士的花园，直接朝一只雄林羚走去，似乎跟它很熟的样子。但事实并非如想象般美好，这只雄林羚已经有了妻子。这一发现有些令人不安，因为林羚是终身一夫一妻的动物。然而微风显然加入了永恒的三角关系，接下来的几周里它不断被发现和这只雄林羚及它的妻子在一起。而当微风日渐发胖时，雄林羚不忠的证据也明白无误了。微风怀孕了。

现在，微风在格罗弗博士花园里待的时间已经远多于自己家了，这让它很不受博士夫人芭芭拉的欢迎，芭芭拉的花坛淳朴美丽，草坪青翠厚实。我尽了最大努力喂微风吃饼干和谷物，想要让它不那么贪嘴。可就算这样，芭芭拉宝贵的植物们仍然毫无例外地被啃掉。到了怀孕后期，微风走路摇摇晃晃，昏昏欲睡而且浮肿，再也不是那只轻盈敏捷的林羚了。当听说它分娩的消息后，我匆忙赶到格罗弗家。尽管宝宝已经生下，可当我们在房屋四周的树林里寻找时，微风冷淡地跟在我们身后，显然不打算让我们看到它。直到六周后，微风才带着宝宝出来，从此以后，这只林羚宝宝和它母亲总是形影不离。微风让自己更遭芭芭拉讨厌了，因为它每次被芭芭拉从花坛赶出来时就用下门牙啃她。最后，芭芭拉只要去花园就不得不穿上橡胶雨靴，郁闷地跟我抱怨被我家林羚"咬"了，在亲眼看见前，我简直难以相信。

第一次分娩的几个月后，微风成了雄林羚的正妻，而原来的妻子则神秘消失了，也许成了盗猎者的猎物。它还扮演着前妻所生宝宝的守护者的角色，那只小羚和它的宝宝年龄差不多大。经常可以看到它们三个在芭芭拉的花园里啃食灌木。很快，微风再次有孕了。第一次分娩七个月后，它的第二个宝宝降生了。这次我们有幸在它把宝宝藏好之前偷窥一眼。微风彻底消失前一共生了七个宝宝，我再也没有了它的消息。此后多年中，我也曾全心全意养育过其他羚羊孤儿，但微风始终是我的最爱。它让我对林羚这一物种有了许多了解，从那以后，我爱羚羊家族的每一个成员。

在这样的一生里，总是要学会接受失落。尽管每次失去都让我心酸，但这总比失去自己深爱的人要好些。八十七岁的查特奶奶死于胃癌，被葬在纳库鲁公墓我们深爱的韦伯外婆身旁。查特奶奶是阿吉特曾祖父八个先驱者后代中活得最长的一位，也是勇气、坚韧和力量的强大代表。她的辞世让我们深深哀悼。我们最近还失去了好友菲利普·哈克斯。某个晚上他在房车中醒来，问他的妻子梅维斯是否喂了夜里常来觅食的野麝猫，然后就倒下，死去了。哈克斯夫妇的传奇流传至今，他们压制标本，拍摄、收录了察沃所有的已知植物。这些文献现在一部分被收藏在内罗毕国家博物馆内，另一部分则藏在察沃研究中心的标本馆里。

一九七〇年曾经有过一次大旱，带来了无法估量的损失。日复一日，阳光从刺目的天空狠狠地砸下来。看着大象们日渐憔悴，无奈地听天由命，令人愈加心焦。和饿死不同，死于营养不良是大象的自然结局，当最后一对臼齿被磨损得再也无法摄取足够的食物来维持体力时，也就是大象漫长一生的终点。它们的哀悼与伤感之情如此深厚，让我们感到灰心丧气。具有讽刺意味的是，只要换上一个魔力词汇"收割"，人们就可以对有组织的大规模屠杀大象无动于衷，却对大自然跻身进来，安静、平和，以人力所无法企及的方式来完成这项工作表现得同情心泛滥。大卫和信托委员会被公众猛烈抨击，被指责由于反对人工淘汰大象造成察沃的大象现在被饿死。陷入无休止的媒体漩涡之中令我们身心俱疲，记者们经常从全世界各个出人意料的角落不请自来，将故事渲染得催人泪下，而原本主要是母象和幼象的死亡正是迫切需要的，这样才能遏制象只数量增长，让察沃的大象数量与已经改变的栖息地环境取得平衡。

当然，不仅是察沃的大象因营养不良而死去，干旱的程度已达到有史以来最严重的一次，影响着全国的大部分区域，向北一直波及到索马里边界，那里有成千上万的牛甚至骆驼死亡。相邻的加拉纳农场和察沃都有大象死亡，受灾最严重的地区是科维托，也就是洛斯博士取样三百头大象的地方。即使对大象实施了人工淘汰，是否就可以避免察沃及其他地区大约一万头大象的大面积死亡，极其值得怀疑。而当如此重大的自然事件——首次可监控、可记录的大象大面积自然死亡发生时，科学家们又到哪里去了呢？只有大卫和我的表亲蒂姆·柯菲尔德在记录每头死去大象的性别、地点，取下它们的下颚，贴上与尸身相关联的编号，再将下颚风干后放入特意建立的研究中心收藏。他们发现，母象群是受冲击最严重的，因为它们被虚弱的幼象绊住了脚步，长期待在永久水源旁，缺乏跋涉出去觅食的能量。我们所目睹的是大自然在使用它最强有力的工具——天择，只有那些有着强壮而精力充沛的领袖的象群存活下来，病弱者被从群体中抹去，基因库中只留下纯粹而强大的部分。

埃莉诺怀着同情接受了每一头饥渴的孤儿。但通常等到它们被送到我们身边时，已经无法挽救了，被捕获成为压垮它们的最后一根稻草。那些还在哺乳期的幼象没有存活的机会，因为我们还没有找到合适的能够让大象宝宝活下来的乳汁配方。埃莉诺开始和那些倒在地上奄奄一息的幼象进行交流，拒绝让它的看护对象睡过去。只要它们一想要躺下，它就会把它们拎起来站好，安慰自己它们还活着。这时候，我们根本不知道每天会接收多少大象，因为埃莉诺会沿着沃伊河一路搜集流离失所的孤儿，将它们带回家。这些新来的象并不一定会成为永久居民，尤其是那些性格独立的小公象，它们总想从孤儿们异乎寻常的日常生活和人类陪伴中解脱出来。

在鲁福斯最近无意中伤害了护理团队中的一位临时替工后，我们被迫将它放归野外。结果，造成这个人死亡的原因固然是由于疏忽，当地医院没能仔细检查他动脉出血的程度也有不可推诿的责任。他之前显然向鲁福斯投掷过石块，把它赶走，导致鲁福斯产生了攻击性。发现它竟然发展出双重性格后，我们大吃一惊，因为它在我和大卫面前一直都是循规蹈矩的好孩子。我们简直无法相信这就是那头我们放心让安吉拉骑在它身上的温顺的犀牛。

我们让它在阿鲁巴定居，那里四周挖有深深的壕沟，阻止大象和犀牛出来骚扰旅馆。在那里它可以住在永久水源附近，听得见远处的人声，我们也可以对它实施监控。看着鲁福斯离开，我的心都碎了，

第10章 | 冲突

但除了让它搬家，我们显然没有其他选择。大卫安慰我说，黑犀牛是独居动物，鲁福斯已经差不多快成年了，对它来说孤独不是什么太困难的处境。他说，这比被流放到国外动物园或是在曾让埃莉诺那么不开心的内罗毕公园孤儿院被监禁着度过一生要好得多。

一段时间后，大卫和巡逻队员们开车回家途经恩达拉平原时，发现有秃鹫在一头死犀牛上盘旋。犀牛角完整无损，身上有着深深的撕裂和咬噬伤口。他马上认出来那是鲁福斯，死于狮子的攻击。伤口已经化脓，显示狮子并没能彻底杀死它，而是让它受了重伤，最后死得缓慢而又痛苦。我被想象中秃鹫叼出它的眼珠的画面折磨着。鲁福斯是如此的温顺而粗枝大叶，是我们的孤儿中最讨人喜欢的动物之一。我知道，是我们的救助让它享有了更长久更快乐的生命，可仍然情不自禁地为它的悲惨结局难过万分。

对大卫来说，更令人伤心的消息还在后面。在驾机靠近加拉纳河飞行回家的时候，他发现了一头年轻的显然受了伤的公象。他盘旋着想要看得更清楚些，发现那头象几乎迈不开脚，它的眼睛下陷，巨大的骨骼在干燥松弛皱褶密布的皮肤下耸立着。每迈出艰难的一步，那头象都要站很长时间，用鼻子小心地感知自己的前腿。即使在空中，大卫也能看到那条腿肿得有正常状态的三倍大。这头大象让他有异常熟悉的感觉，于是他在附近的沙滩上停下来，想要进一步调查。走向那头受伤的公象时，大卫从心里知道，那是萨姆逊，处在致命的夹竹桃箭毒发作的末期，他还知道的是，现在除了用自己那把416步枪射出一颗慈悲的子弹结束它的苦难外，他无能为力。

萨姆逊在大卫心中有着特别的位置，他们相识已经二十多年了。

大卫在它还是一头无助的幼象时将它救起，逃过了死神，又一直抚育它长大，从对它的观察中懂得了大量关于大象的知识，对大象复杂多变的情感和同情心有了深入的了解。就在大卫举起枪要对准他亲爱的萨姆逊的脑袋射击，结束它的生命前那短短的一瞬，回忆像潮水般涌来。也在那一瞬，萨姆逊抬眼看过来，眼中有故人重逢的一闪，然后就倒下了。大卫赶到它身边，轻抚着它的脸颊，等着它在痛楚中死去，大卫的眼里满是泪水。萨姆逊的眼睛似乎一直在看着他，直到他轻轻将它的眼皮阖上。他在萨姆逊一动不动的尸体旁坐了很久，枪扔在一旁，丛林的声音从四周席卷了他，铺天盖地的悲伤被深切的愤怒所取代。最终，他从皮带里拿出小刀，切开萨姆逊脓肿的腿，取出箭头。他很失望，箭头上没有标记，否则他可以循着标记找到杀死萨姆逊的凶手。

大卫回到家，我就知道有什么不对劲的事发生了，他显然深受困扰。他是一个少言寡语的男人，自幼被教导要控制好感情。我还能感觉到他不想谈这件事。直到很久以后我才得知萨姆逊的悲惨结局。大卫说："不得不打死自己信赖的朋友是我干过的最艰难的事。"那一次之后，他再也没有提起过此事。他让巡逻队员取走了萨姆逊的象牙，将它们放在象牙店的角落里。它们在那里放了许多年，大卫无法将它们列入到每年在蒙巴萨举行的拍卖清单里去。

二十世纪六十年代的平静和七十年代初大象的大量死亡后，国际市场上象牙的价格再度上扬，察沃的大象又再度处于各种压力之下。压力不仅来自干旱的影响，也来自那些来寻求象牙的机会主义者。大卫在发现这一威胁的苗头之初，就努力想要让肯尼亚政府明白事态的严重性，但他的警告总是在各种政治考量的干涉下被置若罔闻。哪里有生命，哪里就有死亡。在那些被干旱统治的年月里，我们只能接受这许许多多的死亡。但是，大卫的格言"翻开新一页，将过去放下"显然很有用，就在我们失去一个孤儿时，就会有另一个孤儿到来，又要开始手忙脚乱抚育培养它恢复生气的日子了。这些小生命依赖着我们，依赖着我们经验丰富的工人，更重要的是，它们依赖着埃莉诺和其他更健壮更稳定的孤儿的柔情。

我们的孤儿团队还没到规模最大的时候。

第 11 章

发现

大象和我

> 我看到潜伏的围捕威胁前斑马群慌张逃窜。满是尘土的荆棘林沐浴在正午的阳光下;深夜的天空上缀满一颗一颗星辰。山峦黢黑遥远,玫瑰色的山尖仿佛黎明的美丽晨光。
>
> ——拉里·沃特里奇

埃莉诺团队的成员总在不停地变化,它的混编孤儿们得去适应脾气各异的新来者,有些要更容易适应集体生活一些。一头犀牛孤儿来的时候已经处于重度营养不良的可怜境遇中,它的母亲在邻近的剑麻农场被射杀。它极其好斗,拼尽最后一分气力撞击着厩房的门或是视线所及的任何东西。它的行为让我们给它取名叫斯特罗皮。我们拿它没什么办法,直到最后它终于昏迷倒下,接下来的十天中我们竭力想要拯救它的生命。为了治疗它的各种疾病——肺炎、蜱热,甚至还有锥虫病,它耳后柔软的皮肤由于无休止的注射都快变成针插了。紧张和营养不良损害了它的免疫系统,让它重病缠身。它已经足够大了,不需要再哺乳,但每一口食物都得亲手喂到它嘴里。于是我花了很多时间,每次喂它一片叶子,祈求着它振作起来活下去。这真的是一场搏斗,如果不是另一匹精力充沛的新生斑马的到来,我们几乎就要输了这场战役。我们管那匹斑马叫庞达——这个我们曾经在父亲做肉干时代的远足中使用过,也曾经给胡佩蒂使用过的名字,这次我们想再度使用这个名字。

这个最新的成员跟着一辆刷着斑马纹的面包车跑了好几千米,直到上面的乘客坚持要把它带上车,并将它送到了我们家门口。养过胡佩蒂之后,我对再收养一匹斑马并不热心,可又无法拒绝一只需要帮助的动物。通过种种尝试和犯错,我们现在已经了解,犀牛和斑马都可以靠养育了吉尔和安吉拉的全脂婴儿配方奶粉健康成长,于是拿来给这个新来者喂食。我们将它带到保育室,里面的斯特罗皮正徘徊在阴阳两界间。

从到达那一刻起,我们就看出庞达是个好管闲事的小家伙,热衷于打探周边发生的一切,虽然那些跟它没有一星半点关系。它一进到围场,发现了斯特罗皮,就立即将它当作了自己的事,用牙咬着它纽扣大小的角使劲拽。对斯特罗皮来说,就算它现在太虚弱,这样的侮辱也太过分了,它睁开一只眼睛,试着发出一声吐着泡泡的病重的鼻息,吓得庞达突然跳开绕着围场乱踢。这时,斯特罗皮的眼睛又睁大了一点,等到终于能看得清楚些,庞达对它的角发起了新一轮攻击,这让它愤怒不已。拉锯就这样进行下去——斯特罗皮越是坚定地不让自己的角被啃,庞达就越坚定地要去啃那只角。此时此刻,斯特罗皮意识到自己得活着。当它开始痊愈时,这两个已经成了形影不离的伙伴。一段时间后我们明白,庞达其实一直认为自己是一头犀牛。

当雨水终于让一九七〇年的大旱结束,埃莉诺开心多了,情绪也稳定多了,对它的看护对象不再那么忧心忡忡。它和其他大象孤儿经常把庞达、斯特罗皮和水牛们留给保育员阿里照看,自己在沃伊河沿岸游荡,研究其他大象的气味。拉鲁特别喜欢这样的郊游。它一点也不怕那些个头比它大的象,总是爱做一些它这个年纪的小公象不被允许做的出格事。当埃莉诺和布卡内齐还掉在后头犹豫时,拉鲁就会

大胆地从队伍中出列跑到水池边去，或是在一群陌生的母象中挤来挤去，寻找玩伴。我很惊讶它没有趁机给自己找一位更成熟的母象家长，它对埃莉诺的忠诚从来就没有动摇过，而且每天晚上也总是站在回围场的队伍里。

不久，拉鲁和庞达就在外出游玩中发现彼此在捣蛋恶作剧方面意气相投。这两颗相似的灵魂本不该有任何交集，现在却结下了深厚的友谊。它们能在一起玩很长时间，相互扭打在一起，我都觉得对庞达来说有点太粗暴了。庞达很快就变得像一匹伤痕累累的战马，美丽的条纹外套上满是牙印和鞭痕。但它以惊人的坚韧越战越勇，不断地回来再打、再打——再打！有时候庞达发现自己的脖子嵌在拉鲁的两根牙之间就像个牛轭，有时候它的脑袋被拉鲁的下巴紧紧压在下面，但它俩仍在不停地刺激对方。这段不同寻常的友谊真是令人忍俊不禁。

一天，在沃伊河往下，拉鲁和庞达正忙着玩耍，埃莉诺走着走着突然停了下来，展开耳朵检查风中飘来的气味。阿里也停了下来，想要看看埃莉诺到底感知到了什么。河床拐弯处过去，成群的秃鹫聚集在河边的一棵高树上，从那边传来了一声轻微的砍切声。埃莉诺显然有些不安，它侧着头站了几分钟，仔细聆听之后才决定继续往前。它和阿里悄悄拐过河湾，发现有两个男人正忙着将象牙从一头死去不久的大象头骨上砍下来，与此同时还警惕地看着一队由一头年长的母象带领的野象群。母象正缓缓向他们逼近。他们将全部注意力都放在了砍斫和观察老母象，完全不知道埃莉诺正在走近。就在埃莉诺的鼻子已经够得到那两人时，阿里大叫了一声："希马马！——站住！"两名盗猎者几乎快要魂飞魄散，被给当场抓住吓呆了，更让他们害怕的是，自己身边还有一头大象耳朵伸着，鼻子抬起。接着，我们的犀牛、庞达和拉鲁也拐过了弯，后面还跟着一群水牛和鸵鸟，这让盗猎者害怕得语无伦次，以为是巫术作怪，只能跪下求饶。平时并不算是最勇敢的阿里有着林林总总的孤儿们的支持，突然之间拥有了全世界的勇气。野象群撤退了，留下阿里和孤儿们来处理此事。

与此同时，埃莉诺仔细地察看这死象的尸骸，用鼻子上下拂过象牙那光滑的表面。它将一脚踏在头骨上，用鼻子紧紧地缠住象牙，随着令人毛骨悚然的喀喇一声，将两根长牙从牙槽拔了出来。它高高举起象牙，在空中晃了几下，然后将它们远远甩进了丛林深处。埃莉诺尽管一直过着受保护的生活，但此时仿佛意识到这就是它在野外的同类们遭到迫害的源头。据我们所知，这是它第一次见到大象尸骸——除了它母亲以外，但那时候它还太小，可能没有清晰的记忆。我很好奇它怎么会知道象牙可以从牙槽上拔下来，它在想些什么。无论如何，这件事明白无误地告诉我们，大象复杂的大脑中有着与生俱来的代代相传的知识和推理能力，这一本能让它们得以存活七十年。

阿里一边把他的俘虏用皮带绑起来，一边宣称他可以考虑不要他们的性命。盗猎者现在已经确信眼前就是恶魔的军团，跟着走得飞快，被跟在身后的大象、两头犀牛、大约六头年轻的水牛、一匹斑马和三只鸵鸟吓得半死。一路上，庞达不知怎么搞的一脚踩进一只被丢弃的牛奶罐里，怎么跳怎么踢都弄不下来，只好一路叮叮当当敲着走。半路上他们遇到了野战军军士，想要接手俘虏，可阿里坚持要亲自将他们交给大卫，引发了两个男人间的咆哮竞赛，而队列继续往前上了山，朝家的方向走来。穿着制服的军士让鸵鸟们极为兴奋，围着他展开翅膀跳起了舞，一心想让队伍停下来排成一排游行。

浩荡的护送队出现在视野中的时候，我和大卫正在水莲池边享受难得的放松时刻。等到阿里眉飞色舞地将事件经过详细说完，大卫对他感激不尽，将俘虏移交给了军士，又找来巡逻队员帮忙把庞达蹄子上的牛奶罐取下来，结果这成了那个下午最复杂难办的一项工作。

时间一天天过去，我们对庞达开始绝望了，它对犀牛的痴迷从斯特罗皮扩展到了野犀牛身上。每周至少一次，阿里会向我们描述庞达如何追逐野犀牛，啃咬它们的脚跟，甚至拽着它们的尾巴。不可避免的，灾难发生了，但罪魁并不是野犀牛，而是我们自己的一头水牛孤儿，它烦透了庞达无休无止的捉弄，用角往旁边顶去，一下就刺破了它的肚子。庞达忍着剧痛，跌跌撞撞地走回家，阿里、拉鲁和斯特罗皮守在它身旁。大卫尽他所能帮它清洗并缝合了伤口，但庞达还是在夜里可怜地死去了。我们伤心地在围场后面挖了个深深的墓穴埋葬了它，好让它一直待在斯特罗皮和拉鲁身边。它已经成为我们的孤儿家庭中可爱的一员，过着突击队队员一样的日子。拉鲁对它的去世极为悲伤，斯特罗皮也肯定意识到了它的消失，然而埃莉诺看起来却是厚颜地如释重负，因为庞达和拉鲁在一起时，从来不会放过任何一个机会趁着埃莉诺不注意时捉弄布卡内齐。它们热情高涨地恣意挑衅它，在埃莉诺和平安宁的群体中引发真正的骚乱。

像大卫建议的那样，我们又翻过了这一页。不久以后，就有一名新来的孤儿代替了庞达。这次来的是一头母幼象，我们叫它索波，和加拉纳河南岸旁那块从平地上突起的孤独巨石同名。大卫驾机巡视时看到它孤零零地站在死去的母亲身旁，从自己的胃中抽取水洒在身体上。巡逻队员花了点时间才开车赶到索波巨岩，捕获了这名孤儿，将它带回沃伊。埃莉诺立刻就接手了，每次有新来者就可能使它的关注和感情转移，引起布卡内齐的嫉妒，而它总是能熟练地应对。索波比布卡内齐稍稍年长一点，孤苦伶仃，承受着在它尚短的生命中失去所爱的痛苦。可它让我们吃了一惊，往自己的嘴里塞满了苜蓿，打定主意再也不要挨饿。很快，它消瘦的外貌就柔和了许多，体形更健康、圆润，皮肤也呈现出健康的柔软纹理。

对我来说，这是一段极其忙碌的时期。索波到后不久，又有一名孤儿来了，这是个一点点大的婴儿。我最害怕这样的了，它们只能依靠奶水喂养。它刚刚从营救车上下来，饥肠辘辘，用摇摇晃晃的腿无畏地四处打探。这一次，我没有靠自己一个人的力量，而是寻求埃莉诺的帮助，我只能提供奶粉，而埃莉诺可以给予这个婴儿所需要的爱与关注。看到新来的幼仔被放在埃莉诺身边，布卡内齐发出了失意的呼呼声，埃莉诺无视它，搂过这个细小的毛茸茸的新生儿，用自己的鼻子抱着它，低声咕哝着爱语。然后，我所盼望的一幕出现了，埃莉诺哄着它到自己身下，吸吮自己的乳房。我拿着一瓶稀释奶，从相反方向爬到埃莉诺巨大的前腿下面，在每次幼仔要吸吮的时候，用奶瓶替下埃莉诺的乳头。

待在一头大象的身下真是可怕的经历——头上被一个庞大的身躯压着，蜷缩在两条巨腿之间，我能清楚地感知到每一根象牙都和我的一条胳膊一般长短、一般粗细，还有那条好打探的长鼻子冰冷的鼻尖一直在观察着所发生的一切。从这个位置，我意识到了大象潜在的力量，只用那条鼻子就能将我压得粉碎。但我信任埃莉诺，从未感到过任何威胁。它的喉咙里发出隆隆的低语，就在我的耳旁，震动穿透我的身体，我知道它明白，我可以得到它的全力支持。我们之间的纽带深厚而持久，共同的爱让我们彼此信任。有意思的是，由于疑惧造成的麻烦竟然来自这个我们一心为它好的婴儿。它不仅不表示感激，还用力地一推，让我一下子倒在围场最远处角落里的一堆草料上。我大叫一声，埃莉诺赶紧过来轻轻地触碰我，看我是否安好，连拉鲁也将身子跨过横栏，急切地确认我是否还完整无缺。我揉着酸疼的屁股想，连这么小一头象的力气都如此可怕，我必须得和它搞好关系，可不能惹它生气。

总的来说，第一天在埃莉诺身下饲喂新来的幼仔进行得还算顺利，于是我决定应该让它想吃的时候就有的吃，就和它在母亲身边一样。为了做到这一点，我得寻求阿里的帮助，埃莉诺信任他。于是，他们在我的监督下喂了几次奶后，我们开始轮班。只要幼仔躲到埃莉诺身下要喝奶，我们中的一个就得爬到那儿用奶瓶换下乳头。这也意味着我们还得带上全套混合和加温奶水的工具。除了经常被幼仔拍打推搡，我们两个干得挺不错。但麻烦来自埃莉诺兽群中的其他成员，它们仍然记得用奶瓶喝奶的日子，也想要重温。布卡内齐开始大发脾气，它郁闷的呼呼声响彻数千米。几个星期后，阿里、他的助手和我都已经筋疲力尽了。回到家，又累又烦的我向富有同情心的丈夫叫苦不迭，而他觉得我给自己担负的责任太多了。

我们管这头小幼仔叫格列佛，因为它毛茸茸干巴巴的样子就像一只小小的老地精，四条腿总是不协调地磕磕绊绊到处晃。埃莉诺对它

第11章 | 发现

很钟爱，索波也是，它现在是格列佛的保姆，在埃莉诺休息的时候代替它照顾格列佛。索波乐于扮演这一角色让我很高兴，这可以让它从悲哀中暂时抽身出来做些别的事，尽管这个新来者很有可能无法存活下去。我担心索波要再一次遭受失落的打击。随着时间的推移，埃莉诺越来越依靠索波的帮助，在自己想要去泥潭打个滚或是察看丛林里的动静时，放心地将格列佛交给它照看。埃莉诺和索波之间的默契启发我去理解家族成员之间的深厚纽带，这些温柔的庞然大物和我们人类并没有太多不同。格列佛的身边从来都不会没有照管者，我相信埃莉诺和索波之间能通过心灵感应交流，它们各自直觉地知道对方想要干什么。只要埃莉诺打算离开，索波就会过来接手，而当索波想要喝水或去洗澡时，埃莉诺就出现在格列佛身旁。

然而，令人伤心的是，我们喂给格列佛的混合牛奶对它并不合适，我看得出来它没有成长，而是日渐虚弱。将牛奶换成代乳喂它也无济于事，为哺乳期的新生大象寻找合适配方的努力再次失败，使得我心烦意乱。挣扎了三个星期后，格列佛死了，死在埃莉诺的身边。我们将它葬在小小的墓地里，一棵大卫三十年前种下的大苦楝树下，树荫斑驳。这棵树现在高大美丽，见证着流逝的岁月，还有所有那些我们救助失败的新生大象幼仔。格列佛下葬时，正是解除干旱的第一阵雨落下之时，雨水和我悲伤而沮丧的泪水混在一起，我永远都无法揭开拯救新生大象宝宝的秘密。

因格列佛的离去受到打击最大的是索波。它保持着孤僻，不久前失去母亲和所有家人让它的哀伤更为深切。葬礼中，它冷漠地站在格列佛一动不动的躯体旁，但在它被沉入墓中时上前深情地用鼻子去触

摸它。即使坟墓已经被察沃湿润的红土填平，点缀着纯白的番薯花，索波仍然在一旁站了很久才离去。此后的每个夜晚，排队回家的孤儿们出现在山坡上时，它都会离开队列到格列佛的墓地前致意。日复一日，它掉在队伍的最后，孤儿们在暴雨中嬉戏时，它也只是站在一旁，看到它疏离孤单的样子，我们备感难过。

雨后，我们一家都很喜欢到指挥中心下面被称为"红水潭"的地方去，品尝新鲜的蔬菜和温暖湿润的泥土的馥郁芬芳，还有新长出的植物。和大卫一起漫步总是像在上一堂自然历史课，他为我们讲解身边的信号和标志时乐趣横生。我们会在红水潭附近挑一棵树，坐在下面等这一天在我们眼前铺展开来。让我好笑的是，安吉拉总是事先就谋划好了逃跑路线图，因为她最爱做的事情就是爬树，尤其是当她比其他人——除了她爸爸——爬得都要好时。吉尔比她大很多，也稳重得多，而我在这方面的笨拙一直都是全家人的笑料。我爬树的故事已经成了传说，因为每次我最后都是卡在一半，既不能上也不能下，让家里人笑话，他们站在下面提出各种荒诞的建议，直到大卫上来把我救下来。

格列佛死去几周后，我和大卫去红水潭散步，欣喜地碰到我们的孤儿们也在那里享受着面前铺开的绿色盛宴。我们看着埃莉诺和其他动物玩耍，直到一声兴奋的喇叭声让我们抬头看去。让我们惊讶的是，索波正不顾一切地冲向一群野象，能跑多快就跑得有多快，一边还发出开心的喇叭声和咕哝声。野象群到达水潭时，它毫不犹豫地跑到它们里面，迎接它的则是无限的欢乐。我们马上明白，这个象群和它是老相识，因为它们显然对它很熟悉。四岁大的时候，索波终于找到了它失去的大象家族的幸存者——那些幸运地从干旱中逃生的大象。整个象群将它围在中间，鼻子交缠着、爱抚着、感受着、嗅闻着，兴奋得一边撒尿一边还充满爱意地呢喃，声音响彻附近的马辛加山。这次重逢自然而狂喜，我们知道，它心中的创伤现在可以愈合了。象群里也许有它的姨妈，甚至还有祖母，还有堂兄弟姐妹，甚至哥哥姐姐。当野象群开始离去时，索波毫不犹豫地跟它们走了，就在那一刹那从我们的世界回到了它自己的世界。这是一个充满了欢乐和心满意足的时刻，我们的眼睛都因此而湿润了。

我们在家的所有时间并非都花在动物身上，我们也喜欢加拉纳牧场上的邻居聚会。和他们欢聚一堂时总让我们回想起在老沃伊酒店的日子。"卷耳"帕克的加拉纳动物管理计划垮台以后，一个来自莱基皮亚的富裕白人牧场主联合体取得一位美国人的财政支持，购买了和察沃东部边界接壤的四千平方千米土地，经营项目以生态旅游和畜牧业相结合。他们从北部的游牧部落购买丛林牲畜，在牧场养肥后再走上一百六十千米到蒙巴萨屠宰或是出口。这很快就成为一家极为成功的企业，成为经营类似边界土地的典范。他们盖了一座淳朴而漂亮的旅馆，从那里可以眺望公园边界以外的加拉纳河下游流域，在池塘上架起了观景平台，还经营着一座移动帐篷营地，和象群一样逐水草而居，哪里动物集中就搬到哪里，同时还提供摄影机会。牧场上还允许持有专业执照的人进行受到严格控制的狩猎活动，许多曾经干过盗猎的瓦里安古鲁族人被招募来担任向导。他们可以迅速地跟随动物足迹找到动物，让付钱的狩猎客户进入满意的射程。

加拉纳牧场是我们许多水牛孤儿恢复野性的理想栖息地，而我最喜欢的一头水牛洛丽芭离开的时刻也不可避免地到来了。洛丽芭从很小的时候就加入了我们的花园孤儿群体，我对它有着很深的感情，可它最近开始追逐孩子们，所以必须得离开。只要我在它身旁，它就会温柔地将脑袋搁在我的肩膀上，这样的深情流露对于一直威名赫赫的动物来说是极不寻常的。在牧场的牲畜中，洛丽芭对一头阉牛产生了深厚感情，这也让它一直和母牛们待在一起，尽管它会周期性地离开去寻找野水牛伴侣，怀着孩子回到母牛群。它一生总共生了五头小水牛，它们都诞生在人工驯养的牛群中。

一天，我们得到消息说它生了一个死胎。也正是这一天我们又迎来了一头新的水牛孤儿。大卫认为洛丽芭的损失给我们提供了个机会，用新来的孤儿去替代它死去的胎儿。通过无线电网络，大卫建议牧场先将死胎的皮剥下来，这样我们带着孤儿到达后，就可以用死去胎儿的皮包裹在孤儿身上，希望洛丽芭能够接受它并当作自己的孩子来喂养，这样我们也可以省去很多麻烦，尤其是购买听装牛奶的费用。

由一名巡逻队员在卡车后面扶着新来的孤儿，我们匆匆忙忙赶往加拉纳牧场。等我们赶到，洛丽芭所在的牛群被带了过来，尽管已经有几年没见过它了，我叫它名字的时候，它犹豫了一会儿就直接朝我走来，将脑袋搁在我的肩上，就像过去一样。看到我和一头水牛搂抱在一块，加拉纳牧人们都目瞪口呆。他们一般都对水牛极其警惕，小心地跟洛丽芭保持着安全距离。这一事件让我在牧场赢得了魔法师的美名。然而，我们将新来的水牛孤儿交给洛丽芭抚养的计划遗憾地流产了，它尽管感兴趣地闻了闻幼仔，却判断这不是它的孩子，将它扔开了。结果我们只得带着我们的幼仔回家，让它成为我们规模日渐庞大的孤儿团体中新来的一员。

洛丽芭对它的阉牛朋友的感情最终导致了它的毁灭。它终其一生都保持忠诚，即使是它生的小水牛长大离开、加入野水牛群后也不曾动摇。它曾经三次陪着阉牛和其他牛跋涉一百六十千米到达蒙巴萨的屠宰场，当人们想要把它和它朋友分开时，它大发神威，使得人们不得不留下它的朋友，又再走回牧场。可到最后，也许可能威胁到人的生命，它们在屠宰场被双双用枪打死。直到好几个月后，牧场主才得知了洛丽芭的悲惨结局。我难以理解我们在加拉纳的邻居为何就不能免去那头阉牛一死，它毕竟只是数以千计的牛中的一头，肯定也不会被谁惦记上。再说，我和大卫为了洛丽芭会很乐意按照肉商的价格支付它的那笔钱，却没能做到。我在察沃的时候，养育了二十三头非洲水牛幼仔，其中有十六头被送到了内罗毕国家公园，成为公园里现有水牛群体的基础，现在数量已经超过了一百头。但对我来说，洛丽芭的地位无可替代，我会永远记得它。

亲手抚养了四头犀牛孤儿，我逐渐对它们差异巨大的性格有所了解。和大象一样，它们被圈禁时可以极为温柔深情，所求不过是揉几下肚皮，一旦得逞就会四脚朝天躺下，沉浸在幸福之中。但是，和大象不同的是，当遭遇到气味不熟悉的同类陌生来客，或是感觉到威胁时，它们马上就会进入"自动模式"，接下来的行为完全不经大脑，而是任由自己无法控制的直觉驱使。这种时候的它们危险且无法预测，因此给自己博得了恐怖名声。我们的孤儿里尤迪现在基本上已经完全长大，体重将近两吨了，它的大犀角尖利得像把匕首。它表现出种种危险信号，让我们担心它可能会刺死另外两头年幼的犀牛孤儿斯特罗皮和普希米，甚至可能危及保育员。大卫认为，让里尤迪恢复野性回归自然、回归它自己的野生种群的时候到了。

由于在一九六〇年的干旱中，亚提河北岸的犀牛数量大量减少，我们觉得这会是里尤迪理想的住所，于是在察沃旅行营地附近建造了一个坚固的围场，可以让它先在里面待上一两周适应新家的环境。尽管里尤迪看起来适应得不错，可它的到来吸引来了一头老母犀牛和它半大的孩子，后者有天晚上闯入围栏想要攻击它，由此引发的骚乱简直无法形容。震耳欲聋的犀牛咆哮声惊醒了营地里的所有游客，经理赶了过来，勇敢地打开围栏，让可怜的里尤迪逃入茫茫夜色中，后面还跟着母犀牛和它的孩子。里尤迪被追上了，人们几乎以为再也看不到它了。担心它会在丛林中受伤而死，大卫指挥驻扎在该地区的一支巡逻队去找里尤迪，但它们的足迹被雨水冲去了。让人大吃一惊的是，两天后，我们从无线电网络得知里尤迪跌跌撞撞地回到了营地，浑身瘀青，体侧还有一道很深的伤口。里尤迪显然是躲到了舒缓的河水中才躲过了攻击，真是一头看起来很倒霉的犀牛，独立生活对里尤迪来说一点都不好玩。

里尤迪的康复过程漫长而痛苦，伤口每天都得处理。只要揉揉它的肚皮，它就会躺下来，因此清理伤口很容易就完成了，之后它会再到河边去。就算想尽办法也没有人能再让它回到自己那个围场去，那里显然意味着厄运。相反，里尤迪晚上喜欢让自己和敌人隔水相望，要么睡在河里，要么躺到河对岸去。不幸却也不可避免的是，旅馆的客人对里尤迪宠爱有加，而这正是我们想要避免的。里尤迪正在接受训练适应自然生活，这也意味着应该切断和人类的一切联系。相反，客人们鼓励里尤迪进入到大酒吧帐中，将巨大的脑袋靠在吧台上，张大嘴巴，有什么吃什么，然后慢吞吞地走到外面的草地上边睡边消化。

伤口愈合后，里尤迪鼓起勇气走得稍远一些去觅食。它的敌人仍然出没在附近，但在一开始将它逼回旅馆范围内后，对它的存在稍稍宽容了些。正是里尤迪让我们明白要重组已经成型的犀牛社会的关键在于公共的排便和排尿点，通过长时间的化学过程和气味予以认同。这一点连大卫都无法完全了解。

一开始，当一只成年的犀牛出现在营地，还会吃客人手中的食物，确实颇吸引人。但经营者不可避免地会感到紧张，担心如果有客人受伤会吃官司，他们开始要求让里尤迪离开。里尤迪已经习惯了吧台上递出的食物，而当人们没给它吃的时，它就会生气，喷着鼻息甩着头。如果不是被游客们惯坏了，它也许已经能够在察沃的野外生活，与那头母犀牛和它的孩子，以及住在该区域的其他犀牛和平共处了。我们为里尤迪的搬迁绞尽脑汁，实在不愿让它再经历前次的痛苦过程，于是去找了纳纽基附近索力欧牧场的有钱的美国主人，他建立了一个有围墙的野生动物避难所作为生日礼物送给他的妻子。牧场上有六十五平方千米的地域被保留给了野生动物。里尤迪将是他们从外面引进的十二头犀牛中的第一位，而且由于没有哪头犀牛能确立自己的领地，它也就不用为了自己的归属进行在其他情况下无法避免的战斗。相反，它可以无拘无束地建立起自己的地盘，远离盗猎者和察沃的干旱、洪水造成的饥荒。于是，它再一次被诱导进了旅行用的板条箱，去面对另一次长途旅行，这次是去索力欧牧场。路过沃伊公园指挥中心时，我爬上车去给它祝福。它轻柔地接受了我给它带去的苜蓿，让我抚摸它的侧脸。现在，它已经是一头正当盛年的雄壮犀牛了，长着长长的可以扫荡一切的尖角。它在索力欧果然过得不错，随着时光的推移成为整个避难所里占统治地位的公犀牛，在拯救整个物种的努力中扮演了重要角色。由于后来盗猎的猖獗，野生犀牛接近灭绝，要感谢索力欧牧场还保留下了九十头黑犀牛——它们大部分都是里尤迪的后代——才使得黑犀牛这个物种不至于在肯尼亚绝迹。

　　回到察沃，我的父母急切地希望我和大卫能够与彼得和莎拉尽释前嫌，和他们一起到梅鲁国家公园去旅行。他们对彼得在梅鲁担任巡守长期间的成就十分骄傲，而彼得也很希望大卫作为他的导师，能够来看看他所做的一切。大卫决定将这次家庭旅行和招募行动结合起来，以充实野战军的实力，尤其是现在议会正要就一份提议将国家公园管理部门和政府的动物管理部门合并成立旅游和野生动物管理部的议案举行辩论。尽管从独立的信托委员会的管辖下剥离出来归到政客们的异想天开下面可能会危及国家公园，但对新议案提出反驳的通道看来已经被关闭。大卫看到了重新充实组建一支高效的战斗队伍来应对新一轮盗猎威胁的紧迫性，这次盗猎分子大多来自索马里武装叛军，他们已经开始在察沃的边界周围露面。根据以往的经验，大卫知道要到哪里去找那些野战军需要的人，他们不是来自课堂，而是来自北部前线的游牧部落，他们有耐力有技能，在湿热环境下执行任务，光脚行走在野生动物活动的崎岖地形间也轻松自如。

　　吉尔现在已经从内罗毕洛雷托女修道院的中学毕业，为了让她以后能找到份好工作,我的父母敦促我和比尔将她送到南非去读文秘专业,这项技能毕竟让我和两个姐妹后来都过得不错。他们还认为应该让她领略一下开普敦这样的大城市。对欧洲人来说,开普敦当时要比内罗毕更像首都。于是我和大卫将吉尔带到了南非,让她住进开普敦一家舒适的旅馆里,步行就可以穿过花园到达位于市中心的文秘学院。贝蒂和她几位住在附近的朋友很乐意帮忙照看我女儿,并带她在学习间隙去游览南非的名胜。大卫从他母亲那里继承了对服装的热爱和对时尚的敏锐嗅觉,因此他非常开心地带着吉尔去采购,让她从丛林姑娘变身为城市女郎。吉尔很快就适应了城市生活,但当她听说这次招募旅行的风声时,直接飞回了家。当她从前门走进来时,我着实吓了一跳。一开始我坚信自己在做梦,她肯定是个幻影,她很快就要过二十一岁生日了,我想我们会因此而逐渐分离。但我很快就意识到那真的是她,她要和我们一起去梅鲁和其他地方。

这是我第一次去梅鲁国家公园。这是一个水源丰富的小察沃,溪流绕着铁锈色的酒椰林流过,平原上生长着金黄的草和巨大的猴面包树,而且,在塔那河附近,有着同样的老没药属植物丛林,让我们回想起被大象重新加工前的察沃南部的景象。公园的道路整齐干净,交叉路口都竖着和察沃当年一样的漂亮的香柏木路牌,低低的混凝土小桥横跨在从尼亚姆贝尼山上下来流经公园各处的众多溪流之上。过了一座桥,我们因为被一群差点撞上我们卡车的犀牛包围起来挑战而激动万分。我们路过了大群大群美丽的网纹长颈鹿、东非长角羚和细纹斑马,还有一群群安详的大象,说明彼得也很好地控制了盗猎。

彼得和莎拉的家是一幢殖民地风格的平房,有着敞开的门廊和起居区，前面是青翠的草坪，质朴的鸟浴盆随时恭候着各种各样的鸟类朋友。房屋下面，一条从泉水流出的小溪穿过一块铁丝围起来的田地，保护着生长茂盛的蔬菜园。果园的最外面种植着我母亲在马林迪播种发芽的芒果、牛油果和柑橘树苗。我的父母已经先到了，当然对他们的外孙女不期而至喜出望外，对我们的欢迎也就热情洋溢。这里就好像家以外的另一个家，水羚和黑斑羚在下面的开阔地上吃草，一只老长颈鹿悠闲地走过。吉尔和我父母感情深厚，从我还是一个二十岁的毫无经验的年轻母亲时他们就经常生活在一起，而现在，她已经和我那时候一样大了。很遗憾十二岁的安吉拉无法跟我们一起来，她还在离内罗毕两百四十千米的图里寄宿学校上学。父母同样想要知道所有关于她的消息，我骄傲地告诉他们她在体育和骑术上的成就，学习成绩也很出色——真是她父亲的女儿。

我们到来之前，大卫就请彼得联系当地官员安排了一场与游牧的波朗部落人的会议进行征募。大卫坚定地只要他们之中那些真正的战士，从中挑选了八名体格最健壮的，要求他们跑上三千米以测试耐力。他们一边笑一边极其投入地完成了。第一批选出五个人被送去做体检，成功通过后，野战军有了五名来自游牧部落的新生力量，他们和我们一起踏上了之后的征募之旅。我们的探险跨越三千二百千米，途经多姿多彩的边境城市伊西奥洛；忍受着凯苏特和查尔比沙漠的酷热和粉尘；在天堂湖边的马萨比特火山口扎营；在北霍尔，从持枪的阿马科基马贼暴力袭击当地人和牲畜几小时后逃生；在图尔卡纳湖，我们的帐篷被夜间的大风吹垮；还在相对豪华的洛扬加拉尼旅馆为吉尔庆祝二十一岁生日。一路上，大卫从朗迪耶、嘎巴拉和香吉利亚部落征募到了新人，回到沃伊后，他们很快就成了我们生活的一分子。回家路上，新队员们的震惊都明明白白写在脸上。他们难以置信地凝望着长满森林的山坡和肯尼亚山的高峰，还有一路上的各种交通工具和马路上的公共汽车。

走了整整四天，回到熟悉的环境中，了解我们不在时家里发生的事情真是令人快慰。和埃莉诺的团聚太美妙了，它用高高抬起巨大的前腿让我们张开双手拥抱来欢迎我们。在吉尔回南非前，我期待着安吉拉从学校回来，这样我们一家就团圆了。

对新兵的高强度残酷训练在吉姆维勒军士的严格监督下展开。接下来的几周里，新兵们在操场上无休无止地训练，鸵鸟们也经常加入他们的队列。新来的队员们很快就能熟练使用无线电网络，学会了如何开枪，并在卢吉瀑布的靶场上进行射击练习。他们还通过了专门为军队设计的艰苦的战斗课程。三个月之后，东察沃有了一支纪律严明、行动高效的野战军团队，大卫对他们无比骄傲。

这也是最后一批接受如此训练的新兵，我有幸成为其中一分子，亲眼见证这些骄傲的部落人的转变——他们忍受的艰苦环境无疑能摧毁一个轻松度日惯了的人的意志——成为一支极其高效的准军事化力量。未来如果没有这样高水准的巡逻队员，察沃永远不会回到当年。

第 12 章

扩展

大象和我

> 这世界会打击每一个人。但经历过后，许多人会在受伤的地方变得更强壮。
>
> ——海明威《战地春梦》

不管我去哪里，心里都惦记着那些孤儿，可当时最让我牵挂的是邦蒂，一只让我越来越喜欢的漂亮黑斑羚。它来的时候还是个一点点大的小家伙，来自隔壁的牧场，它的母亲在那里被一头狮子杀死了。一开始给它喂食很困难，什么都不肯吃，直到吉尔在我这里陪了它一整夜，抚着它柔软光亮的赤褐色皮毛，哄着它喝奶瓶里的奶。最初的几晚，它是在吉尔房间的橱柜里度过的，之后就慢慢适应在房子旁边的厩房里过夜了，到最后怎么都不肯再睡到房子里来。我和女孩们都担心它被狮子叼走，但大卫安慰我们说学会基本生存是一生中最重要的课程，除了将它暴露在野外环境下锤炼直觉外别无他法，对于失去母亲的动物来说更是如此。最初的几晚，哪怕是最轻微的声音都能让我惊醒，透过窗玻璃望着沐浴在淡淡月光下的世界，每一处阴影都像是鬼鬼祟祟的捕猎者。静谧的夜里有时候会响起邦蒂惊慌的鼻息，我立刻就会惊醒，心中知道它正面临危险。大卫坚持认为察觉到危险只完成了一半战斗，我的出现会分散它的注意力，让它处于更危险的境地。于是我只好焦急地等待着天亮才去看它是否还活着，而脑子里满是胡思乱想。

在我的担心下，邦蒂还是存活了下来，它在察沃的日子里一直和我们在一起。它很早就直觉地知道夜里的花园并不像白天那么安全，只要太阳一落到地平线以下，孔雀洪克一家飞上停车场上方的树梢上栖息，房子里面的窗帘被拉上时，它就会离开花园到办公室以外的一片开阔地去。一到那里，它就变了个样子，再也不是那只安全状态下平静、自信的动物了，而是缩紧了每块肌肉，随时准备着逃离，耳朵也不停地动着，努力捕捉着可能预示着危险来临的最微小声音。它漆黑的大眼睛一直在黑暗中扫视，寻找搜索并分析每一处移动，判断对方是友是敌。所有那些它与生俱来的直觉都调用起来了。在夜间，它不再是我们从新生小羚养大的那只黑斑羚，而是一只在变幻莫测的世界里一心求生存的野生动物。

我对邦蒂惊慌的鼻息极其敏感。有天夜里和大卫从办公室走回家时，隔着大概两百米的距离，我听见了远处它发出的示警信号，持续而急促。我知道它是想要提醒我们危险的临近。按着手电筒的光柱，我们看到了四只发着光的红眼睛，从它们吓人的体型看，是两头狮子蹲伏在路旁。由于狮子捕猎主要靠出乎意料，正是邦蒂不可思议地救了我们两条命。察沃的狮子以嗜吃人肉而闻名，夜间尤其大胆。现实中的狮子其实是种相当胆小的动物，只有在进攻时才勇敢起来，因此对付它们的最好办法就是直接冲过去，做出要进攻它们的样子。大卫只是拣起了几块石头，就让它们迅速撤退，身后跟着大卫扔出的一阵石雨。我们对邦蒂那天晚上的存在感激不尽，走到门廊的楼梯上时我的心一边怦怦直跳一边默默地感谢它。

邦蒂大部分时候与花园里的其他孤儿保持着一定的距离，尤其是那些喜欢吵闹的成员，但它特别喜欢捻角羚吉米。吉米来到孤儿院时也是一只新生婴儿。由于捻角羚长得要比黑斑羚慢，寿命也更长，它在很长一段时间里都很矮小，经常让我拎起来放在肩膀上，两条前腿就在我面前一晃一晃，两只象牙色的尖角老是挡着让我无法好好抱着它，直到它长得重到我再也拎不起来。它和一只活跃的大羚羊贝比形影不离。它们都要比邦蒂大得多，但都接受邦蒂领导，听从它的指令。也是在晚上，邦蒂第一次见到了同类，一只雄黑斑羚带领着十几只美丽的年轻雌黑斑羚和它们的孩子。那是个威风凛凛的美男子，双角像七弦竖琴一样漂亮，而它的夜间休息地正好也是办公室下面那片开阔地。每个黄昏，它都会将自己的妻子赶出树丛，进入安全的开阔地，一路发出断断续续的咕哝声。我们管它叫"朗姆爸爸"，它对妻子们管得很严，如果谁胆敢稍稍走开一些，就会被马上围着赶回队伍。可见到邦蒂它算是遇到对手了，它一定觉得邦蒂的存在对它的后宫是种扰乱。只要一破晓，天空被太阳染红，邦蒂就一心一意地想要逃离回家，在靠近我们的草坪上悠闲度过白天。尽管朗姆爸爸和它的妻子们在夜里是很好的同伴，可以有更多的眼睛和耳朵来探察危险，但它还是将我们看作是它日间的群体，对我们的感情从未动摇。

从朗姆爸爸身边逃离并非易事，它总是盯着自己任性的妻子们，特别是当一群帅气的年轻单身汉在它的领地外围徘徊，想要夺走它的统治地位，抢走它的后宫，伺机取而代之时。有时候邦蒂想要跑开简直就像是在打架，它出现在草坪上时臀部时常带着伤，正是朗姆爸爸的惩罚证据。可邦蒂很聪明，很快精通了与它智斗的技巧。它会等到早上工人们开始上班时抓住机会逃离，竭尽全力向着房子的方向飞奔，而朗姆爸爸在后头紧追不舍。每当眼看就要被追上时，它都会往旁边一闪，往离它最近的人那里跑。朗姆爸爸很怕人，于是只好接受失败，让邦蒂离开。无论如何，它可不能离开其他妻子太久，以免它们乱打主意勾搭上外面的那些单身汉。

于是，每天早晨，只要我们在家，邦蒂就会出来迎接我们。我们还能听见朗姆爸爸驱赶其他妻子并警告那些蠢蠢欲动的光棍时发出的威吓声，安吉拉称之为"耀武扬威的声音"。尽管后宫跑掉了一位，可它还是老大。我们在其他地方，邦蒂就不会逃离，可只要我们回来，它就会在我们打开行李的那一刻出现。起初我们对邦蒂如何能如此准确地判断我们回家的时间大惑不解，可它就是能做到，因为这一情形屡试不爽，让我们确信是大自然让它拥有感应能力。我和邦蒂之间的感情就如同母女一般亲密无间，每次回家的路上，快到家时我都会想着它和花园里那些孤儿，希望它们健康安全。后来，我从邦蒂和它的子女身上看到了同样的行为，这证明羚羊以及其他许多动物都有思维，心灵感应也是一种真实的沟通手段，尤其是在有着深厚感情纽带的家庭成员之间。我很容易就得出了这个结论。对我来说，自然界那时是、现在仍然是我们人类至今尚未完全理解的神秘莫测的奇迹。

邦蒂绝对是那种只爱一个人的家伙。它喜欢大卫，但他只能位居次席；吉尔和安吉拉在左右时，它也很高兴，但只有我享有它无保留的爱。我是它的母亲，而它回报以多年的全部忠诚，即使同类的召唤也不能削减它对我的爱。它还懂得当大卫穿着休闲裤、拎着手提箱出现时，我们就要离家外出了，于是它会不停地用头撞他，对他要将我带走十分恼怒。等到我们的车开出院子,它就回到朗姆爸爸那里,当它循规蹈矩的妻子。这些年来,它俩一共生了七个孩子。我们家不成文的规矩是邦蒂的每个孩子的名字都必须以 B 开头,于是有了邦瑟尔、邦妮(唯一的女儿)、比姆波、布里特、布拉沃、比斯卡特和班迪特,每一只都是怀胎六月后分娩,都出生在花园下面,正午最热的钟点之前,肉食动物们昏昏欲睡懒得动弹的时候。分娩时也是最脆弱的时刻,邦蒂总会小心地挑选有着和自己赤褐色的皮毛颜色相近的地方,伪装起来,不至于由于和绿色草坪的对比而过于醒目。它想要和我出去时,表达非常清晰明白,所以我知道它就要生产了。于是我带着一张营地椅和一本书,陪它走到挑选的地点,在整个生产过程中安静地坐在它身边。只要我在那儿,它就很放松,知道自己和宝宝都会安全。

有幸参与到它的野生宝宝的分娩既是一项只有我能享有的特权,也是一次极好的学习机会。生产时,邦蒂一会儿躺下,一会儿站起来走几圈,甚至还吃点东西,直到两只小小的黑蹄子出来,接着一阵收缩,前腿出来了,再一阵之后是头和肩膀,最后一只湿漉漉的宝宝掉到地面上趴在那里。在咬断脐带前,邦蒂就会把宝宝舔干净,不到半个小时,新生儿歪歪扭扭地站了起来,开始找寻母亲的乳头。每分每秒过去,新生儿都要更强壮一分,用不了多久就找到了自己想要的东西,开始用力吸吮起来。大约一个小时后,邦蒂排出胎盘,马上就自己吃掉。它吃得狼吞虎咽,而我则难以相信这能有多美味。可我是农夫的女儿,知道这是必不可少的一步,不仅是要销毁可能危及新生儿的证据,母亲还可以从中吸收丰富的营养。自然本能让它们知道,不能让胎盘留下引来地面和空中的捕食者。

邦瑟尔出生时体重为五点七千克。我带上了厨房秤去给它称体重,但之后我就再也没有触碰过它,包括后来邦蒂的其他孩子,担心让它们沾染上人类的气味。黄昏前,邦瑟尔已经足够强壮了,邦蒂可以赶着它走到孤儿们的大围场下面的一块草深处,让它安静地趴下。接着邦蒂转过身,头也不回地走了,没有多看一眼。我跑去告诉大卫,担心邦蒂就此把孩子遗弃了,但他制止我去把邦瑟尔抱回来。"别插手,达芙。它知道自己在干什么,你只要在一旁观察学习就可以了。邦瑟尔至少还得要十天才能跟着羚羊群跑,现在它身上还没有气味,晚上存活的机会要比和邦蒂在一起更大些。还要记住,它的存活要依靠邦蒂,而它夜里和朗姆爸爸它们待在一起能得到更好的保护。"

虽然如此,我整个晚上还是忐忑不安,难以入眠,天一亮就跑了出去,正好看到邦蒂回来。它慢慢地走走停停,扫视一下周边,完全处于戒备状态。当它靠近前一天留下婴儿的地点时,停了下来,用人耳几乎难以分辨的轻柔声音叫了几声。令我如释重负的是,宝宝跳了起来,跑到妈妈那里进了当天的第一餐,然后又跟着它走到草坪上,接受大羚羊贝比和捻角羚吉米好奇的打量。邦蒂不肯让贝比太靠近,用头把它撞开,却很高兴地让吉米对它的宝宝仔细研究了一番,当然吉米做得很温柔。这种夜间将新生儿藏起来的时期持续了十天,之后邦瑟尔开始舔地,有了自己的气味,从那时起,它获得了进入自己种群的"护照",开始一刻不停地跟着妈妈。

邦蒂一生始终与它的六个儿子保持着联系,孩子们会定期回到花园看望它,这令我和大卫都大感惊讶。我们发现,当一个孩子踏上回家的路时，邦蒂会站在花园的最远处，聚精会神地待好一阵子，之后它的某个儿子就会出现。这当然更加坚定了我们关于心灵感应的想法。邦蒂的第五个儿子出生那天，它的三儿子比姆波正好在它分娩后赶到。和妈妈亲热过，并对自己的新弟弟表现出兴趣后，它走开了，半个小时后又和邦瑟尔一起回来了，而那时我们已经有六个月没见到过邦瑟尔了。我一开始对比姆波这么快就离开很讶异，但当它和哥哥一起回来时，我更加坚信，跟人类和大象一样，羚羊也有着持久的家庭纽带以及相互交流有意义的信息的能力。

晚上，出于安全考虑，包括邦蒂的孩子在内的那些年轻公羚被允许和朗姆爸爸的后宫待在一起。可等到天一亮，它们就成了朗姆爸爸的竞争对手，被吵吵嚷嚷地流放到候补单身汉群去了。只有邦蒂的女儿邦妮成了朗姆爸爸后宫中的永久成员，它不像母亲，从来不会因为逃回草坪惹得父亲不快。捻角羚吉米很喜欢邦蒂的所有儿子，而比姆波又是其中它最喜欢的一个。男孩子们有时会带它们的野生单身汉朋友回来，它们大多数一看到人类就飞奔着逃入羚羊群中，再也不会来第二次。

吉米是一只温柔的捻角羚，不分种类地喜欢所有花园里的孤儿。可当邦瑟尔长大了，角也长长了，只要够得着吉米就要用角去戳它、威胁它，而吉米对这样的不公既不会忘记也不会饶恕。吉米的角越长越慢，等到它的角差不多长好，也有了足够的自信，就决定要分出个高下来，终于有天在花园里正式向邦瑟尔提出决斗。我急坏了，它们两个又顶又挑，看来一定要以一方严重受伤而告终。大卫让我不要干涉,说这样太危险。于是我只能屏住呼吸,一直等到邦瑟尔逃出来,被取胜的吉米赶出花园才大大地松了口气。邦瑟尔再也没被允许回来,被永久地驱逐,可邦蒂的另外五个儿子无论何时回家都仍会受到吉米的欢迎和亲热对待。和大象,以及我们人类中的一些人一样,羚羊也有着长久的记忆。

大羚羊贝比是安吉拉的铁杆好友,她们俩经常带着安吉拉的玩具车玩"顶克"游戏,或者是安吉拉骑车,贝比一个一个地越过路旁的障碍,绕着指挥中心赛跑。大羚羊是羚羊家族里体型最大的一种,能够长到一头奶牛那么大,也是惊人的跳跃者,能够毫不费力地跨过一米八到两米四高的障碍物。我们下午例行散步时,花园里所有的伙伴都会来陪我们。安吉拉骑着自行车,在一群兴奋活跃的动物中飞奔,而邦蒂和它来访的儿子则跟着我和大卫悠闲漫步。这样的散步是我们所有成员一天之中最开心的时刻。一到时间,不管在做什么,我们都会停下来,而动物们也在我家前门楼梯处排好队等着,或是和孩子们一起直接到办公室去迎接我们。被动物王国里这么多不同种类的成员所接受、所爱戴的感受实在无以言表,对我们的孩子也是最梦幻的体验。

到二十世纪七十年代初,公园已经走过了一段相当长的路。一九四九年,只有一辆卡车和六个劳力,大卫接受了开发一万三千平方千米原始荒野,将东察沃变成能够容纳海外游客的旅游地,并为国家带来利润的任务。现在,指挥中心后面的沃塞萨山的缓坡上,坐落着两百栋美丽的旅馆小屋。这里可以远眺察沃广袤荒野的壮丽风光,开阔的平原连绵延展,右边是深蓝色的恩达拉山和萨嘎利亚山,北面的地平线上则是漫长的雅塔高地的狭窄山脊。从小屋内的窗户望出去，可以看到远处池塘边高大的凤凰木或是金合欢树、苍凉遒劲的没药属植物、陶土色的蚁冢、一队队野生大象、斑马或水牛、小群的羚羊，还有天地相交处各种蓝色和紫色的轻烟。有时，乌云飘到橙黄色的平原上预告着雨水将至，而狮子们在旅馆水池旁围捕落单动物的场面，也让住在沃伊萨法里旅馆的游客们有很大几率能够亲眼目睹而无比兴奋。

在公园内部，现在已经有将近三百二十千米全天候道路、十二条飞机跑道、附属的研究所和员工宿舍、五扇边界大门、新建的员工中心、有洗浴设备的营地，所有交叉路口都设有质朴的不怕大象破坏的石块路牌、水井、水坝、桥梁，当然还有和着辛劳与汗水全靠人工修建出来的通往北部的堤道。我们有着完善的无线电网络，纳入全部进口和前哨站，能够与所有移动中的反盗猎巡逻队保持联系，每支巡逻队还配备了一辆工作房车和一名负责野外修理的机械师，以及一辆能让巡逻队进入无水区并在野外连续工作数周的水槽车。公园的运输设备包括超过十二辆重型推土车、二十二辆卡车和路虎车、二十五台固定发动机、发电机、水泵、房车以及各种工具设备，其中还有一台车床和一台除了通常用途外，榨起大卫每顿饭必备的超辣红椒汁来也尤其得力的巨型液压泵。

目前的当务之急是对整个指挥中心进行现代化改造，尤其是要改进工场设备，以适应日益增长的工作量。我们需要一个新办公区，原来的办公室和商铺都快挤爆了。象牙仓库的象牙和犀角存货都满了，因为最近发布的总统令禁止像过去一样将象牙送到蒙巴萨拍卖。这对我们是重大打击，严重地影响到我们的工作预算，使之大幅削减。大卫去申请所需的经费，可内罗毕总部的财务部门拨给他的只有区区七百英镑，连盖一栋简单的办公楼都不够，更别提大卫心目中的指挥中心了。

部分已成立的公园有一种趋向，就是无序扩张，从零星小块迅速膨胀为原始荒原中心的凌乱村镇。大卫坚决不允许这种情况在东察沃发生，就算经费再匮乏也不能让他的蓝图做出妥协。出人意料的，竟然由铁路给我们带来了好运。这条铁路之前一直令我们伤脑筋，它所带来的破坏比起野火吞噬由大象开拓出来的新生草地要来得经常得多。每到旱季，蒸汽引擎的锅炉冒出的火花就会引发野火，经过猛烈的东南风煽动，将公园一大片土地化为焦土。也许是为了补偿，铁路方面提出将他们的老达克别墅提供给大卫，只要他负责拆除整幢建筑，并将它整个从车站庭院中移出去。

达克别墅是车站的休息室，建于早年客运列车上还没有附带餐车的年代。铁路沿线建有许多这样的建筑，但等到火车有了餐车以后，这些建筑就被废弃了。这让大卫喜出望外。达克别墅是一幢坚实宽大的建筑，有十个大房间和巨大的钢梁支撑起来的铁屋顶。门是用从印度进口的红木和柚木做的，刷上了白晃晃的漆。达克别墅一直是早年定居者重要的聚会场所，我的那些先驱者亲戚也曾来过。我听说过许多故事，关于里面美味的培根和鸡蛋，还有琳琅满目的酒精饮料，由穿着浆过的白色制服的果阿侍者端上来。

从达克别墅的墙上拆下的碎石变成了建造新指挥中心的混凝土砖，外面贴着察沃美丽平整的石英石；那些钢梁仍然在支撑屋顶，而刷上漆的红木和柏木门将各个房间分隔开。大卫给自己和他的助手留了一间宽敞的办公室，有了一间大会议室和操作室，会计、无线电话务员和武器装备都有了各自的房间，还装上了抽水马桶和警卫室的警报系统。大卫在旁边种下了一棵猴面包树树苗，用来见证公园发展历史上这一重要的里程碑。等到所有建筑全部完工，他在独立的肯尼亚国旗旁升起了一面绿底犀牛图案的国家公园园旗。在我看来，达克别墅这样一幢浸透了历史、其中也包括我自己家庭历史的建筑变成东察沃的指挥中心真是再合适不过了。

这样，达克别墅并没有消失，只是被重组利用了。设计大卫自己的办公室时，他迎合了我的一次异想天开，在他办公桌后面的墙上建了只水族箱。它安静的存在有着舒缓作用，而我们都在为国家公园即将与动物管理部合并组建野生动物保护和管理部的事焦虑，新成立的部门将负责全国所有的野生动物事务，而不仅仅只限于已成立的公园边界内。我们都为野生动物的未来担心，因为这两个组织的运作方式从根本上就有极大不同。国家公园的运营中，允许管理人实行自治以快速有效地应对意外事件，并向政府视野以外相当大的一群公众提供服务。而政府部门的物资采购则有着严格而关卡重重的招标流程，而且可能被贪污腐败所扰乱。为了获取"回扣"，许多合同都被交给了不择手段的商人，这早已不是秘密。

瓦坎巴人和沿海部落的投机分子又开始回到公园盗猎，同样令我们忧心忡忡。国际市场上象牙价格的突然拔高也就意味着盗猎者现在每售出一千克象牙就可以收获十四万肯尼亚先令，而不再是以前的区区四肯尼亚先令了。不久就会有强壮的瓦坎巴人臂上再次挽上弓，带上致命的夹竹桃毒箭，出发追杀每一头遭遇的大象了。由于总统令在全国范围内禁止合法捕猎，偏远的狩猎村庄对不法活动敞开了大门，一些劣迹斑斑的犯罪分子现在成了腐败的动物管理探员，高高在上的政府官员也深深卷入了非法牟利的象牙贸易。由于公园之外的象牙数量急速减少，幸存的大象为了活命逃进了安全的公园，于是弓箭和毒药也跟着进来了。

我们还有环境方面的担忧，一是沃伊河泛滥时带来的淤泥已经影响到了坎德里——公园最美丽的一个天然池塘。在以前，这个池塘是水鸟们永恒的天堂，后面茂盛的植被和恩达拉、萨嘎利亚双峰倒映在如镜的水面上。雪白的鹭鸟和神圣的朱鹭栖息在池塘中央被淹没的枯木上，而野鸭、埃及鹅、蛇鹈与鹤聚集在浅水滩捕食着数量丰富的蛙和鱼。然而，近来淤塞导致河流改道，坎德里池塘变成了危险的沼泽。太阳将表面烤成硬壳，看起来很坚固，隐藏在下面的却是一个烂软的泥塘，成为大象和其他大型食草动物的死亡陷阱。

尽管大象一般都会小心避开可疑的地方，可坎德里池塘太具有欺骗性，能够骗过它们，大象一脚踩破表层土壳，就会沉入泥潭直至几乎完全消失。我们还没意识到这个问题，就已经有几头大象这样遇难了。实在是很难将坚硬的表层和普通道路区分开来。因此，我们一直密切关注着这个沼泽，想办法用公园的密歇根推土车从泥沼中救出了十几头象。

很明显，这些动物完全知道自己在被救助，它们安静地躺着，让大卫将牵引车的钢缆放置在它们的脑袋下，并围着身体缠好，然后将它们拖到坚实的地面上来。有几头已经挣扎多时，到我们施救时已经完全脱力，被拖出泥潭后虚弱得必须依靠帮助才能站起来。大象从横卧体位站起来十分费力，首先要将头往后甩好先让前腿抬起来，可许多受害者连这点力气也没有。我们用推土车斗在它们身下挖起一些泥土作为软垫保护，然后就有可能帮助它们站起来。大象一旦起来，没有一头会攻击推土车或站在周围的人，反而会缓缓地离开，知道周围那些人类救了它们一命，而原本它们一般会将人类视作敌人。

有那么一头小象，对我们将它母亲和哥哥拖出泥沼的努力毫不感激，勇敢地将四周所有人都赶跑，想要保护自己的家人，使得营救工作严重受阻。让它保持安静的工作落到了我的肩上。我开着陆地巡洋舰把它赶走，等到营救成功，看着它与母亲和哥哥团聚的场面让人心暖暖的。从那以后，它再没表现出攻击性。

一九七三年，在一次去公园北部提瓦河的短期旅行中，大卫不得不开枪打死了两头大象，它们都因为中了箭毒而奄奄一息。一头是漂亮的年轻公象，臀部中了两箭；另一头是庄严地带着三头小象的老领头母象，臀部中了一箭，脊梁处中了一箭。它显然处于极度伤痛中，痛苦而费力地挪动着，不停地用尾巴扫着臀部的伤口。大卫一枪打在它的脑部结束了它的痛楚，看着它的孩子们经历的情感煎熬令人心碎。它们挤在一起团团围住倒下的母亲，拼命想要让它站起来，哄它活过来。我们驾车离开时，我无法忍住自己的眼泪，知道它们将在母亲身边孤独地守候好几天，直到它们中年纪最大的那个担起落在自己身上的责任，带领弟妹们去寻找食物和水源。回家的路上，我们看到了另一头在兽群中的母象，肠子从腹部脓肿的箭伤创口挂下来，这次我们却无能为力，因为它身处一群拼命想要保护它的野象中。

事实已经明白无误，盗猎者再次大规模进入了公园，象群现在明显感到担忧，再次集结成大群。公园北部地区的野战军巡逻队报告他们到处都发现了盗猎者的踪迹，并拦截了偷运象牙的团伙。巡守队员和盗猎者的遭遇几乎每天都在发生，我们还得应付一起牵连到大卫长期合作的军士和几名野战军老队员的内部盗猎事件。地方法官对他们的判决宽大得荒谬，一名被逮捕过六次的盗猎者只被判罚款一百肯尼亚先令——大约相当于三英镑。无奈中，大卫飞到内罗毕请求检察总长，结果我们的盗猎案被转到了在蒙巴萨的一级裁判法庭，罚金可能也交付给那边。可不利之处是这会带来极大的不便，蒙巴萨离沃伊路途遥远。

到一九七三年九月，国际市场上的象牙价格再度上扬。海关部门公布的一九七三年前三个月的官方数字表明，肯尼亚的象牙出口交易额为两百二十万美元，而去年同期只有二十八点五万美元。仅仅两个月之后的五月份，数字上升到五百万美元。一九七二年，肯尼亚的大象数量约五十万头，到了一九七三年据估计下降到了三十万头。一九七四年三月，蒙巴萨的象牙拍卖所关闭，所有象牙和犀角销售被禁止。可是据报道，禁令宣布后的第二天，就有惊人的九吨象牙及犀角被运往海外，随后还有更大规模的出口，数量远远超过以前法定拍卖所运行的储存量，再次证明象牙和犀角的黑市贸易正日益猖獗。

大卫对这种欺世盗名的腐败行为绝不妥协，成立了姆谢尔行动组——姆谢尔在斯瓦希里语中是弓箭的意思。我们征募的新人驻扎在雅塔高地之巅，接受位于卢吉瀑布的基地的无线电指挥。检察总长同意在那里安排一个地方法官，这样案子可以在当地直接处理。新来的巡守队员都很聪明，装备精良，且了解基本情况。盗猎者试图沿着岩石接缝处行走以隐藏踪迹或是突然折回以愚弄巡守队员，有时他们甚至只用脚尖或脚跟行走，希望他们的脚印被误认为是有蹄类动物的足迹，或是将橡胶凉鞋前后倒过来穿，造成往相反方向去的假象。然而，这些诡计都无法骗过经验丰富的追踪者，他们能边跑边跟踪兽迹，相互通过他们特别的"尖叫"信号保持联系。

大卫一直在"探戈爸爸"上和巡逻队保持着联系，一旦得知巡逻队员在收拢包围，他就会低飞盘旋，逼得盗猎者不得不躲避，由此让巡逻队员们能够追上来，收紧包围圈，逮住犯罪分子。短短两周内，就有大约一百二十五名犯罪分子被捕、被指控，并由地方法官做出审判。地方法官接受了检察总长的指令，判决要比在城里的同行有效得多。大卫估计，每一头被发现死于盗猎者手下的大象背后，还有五头几乎肯定已经被杀死却未被发现的大象。这一惊人的估算意味着公园单单在一九七三年的前六个月中可能就失去了至少一千零四十头大象。

我们的象牙仓库很快就爆满了，里面堆满了象牙、犀角、豹皮和弓箭。凶险的是，沃伊的动物管理部门地方代表对我们的库存产生了兴趣，想要知道我们的存量。大卫告诉他，如果没有信托委员会的授权，我们不能透露任何此类信息，而信托委员会当时正在等着新的合并法案，基本处于瘫痪状态。于是突然之间，动物管理部下达指令要求将所有象牙都送往蒙巴萨，尽管那里的象牙拍卖所已经关闭。我们花了整整两天两夜从仓库里整理出所有象牙和犀角，给每根象牙和犀角都编号、称重并登记入册，最终将它们装上了等候着的卡车。我们总共送了八卡车，三千七百一十根、总重三万一千二百零三千克象牙和九百五十根、总重一千五百六十四千克犀角到蒙巴萨。

大卫带领着这支象牙护送队，与八辆卡车保持着无线电联系，每辆车上都有两名武装警卫，还有一名也是全副武装的野战军军士另驾一辆车跟在整个队伍最后。从本质上说，这其实是一场令人无限悲伤的大象和犀牛的送葬过程，这些卡车上装载的东西代表着超过一千头死去的大象和四百头死去的犀牛。在蒙巴萨的工作人员显然大吃一惊，他们从未见过如此大量的货物，不得不另外再找了个仓库才能装下。大卫回家后一直郁郁寡欢，一边吻着我一边宣称，我们需要休息，需要从"所有这些疯狂"中逃离，才能恢复理智。

大卫很少如此强烈地表达情感，但我知道他说的是真心话，于是收拾起几天外出所需的行李，很快就朝我们的特别疗养地——雅塔山坡上可以俯瞰提瓦河谷和七千七百平方千米荒野的恩塔拉卡那掩体出发了。这是一个舒缓不安灵魂的地方，一个散发着神秘治愈力和振奋魔法、触及灵魂、让心灵回到初始本真的家园。天然的瀑布从岩石上跌下，哗哗的水声给这片酷热干旱的土地带来清凉，周围岩石上盛开着粉色、红色的沙漠玫瑰，让不毛之地有了超现实的美丽。各种各样的野生动物陆续来到下面的池塘边饮水，日光下还有点犹疑，夜幕降临后则自信得多了。安静地看着这些动物，沉浸在身边的环境里，对荒野固有的美丽的领会以及想要保护它们永保野性和自然状态的想法油然而生。

不可避免的，我们的幻想迟早都要破灭。一头宏伟庄严、长着两根长长的牙的公象走近了池塘，显然正处于极度痛苦中，每走一步都要停下来碰碰身体上那骇人的伤口。我们几乎能感受到它的痛楚，感受到那种被毒药侵入血液的疼痛，我们也知道它没有希望了。在它饮水解渴后，大卫跟着它，保持着安全距离以避免令它更难过，然后在一棵巨大的猴面包树树荫下安静地终结了它的苦难。它倒下时，大地仿佛都因为它的重击而颤抖。它悲伤的浅棕色眼睛最后穿过巨大的树枝望去，直到大卫将它们阖上。

这头大象的死亡让我们不禁为所有非洲的野生动物和千百年来一直保卫庇护着它们的正在消失的荒野而哀悼。这是一个象征，预言着野生动物所面临的黯淡未来，它们生存的大陆因贫穷滋生腐败和贪婪，而遥远的异邦饥渴的需求让杀戮火上浇油。那头公象的体型和宏伟高度使得这一场面更具悲剧感，没有什么比一头五吨重的预期寿命与人类相当的大象，仅仅因为某些漫不经心的西方人想要的小饰品就无法寿终更震撼人心了。这些美丽的象牙对每个逐利之徒来说都是一笔不小的财富，可对大象来说，是它的威严和等级的标志，在象群社会中象征着它的精英身份，能得到同伴的尊敬并使得它成为占有统治地位的配种公象。我们知道，那些从华丽的象牙上获利的人将更肆无忌惮，并将那些大人物拉下水，他们的贪婪亵渎了这片宝贵的荒原，引发了众多纷争。带着悲伤，我们驾车回家，途中停下来看地下工作的裸鼹鼠忙碌地将碎石从自己的隧道里清除出去，刨出一阵烟尘，让我们从绝望中稍稍逃离了一会儿。我之前从未近距离地观察过这些生灵，于是大卫捉起一只来给我看。它长得不怎么漂亮——皮肤柔软，粉红而且光裸，只有稀疏的几根毛，眼睛有些未完全发育，也许是为了判断阴处的光线强弱，以探测连接它的地下世界的隧道深度。它小小皱皱的脸上长着两颗凶恶的门牙，脚上有着尖爪以方便挖掘硬土。我们没拘捕它太久，阳光会损害它敏感的皮肤。它很快就离开了，如同一道闪电一样消失在刚刚清理的隧道中。

裸鼹鼠是和白蚁一样的地下动物，群居并且通过四通八达的隧道网连接的井脉和块茎生存。我们站着看着松软的土堆，我向大卫问起这些古怪的小老鼠，他永远都能告诉我关于察沃所有动物的故事，让我开心起来。他解释说，裸鼹鼠的社会严格地划分为工鼠和兵鼠，不能生育的雌鼠和卑顺的雄鼠，所有鼠都在一只鼠后的统治之下，鼠后采用"推挤管理"让每只鼠各就各位，并保证群体正常运转。它从后面推着工鼠让它们挖隧道，恐吓雌鼠，让它们无法生育；让大个头的雄鼠日子难熬，以保证它们不造反。它的重要工作就是不停地推挤每一个下属的间隙，生育新的一代。它是整个群体中唯一能生育的雌性，和其他哺乳动物一样哺育幼仔。它的伴侣享有较少受到推挤的特权，它们永无休止的任务就是清理家园的地下隧道，并开掘通往新的食物来源的通道，在路旁匆匆擦肩而过，用它们的后腿将松土从隧道推出地表。它们居住在肯尼亚、索马里和埃塞俄比亚的干旱地区，长期以来一直保持着神秘，只有最敏锐的自然学家们才对它们有所了解。那天我看着它们，就在大象倒下的悲剧发生之后，不禁让我再次为充满奇迹的荒野感叹，总有东西能让你细察、让你惊讶，大自然永远有生命的奇迹涌动。

那一年，还有一头巨大的象死去——传奇性的艾哈迈德，北马萨比特山脉之王。和恩塔拉卡那的那头公象不同，艾哈迈德死于营养不良。它的第六对也是最后一对大牙由于年事已高已经被磨损得太厉

害，无法摄入支撑它庞大身躯所需的数量可观、种类多元的食物。由于它那对完整对称、一直碰到地面的壮丽象牙，艾哈迈德成为全球明星，也是追逐战利品的猎人们跨国追逐的目标。两名美国猎手曾经宣布要去抓住它，但由于报纸上随之而来的强烈抗议以及艾哈迈德的标志性形象，人们从世界各地过来看它，肯雅塔总统也为它提供了特别保护，指派了五名巡守保镖保卫它。当它在天堂湖附近去世时，总统宣布将把它的遗体保存下来留给子孙后代。艾哈迈德的象牙每根重六十三千克，相当重，但令人印象最为深刻的还是三米左右的长度。它死后，象牙的投保额高达两万肯尼亚镑，据推测收藏在当地一家银行的金库里。直到今天，一座艾哈迈德的复制品仍然伫立在内罗毕国家博物馆的庭院里，作为对这头伟大的大象的永久性纪念。

马萨比特离我们在沃伊的孤儿院路途遥远，可正是艾哈迈德的一个后代帮助我解开了那个困扰我许久的谜题。

第 13 章

动乱

大象和我

一个国家是否伟大以及它的道德水准可以经由它对待动物的态度来判断……我坚信越是无助的动物，就越该受到人类的保护，让它远离人类的残酷。

——甘地

它是我见过的最小的象——全身仍然覆盖着大象婴儿期的茸毛，细小的鼻子粉嫩粉嫩，指甲还是淡黄色，簇新而且柔软。我的心在往下沉。

它来自遥远的马萨比特，掉入了一口废井中，人们显然认为我们知道该怎么办，我们肯定能让它活下去，于是它被送到我们手上。我还记得自己在想，可我们不行，这么小的象不行。我们察看了小象的耳朵后侧，柔软粉嫩得像片花瓣，我知道这个孩子只有不到三周大。它太小了，不能交给埃莉诺，它需要奶水，而且只能喝奶。我抚摸着它的头，我们从来没能养育成功这么小的象，每死去一头，失败感就愈发加深。大卫常说，不去尝试也许更仁慈一些，索性就接受依靠人工无法成功养育哺乳期的非洲象这一事实吧。可我的良心无法接受，不做任何努力就发出死亡宣判岂不是更令人沮丧？大自然能让大象活七十年，和我们的寿命一样长，我们不能因为自己的恐惧和失败而拒绝一个孩子。我知道我得坚持下去。

花园的孤儿们都聚集在四周，新来者的到来在它们中激起了程度不同的兴趣。邦蒂和它来访的儿子们显然不赞同；贝比和吉米有些好奇；而我们的孔雀和珍珠鸡则兴奋地聊着天，伸长脖子盯着它。我深吸了口气。我对这个小小的新来者将带来多大的工作量一清二楚——每三小时喂一次奶，无论昼夜；持续的陪护；无休无止的清理。可这些比起几乎肯定不得不看着它日渐衰弱，又要将它埋葬在莲花池那边墓地的绝望来，都不算什么。然而，我提醒自己，只有通过不断地尝试和犯错，合适的乳汁配方才能诞生。当这名新来者被引向孤儿厩房，后面跟着一群围观的飞禽走兽时，我下定决心准备迎接接下来棘手的几周。

即使一切顺利，喂养一头大象也不是一件轻松的事。你混合的乳汁得以加仑为单位，而不是品脱，奶瓶和奶嘴还得跟大象的尺寸相仿。我和大卫查阅了厚厚一叠包含关于如何调配大象乳汁的各种设想的"孤儿档案"。据我们所知，由于大象无法耐受牛奶中的脂肪，目前还没有任何一例新生的哺乳期大象被成功养育的故事。那天晚上，我们只给小象喂了点水和葡萄糖，就带着这一未解难题入睡了。

整个晚上，育婴房传来的尖叫声让我不得不屈服，给它喂了一点非常稀的牛奶混合液，一边还担心着明天的后果。接下来的几周正如我所预料的一般恍如噩梦，我奋战在各种乳汁调和品中，搅拌、测量、消毒、清洁，还得一次又一次调整配方。与此同时，那头小象正迅速衰弱下去，出现了可怕的饥饿症状：下陷的眼袋、凸出的颧骨、虚弱无力，宣告着生命即将走到终点。我拼命地想要让这头小象活下来，因为它已经做出了勇敢的抗争，我渐渐爱上了它。它有时也很温顺听话，看心情决定，就像人类的孩子一样，它们那么依赖你，那么聪明，大象宝宝同样能完全占据你的心。尽管大象宝宝和人类婴儿年龄相似，但在早期它们的发育显然要比人类快得多，童年和青少年时期也更有责任感，更明智。

我们故意不给任何一头送到我们手上的小象起名字，因为怀疑它们无法在我们身边待太久。可我觉得这个宝宝也许是艾哈迈德的直系后代，甚至可能就是它的女儿，所以给它起了个阿拉伯名字阿伊莎。几周后，我和安吉拉和花园孤儿们进行午后散步时，遇到了一群德国游客。阿伊莎受惊了，它软软的粉红色耳朵从小小的脸庞边立得像两只碟子，发出一声假模假式的呵斥，最终出来却变成了吱吱声，一次早期的吹喇叭尝试。这突如其来的声音吓了它自己一跳，它昂着头往后退，眼睛看着鼻子。"希梅特林！希梅特林！"游客们大笑。安吉拉问我："他们说什么？"我猜测说："大概是大象的意思。"可我的错误很快就被纠正了："不，不，小姐，那是指蝴蝶。"他们说的没错，小象宝宝站在那儿，小耳朵平伸开去，确实挺像一只蝴蝶。从此，阿伊莎有了个昵称"希梅蒂"。

终于有一天，希梅蒂虚弱得无法站起来了。我坐着，它的头搁在我的大腿上，我的眼泪顺着脸颊流下，不知道怎样才能让它活下来。我回到仓库，瞪着一排排曾经一一尝试过的不同配方。只剩下一种由深怀同情的英国访客露丝·伊登给我的配方还未用过了。读了配方表，我发现里面含有椰子油。我记得曾经有人说过椰子油是和大象乳汁中的脂肪最接近的替代品，精神为之一振——我还没有输。我按照罐子上的指示调配好，拿去缓解希梅蒂的饥饿。

配方有效！我欣喜若狂，简直难以相信自己也许揭开了养育大象婴儿的谜题。时间一天天过去，希梅蒂渐渐不再那么憔悴，皮肤也变得柔软。某一天,它开始参与玩耍了,呵斥着邦蒂和贝比,将洪克一家赶得四处乱飞,还抓住了吉米的后腿。仿佛认识到这喜悦的一刻标志着希梅蒂的康复,很快所有动物都加入了进来。贝比在各种动物中又蹦又踢,轻松地越过层层阶梯。狂欢中的贝比用一只角刺破了放在草坪上的花篮,挑在角上,对其发起进攻,造成一片混乱。洪克和它的妻子,还有珍珠鸡大声嘎嘎叫着,邦蒂则喷着鼻息,它的儿子们赶快回到相对宁静的单身汉群体中去了。就连我们新来的疣猪也参与了进来,尾巴朝天竖着冲出花园,差点撞到从工场回来的大卫。

这四只小疣猪——巴尔萨扎、奥利弗、克雷奥和贾斯汀被发现时,还是蜷缩在阿鲁巴旅馆附近路边的四只瑟瑟发抖的小猪。路上的血迹和打斗过的痕迹表明它们的母亲被狮子吃掉了。一位科学家的妻子将它们带来给我,可当她见我一想到要养育更多的婴儿时脸都垮下来了,就自告奋勇负责最初的人工哺乳阶段。于是,小猪们直到长到三个月大、可以吃固体食物时,才加入进来成为花园帮的一分子。大卫给它们做了一条狭长低矮的食槽,它们每天就在那里吃稀粥和谷物。它们很快就适应了这里,四处游荤,老是想跑到屋子里去。它们是花园里的破坏分子,追逐孔雀和珍珠鸡,等羚羊孤儿们一休息就上去乱拱,逼得它们不得不站起来挪窝,要么就是啃它们的腿,逼得它们逃跑。它们淘气得要命,已经长出规模可观的角的吉米和贝比逐渐对它们失去了耐心。我们估计某只疣猪早晚会被重创,于是给它们挖了个洞穴,将它们从花园里引诱出来。这可是个很棒的消遣活动,它们会花上很长时间在那里拱土,鼻子就像台迷你推土机一样将身边的泥土撬起,弄出阵阵烟尘。等到它们更富有探险精神了,就成天跑到

公园大门附近玩耍，回到家还要叽叽喳喳讨论晚上的计划。如果决定留在这里，它们就会在前门楼梯那里一排躺好，等着被带到厨房里过夜。如果达成共识要出去，四条尾巴就都会高高竖起来，排成一队，小步跑向大门下面的一个涵洞里去。后来，它们独立生活后，有时还会单个跑回来探视，或是到沃伊河边和埃莉诺的队伍叙旧。直到有天克雷奥身后带着四只小猪崽回来，我们才确认我们的疣猪孤儿已经成功地完成了回归真正属地的转变。

与此同时，希梅蒂也在茁壮成长。我几乎无法相信自己至少已经部分解开了一直困扰着我的乳汁配方之谜。我做得对，希梅蒂就是活生生的证据，它现在能开心地在大卫给它挖的泥坑里玩上很久。起初，它想要我和它一起去，可很快就和几只由旅游车送过来的小鸵鸟混熟了，只要鼻子够得着，它就生拉硬拽拖着它们走。小雏鸟们是大象宝宝活跃的伙伴，把它当成母亲一样依恋，虽然它是个粗暴的母亲，拽着它们的脖子围着果园转。可不管希梅蒂走到哪里，它们就跟到哪里，它睡觉时耐心地蹲在身边，它玩耍时在四周奔跑，伸开它们滑稽的小翅膀踮起脚尖转圈圈。它们还是衡量希梅蒂心情的晴雨表，而安吉拉读了一个浪漫的神话故事后，满怀诗意地给它们起了个名字："希梅蒂的侍女"。

希梅蒂很任性，而我又无法随时随地陪着它，于是大卫请了一名巡守队员来担任"大象保姆"。让希梅蒂接受它的保姆需要精心策划，因为它很清楚那不是我。只有把我的围裙扔到它头上盖住眼睛，我才能冲出门，等到它终于摆脱围裙时，已经找不到我了。奇怪的是，只要巡守队员系上我的围裙，它就会还算安静地和他待在一起，可这并不足够，它的两只圆耳朵一直都微微竖着，仔细倾听着门的嘎吱声，显示出它的不安。一看到我，它就大声叫着向我冲来，几乎要把我撞倒。它充满感情的低语通常最后变成大声咆哮，如果在埃莉诺听力能及的范围内，必须捂住它的嘴。希梅蒂还在哺乳期，我们必须将这两头象分离开，否则埃莉诺会扮演起母亲的角色，却又不具备养活它的关键手段。

希梅蒂有时候会生病，它的粪便变得过稀。腹泻引发脱水，会对大象造成生命威胁。连续五天，我和保姆还有大卫共同努力制住希梅蒂，才将一片磺胺二甲嘧啶塞进它的喉咙。药片经常会被它恼怒地左右摇晃脑袋喷出来。将药片混入它的奶瓶中骗它喝下也不可能，它会马上尝出药味，一口都不肯喝。服药之后，它会跑到厨房，垂头丧气地站在那里，脑袋塞进存放汽油桶的箱子里，从依偎在大型物体下的感受中寻求安慰。它想念藏在母亲身下的日子，看来只有那只汽油箱能给它这一安慰，让它在烦恼时感到安全。它的脑袋藏在箱子里的样子总是能打动我的心弦——总有些东西是我无法提供给它的。

下午茶在我们家是雷打不动的固定节目，被所有孤儿所热爱，不仅因为茶杯的叮当声意味着午后散步即将开始，而且也意味着我按照家中祖传配方烤的茶点饼干露面了。大部分孤儿都将之视为特别奖励，尤其是吉米和贝比。看着走廊栏杆外那些垂涎欲滴的嘴和水汪汪的大眼睛里的热切渴望，它们用全身的每一个细胞在恳求，让你无法拒绝，即使喂它们饼干就好比往邮箱里塞信，啊呜一口就消失得无影无踪。观察了一阵子之后，希梅蒂认为自己也应该分一杯羹。看它吃饼干实在是叫人忍俊不禁，它显然一点都不知道该拿这块饼干怎

办，用鼻子抓着来回挥舞，一会儿塞进嘴巴或耳朵里，一会儿又取出来，最后只好用鼻子吸住，直到一个喷嚏将饼干吹出来，让我们都吓一跳。然而，并不是每个孤儿都喜欢饼干，邦蒂和它的儿子们只要听到茶杯的叮当声，就会走到停车场那边去，耐心地等待我们集合开始午后散步。

办公室旁边的沙坑几乎和那个小池塘一样特别，因此散步路线也必须将它纳入进去。希梅蒂在那里像个孩子般地玩着沙子，爬到顶上，又一屁股坐在上面滑下来，直到耳朵和鼻子里满是沙粒，这时候就该催着它回家了。我们必须在六点前赶回家，因为不能让埃莉诺听到它的抗议声。那时埃莉诺将带着其他孤儿走上山回到它们的夜间围场，而希梅蒂则有着惊人的时间概念，如果进食稍稍晚个几分钟就会大声抗议。可是，尽管已经处处小心了，埃莉诺肯定还是开始怀疑我对它隐瞒了什么，它会停在房屋旁边倾听很长时间，然后生气地摇摇头才继续往前走。我确信它只需凭着大象惊人的直觉就能够感知到希梅蒂的存在，也许还对为何没有像往常一样将这头幼仔交给它极度困惑。

六个月过去了，我们的小象还活着。每个月我都会拿出我的卷尺测量，而每个月它都会长高一厘米，我兴奋得仿佛站在世界之巅。我害怕将它交给埃莉诺、与它分离的那一天的到来。应该由埃莉诺而不是我将它领入野生世界，用属于它们这个物种的方式来教导它。我当然无法做到这些，于是只能每天尽可能地和它在一起。回想起我的那些孤儿，总有一种特别的感情流过心底，我知道大卫在创造这个公园时一次又一次经历过这种感情。这是一种成就感和认同感，一种温暖

第13章 | 动乱

的光芒，一种深刻的满足，我正在为所深爱的荒野贡献自己的力量。能够给一只动物提供第二次生命的机会就是最好的回报。我回忆起那些在内罗毕的办公室里度过的黑暗岁月，渴望着察沃，渴望着大卫在我身边，不由得震惊于自己的幸运，除了现在的生活方式，我不会为自己选择地球上的任何其他生活。然而，我终究躲不过这一日，失去希梅蒂让我如此失落和疯狂，直到今天我都不能直面它的死亡。

吉尔宣布要和她南非的男朋友艾伦结婚时，我本能地觉得他们的联姻可能和我自己的第一次婚姻一样不能长久。可我不能说这么打击人的预言，吉尔看起来沉浸在幸福和爱情中。我和比尔都以审慎的热情接受了这一消息。婚礼前两周，我到贝蒂位于穆泰加的家和母亲会合，在贝蒂美丽的花园中为婚礼酒会做准备。尽管我将希梅蒂交给了一位曾经看护过孤儿们的经验丰富的保姆，可它对我思念过度，健康状况很快恶化了。再多的安慰、再多的腹泻药都不管用。婚礼临近，我不可能离开，于是唯一能做的就是祈祷我回去时一切还不会太迟。

我的女儿挽着比尔的手臂走进教堂，缀着银线的婚纱将她衬托得容光焕发。共有三百位客人，许多都是我们的远方亲戚，从四面八方赶来参加庆典，吉尔是她这一代中第一个结婚的孩子。一切餐饮都是我们自己操持，因此费用比较经济，而且比尔和大卫都得到了一小笔津贴。蛋糕上精美的装饰仿的是肯尼亚山脉的三座山峰，用在吉尔的婚礼上很贴切，在比尔的带领下，她还保持着登顶第三高峰莱纳纳峰的最年轻女孩的纪录，当时她只不过十岁。

和母亲一样，我和吉尔在分别时总是禁不住要流泪，她去度蜜月时也是一样。回到家，我冲进希梅蒂的厩房。它挣扎着站起来迎接我，却倒在我的怀里。我紧紧地抱着它，伤心地擦着眼泪，知道它正慢慢离我而去。它的头偎在我的腿上，想要最后大叫一声，结果发出的不过是一声叹息，接着它的身体渐渐软了下去。我没有意识到大卫走了过来，直到他用双臂紧紧环抱住我。他也深受打击，这头小象已经占据了我们的心，它的死让我们都失去了亲人。我留在希梅蒂的尸体旁，紧紧抱着它，直到它慢慢变冷才放开，让它离去。它被安葬在一个小小的墓地里，那一长列死去的新生大象墓中又添了一座新鲜的察沃红土堆。

之后的几个月，我拼命想要翻开新的一页，从我的花园孤儿们那里寻求慰藉，是它们让花园充满魔力。吉米和贝比响应荒野呼唤的那天不可避免地到来了，一天早晨，它们一起消失，让我一如既往地焦虑。那天下午，我们决定驾车沿沃伊河环线走一圈，希望能看到它们。果不其然，飞机起降场那里站着一群大羚羊，如果不是中间混入了一只捻角羚的话，看上去和平常没什么不同，这让我松了一口气。几天后，吉米独自回来了。贝比的大羚羊伙伴们显然并不喜欢让一只转角羚羊留在它们中间，于是它决定还是回家找邦蒂和花园。

过了好几个月我们才有了贝比的进一步消息。一天下午，我们在门廊上喝茶时，发现了一只孤单的大羚羊。贝比没待太久，因为它最好的朋友吉米现在也已经到别处去了。吉米已经有了三只漂亮的母羊，一次午后散步中，我们碰到它们在一起。尽管母羊们一看到我们就惊叫着跳开了，吉米却径直向我们走来，它现在已经是一只威严的成年公羊了，有着一对象牙色尖端的螺旋形羚角，还和以前一样友善温顺。它的毛色已经从以前婴儿期的褐色变成了成年雄性捻角羚的那种青铜灰色，体侧白色的条纹在阳光斑驳的灌木林中是最好的伪装。那以后，我们经常都能遇到它和它的随行人员，尽管它总是会和我们打招呼，却从不待太久，有意识地小心监护着自己的妻子们。作为丛林居民，它和它的妻子们更喜欢茂密的植被，与我们的联系也渐渐变得稀少。可吉米和贝比都是绝对成功的孤儿范例，和邦蒂一样，在与我们共度的那段时光中，让我们对它们各自的物种有了更多更深入的了解。

接下来的某一天，我的父母出人意料的到来，带来了一个令人心碎的消息。我们和外部世界之间没有电话联系，他们只能亲自过来。父亲花了不少时间才找到合适的表达方式告诉我们这一令人悲伤的消息。吉尔的婚礼后，在南非度假时，贝蒂和格拉汉姆在他们十一岁的女儿萨利右侧大腿上发现了一个奇怪的肿块，没过多久，萨利的整条腿就被截肢了。为了阻止骨癌的恶性肿瘤细胞继续扩散，她正在经历漫长而折磨人的化疗。这意味着她的家人也必须尽快搬到南非去。幸运的是，格拉汉姆的公司愿意将他调到南非分部去，这样至少他还可以继续工作。我父母决定和他们一起搬去南非，给萨利提供情感上和实际上的支持。

似乎我所钟爱所亲密的人都搬去了南非。吉尔和艾伦蜜月结束后去了开普敦，艾伦在那里做装配工。我已经开始想念吉尔了，她是我的密友，也是抚育孤儿时熟练的帮手。她对动物满腔热情，我觉得她肯定难以适应在遥远异乡的都市生活。现在我的父母、妹妹一家也都去了那儿，这让我极为不安。几个月后，我和大卫趁着年假到南非去看望他们。到那儿我还有些其他打算，大卫最近在抱怨肩胛骨之间的

绞痛，知道他父亲五十六岁时在参加马球比赛时死于心脏病突发，我感到很忧虑。那时候，除了常规的心电图，几乎没有其他能够帮助诊断的手段，更别说修复心脏病症了。可南非有几位当时最好的心脏病专家，我打算给大卫预约一次彻底的检查。大卫漫不经心，对这些绞痛不以为然，而且每年更新飞行执照的体检中也确实没发现什么不对头的地方。医生甚至还说绞痛是由于在"探戈爸爸"的机舱里坐得太久造成的。

在开普敦的医生诊所里，大卫坚持独自接受检查，打发我去给家人买礼物。我还没来得及反对，他就被催着进了手术室，门被关上了。不过他出来时，我正等在外面，听到医生说"两年后再来做一次检查"时大大松了口气。大卫看起来很轻松，告诉我没什么可担心的，他被诊出"只有一点心绞痛"，可以通过药物和饮食来治愈。我高高兴兴地相信了，暗地里发誓要好好盯着他的饮食。

回到家，国家公园和政府的动物管理部合并案于一九七二年二月十三日由国会正式颁布，是的，国家公园处于政府的直接控制之下。一个新的组织——野生动物保护和管理部——立即接手全国范围内的所有野生动物，接受旅游和野生动物部门的直接管辖。对于我们这些对那段时间里发生的种种事情记忆犹新的人来说，"合并"一直都是个罪恶的字眼。从那时候开始，一场悲剧开始上演，那是肯尼亚国家公园骄傲的历史上一段耸人听闻的黑暗时期。那些荒野的居民，尤其是犀牛和大象立刻成了靶子，丧钟开始敲响。新的法律墨迹未干，国家公园的资金就被冻结，支票、未偿付的单据和采购单都被宣布无效。几天内，东察沃的五个门的门票就已经全部用光，公园的汽油泵也空了。还好大卫在丛林中用金属桶储藏了些燃料,让野战巡守队员们得以维持运作。我只能在孤儿们当中寻找安慰,庆幸自己还能满足它们的需要,享受它们的陪伴。

一名清点官员来拜访我们,如果不是代表着新政权,这次到访本来也许还挺好笑的。他在工场的车床、机械钻和其他他叫不上来名字的精密装备中间迷茫地转着,当大卫告诉他要想将公园的装备登记入册,他得进行一次四千八百千米的旅行,并希望他带上自己的汽油时,那位官员逃了,而且再也没出现过。他显然没有忘记象牙仓库中还保存着的那些巨大的象牙,尤其是比马萨比特传奇性的艾哈迈德的还要大得多的那一对。第二天,从内罗毕发来一道指令,要求将东察沃仓库中保存的所有大象牙都立即送往内罗毕的政府部门。

随着这些改变而来的还有大卫的新职位,作为计划单位的领导,负责监管所有国家公园和保护区,重点关注全国无数尚未开发的国家保护区。他被允许带着超级幼兽飞机"探戈爸爸"和我们那辆根据赠送人名字命名的丰田皮卡"普恩大车"一起离开。他得到了一间在内罗毕乔谷大厦里的政府办公室,薪水也有大幅提升,还承诺给他一栋在内罗毕国家公园内的房子,而且还能带几名巡守队员一起过去。

告诉我这个消息时,大卫紧紧地抱着我,我能感受到环绕着我的手臂的力量,就好像他知道要扶住我不让我倒下。我所能听到的只有"离开察沃,离开察沃,离开察沃",我觉得自己的一部分死去了。我哭了好几天,可和过去一样,大卫咬紧牙关,准备翻开新的一页,虽然我知道离开带给他的创伤一点都不比我少。对他来说,这意味着抛下苦心经营了三十年的事业,将东察沃的大象和犀牛任由盗猎者和他

们腐败的主人宰割。这也意味着离开我们曾灌注深情打造出来的生机勃勃的家和花园——最最痛心的是将我们那些宝贵的孤儿抛给变幻莫测的未来。我们周围的世界垮塌了,而我不具备大卫那样无畏的勇气和力量。我惊讶于他勇往直前,关注于下一步该做什么而不是缅怀过往的能力。

我为我们的宝贝孤儿们深深地担忧,我们的位置将由一名管理部门的官员接任,他们中的大多数都是多年的狩猎者。我担心邦蒂和它的孩子们,它们就住在办公室下面;担心吉米和它的妻子们,谢天谢地它们相对独立一些;担心亲爱的埃莉诺、拉鲁和布卡内齐;担心我们珍爱的几乎快要成年了的犀牛普希米和斯特罗皮;担心我们的水牛孤儿;担心孔雀洪克一家还有那大约一百只成天在花园里招摇的贪嘴的珍珠鸡。给二十来只孔雀安排一个新家还相对简单,可对于留守的珍珠鸡来说,几乎肯定会被视为"盘中餐"。水牛孤儿们倒是不太让我们担心,它们和来沃伊旅馆喝水的一群水牛感情很好,肯定最终会相对轻松地被吸收入队。

我们的当务之急是普希米和斯特罗皮,它们尽管还年轻、还不能独立,鼻子上却顶着一笔不小的财富。现在各地的犀牛都已经处于濒临灭绝的境地,因为远东市场的需求和价格在上扬,认为犀角具有神秘的医疗功效,而中东的石油新富则将其看作是无敌的刀柄。意识到犀牛可能会面临的危险,大卫将普希米和斯特罗皮送到了索力欧牧场,里尤迪在那里过得很好。斯特罗皮和普希米被糖果棒引诱着走进旅行用的板条箱的日子又是令人伤心的一天。我和大卫陪着它们踏上了去往索力欧的漫长旅途,路上停下来两次用水帮它们冲淋降温,并

第13章 | 动 乱

喂给它们切好的新鲜蔬菜。

回到家，我们开始了繁重的打包工作，清理家中过去三十年里积累下来的物品。我刚刚经历了一次妇科手术，尚在康复中，因此只能在一旁指挥。告别的时刻终于来到——我从心底里惧怕的那一天到了。直到现在我还不清楚当时是怎么熬过那一次次道别的——在花园中最后一次紧搂邦蒂，一一拥抱埃莉诺、拉鲁和布卡内齐，它们正在沃伊河下游觅食，巡视着即将变得荒芜的花园。离开前我最后一次回过头去看着它们，它们察觉到了我的低落，用冰凉的鼻尖抚摸研究着我泪痕满面的脸。我疯狂地祈求它们能永远安全、自由。

上了路，我们带领着一共五辆装载着我们全部家当的卡车开往新家。进入内罗毕国家公园后，我们的精神为之一振，在通往大卫为我们挑选的房子的路上，我们遇见了斑马、角马和其他平原动物。这是一幢还算新的房子，之前的主人是前任巡守长。可到了那儿房子却是上了锁的，钥匙也无处可寻，似乎也找不到人能帮我们。我们筋疲力尽，在草地上架起了帐篷，吃了一罐沙丁鱼，就在离我们并不太远的狮吼中入睡了。我们想到过，钥匙没被留下也许是故意想要提醒我们新来者的身份和地位。

第二天，大卫到部里告诉他们，我们打算直接闯进房去，结果在常务秘书打来几个电话后，钥匙神秘地出现了。与此同时，我对新家所在环境进行了一番探寻，发现除了房子下面有一棵美丽的淡紫色三角梅以外，花园几乎不存在，这令我大失所望。在房子后面我发现一只大笼子，里面趴着一只半大不小的猎豹，正低伏着对我凶狠地咆哮，碧绿的眼睛里满是敌意，让我吓了一大跳。后来我们得知，露露是前任巡守长的爱宠,并且能吸引他的客人们源源不断地来访,还有一些好奇的过路客,他们中的大多数之前从未能这么近地观察一只大猫。看到它被囚禁令我很不安,大卫回来后,我恳求他尽量做点什么让它过得好些。他说,首先要做的,就是通过给它喂食让它习惯我们的存在。于是当前任巡守长打电话来时,我主动提出替他完成任务。接下来的几周里,大卫到乔谷大厦的办公室里上班时,我就花大把时间和露露在一起,一到进食时间就轻声地和它谈话。我在新家安顿下来,开始营造一个新的花园。这里的植物长得很快,让我很享受这一工作,种些我们从沃伊的花园带来的心爱花木,作为对我们在察沃的家园的纪念。

　　大卫的新工作充满挑战。他要管理二十个国家保护区,覆盖面积达一万三千五百六十五平方千米。国家公园是专门为野生动植物划出来的区域,除了工作人员,人类无权在里面居住。而国家保护区则是野生动植物受到保护,但里面的居民享有优先权的区域。他给每个保护区都建起档案,详细记录公布日期、土地登记号、面积、预计降雨量、地形和定居在里面的大致人口数,以及他飞行调查时粗略清点的通称为"小猪"的那些牛、绵羊和山羊的数量。因为他在乔谷大厦的办公室不理想,我们将一间卧室改成了办公室。这样他就可以在家工作,我也可以从旁协助。通过飞行调查时和当地负责人的一系列会晤,大卫对接下来的工作有了清晰的想法,干劲十足地投入了新工作,除了肩胛间仍不时有绞痛发作。不管怎样,他精神很好。我们都知道,要给每个开发区设计基础设施建设、将它们改造成旅游目的地,困难重重。可大卫从来不会被挑战吓倒,全心全意地投入了新工作。

在办公桌前坐了几周后，大卫打算开始我们的第一项野外作业——总面积为一百零七平方千米的博格利亚湖国家保护区。博格利亚湖是坐落在大裂谷中的几个咸水湖之一，四周被悬崖和山峰环绕。湖滨的间歇温泉向空中高高喷射出气味刺激的蒸气和沸水，以富含矿物质和解毒功效闻名。不光在湖岸上有温泉水汩汩涌出，在湖中间也有，让它成为众多大小火烈鸟的家园，将湖水染成明亮的粉色，给迷人的风景平添了一抹优美。对当地人来说，这个湖是个怪异的所在，他们认为晚上火烈鸟的低语是祖先灵魂发出的声音。肯雅塔总统是这里的常客，这里的天然桑拿有着很好的疗效。

我们开着普恩大车向博格利亚湖进发，车上加装了一长排油罐。我本来建议飞过去，可被大卫平静地否决了。我注意到大卫最近不愿意让我和他一起飞行，找各种借口推辞。刚来内罗毕的第一个月中，他执行了许多次飞行勘察，我要求跟他一起去，他却每次都说可能会有其他官员同行。等到他回来，我才知道他其实是一个人。我有些不安，怀疑他是不是有可能对自己的绞痛有更多了解，却没有告诉我，可一旦大卫打定主意，跟他怎样争吵都是无济于事的。况且，我也很享受走公路旅行多出来的额外时间。

开往湖畔的路上，我们发现自己不知怎么开到总统车队里去了，警察和摩托车在外面护送。我们夹在车队中前行，所有其他车辆都停在路边，人们站在停下的车旁表示尊敬。我有些慌，大卫笑着说："好好享受。享受 VIP 待遇可是难得的事，所以只管挥手好了，万一有我们认识的人，可得看看他们吃惊的表情。"果不其然，快到奈瓦沙镇时，有好些我们认识的人就站在他们的车旁，当我们挥着手飞驰而过时，他们脸上难以置信的迷惑表情让我们都大笑起来。不过我还是有些担心，万一被发现可就糟了。可那天是个光辉灿烂的日子，一群群斑马在公路沿线吃草，而大卫也轻松快活。接近纳库鲁镇时，我看到了矗立在山上的我的小学，还有它雄伟的钟塔和平屋顶。等我们开到通往州议会的林荫大道时，总统和他的护卫们往右拐了，而我们则继续往前开去，谁也没有注意到。

黄昏前，我们到达了博格利亚湖边。沉沉的湖水，和着蒸气的嘶嘶声，还有抛出地面的沸水，让我们仿佛在观看世界的造物过程。沿着湖岸漫步，给每一个蒸气喷射口起名字，站在最大的间歇泉喷出的水雾中呼吸据说有疗效的水汽。间歇泉汩汩涌出，往上喷出滚烫的热水，我们研究着丛生在泉眼边缘的奇怪的红色藻类，直到天空的苍穹挂上了第一颗星，我们该回到营地，在星光下进晚餐了。晚上入睡前，大卫将我的营床往他的拉近，说："鉴于我们很多时候都得这么过，显然我应该设计一张双人营床！"

第二天的早餐是顶级美味——一只在小间歇泉的热水里煮的蛋。之后大卫就开始徒步到设想中的新指挥中心所在区域进行勘察。然后我们去会见了当地的议员，他们热情地欢迎我们，午餐招待我们吃了丰盛的碳烤肉，接着大卫带他们去看自己选定的地点。他们重申了让出这片土地的意愿，对整个计划充满热情，让大卫都有些吃惊。而我则忙着为安吉拉搜集掉落的火烈鸟羽毛，她喜欢将它们贴在夹板上，创作出色彩鲜艳的羽毛和花朵画，再出售给家人和朋友，挣些零花钱。和我母亲一样，她天生就是艺术家，也和她父亲一样足智多谋。

第13章 | 动 乱

大卫对事情的进展极为乐观。第二天我们去游湖，在一棵巨大的无花果树下享受悠闲的野餐，我脱下鞋在溪水中嬉戏，腿上却被一条饥饿的蚂蟥吸上了，我立即跳了出来。大卫只得点燃一根火柴，靠近它的尾端烤着，将它哄下来。并肩躺在无花果树的树叶下，大卫充满感情地谈起了察沃，说等我们回到内罗毕后，他要开着飞机回去看看公园。"我能去吗？"我问他，心里却在提问之前就知道了答案。"不，"这已经成为常规的回答，"因为我会在最热的时候在公园上空做低空盘旋，那会很热，而且很颠。"我没有再问下去，在某种程度上，我松了口气，不必去面对我们从前的家园和许多珍藏的回忆，却发现它已不再是从前的样子。

回家路上，我们拜访了乔纳森·里基和他妻子。乔纳森是从前的国家公园信托人之一、著名古生物学家路易斯·里基的大儿子。乔纳森是蛇类专家，他将蛇的毒液挤出来，用来制作能拯救被蛇咬伤者性命的血清。他和妻子带我们看了剧毒的眼镜蛇、曼巴眼镜蛇和各种毒蛇。就在他要给一只巨大的长毛狒狒蜘蛛喂一只活老鼠时，我找了个借口离开了房间，可还是能听到蜘蛛在享用老鼠的体液、用毒牙刺穿它时，老鼠痛苦的尖叫声。那天晚上，和主人共享晚餐后，大卫又经历了一次近来时常发作的绞痛，但除了中间起来吃了点阿司匹林外，一晚都睡得很好，第二天早晨醒来精神也不错。

接下来的旅程中，我们开始梦想退休后的生活。大卫说，我们可以经常旅行，在荒野中想待多久待多久。他说："只要带上我们的双人营床和帐篷就够了。我们会成为真正的流浪者，又懒散，又无拘无束，除了亲人以外再没有其他责任。能一起过这么自由自在的日子真是太美妙了。"我们在悬崖顶上停车午餐，身下是惊人的开阔美景。我准备食物时，大卫在周围闲逛，回来时带着一小束红白相间、甜蜜芬芳的假虎刺花——就是我童年时代的"达芙妮花"。他深鞠一躬，将花束递给我，将它插入我的毛衣扣眼里。我以一个长吻致谢，对这个神奇男人的深爱与日俱增。

到了马拉拉尔，我们停下来看了看植物和鲜花，就去拜访当地的巡守长。我们驶过列队的侦察队员时，迎接我们的是挥舞的手臂，"萨阿·纳尼"这个词像野火一样蔓延开来，越来越多的人聚了过来。我很惊讶大卫在这儿也很有名，可显然他是真的很有名。后来，我们在城镇上面的森林中扎营时，大卫生起一堆噼啪作响的篝火，好驱散高海拔带来的寒意。天开始下雨，我们只好上床，大卫坚持要我和他睡在一张营床上。我们挤成一团，彼此拥抱，在森林动物奏响的夜曲声中睡去。深夜，大卫的胸口剧烈地疼痛，痛苦地翻滚着，面无血色。我立即就明白，一直以来我私底下的怀疑都是真的，那些绞痛是某种我不敢想象的更严重疾病的征兆。在电筒微弱的光柱下，我惊慌失措地寻找着大卫的药片。他保持着冷静，指示我从药箱中取出一片指定处方药，在急性绞痛发作时放在他的舌头下面。按指示做好后，疼痛得到了缓解，我们紧抱在一起度过了这可怕的一夜，这一夜至今仍然缠绕着我不放。我推测他可能是心脏病发作，他却转过了身。"天知道，管它怎么回事，真是烦人。"第二天早上，我建议回到马拉拉尔，通过管理部门的无线电网络跟飞行医生、彼得或是比尔取得联系，可大卫都不同意，一口咬定他感觉好多了。他告诉我，我认为他吃了用来治疗痉挛的药其实是开给他应对"轻度心绞痛"的。我想要

第13章 | 动 乱

争辩，可看到他紧锁的下巴，知道再逼问下去也无济于事。他转过来看着我，静静地说："如果无法过自己想要的生活、做自己喜欢的事，我宁可去见我的造物主，离开这个世界。"我知道他说的是真话，可仍然无法让自己去想他说的也许是真的。

于是，我们出发去和马拉拉尔的议员进行最后一次会见，就好像什么都没发生过。会见中，只有我知道大卫很难受，看着他扭曲的下巴肌肉和灰白的脸色就知道。我们回到车上，他又要了一片药。等到痛楚渐渐平复，他告诉我他有多享受我们在一起的时光，还有保护区的会议和计划进行得不能再顺利了。从马拉拉尔到卢姆里提的路往好了说也只能用凶残来形容。我们一路又颠又蹦，跌跌撞撞从一个坑掉到另一个坑，连午餐盒里的陶器都被撞得粉碎，望远镜和大卫贵重的相机大镜头也未能幸免。到达汤姆逊瀑布时我总算松了口气，从那里开始就是柏油路了。在汤姆逊瀑布，大卫坚持要爬上一个陡坡，从更好的位置去看看这个以早期探险家约瑟夫·汤姆逊的名字命名的落差达九十一米的阶梯式瀑布。看到他回来时步履蹒跚、面色发白、一脸疲惫的样子，我斥责他不该上去。他又要了一片药，我们再度上路时，我一路都在唠叨，可他什么都不肯说。

我们终于抵达了内罗毕城外，我提出直接开车去内罗毕医院，可他固执地不予考虑，说他只需要泡个热水澡，睡在自己床上。不过他答应一回去就给医生打电话。一到家，他一反常态地让我去理行李，直接去泡澡了。中间有一位在察沃时结识的老朋友来访，大卫穿着他的睡衣出来迎接，在我们舒适的起居室里，他们喝着威士忌和苏打水，聊着天。我则给我们的医生约翰·麦克卡尔丁打电话，他要求直接跟大卫通话。大夫说如果大卫有担忧，他会到家里来，可大卫向他保证说没有必要，明天早上第一件事就会去他那儿。麦克卡尔丁大夫认为他的那些症状表明可能是胆囊有问题。

客人一离开，我就让大卫去休息。尽管时间还早，我自己也歇下来，前一晚让我身心俱疲。又是焦虑又是担忧，我企盼夜晚早点过去，好让我们去看医生。大卫安详而放松，坚持要我在他看书时躺在身边。我如释重负，我们终于完完整整地回来了，能救命的人就在离我们不远的地方。我陷入了一段令人筋疲力尽、战战兢兢的睡眠之中。

第 14 章

哀伤

大象和我

> 它伏在莲叶之下，卧在芦苇隐秘处和水洼子里。
> 莲叶的阴凉遮蔽它。溪旁的柳树环绕它。

——《圣经·约伯记》

夜里，大卫又要了一片药，将它放在舌底后，他问我时间。当时是夜里十一点半。我还没来得及回答，他张着嘴喘气倒下，眼珠陷落下去。我马上知道他快死了。

我的手无法控制地颤抖起来，摸索着找到电话，拨通了医生家里的电话，但没人应答。我又打给希拉，结结巴巴哭喊着求救。抬起大卫的头，我试着拍打他的脸颊，可没有反应。我又用嘴对准他的嘴，不顾一切地想要将生命吹进他的身体。他的眼睛睁着，却一片茫然。我冲到后门，在危难中呼喊着，直到我们忠实的仆人、和我们一起从沃伊搬来的姆万甘吉睡眼惺忪地出现在我面前。他一看到大卫，就立即采取行动，我们将床垫连着大卫一起拖下来，搬到客货两用车上，飞快地放倒后排座椅，让他躺在后面，姆万甘吉在一旁扶住大卫的身体以免他滑下车。我赤着脚，穿着睡衣把车开到内罗毕国家公园入口，大声喊人来开门，等待的时间仿佛无休无止才有人过来开门。我飞速直奔医院，刹车尖啸一声正好停在急诊室外面。我跑进去，呼叫着求救。虽然只不过片刻，我却感觉如同永恒，一副担架、氧气筒、医生和护士们就出现了，急忙越过我到车上去接大卫。

接下来的二十分钟里，所有人都在努力挽救他。他们工作时，我

第14章 | 哀 伤

出门走到黑黢黢的停车场上，向上帝祷告，请求放过他，不要让他死去。等到医生过来站在我身旁，不需要任何言语，他的沉默和绕在我肩头的手臂告诉了我一切。地球仿佛停止了转动，我处于深度震惊中，觉得自己快要昏过去了。医生在说话，可我根本不知道他在说什么。我也想死。

他们把我带到他身边。他躺在一块水泥板上，身上只裹着他的围布。他看起来那么英俊，平静得好像只是睡着了。可当我弯下身最后一次亲吻他时，震惊地发现他的身体已经变得湿冷。随着现实点点滴滴浮现，眼泪开始流下来。护士们用毯子盖住了他的脸，我开始哭泣。沉默地、缓慢地，哀伤铺天盖地袭来，我离开了房间。当听到医生低声说出"验尸"这个字眼时，我急速转过身，一想到让大卫被刀划开就无法忍受。我流着泪恳求让我们保留尊严。死因显然很明确——大规模心脏骤停。医生答应不再干涉，可大卫就要被送往停尸房就已经够令人痛心了。我想带他一起回家。

现在，太阳渐渐在遥远的地平线升起，周围的世界慢慢醒来迎接一个新的清晨。生活仍在照常运转，令我恼怒。突然之间，我想起了安吉拉还远在南非的寄宿学校，不知道她亲爱的父亲已经去世。我无法去想大卫再也见不到他的皮普了，不能活着看她长大成人。我得跟贝蒂和我的父母通话，请他们到学校去告诉安吉拉这个噩耗，将她带回我身边。无边无尽的绝望感包裹着我——没有灵魂伴侣在身边，我要如何面对孤身只影的未来？这本不该在现在就发生，大卫只有五十七岁，我也只有四十三，我们刚刚开心地聊了很久退休以后的计划啊。我们所有对未来的梦想现在什么都不是了。

希拉和吉姆来到医院，将我带回他们家。我疲惫不堪，在筋疲力尽的昏睡中，我感到一阵奇怪的平静，意识到这辈子不会再有比这更糟的事了。我将自己的怀疑压抑了太久——大卫的绞痛是某种更严重疾病的表现，至少那些令人不得安宁的担忧结束了。我知道他会希望我鼓起勇气，以他勇往直前的精神去面对未来。半梦半醒中，我暗自发誓，为了他，我会尽力。

随后几天的一切都模模糊糊匆匆掠过，留言、鲜花、眼泪、人，更多的人、信件、电报，还有我心中空荡荡的一大块。贝蒂带着伤心欲绝的安吉拉回来了，在得到消息前，她就感知到了父亲的去世。她、吉尔和我重聚在一起，至少我们还拥有彼此，我也觉得不那么孤单了。父亲的健康问题让我父母无法来参加葬礼，但贝蒂和她的家人赶过来陪我。事实上，所有人都聚拢在我身边，不仅有野生动植物保护和管理部的官员，他们极为好心，和所有人一样震惊于大卫的突然去世。主管向我保证我愿意在国家公园的房子里住多久都没有问题，如此有同情心的表态让我感激不尽。

凯伦教堂里人多得都站到了庭院内外，不同种族的人们来自大卫生命的各个阶段。时间似乎暂时停止，所有人都站在一起和我分担悲痛，令我极为感动。当我和女儿们、姐妹们在无数双眼睛的注视下走向前排就座，吉姆弹起了管风琴，让教堂溢满了抚慰人心的音乐，重重花圈和花束的芬芳弥漫在空气中。大卫会喜欢这种既悲伤又美丽的氛围。他的棺材被我们心爱的大车送到教堂后门，上面覆盖着那面曾经在察沃的达克别墅办公楼上方骄傲飘扬着的国家公园旗帜。它将和他一起落葬，从多方面标志着一个时代的结束，而不仅仅是他所从事的领域。

我丈夫的棺木在《奇异恩典》的旋律中被抬出来，抬棺的是他的至亲、朋友和同事。牧师是彼得和比尔年少时的老同学，他从《以赛亚书》和《约伯记》中摘录出的句子强调上帝对自然世界的关爱，察沃就是他创造出的这样的地方。他向我们保证大卫会因为无私地将生命奉献给自然保护事业而得到造物主的眷顾。《以赛亚书》中说，"在我圣山的遍处，这一切都不伤人不害物"，我选择将这句话刻在一块巨大的察沃岩石上，作为大卫的墓石。演说以一句"与我同在"结束，大多数人都已经热泪盈眶，大卫在以前皇家非洲步兵团的歌曲中被抬出，每当我们要去进行他最爱的活动——外出到丛林中去的时候，他常常会哼起这首《打包上路》。

大卫被安葬在兰加塔公墓。棺木被沉入地面，我在铲起土撒入墓穴时崩溃了。在我人生中最凄凉的时刻，女儿们是我唯一的安慰。我们聚在希拉家守夜，如果大卫能亲眼看到所有这些对他的崇拜、尊敬、喜爱，还有惊讶和悲哀，他一定会被感动。第二天我回到他的墓边，一边种下一棵他的朋友莱斯利·布朗帮我播种发芽的黄皮"高烧树"树苗，一边跟他安静私密地聊天。这种金合欢树是大卫最爱的地方的代表，生命力旺盛，拉迪亚德·吉卜林在《原来如此的故事》中将之称为"大象的孩子"。

我、安吉拉和吉尔一起去看我父母，他们已经回到了马林迪韦伯外公的小别墅里。在我最需要的时刻，能够与他们在一起真是莫大的安慰。等到他们得和我的女儿们一起回南非去时，我和希拉回到内罗毕，开始一段苦涩的历程，将我被粉碎的生活重新拼凑起来。没有薪水，也谈不上什么津贴，我为将来如何谋生以及我和安吉拉在何处安家而担忧。没多久，就会有另一位官员接手我和大卫住的这幢内罗毕公园里的房子。我甚至还想过问问总管是否可以在公园里先搭顶帐篷过渡，直到我想到办法。可韦伯外婆的名言"一扇门关上，就有另一扇门打开"说得果然不错，几个月之内，我就奇迹般地既有了工作，又有了永久居住地。

非洲野生动植物基金会内罗毕办公室的总监鲍勃·普尔委任我为肯尼亚的《野生动物俱乐部》杂志撰写文章。这份杂志在肯尼亚的许多学校中影响深远，向当地的孩子们倡导珍视野生动物遗产。此前野生动物总是被作为负面形象看待，它们总是造成麻烦，出来毁坏庄稼，在森林小道上杀死落单的行人。彼得、比尔、约翰·萨顿和其他几位密友想办法从政府那里为我获得许可，在内罗毕国家公园内建一幢小房子，这样我就可以继续在野生动物的身边工作了。乐善好施的普恩夫人——就是她将普恩大车送给大卫的——慷慨地施以援手，愿意为我提供建造一幢预制小木屋的所需资金。我一直都相信大卫就在离我不远的地方，在一位巫婆家中我更坚定了这一想法。我以前从没见过她，她也不知道我是谁，却能准确地描绘出大卫的模样，向我保证他就在我身边。

我和彼得选了个地点建造我的新房子。野生动物管理当局规定我的新家应该建在内罗毕国家公园电力和取水点所及范围内，于是我们在离我现在住的房子大约两百米的地方选了一处岩石地带，从那里可以俯瞰一条季节性河道。我喜欢住在小溪附近，虽然只有在每年的特定季节才有洪水流过。在干旱地区住了这么久，能有奔腾的水声舒

第14章 | 哀 伤

缓神经听来非常迷人。新家的实际位置很荒凉,没有成荫的大树,四周都是低矮的巴豆属灌木和岩石。可公园的森林就在不远处,我哥哥还指出现成的岩石边正好可以作为房子坚实的地基。那时候的我不管住在什么样的地方、什么样的房子里都很满足,只要自然世界近在咫尺,喜欢什么不喜欢什么都是无足轻重的小事。我无比感激肯尼亚政府让我享有住在内罗毕国家公园的特权,这至少能让我稳定下来。

这段时间人们都对我无比好心,他们热心的关怀让我深为感动。鲍勃·普尔、彼得、比尔和老朋友约翰·萨顿支持着我的每一步。我不知道的是,他们正在筹划一个对我将来的生活有重大影响的计划。通过鲍勃·普尔和非洲野生动物基金会,他们发起了大卫·谢尔德里克募捐,旨在以纪念大卫的名义分发捐款,为保护项目提供所需的额外资金。这一提议得到了惊人的反响,鲍勃建议由我来领导一个小型委员会,选定由哪些项目获得大卫的祝福。我非常乐意地接受了,为大卫留下的精神遗产骄傲感动。他的成就仍然活在各地人民的心里。然而,大卫去世几个月后,鲍勃·普尔也在蒙巴萨的马路上死于一场车祸。又一个好人离开了动物保护世界,和大卫一样,也是英年早逝。他的去世对我又是一次沉重打击,尤其是出事的前一天他还和我在一起,告诉我他的父母都很长寿,因此他以后的许多年里都会在非洲野生动物基金会照看大卫·谢尔德里克纪念募捐。

一年之后,我才得以入住小木屋。我看着它建起来,因为工地离我住的地方很近。建造过程中,我和工头姆图里先生成了好朋友,常常在一起聊各种各样的话题,从茅茅党紧急状态到最近就职的一九七八年乔莫·肯雅塔去世后被指定的肯尼亚新总统丹尼尔·阿拉普·莫伊。姆图里先生好心地向我保证会有书架来存放大卫的收藏，还会有架子放我的装饰品，客厅里会有一台大壁炉在寒夜提供温暖。他太仁慈善良了。

搬家那天，我和姆万甘吉、姆图里先生费力地抬着我所有的财产穿过将员工住地和公园分隔开来的蒺藜网。我在新家的第一夜特别孤单。吉尔在纳米比亚，安吉拉不久前也回学校了。我渴望身边能有些察沃的东西，于是第二天问野生动物总监丹尼尔·辛迪约，下次有车从察沃过来能不能帮我带点加拉纳平板岩，他答应了。等岩石被运来时，姆图里先生将它们拼好铺在门廊上。很久以后，当我需要在旁边加盖一间办公室时，他又耐心地为我造了一间，内壁铺上了香柏木护墙板，可以让我想起香柏木庄园。

由于内罗毕公园缺少犀牛、水牛和长颈鹿等大型动物所必需的某种矿物质，我从大裂谷中的一个极浓的咸水湖马加迪湖岸上搜集来矿物质丰富的沉积物，撒在公园森林附近的岩石上，让动物们享用。我注意到我的房子和公园森林之间的岩石地带是许多野生动物从森林去往下方平原的通道，因而长颈鹿、水牛和犀牛们很喜欢舔舔这些盐块，还有大羚羊、林羚和一小群黑斑羚也是，我在一旁无限怀念地看着它们。野生动物是我的安慰，我的伴侣，有了它们，我从未彻底孤单过，至少在白天是如此。可没有了大卫的夜晚是如此漫长空虚、孤独难耐。这时候我想到那些大象就觉得惭愧，知道它们几乎每天都要坚忍地应对亲人的离去，它们的悲伤有多深切，它们如何以勇气面对，从来不忘生存下去的需求。它们的榜样给我以力量，我需要"翻过这一页"。

白天，我让自己忙碌起来，写关于野生动物的文章，将大卫教我的有关动物的一切以及让我对身边的野生动植物大开眼界的知识传递出去。我喂鸟，欣喜地看着它们一天比一天驯服，每天下午排队等候分发的小虫和面包屑。我叫它们"小薯片"，其中有知更鸟、热带长跑鸟、黄胸柳莺和一只每天早上来敲我窗户的橄榄色画眉。住在附近洞穴里的疣猪一家也很有趣，它们很快就将我当成了帮它们驱赶肉食动物的保护者。当母猪带着留在身边的最后一只伤了一条腿的小猪蹒跚走过时，我一时不知道该怎么办，犹豫着是否需要通知管理部门，担心他们会将小猪从母亲身边带走，最后沦为某座不可靠动物园的展品，也不知道是否该亲自照看它们。最后遵从了大卫的哲学——"犹疑不定时，别犹豫"，觉得最好还是让母猪和它的宝宝待在一起。

小猪的腿痊愈了，只轻微有些瘸，我给它起名叫"咕哝"。咕哝长大后过上了正常的野生生活，并且成了正在上演的疣猪电视剧的主要角色，眼前的一幕幕疣猪生活科学界尚不了解，让我获益良多。剧中还有叫"希望永存"的一家，包括一只母猪、它的四只小猪和一只从前一窝后代中被选出来担任保姆的女儿。疣猪一次只生四个孩子，生命中的头三周都被藏起来，只有母亲拉长的乳头泄露出它们的存在。我之前不知道一旦小猪被从藏身之所带出来，它们马上就成了该地区所有其他疣猪的谋杀目标。尽管有一点点残疾，咕哝在尝试消灭"希望永存"家族的每一代生命时表现得诡计多端，它埋伏在一旁，突然冲出来抓住新生猪崽，杀死，然后吃掉。这种同类相残的习性令人既惊讶又难过。我知道作为杂食动物，猪喜欢在植物主食之外

进些肉类小点，可真的没想到这其中包括吃掉同类的婴儿。

我了解到没有经验的初产母亲最容易失去大部分甚至所有孩子。然而，和家猪一样，疣猪极其聪明，有经验的母亲只会在附近没有太多其他同类时才会让孩子们露面。小猪崽很快就懂得要想生存下去必须紧紧围成圈子向前跑，让成年猪无法趁虚而入。一旦得以在露面后的最初几周逃过追杀，一切就都稳定下来，新的猪崽被接受为疣猪社群的新成员。到了第二次生产，变聪明的母亲会选择一个后代，通常是雌性，作为新生一代的保姆，帮助保护并抚育母亲的新宝宝。保姆如何选择，以及它随后如何献身于被分配的任务仍是大自然中最有意思的谜题之一。保姆甚至会牺牲自己的生命来保护母亲的猪崽，而它同胎的同胞手足却有可能正在围猎者的行列中。一旦保姆成熟，可以自己生育繁殖了，就会将发情周期调到和母亲同步，这样它们会在差不多的时间里各生下四只小猪。之后它们会分享所有的后代，交互哺乳，将所有小猪都当自己的孩子一样抚养。如果它们中的一只不幸落入肉食动物之口，另一只就会收养所有的猪崽。我给"希望永存"一家的保姆起名叫"小希望"，那位母亲则叫"胖希望"，看着它们成功养育了好几代小猪，而且在我的协助下，避开了咕哝的袭击。但灾难还是发生了。一天，小希望狼狈地出现了，嘴上紧紧地箍着一只铁丝线圈。在姆万甘吉的帮助下，我们扔了块毯子盖住它的头，好将线圈取下来。与此同时，胖希望带着八只小猪中的七只走出了洞穴，撞上了离我家不远处的一群狮子。只有地上残留的斑斑血迹见证着曾发生的那幕惨剧，狮子们吞噬或抓走了整个家庭。而摆脱了嘴上的线圈的小希望回到洞穴，小小的大拇指汤姆还藏在那里。一段时间后，汤姆和小希望一起出来了，咕哝费尽心机想要袭击它，在我们的帮助下，汤姆活了下来，长成了一只漂亮的公猪，时时陪伴在母亲小希望身边。

小希望第二次生产时，身边没有可选择的雌性保姆，只好让大拇指汤姆充任，虽然它有些不情不愿。这让我觉得异乎寻常，因为一般雄性对任何新生猪崽都极具进攻性。我们经常看到汤姆对这一新角色不那么热衷的滑稽场面，有时候它显然三心二意，想要离开小猪跟着自己的朋友们走，可犹豫了一下后，又折了回来，重新履行起它的保姆职责，忍受着那些崇拜仰慕它的幼崽的热烈欢迎，猪崽们一边高声尖叫着、咕哝着，一边聚在它四周拱它。

我给《野生动物俱乐部》写稿过程中，读了许多科学论文，根据我的第一手野外经验，发现其中的某些内容毫无疑问存在漏洞。我将之归因于科学家排斥那些以"拟人化"方式解读动物行为的研究者，因此在解释动物的特定行为时一筹莫展，虽然答案其实简单直接，只需要将之与同等环境下人类的反应进行比照就可以得出。

大卫去世前，正在与西蒙·特雷弗合作拍摄一部披露察沃所面临的盗猎威胁的纪录片。西蒙曾经做过我们的副巡守长，后来成了一位纪录片制作人。现在的索马里西弗特帮都装备上了AK47步枪，在察沃整群整群地射杀大象。其中的一名牺牲者就是我们亲爱的孤儿布卡内齐，它和另外六十头大象一起在沃伊河谷被屠杀，不远处就是沃伊公园指挥中心。当我得知埃莉诺被赶到路边，站在旅游车穿梭的线路旁，而它腐化的看管人以此从过往游客那里收取额外费用时更为生气了。和所有国家公园一样，察沃很快就成了"不宜接近地区"，旅游

业主导一切。

对西蒙和我们这些关心察沃的人来说,能采取的行动只有一条,那就是让新总统丹尼尔·阿拉普·莫伊了解,灾难每天都在发生。我们当然知道,西蒙的影片《血腥的象牙》会引发争议,因为它让新政府部门在野生动物管理上的失败曝光在众目睽睽之下,可我们仍然相信,揭露所发生的一切是我们的职责,大卫也会希望我们这样做。

在当时负责国家博物馆并认识莫伊总统的理查德·里基的帮助下,在国会大厦安排了一次会见。西蒙慷慨地同意将这次会见作为大卫·谢尔德里克纪念募捐会的第一次筹款活动,将募得的捐款用来拯救肯尼亚濒临灭绝的黑犀牛。大卫所料丝毫不差,我们留在察沃的三十头习惯于在沃伊旅馆饮水的犀牛都已经不在了,它们的角流落到了遥远的异乡。察沃曾经拥有全国两万头犀牛中的八千头,可现在大多数都已经离去,只有零星几头躲藏在密林中,相隔甚远,实际上已经无法繁殖。犀牛是有强烈领地意识的动物,余下的几头独行幸存者根本无法相见,因此也不可能延续种族。必须得尽快做些什么了!

彼得向海外资金寻求帮助,建立了肯尼亚首家封闭式的官方犀牛保护区,用电网将纳库鲁国家公园围起来。纳库鲁不久前因为火烈鸟和水鸟景观被确立为国家公园。有了安全保证,这里可以作为寥寥无几的几头捕捉得到并经得住迁移的黑犀牛幸存者的集中繁育保护地。

会见的那天,我们聚集在当年埃莉诺走过的肯尼亚殖民总督的官邸、现在的国会大厦。理查德将我们介绍给总统,总统热情地欢迎我们。他个子很高,琥珀色的眼睛炯炯有神。影片显然令人印象深刻。总统出身于巴林果湖畔的一个小部落,那里的犀牛与大象早已灭绝,

第14章 | 哀 伤

因此他对这两种动物所知甚少。然而，他听得很专注，让我们觉得此行的任务完成了，他答应作为嘉宾出席《血腥的象牙》首映礼，并发表讲话。

我害怕开幕式的到来，不仅害怕当众发言，而且也不知道怎样再一次面对大卫的移动影像，不知道看到我在察沃的家和花园、希梅蒂、邦蒂和其他花园孤儿，还有埃莉诺和那些大象孤儿、犀牛孤儿时怎样止住泪水。而当我们的嘉宾没能露面，观众开始骚动起来时，我面临的考验更为严峻了。一开始我们被告知总统会晚一些到，但最终显然他无法赶到了。

我磕磕巴巴地讲完了话，忍受着影片的煎熬，当大卫或花园孤儿们出现在银幕上时，我只能靠闭上眼睛来保持平静。结束之后，人们在门厅围在我的身旁，许多人都热泪盈眶。我做梦一样回应着他们善意的话语，直到大卫最好的朋友大卫·里德过来拥抱我时，才感到坚强一点。他现在常驻内罗毕了，于是将让我开心起来当作自己的职责。大卫·里德是沃伊的常客，我一直很喜欢听他说起自己奇妙的童年生活：他母亲在马赛兰德的纳罗克辛苦经营一家小店时，他则和马赛族伙伴一起四处撒野。他学会的第一种语言是马赛语，他最好的朋友是一名马赛男孩，现在已经是一名部落长老。他的眼睛闪亮，笑容可掬，而且与我的大卫有着紧密的联系。

几个月后，事情有了惊人的进展。一名来自梵蒂冈的主教联系了肯尼亚政府，建议请教皇到访，而且说教皇在肯尼亚期间还将为一头大象赐福。野生动物部长想起了察沃的孤儿们，于是来向我寻求帮助。由于埃莉诺已经长大，当时没有可用的年轻小象，我将此作为

转而强调犀牛困境的良机。况且，我知道有一个接受赐福的最佳对象——一头在北部伊西奥拉附近的勒瓦唐斯的新生犀牛孤儿。它奄奄一息时，有人来向我求助。当时它被错误地喂食了牛奶而不是我已经交给勒瓦管理部门的成熟配方。让我惊讶的是，他们选择采纳当地兽医的建议而不是我的配方，我当时已经成功地用配方养育了四头犀牛孤儿，没有遇到任何问题。

部长赞同我的建议并告诉了来访的主教，主教答应给我们答复。然而，这个答复等了五个月，那时勒瓦的犀牛个头已经长大了三倍——犀牛的成长速度是大象的两倍，寿命只有大象的一半。无论如何，我以为它会像我们在察沃的孤儿们一样温顺，只要教皇能飞到勒瓦，在那里进行赐福，我想应该没问题。但不是这样：我被明确告知教皇不会去勒瓦，而是要到肯尼亚的门面、旅游胜地马赛马拉为犀牛赐福。我的心沉了下去，这就意味着得将这头小犀牛麻醉后运送，会有风险。尽管我提出反对，但部长坚持说这是高层的决策，要求我和彼得予以执行。

彼得正在负责野生动物部的犀牛项目，因此我们一起驱车去勒瓦保护区，在那里见到了即将被赐福的孤儿萨米亚和养育它长大的安娜·梅尔兹女士，萨米亚对她感情深厚。我们从自身的经验知道，如果没有"母亲"的保护，会让孤身的小犀牛觉得受到严重威胁，因为它们身上散发出气味后就会面临被同一区域内的野犀牛追杀的风险，犀牛孤儿总是会对喂养它们的人产生依恋——这一次，依恋的对象是安娜·梅尔兹。我几经教训后明白，让犀牛孤儿对其他人产生感情才是更明智的做法。可以看到，当安娜没有贴身跟随时，萨米亚表现得

第14章 | 哀 伤

极其神经质。

离教皇来访只有两周时间了，在这段时间内我们得让萨米亚大幅度地平静下来，才能让它在教皇出席的场合出现。它现在的状态太暴躁，无法冒风险让它与教皇和他的随从有近距离接触。讨论再三后，我和彼得决定只有一个办法——立即将安娜和她的犀牛隔离开，将萨米亚空运到马拉，然后再找个教皇的替身，穿上白袍子，让它习惯大日子当天教皇的存在。可以理解，这一提议引起了愤慨，于是在愁云惨雾中我们还是带着被麻醉的萨米亚和一名兽医坐着飞机离开了。

一到马拉，一名野生动物部的官员就穿上了白袍子开始了训练和驯化过程。我将萨米亚的喂乳量提高了三倍，还给教皇替身提供了一大堆犀牛的零食，让他在萨米亚表现良好时给予奖励。回去之后，我们愈发紧张，每天都焦急地等着报告了解事情的进展。一开始，训练师得灵活迅速地避免被打翻在地，但过了几天后，增加的乳汁量让萨米亚更为满足，也平静了许多。一周之内，它面对陌生人就不那么神经质了，更重要的是，只要有穿着白袍子的人走近，它就会安静地等待着乳汁和奖励。

大日子到来那天，教皇和随行的高官们飞到马拉举行赐福，我和彼得都紧张坏了，紧紧地贴在无线电旁，一心祈祷一切顺利。谢天谢地，赐福礼取得了巨大成功，尽管教皇听从建议没有站在萨米亚前方，而是站在后面。整个仪式在全世界范围内转播，让犀牛的困境受到了预期的曝光，而负面的影响则是安娜·梅尔兹再也没有跟我说过话，即使她的犀牛回去时丰满了很多，也平静了很多。

与此同时，正如我之前担心的，吉尔和艾伦的婚姻走到了尽头，他们分手了。吉尔回到肯尼亚和我在一起，在朋友们的帮助下，我们在我的小木屋附近为她盖了间质朴的小屋。吉尔的回归对我意义重大，不仅因为她意气相投的陪伴，也因为她和我一样致力并献身于野生动物事业，安心于在自然的怀抱中过着简单、环保的生活。她从一位经营探险旅游业务的朋友那里得到一份兼职工作，其余时间则全部奉献给了我眼下越来越多的孤儿们，尤其是两只在收获季节的麦田里发现的小羚羊幼仔。艾丝佩丝·赫胥黎的小说《锡卡的凤凰木——非洲童年忆往》将要被拍成电视剧，演出阵容里既有野生的动物孤儿，也有许多家养动物。剧组向我们借小羚羊们参加拍摄，我们同意了，不过要求让吉尔亲自去照看它们。剧组让吉尔担任动物主管，于是我们的小羚羊马上就要开始它们的屏幕处女秀了。

电视剧的拍摄过程对吉尔来说是耳目一新的体验，她不仅要照顾变色龙、小鸡、公鸡、狗、猫、牛、骡子、马、山羊和笼中的野鸟，还爱上了一位负责道具的法国人。通过字典和诸多即兴的身体语言交流，她发现他们有许多共同点。电视剧拍摄结束后，他邀请她去法国，而吉尔从未离开过非洲，这对她来说是了解欧洲的绝佳机会。将小羚羊，连带着一只不想让它沦为盘中餐的光脖子公鸡送回家，吉尔就开始了她的海外长假。

与此同时，安吉拉也中学毕业了，现在正在开普敦大学学习平面艺术。她长得美貌惊人，非常关心时尚，喜欢都市生活。从体育到任何艺术门类，安吉拉只要做就能轻松做到出类拔萃。我时常疑惑，我和大卫怎么会生出这么一个在城市环境中如鱼得水的女儿来。

第14章 | 哀 伤

吉尔去法国后不久,我接到来自野生动物总监的电话,请我去帮助两头刚刚被送到公园总部孤儿院的大象孤儿幼仔,它们都是现在已经蔓延全国的猖獗盗猎行为的受害者。有人来征询我的意见,让我很是高兴。有了希梅蒂的经验后,我更有信心取得成功了,于是答应尽量去做。带着之前已经取得成功的乳汁配方,我开车到孤儿院,随身还有一只大红酒瓶、一只打蛋器、秤,还有一把勺子,做好了喂养小象的全部准备。

那两头小象已经有了名字:小公象叫朱玛,小母象叫碧比,都只有几周大,小小的身体上还覆盖着茸茸的胎毛。孤儿院的巡守队员们对抚养它们并不热衷:不分昼夜每三小时喂一次奶,还要在流便之后清理幼仔的屁股,用土将粪便掩盖起来。我要求在两个相邻隔间的水泥地板上铺上干净的干草,并且日间带小象们到院子里去锻炼,随时随地都要有保育员陪伴。

很快我就意识到要想取得成功,必须得亲自去监督管理,尤其是夜间喂奶。大象幼仔初生阶段很难哺乳,在这方面我还需要积累更多经验。一开始,我、巡守队员还有奶瓶、乳汁时常四处横飞,需要有无限的耐心才能让它们喝下足量的乳汁保证能够茁壮成长。于是,从早到晚,每三个小时我都驱车二十千米到孤儿院去监督哺乳,并亲自检查另一端的排泄状况。大象幼仔极其脆弱,容易腹泻和肠胃紊乱。有可能前一天还很好,第二天就死去了,因此这些小象需要精心照管,并借助于过往的经验。一天天过去,几个月后,两头小象都健康长大了。

朱玛性格外向,勇敢无畏,喜欢戏弄对面笼子里的狮子,让狮子

成天用冒火的黄眼睛瞪着它的一举一动。朱玛伸着耳朵昂着头冲到笼子前,看狮子不可避免的反应取乐。狮子会蹲下,像要跳起来似的,却撞到铁丝上,只能发出一声咆哮,朱玛则赶紧退后,往相反的方向跑去,后面还跟着没那么勇敢、经常被它们的吵闹吓倒的邻居碧比。不久,保育员们开始担起责任来,他们都很亲切有爱心,我可以放心地让他们进行日间饲喂。可夜间我还是不敢冒风险,于是整整一年里我都在夜里每隔三小时开车去监督饲喂。有时候,我索性不回家了,设好闹钟,在车里打个盹儿,等着下一次饲喂的到来。这真是令人筋疲力尽,脑力衰退。

我知道,如果想要这两头小象活下来,得想办法把它们带到察沃去找埃莉诺。朱玛和碧比是孤儿院的一大热点,人群每天都拥来看它们嬉戏。等到它们庆祝完一岁生日后,我感到时机成熟了,可以要求把它们送到察沃去交给埃莉诺了。这两头小象还处于半圈养状态,埃莉诺肯定会欢迎它们,教会它们在野外生存的各种技能。正如我担心的,我磨破了嘴皮管理部门才让步,但最终他们还是同意了。在离开前,两头大象显然都需要进行外科手术——朱玛是因为有次戏弄狮子过于大胆被咬了鼻子,而碧比则是因为前腿一直肿胀,透视检查发现有骨裂。

朱玛想法子用脚把鼻尖上的缝线都拆散了,而小碧比却无法从麻醉中苏醒过来,尽管内罗毕五位最好的兽医在实施手术时奋力施救。在此之前,没人曾经给大象幼仔实施过麻醉,也不知道它们有多脆弱,只需要平时按照体重给药量的一丁点就够了——这也是我们无法通过其他途径学习到的教训。整个过程我一直在旁焦急地看着,这本

第14章 | 哀 伤

来只是个针对碧比脚部的小手术,结果却是再一次失败。

挫败还未结束。朱玛一到达察沃,埃莉诺就用它那颗伟大的大象之心全心全意地爱着它,可我没料到的是现任巡守长的积极热心。他认为朱玛得了便秘,决定用水龙软管给它灌肠,使得它的肠道破裂。两个星期之后,我才得知朱玛已经死去。我爱这些小象,听说朱玛的死讯后几乎无法抑制悲伤。它是那么健康,而它的便秘只需要一小块红糖就能治愈。

那实在是一段黑暗的日子,对野象的盗猎仍然在全国范围内蔓延。在察沃,整群整群的大象不断地倒在索马里入侵者的自动步枪炮火下,成为瓦坎巴毒箭的受害者,甚至被一夜暴富的野生动物服务公司中的堕落分子杀害攫取象牙。屠杀仿佛永无休止。我常常觉得,大卫不能活着看到他曾付出如此多的汗水、辛劳和激情所建立起来的公园里发生的那一切也好。可接着,我又会想,如果他还在,即使要撼天动地,他也会对现状采取行动。

佩雷兹·奥林多的复职带来了令人振奋的进展,他在大卫生命的最后几年中担任国家公园部长,现在回来负责贪污腐化的野生动物保护及管理部。不久之后,我接到了一份请求——去帮助拯救一头从深深的侵蚀沟中救出来的大象幼仔,它现在在玛拉拉尔旅馆。我同意了,但问佩雷兹是否可以将大象带回家,我实在是无法再过上一年每三个小时开车到孤儿院大门的日子里。一段时间后,那个孤儿到了,一起到达的还有大卫·里德,他刚巧过来兑现他"让我开心起来"的承诺。他提议给这头小公象起名叫奥尔梅格——马赛语中"外来客"的意思——因为他来自桑布鲁人聚居的地方,那里的人跟马赛人有着近亲关系，语言也相似，却被真正的马赛人视为"外来客"。

小奥尔梅格的状况很不好，被玛拉拉尔旅馆好心的经理喂食了牛奶和碾碎的胡萝卜，两种食物都对它的肠胃没什么好处。它的肚脐还有严重感染，已经从法国回来的吉尔和我一起用过氧化氢尽量帮它清理。我们给它喂了朱玛和碧比留下来的雅培奶粉，开始四处搜集更多的。我们迫切需要找地方来安置新孤儿，手头却只有我和吉尔为《锡卡的凤凰木》里的光脖子公鸡"男爵"在岩石堆中搭出来的小石头鸡舍，男爵现在已经有好几个老婆了。无计可施，我们只好将男爵和它的老婆们转移到厨房的一只盒子里，好让奥尔梅格待在鸡舍。这简直是场灾难，它不停地号叫，显然觉得被关禁闭了，直到我们再也忍受不了将它放了出来。我们试着带它到停车场去遛了差不多半个小时，想要让它累，却一点用也没有，只要一将它带回鸡舍，号叫声就又响起了，再说它显然很喜欢去进行夜间散步。最后，吉尔提议让它睡到她的卧室里去，虽然它的粪便仍然又稀又臭。我们在她的卧室地板上铺上毯子，堆好干草，小象尝试了几次想要爬上吉尔的床，之后终于安定下来睡着了。

每三小时一次的饲喂日程最终将我和吉尔折腾得筋疲力尽，白天几乎无法正常生活。我请野生动物总监给我们派一位巡守队员来帮忙在白天喂奥尔梅格，好让我和吉尔有时间补回一点睡眠。不幸的是这样做效果也不好，那名巡守队员对大象没有感情，奥尔梅格觉察到了，直接拒绝接受他喂的奶。

照顾奥尔梅格是个转折点，让我们清晰地意识到，如果想要继续在我们位于内罗毕国家公园的家中抚育大象孤儿，我们在大象的住所、乳品供应和培训合格的保育员方面都需要有更好的准备。我和吉尔绞尽脑汁琢磨着如何才能筹到钱来做好这些事，可正如韦伯外婆早就预见的那样，一扇大门奇迹般地打开了。比尔·乔丹博士正好到肯尼亚访问，并来看望奥尔梅格。他自告奋勇地出资建造两所象厩以及我们希望聘用的保育员的住所，还提议由他的关怀荒野国际组织通过发起养育项目继续在资金上帮我们，只需要给支持孤儿抚育项目的人一盘大象的录像带，并更新孤儿状况的进展，以及一些小礼物作为回报。对我们，他要求关怀荒野组织能够拍摄孤儿们的生活。我们爽快且感激不尽地接受了比尔慷慨的提议。

幸运在另一处再次光顾了我们。堂·巴雷特现在正负责 SMA 婴儿奶粉配方制造商惠氏实验室，他们的配方和我以前给希梅蒂、朱玛和碧比喝的雅培奶粉一样。茅茅党紧急状态时期，他曾在奥尔梅格被营救的玛拉拉尔担任地方长官。他愿意免费向我们提供那些不适合人类食用的乳品。此外，还有好几位支持我们的当地雕塑家和画家在各种展览中为我们筹集资金。很快，我们就发现自己踏实多了，尤其是我们还招募并培训了几名大象保育员。

不久，又一头小公象来和奥尔梅格作伴了，大卫·里德给它取名叫奥尔乔里（朋友）。之后我们得知还有一名孤儿在察沃被交给了埃莉诺，可由于还年幼，难以脱离哺乳生存。我不知道怎样才能将那头小象从埃莉诺身边分开，所幸公园的员工想办法趁埃莉诺吃水果分散注意力的时候，用绳子把它从埃莉诺的围栏栏杆下面拖了出来。我们给这名孤儿取名叫塔鲁，那是它故乡的名字，察沃有段时间被称为塔鲁荒漠。埃莉诺失去它后极度难过，我默默地承诺：只要年龄比奥尔梅格和塔鲁都大一点的奥尔乔里情况稳定下来，就送去作为补偿，并安排它在察沃结束哺乳期。

塔鲁到来后,我们聘用了米斯查克·恩齐姆比,他以前是巡夜人,后来成了深受所有大象孤儿喜爱的保育员。他身上有一种魔力和神秘的移情能力,让所有大象都能和他一见如故。米斯查克能让一头一心求死的大象重燃生存的意志。很简单,他有一颗正直的心,态度平和而自信,大象就回报以友爱,深厚而持久,持续至今。

大象和犀牛孤儿源源不断地被送来给我们照料,非洲野生动物基金会决定,一旦纪念大卫的募捐资金到位,就让目前为止仍然由他们运作的大卫·谢尔德里克纪念募捐会成为一个独立机构。于是,一九八七年,募捐会改组为大卫·谢尔德里克野生动物信托基金会,成为一个独立的法人机构,由六名专门的受托人组成管理委员会,其中就包括吉尔、比尔和彼得。之前由大卫的朋友组成的顾问委员会仍然作为智库指导委员会工作,大家一致决定由我来出任新信托基金会的主席。我们花了很长时间对基金会的使命和主张字斟句酌。对我们来说,这些文字是大卫思想精髓和愿景的体现,铭记着他留下的精神遗产,将继续贯彻在这个以他的名字命名的基金会的工作中。

> 大卫·谢尔德里克信托基金会欢迎一切有助于保存、维持、保护野生动物的举措。这些举措包括反盗猎行动、自然环境安全防护、提高公众认识、关注动物福祉问题,以及向需要帮助的动物提供兽医帮助,并参与营救及人工抚育大象和犀牛孤儿以及其他物种,让它们最终能在野生状态下享有保证质量的生活。

第15章

成长

大象和我

> 聪明人可能让事情更复杂。反其道而行需要一点点天赋和许多的勇气。
>
> ——爱因斯坦

接下来的几年里,又来了许多孤儿——大象、犀牛和无数的羚羊,让我们忙得不可开交。对我们来说,抚育羚羊孤儿已经非常得心应手了,我们在察沃时就已经用以奶粉为主的配方奶养育过各种羚羊。大象很难养育,却容易重新适应环境。犀牛却正好相反,它们很好养育,却极难再度回到野生环境中去,我们早年在察沃抚养的孤儿鲁福斯和里尤迪就是例子。作为古老、复杂而且领域意识强烈的物种,犀牛孤儿通常带给我们的不是焦虑就是心碎,因此在当时的野生动物总监的要求下,我战战兢兢地收下了一头三个月大的小犀牛萨姆,之前它在马塞马拉保护区被狮群所伤。虽然只到我膝盖那么高,身上还有伤,我们却知道有可能受到它的攻击,犀牛的防御手段就是进攻。于是,凭着钢铁般的意志,带着一只板球拍、一张用来消解它的攻击的结实垫子,还有一瓶配方奶,我和吉尔开始轮流驯服起这个受伤的孩子。作为一种贪图感官享受的动物,犀牛很容易平静下来,它们无法抵抗揉肚皮的美妙享受,再加上萨姆极其需要的乳汁,很快就达成了我们预期的效果。

然而,它受伤很严重,需要不间断地看护。只要吉尔或是我离开,它就会可怜兮兮地喊叫,我们决定给它找一个稳定的伙伴,直到它成长到可以和大象孤儿们待在一起为止。由此又有了布齐,一只从路过的牧羊人那里买来的肥尾巴绵羊。萨姆喜欢布齐的毛皮外套的感觉,而布齐能够得到它的同类难以享受的奢华待遇,也挺喜欢犀牛保姆这个新身份。它们俩很快就接受了彼此。人们通常认为绵羊没有自己的思想,可这一只却是个性十足。它不是只逆来顺受的羊,萨姆顶它一下,它必然也要回顶一下。

等到萨姆和布齐加入到大象孤儿们的圈子去时,见到每天早晨由保育员带领着去公园森林里的大象,布齐的肥尾巴在萨姆前面诱人地摆动着,而萨姆则陶醉地将鼻子埋进它的尾巴。一开始,大象对新来的这一对动物颇为警惕,耳朵向外伸展着,围着它们边吹喇叭边甩着小灌木,而萨姆喷着鼻息与它们对抗,布齐则该干什么干什么,压根儿不搭理大象。这是个明智的策略,大象很快就好奇起来,鼓起勇气对它们进行深入调查。萨姆和布齐很快就成了团队的一分子,它们一起推平路上遇到的野犀牛粪便,让萨姆留下自己的贡献,而布齐则耐心地等在一旁,然后再一起奔着赶上前面的大象。当然,这也是被公园固有的野犀牛社群所接受的必要步骤。

不久之后,布齐和萨姆又有了新伙伴:六个月大的安波塞利,它是安波塞利的最后一头犀牛。它的母亲和其他同类或是死于窃取犀角的盗猎,或是成了马赛展示证明男子汉气概和勇气的投矛仪式的牺牲品。安波塞利是一处野生动植物的保护区,但还生活着当地游牧部落,他们一直以来都居住在自然世界的边缘。他们的传统目标狮子已经因为传统仪式的需要或是因杀害家畜而遭到报复,数量越来越少。

安波塞利曾勇敢地守在死去母亲的遗体前，对抗着肉食动物和秃鹫。它来的时候性情比萨姆还要暴烈，也更难驯服，但在我们的坚持下，它最后和萨姆、布齐形影不离了，而且和它们一样，融入了孤儿托儿所群体。犀牛的生长速度是大象的两倍，萨姆和安波塞利一旦感觉到自己融入了野生动物社会，也就变得更独立起来，渐渐远离了保育员，自己去探起险来。直到有一天它们踱出了旁边内罗毕公园的入口，到了主路上。萨姆堵住了过往的惊恐的司机们，在路当中拉了一大堆大便，之后安波塞利觉得自己也得这么来一下。它们之后又跑到邮局旁卖香蕉和青玉米的售货亭，开始自顾自地大快朵颐。不用说，它们的后面跟着所有行人，因为大部分城里人从未见过犀牛。直到一名巡守队员上气不接下气地跑到后门催我们想办法时，我们才知道这一事件。所有的人手都被派去围堵这两个捣蛋分子，用更多的水果把它们引回家，关进过夜的围栏里。它们早就长得太大，不能在原来的保育厩房待了。

和大象一样，犀牛有着长久的记忆，它们都有吃水果以及所有美味零食的爱好。某天我从城里回到家时，发现安波塞利竟然将它庞大的身躯挤过后门门框，进入了狭小的厨房，我真是吓了一跳。后面没多远的地方，萨姆站在那儿用角顶着它的屁股，对于安波塞利在里面大嚼香蕉而自己却无法进去沮丧万分。就算安波塞利愿意，在厨房里也根本没法转身，它已经把里面塞得满满的了。我知道如果吓着它，它会冲过相邻的客厅和通向门廊的玻璃门，一路把我的家拆个七零八落。

脑子飞速地转着，我知道首要任务是让萨姆离开门口，这只要牺牲一点我采购的食物就可以轻松做到。我将一串刚买的香蕉挂在扫帚柄的一端,然后将扫帚举过安波塞利的背,在它的嘴唇上面晃荡着。它慢慢地一寸一寸退后,尽管有那么一刻被后门框卡住,可伴随着一阵呻吟和不祥的嘎吱声,它最终还是向后弹了出去。现在我必须得迅速行动,趁着它全神贯注于扫帚柄上的香蕉时,冲到房子侧面,从前面进入厨房,在它转身回来之前砰的一声关上后门。我一边颤抖着,一边大为庆幸自己的家完好无损。可我的好运没能持续太久,几天后庭院里的杂工趁我不在,开着我的大产120Y在山上翻了车,无法刹住,最后一头撞到木护墙上,车库和我的车当然也未能幸免。

这是一段充满挑战的时光。我和吉尔不习惯处理员工和公众媒体问题,以及一家慈善信托基金所要求的所有那些文件和账目,更不用说老练地就无休无止的政府草案谈判磋商。二十世纪八十年代初,安吉拉已经在南非读完了中学,之后进入开普敦大学学习艺术,通过兼职模特儿工作赚了不少零花钱。我将永远感激察沃时住在加拉纳牧场的老邻居马尔蒂和伊莉,他们慷慨地帮我分担了安吉拉的教育费,并且还承担了她假期返家的旅费。当时的南非仍处于种族隔离制度下,肯尼亚居民被严格限制去那里,因此让她往返中学及大学一直都需要走迂回路线。一次返家期间,安吉拉在史诗电影《走出非洲》的服装部门打工,之后她决定去进修化妆和修复学。她一直在艺术上很有天赋,这一点继承我母亲。她从大卫那里继承了对设计的嗜好,从大卫的母亲那里继承了对服装的热爱,一直以来都骄傲于自己的美貌。她发现在脸上涂涂抹抹跟在画布上作画一样简单。谢天谢地,纳尔逊·曼德拉成为南非总统后,种族隔离政策一夜之间就取消了。安吉拉结业后广受欢迎，参加许多杂志和广告的拍摄工作，去全球各处名胜旅行，让她的探险精神得到了极大满足。可对我来说，当她回家与我和吉尔团聚时才是最重要的时刻。

吉尔的法国男友让·弗朗索瓦（我们都叫他JF）决定搬到肯尼亚，取得肯尼亚国籍，并成为我们这个多少有些拼凑而成的小团队中不可或缺的一分子。在电影拍摄的间隙，他扩大并改善了吉尔的小茅屋，并雪中送炭帮我们为奥尔梅格和塔鲁修建了额外的住处。它们长得很快，原来的厩房已经快不够用了。JF还和一位非洲朋友一起成立了一家叫"牛蛙探险"的旅游公司作为副业，想法子带一些信得过的国外熟人去享受一次非常规却充满刺激的初级探险体验。他的旅行都只有一个人带领，却充满着欢乐——时不时要趁客户不注意的时候从行窃的狒狒那里将他们的烤肉从树上抢下来。当着一只狒狒的面享用午餐实在是不够明智。作为一名法国人，JF对自己的厨艺颇为自豪，很快就全面接管了吉尔的户外厨房。

到来之前，JF将自己的一辆鲜红的雷诺4汽车送给了基金会，他亲昵地称之为"红色危险"，并将它运到肯尼亚给吉尔和基金会使用。这大大地方便了我们，之前我们唯一一辆车就是我自己的那辆。来到肯尼亚后，JF弄了一辆二手的陆地巡洋舰，将它组建作为自己的旅游工作车，为了防止被盗，还几乎不洗车。他很活泼，从来不会让人觉得无聊，他的存在让我们家一下子活跃了许多。他动手能力很强，负责基金会所有机器设备的维护和修理。只要在他没有外出拍电影的日子里，他的人和车随时都可供基金会调遣。

与此同时，大卫·里德也不仅仅只是一位普通的朋友。我不是完全能够抵御用另一个英俊的男人来代替失去的那个的诱惑，尽管大卫·里德永远也无法代替我的大卫，哪怕是接近。他在我最需要的时刻填补了我生命中的虚空，也给我带来了许许多多的欢笑和快乐。他有很多可贵的品质，却也有很多我觉得有疑虑的地方，特别是我发现自己只是他众多"女朋友"中的一个，以前有，现在也仍然有。他在马赛人中长大，也跟他们有很多相似之处，不认为多多益善有什么不对。他请我喝酒吃饭，邀我陪他去为总统的利马拖拉机有限公司巡视，带我去肯尼亚我之前从未涉足过的地方。

摆弄了一阵子拖拉机后，大卫又被请去管理总统在肯尼亚西部乌干达边境附近的一座前移民者的美丽农场，因此我时不时被邀请去那里重温农场生活，让我回想起小时候在香柏木庄园的日子。我很幸运，吉尔和JF愿意在我外出的时候在家操持。如果能找到一位大象保姆，他们就会和我们一起去，如果安吉拉在，也带上她一起。吉尔从一开始就鼓励我和大卫——或者叫他"老M"，老马赛的简称——的关系。看到我能够再次享受生活的欢乐，我想她松了口气。可有次从南非返家的安吉拉却不是那么宽容，她冷若冰霜，显然将我的新恋情视作是对她亲爱的父亲的背叛。然而，没有人能抵御老M，他是个很好的伴侣，而且总是以盛情来款待我们。和JF一样，他将厨房看作自己的领地，在心旷神怡地像专业大厨一样将煎饼和蛋卷在空中高高抛起时绝不容许别人来打扰。不用说，大部分的饼都贴到了天花板上，而不是落到盘子里。当安吉拉注意到老M为午餐准备的一盆腌肉中，猪头肉旁边有一圈牙齿时，她的表情实在是令人难忘。我的两个女儿对他敢死队一般的驾驶风格都深表怀疑，不管他是开汽车，还是驾着在农场使用的摩托车,他会熟视无睹地一头撞上前方的障碍物。有一次我坐在摩托车后座,他直接冲过了一堵铁蒺藜篱笆。不用说,我们都掉到了壕沟里。

一九八八年,吉尔驾着"红色危险"直奔察沃,赶在埃莉诺将其收下之前去紧急救援一头三个月大的小象迪卡。我们必须这么做,因为它还需要哺乳,而埃莉诺无法提供。迪卡来的时候全身被金合欢刺扎得伤痕累累,明显是夺去它母亲性命的杀手布下了茂密的金合欢丛,它从中逃生出来。那时候我们没有卡车和飞机,于是在朋友的帮助下,吉尔费尽力气将迪卡搬到雷诺车后座上,由人全程抱着回到内罗毕。我们花了好几天才将所有的刺取出来,又花了好几周治好刺伤引起的感染。但最让我们担忧的还是这头大象宝宝失去亲人后的哀伤。几周后,它无精打采地站在我们用来饲喂新来者的小帐篷旁,眼眶里滚着泪珠,鼻子无力地垂到地上。它喝奶十分勉强,也很慢,像睡着了一样孤零零站着,对周边的一切都没有兴趣,让我们怀疑它是否伤到了脑子。直到三个月后另一名孤儿艾多的到来才让这头悲伤的小象焕发了生机。

艾多的母亲在安波塞利国家保护区闯进一家旅馆的垃圾区,伴着丢弃的水果和蔬菜,吃下塑料袋、瓶盖甚至烟灰缸后死去,此时艾多只有六个月大。作为"安波塞利大象监控项目"研究中的一个对象,艾多从出生那天起就受到监控,所以它除了披着传统红色毯子的马赛人外,不怕其他任何人。可看到布齐的时候却把它吓坏了,因为它一看到绵羊就联想到了马赛人。多年来安波塞利的大象为了争夺水源和草场经常与马赛人发生冲突,许多都是死在长矛之下。近来还有一些由于部落文化的原因被杀害，替代传统的狮子成为从少年成长为男子汉的成年证明。狮子在该区域已经极为罕见了。

艾多来到育儿所就倒下了，几乎丧失了一切知觉。正当我和吉尔考虑该拿它怎么办时，迪卡离开了它舒适的小帐篷，直接走向艾多，低声咕哝着，用鼻子抚摸着艾多的脸颊和嘴唇。艾多睁开一只眼睛，一开始只有一条缝，当意识到迪卡的存在时，它的眼睛睁得越来越大，挣扎着想要站起来，在所有旁观者的帮助下，它做到了。一开始有些摇晃，看着迪卡从一只奶瓶里吸奶，它也出人意料地跟着吸了起来。令我们高兴的是，从那以后迪卡再也不沉湎于回忆，尽管仍然对布齐戒心十足，并细心周到地不让其他大象孤儿接近布齐。

一九八九年四月，我们见到了三个月大的恩杜姆和马莱卡，它们被一起从肯尼亚北部残余的一小块森林伊门蒂森林送来，那里现在几乎已经完全被人类定居点和农田包围了。一小群大象被隔离在森林中，已经无法走出来，祖先迁往肯尼亚山森林的路径现在住满了人类。当地的农耕者将所有大象视为敌人。当某个黎明一群大象被发现闯入了玉米田时，当地人愤怒了。他们带着砍刀、长矛和斧头，敲打着铁罐，吹着哨子，所有强壮的人都参与了突袭。那些大象吓坏了，混乱中慌不择路。一头大象被吓得流产，生下一头足月的幼仔后很快就死去了。成年大象冲破人类的藩篱逃跑时，三头小象被留在了后面，恩杜姆和马莱卡是其中的两头。等到巡守队员赶到，控制住疯狂的人群时，一头幼仔已经被杀死了，恩杜姆头部遭受了猛击，而马莱卡的两条后腿被砍刀砸碎了。

事态紧急，我们申请了一架飞机带着一名兽医去将两头幸存的幼仔接来。恩杜姆已经神志不清，兽医匆忙通过它耳朵上的血管滴注盐水和葡萄糖，然后再冲过去照看马莱卡。恩杜姆脑袋上的包极大，兽医怀疑它无法再苏醒了，于是将所有的注意力都放在马莱卡身上，清理腿上深深的刀伤，尽可能安抚它，它被吓得全身都在剧烈颤抖。奥尔梅格、塔鲁、迪卡和艾多被带过来给它安慰，它们用鼻子温柔地抚摸着它的脸和背，低声跟它说话，教它如何从奶瓶里喝奶，向它保证现在身边的人和那些施暴的人群完全不同。出人意料地，恩杜姆在隔壁逐渐苏醒，并站了起来，可怜兮兮地叫着想要翻过厩房的门。显然它已经不记得所发生的一切，显得极其不安。我们觉得最好放它出来，让它亲眼发现母亲已经不在身边，也但愿它还认得马莱卡。它狂乱地吼叫着前前后后乱跑，蹭着旁边的巴豆丛，后面跟着一名保育员看着，直到最后筋疲力尽地倒下，我们才能将它送回厩房。同样的流程又重复了两天，直到它终于接受了再也找不到妈妈这个事实，陷入抑郁之中，无精打采地黏在马莱卡的身旁。我们一开始很是惊喜，恩杜姆看来让马莱卡精神振奋，得到仁慈而同情的照顾，而不是被残暴对待，这显然让马莱卡也放松下来。遗憾的是，这样的状态没能维持太久，它很快也陷入了一段漫长、沉默、毫无生气的哀悼期。两头幼仔都目睹过无法言喻的恐怖场面，和迪卡一样，它们为自己失去的大象亲人们伤心难过了好几个星期。但所幸它们整个哀悼期都在继续喝奶，最终都度过了危机，茁壮成长起来。

另一个惊喜是莫伊总统任命理查德·里基博士为野生动植物部长，负责对贪污堕落的野生动植物保护及管理部进行改革。里基的上任让一度猖獗的盗猎得到了表面的控制。盗猎和糟糕的媒体形象给国家的旅游业带来了负面冲击，出于对安全的担忧，察沃、梅鲁和其他野生动植物旅游目的地很快就成为游客避免前往的地方。里基博士还被赋予了特殊权力——他的巡守队员们有权向着国家公园内发现的武装盗猎者开枪。大卫去世后，索马里盗猎者猖獗一时，好几位野生动物巡守队员都在追逐过程中丧生。瓦坎巴盗猎者所携带的致命毒箭也仍然威胁着队员的生命，许多盗猎者都和前野生动植物部门的腐败分子相勾结，得到了来自高层的保护伞。察沃的大象数量已经锐减，黑犀牛也几近绝迹。

面对如此情况，里基博士创建了肯尼亚野生动植物服务部，以其取代之前的政府机构野生动植物保护及管理部，并恢复了一家象征性的信托基金委员会以再度鼓励捐献，之前的捐款已经被挥霍一空。他还说服了莫伊总统在内罗毕国家公园举行的官方仪式上将储量巨大的没收象牙和犀角付之一炬，向外界发出明确的信息，新的肯尼亚野生动植物服务部下定决心要保护国家的大象和犀牛，这一活动通过电视屏幕传播到了全世界。在象牙焚毁留下的一大堆灰烬旁，竖起一座美丽的铜像，表现一头将死的大象被悲伤的同伴支撑着，作为对那些由于远东对象牙的贪求而遇难的大象永久而深情的纪念。

用世界银行的资金，一幢壮观的两层总部建筑建造了起来，四周环绕着精心维护的花园和喷泉。许多自然保护主义者怀疑这一工程是否明智，担心最为需要的领域的拨款会被总部臃肿的官僚机构占用。里基博士的新野生动植物服务部并没有得到希望中的自主权，仍然在旅游和野生动物部门的管理之下，由此也仍然要受到政治的干扰。但无论如何，一九八九年召开的濒危野生动植物种贸易国际会议

大象和我

（CITES）上达成了对所有象牙和犀角产品的全面禁令，在此协助下，野外管理确确实实开始让盗猎得到控制。在会上，肯尼亚与强大的反对者——希望出售库存象牙的南部非洲各国尖锐对立。到一九八九年，察沃生态系统——一片占地四万一千四百平方千米，两倍于公园本身面积的区域内，大象的数量已经从原有的四万五千头减少到了六千头。据估计，一九七三年肯尼亚的大象总量为十六万头，到一九八九年已经减少到了一万六千头。大象种群的社会结构已经被撕裂得支离破碎，只有安波塞利由于马赛族居民对盗猎集团的威慑，有几个大象家族完好无损。

我参加了第二年在日本东京举行的CITES会议，会上象牙话题再次成为焦点。所幸在无数次激烈的争论后，禁令维持了下来。但内部的政治角力对这个论坛进行干扰，而那些在外面喧嚣一时的大象支持者们一旦进入会场却奇怪地保持沉默，变成了骑墙派。种种遗憾让我心情郁闷地离开。

南部非洲国家的诉求将在两年后的下一届CITES会议上得逞，尽管期间根本没有足够的时间诞生哪怕是一代大象，来弥补赞比西河以北多数有大象的国家多年来的巨大损失。库存销售本该受到严格管制，但所有人都明白非法的象牙将再度冲击合法体系，盗猎案件将越来越多，只要合法的象牙贸易仍然存在，大象就会继续因象牙而被残杀。它们是如此高智商的动物，和人类一样具有七情六欲，对家庭、对死亡有着同样的感受。它们应该脚踏实地地活上七十年。仅仅为了它们的牙齿能够被做成小饰品就被害，简直是彻头彻尾的疯狂。

这对我们来说是极为混乱而疲惫的几个月，因此得知我被列入一九八九年女王生日授勋名单、将被授予帝国勋章时，真是又惊又喜。就在整整三十年前，大卫得到过同样的荣誉，后来我的哥哥彼得和前夫比尔也得到过。得到如此重要的荣誉令我汗颜——我的工作和其他成就斐然的人们一起得到了英国和英联邦的承认。大卫选择在本地接受勋章，可作为一个狂热的保皇党，我希望能够目睹华丽的宫殿，并有机会见到女王本人，于是我去了伦敦参加授勋仪式。更大的惊喜还在后面，一九九六年我被列入女王的新年授勋名单，被授予爵士称号，成为获得大英帝国最优秀勋章的女爵士司令官，被称为达芙妮"女爵士"。得知这是肯尼亚自一九六三年以来的首个爵士称号，更是让暗自惭愧的我既瞠目结舌又极为骄傲。保育员们不明白为何人们突然都如此不敬地称我为"该死的达芙妮"①，让我们的朋友和亲人们好笑不已。我很难向他们解释成为大英帝国女爵士司令官的重要性，尤其对他们来说大英帝国早已成为过去。

  肯尼亚野生动物服务部决定将幸存的犀牛从肯尼亚北部的索力欧牧场迁移到东察沃，试图让东察沃重新成为该物种的堡垒基地，这里曾经生存着肯尼亚两万头黑犀牛中的八千头。我们也决定让萨姆和安波塞利去做先锋。里尤迪现在已经是索力欧占据统治地位的配种公牛，而斯特罗皮和普希米仍然生活在主牧场旁边占地二十多万平方米的封闭围场内，但萨姆和安波塞利已经溜出内罗毕公园的边界，侵入过翁加塔荣盖边缘的花园和果园。很可惜，布齐已经不在了，它贪嘴地吃下了一只装着来访的电影摄制组留下的剩余食物的塑料袋。它总

---

① 该死的 damn，女爵士 Dame，二者发音相近。

是急切地想尝试一切东西，但这一次的后果是它肿得像只气球，在兽医赶来之前就死去了。在我的房子后面的公园森林里、靠近萨姆和安波塞利曾经住过的围场附近，我们悲伤地埋葬了布齐。它作为犀牛的伙伴享受到了比原本注定的命运更好的生活，这对我们是唯一的安慰。萨姆和安波塞利切实感受到了它的缺席，但奇怪的是，和那些会失去食欲、变得异常消沉的小象不一样，它们在公园和邻近的森林里寻找，一路上连它们素来习惯追赶的希望永存一家都没理会。希望永存一家得到大象和保育员的保护，扩大了很多。它们在每幢基金会的建筑下面都打了地道，在员工餐厅乞食，还享受着给孤儿们提供的泥浆浴。实际上，将它们同样视作人工抚育长大的孤儿也差不到哪里去。

怀着复杂的感情，我看着萨姆和安波塞利打了麻药后被引上两辆大卡车，踏上了去察沃的旅途，来自索力欧的其他犀牛很快就会和它们汇合。所有犀牛都会先被圈养，同时将它们的粪便四处分撒，好让它们一旦被放出之后能迅速定居，同时也通过气味将它们介绍给别的动物。一切都有条不紊地按计划进行，直到有一天悲剧发生。萨姆拒绝将在河床沙滩上发现的泥潭让给一头同样觊觎着水源的大公象，受到了致命的伤害。它被毫不客气地挑起抛出时，被象牙刺穿了侧肋。忍着剧痛，萨姆将自己拖回了围场。我和吉尔得知消息后，立刻带着兽医冲到察沃，希望能拯救它，随身还带上了一大篮水果作为礼物。可一到它身边，我们就已经看见了结局。它的身上已经散发出死亡的恶臭，腹膜炎已经很严重，没有希望再复原了。含着泪水，我们喂它吃了水果，然后由兽医给它注射致命的一针，结束了它的生命和痛苦。还好安波塞利带给我们的消息要令人愉快得多。它已经有了好几头在野外出生的幼仔,在阿鲁巴附近建立了自己的地盘。可这之前它花了好几个月寻找萨姆的踪迹,四处游荡,寻遍荒野。我这才知道,虽然犀牛有着复杂的社会结构和古老的起源,但它们也会有一生的朋友。

遗憾的是,日后还将发生许多起犀牛的悲剧,先是因为害死了一名保育员而被射杀的马可萨,然后又是斯卡德,怀着一头野犀牛的孩子回来时,前腿受到严重创伤,桡神经被切断。我们一直照看着它诞下幼仔玛格南,但那条腿已经萎缩,让它变成了瘸子,连它的孩子都跟不上,最后不得不死去,而它的幼仔也就成了孤儿。这个幼仔的成长是一则人工抚育犀牛的成功故事,据我们所知,它现在仍在内罗毕国家公园过着野生生活。但和它一起长大的伙伴马戈内特就没这么好运了,这个生活在内罗毕公园的孤儿被神秘地射杀,然后在可疑的情况下被权威部门秘密掩埋,我们也被告诫不要再深究此事。接下来还有深受宠爱的马利姆,它母亲在恩谷利亚保护区早产生下了它,小得可以放进一只鞋盒。它神奇地活了下来,一直到两岁,但由于将奶吸入了肺里,它不成熟的支气管无法排出,最终肺炎将它从我们身边带走。孤儿希达曾经让我们以为它会和玛格南一样成功长大,但它在基金会附近变得越来越不可控,总是对被圈养起来的瞎子马克斯威尔打主意。它被送到了察沃,在我们不知情的情况下,又被踢到了恩谷利亚犀牛保护区。略去了漫长的介绍过程,它很快就被那里的其他犀牛当作入侵者杀死了。我们一听说它被送到了恩谷利亚保护区,就知道它活不长了,赶去给它建起一座围场,却很遗憾地没能及时

完工。

萨姆的悲剧之后,更残酷的消息从察沃传来,我们的大象孤儿奥尔乔里患上了匍行性麻痹。埃莉诺自然一刻也不肯离开它身边,因此它的健康可能也会受到威胁。我和吉尔决定将奥尔乔里带回来,虽然我知道将它从埃莉诺身边分开并不好。恰好奥尔梅格和塔鲁都已经满两岁,可以被送到察沃去代替奥尔乔里抚慰埃莉诺的感情。于是,埃莉诺失去奥尔乔里的同时,又赢得了两个孩子,也不再忧郁。

调查清楚后,我们得知奥尔乔里爬上了围场附近的一块大石头,一脚踏空跌下后脊背着地。令人伤心的是它来到我们身边几天后就死去了,随后的尸检发现事故造成的组织伤疤让脊柱收缩,造成了麻痹。我的房子后面又添了一座小小的坟,我们既难过,又愤怒,那些保育员对我们隐瞒了事故,这意味着奥尔乔里忍受了很久不必要的痛苦。

这些年来,经历过许多痛苦和难过的时刻,有时候我希望自己当初选择的是一条轻松些的道路。动物能够完全占据一个人的心,因而每次死亡都是一次丧亲之痛。可每当我的情绪快要崩溃的时候,就强迫自己去想想那些野生母象首领所面临的哀痛,它们漫长而艰难的一生中都坚韧地面对着紧随着它们每一步的灾难。失去亲人,它们和我们一样深切地哀伤,但它们有勇气翻开新的一页,专注于生存。生命是用来活下去的,而不是为了死,死亡属于过去,就让它沉寂。更深切的伤痛和苦难之后,正如我的韦伯外婆所说,"总有云开日出一刻"。我愿意去想它们会在那一边发现大卫在那里等着。母象首领有时甚至需要硬起心肠抛弃过于虚弱的同伴,让它们自生自灭,在它们的哭声中一步步走远，因为如果不这么做，就会危害到家族和象群中其他成员的生存。放弃是残酷而懦弱的举动，对需要求助者弃之不顾从来不是我的选择。父母过世后，我尤其需要从大象身上汲取力量——首先是我的父亲，一九八七年四月，和韦伯外公一样在睡梦中平静离世；然后一九九四年一月三十一日，我亲爱的母亲在幸福快乐地与父亲相伴六十年后，愉快地去和他重聚了。每当想他们想得狠了，我都要大哭一场。我母亲是那么的温柔、体贴、温暖、殷勤，而我父亲简直就是一个模范，他的诚实和正直一直鼓舞着我们兄弟姐妹。他们先后离去之后，彼得两次去南非将他们的骨灰带回来，撒在纳罗克附近穆桑达里肉干加工营地的原址上，那是他们共同热爱的地方，野生动物们可以和他们作伴。倘若情况不同些，香柏木庄园——我们童年时美丽的家园原本是首选，可遗憾的是那里已经不再是从前的样子，美丽的香柏木护墙已经变成了木炭，房子则成了新主人的牲口棚。

时光流逝，在察沃的埃莉诺对奥尔梅格和塔鲁宠爱有加，视若己出。它另外还收养了几名已经度过哺乳期的孤儿，其中有一头叫楚玛的小公象，它的名字在斯瓦希里语中是"铁"的意思。它成了奥尔梅格和塔鲁淘气的玩伴。年轻的公象和人类的男孩子一样，时常扭打在一起测试力量、身份和等级。这些回合中，奥尔梅格通常都打不过比它年幼的塔鲁，于是和一头年龄相仿的野生公象交上了朋友，这位朋友频繁拜访孤儿团队，奥尔梅格的保育员还给它起了个名字叫托马斯。托马斯决定在角力中支持奥尔梅格对抗塔鲁和楚玛，它们齐心协力战胜了对方，让奥尔梅格一度受伤的自信心爆棚。我很高兴，因为自信对男孩是很重要的，奥尔梅格是我们成功养育的第一个孩子，我对它总有点偏心。

一九九〇年，刚刚一周大的阿乔克来到我们身边，它的名字在图尔卡纳方言中是"你好"的意思。它是我们接收过的最小的孤儿，从遥远的图尔卡纳湖被营救而来。它是自然选择磨炼出来的最强壮基因的产物，来自在极其干旱的熔岩荒漠环境下历经各种挑战坚强生存下来的一小群大象。一段时间后，它就成了泥浆浴场上瞩目的中心，完全陶醉在所有的关注下，和大家玩起各种各样的小把戏。它会从最末端开始不停地抖动自己的脖子，让所有人大笑，它会用鼻子绕住人的脖子，慢慢施压以获得对方的反应，还会像马戏团的大象那样坐下，甚至四脚朝天躺下。然而，由于它从一周起就独自住在育儿所，在它还没学会一头野生大象的社交技巧前，我们需要将它送去察沃和其他孤儿待在一起。刚刚满两岁，它就被送去了埃莉诺身边。

随着时间的推移，埃莉诺和它收养的孤儿中较年长的成员与野生象群们在一起的时间越来越长。阿乔克习惯于孤独而自信的生活，从没有完全融入埃莉诺的团队。它并不喜欢屈从于那么多比自己年长的公象之下，于是自行去寻找能和自己竞争搏斗的伙伴，常常离开群体。它天性顽皮，有时还会在夜里跑到西蒙·特雷弗家的门廊上，举起一把户外椅扔过矮墙，直到满意地听到啪的一声。被怀疑的对象有四个，于是 JF 埋伏在一旁观察到底谁是罪犯。明白无误地，当 JF 带着嘟嘟作响的警报器从门里冲出来时，阿乔克被抓了现行。阿乔克一边沮丧地吼着逃跑，却又缠上了电网，这使得它终于彻底切断了和人类的联系，成了一头真正的察沃野生大象。我们再也没见过它，西蒙

第15章 | 成 长

的户外椅从此也一直在门廊上安然无事。

吉尔的第一个孩子、我的第一个外孙女的诞生给我们带来了无穷的欢乐。艾米莉·劳拉出生于一九九二年二月二十二日。吉尔和JF并未正式结婚,因此JF费了老大力气才让护士长相信,虽然无法提供所需的婚姻证明,但他真的是孩子的父亲。我不禁想如果我非常传统的父母知道吉尔有了个非婚生子会怎么说。第一次婚姻破裂后,吉尔就坚信一纸婚书只是个空洞的承诺,以此保证和某个人共度一生是不现实的。我当然也没有资格就此与她争论。艾米莉名字中的劳拉是对比尔的母亲劳拉·伍德利的致敬。

几个月后,一头来自察沃的一个月大的小象进入了我们的生活。我外出时,保育员们为了庆贺我外孙女的出生,给它也起名叫艾米莉。这打破了我们给大象命名的传统——一般都会选择能够体现该动物来源的地名、部落名,或是我们心中对该地区的印象来命名——可保育员们坚持要这么叫,于是它就也叫艾米莉。

艾米莉是从曼雅尼监狱附近的一个废弃茅坑中被搭救出来的,它随象群从西察沃进入东察沃时失足掉了进去。监狱的员工将浑身都是人类便溺的它拖了出来,可当它的母亲回来寻找时,却只能听到它的吼声,母亲没能认出面前这个臭烘烘的怪物,将自己的孩子甩上天后逃跑了。艾米莉如此悲惨地成为孤儿后,花了很长时间才康复,但留下了胃病。可后来它还是活了下来,成为未来的一个重要角色,给我们带来了第一头由人工养育长大的大象生育的野生小象。而且有了在育儿所生活的经验,它明白孤儿们是怎样和我们一起成长,在生下第一个孩子后,充满信心地和它的人类家庭以及养育它长大的保育员们一起分享自己的宝宝。

随着时光的推移,我们在察沃的孤儿数量越来越多,还不断有来自内罗毕育儿所的新来者补充进来。育儿所中结识的伙伴们在察沃重逢的场面极其感人,只需要一瞬间彼此就能认出,欢迎也总是欢天喜地。埃莉诺总是欣喜若狂地欢迎新成员加入到它的收养团队中去,所有的孤儿都将自己视为家庭的一分子。可不幸的是,埃莉诺从前站街的悲惨时期养成的进食习惯也仍然没有改变,为了防止它抢走人工抚育的大象的新食物,我们不得不在 KWS 沃伊总部营地周围竖起了电篱笆。育儿所严格禁止手递食物喂给孤儿,现在在沃伊也是如此,它们在人类居所寻求递来的食物有可能会危及自身的健康。保育员都得到明确的指示,他们必须在孤儿们行经旅游线路时躲藏起来,好让游客无法分辨眼前的到底是野生动物还是人工养育的孤儿。

在一场可怕的飞机失事中,里基博士失去了他的双腿,那之后肯尼亚野生动物服务部又陆续有了好几位负责人。服务部内部发生了巨大变化,野外管理的各个方面都被分割开来,野外巡守长的直接控制权被剥夺,权力被分散到了一批大部分都待在内罗毕总部的更资深的官员手中。和之前预见的一样,由于高层官僚冗员众多带来的财政负担侵占了大量真正拨到野外的经费,因此,我们的信托基金觉得有必要在察沃的野外工作中起到主导作用,通过定期捐款保证反盗猎力量的机动性,为巡逻队补贴额外开支,帮助修理车辆、钻探水源、安装风车——总的来说就是尽可能地弥补拨款和实际开支的差距,并为突发事件提供应急经费。另一个严重问题就是野味产业。之前该产业主要是以果腹为目的,现在已经变得商业化了,野味在西非被视为美味佳肴,那里的动物几乎被吃到灭绝,现在开始从肯尼亚进口了。中东的需求也在增长,连那些有着大量西非移民的欧洲城市也不例外。

一九九四年一月,我们面临着基金会成立以来的第一个真正挑战,一头仍然被胎盘包裹的小象被送到我们手里。它的母亲在伊门蒂森林——那里也是恩杜姆和马莱卡的家乡——附近分娩时被射杀。由于它显然没能从母亲那里喝到初乳,我们知道它的免疫系统会存在缺陷,易受疾病的侵扰,我们迟早得在公园的森林里为它再挖掘一座小小的坟。我们给这名孤儿起名叫伊门蒂。它完美得令人心痛,皮肤柔软、有光泽、有弹性,粉色的小耳朵像花瓣一样,对人类无比信赖而无惧,只要身旁有双腿就会依偎上去。兽医最终提出了个激进的建议:从一头健康大象身上抽取血液,分离出血清,通过小象的耳部血管注射进去,也许可以代替初乳的作用,触发免疫进程。当时育儿所里唯一的另一头大象就是从粪坑里捞出来的艾米莉,它还太虚弱,无法成为血液捐献者。于是我们安排飞机飞往察沃,麻醉了马莱卡,现在,当埃莉诺和其他年长大象时常去野外漫游时,它已经可以代理雌性首领的职务,看顾仍然需要依靠保育员的队伍了。于是,在四十八小时之内,伊门蒂接受了提取自马莱卡血液的血清,虽然一开始有些不稳定,但这个办法终于奇迹般地成功了。这一做法之所以存在可能性,也许是因为它和马莱卡有着相同的基因库,因为伊门蒂森林里残留的大象数量已经非常少了。从伊门蒂身上得到的经验让我们将来得以拯救情况类似的孤儿,其中就有另一名来自伊门蒂森林的孤儿温迪,它的名字是"希望"的意思。和艾米莉和伊门蒂一样,它也在未

来基金会的孤儿项目中占有重要地位。伊门蒂也成为促使我们在察沃北部的伊桑巴建立第二座复原中心的催化剂。

也正是在这前后，埃莉诺的团队接收了十岁的母象玛丽。玛丽从两岁开始就待在纳纽基的肯尼亚山探险俱乐部，最终的目的地将会是美国的一座动物园。所幸玛丽的主人唐·亨特决定还是将它送到察沃，和埃莉诺以及其他孤儿在一起。一开始，主人对它是否会被接受以及能否适应心存怀疑。可根本不必担心，它受到了包括耐力诺在内的所有孤儿发自内心的热烈欢迎，后来还跟一名野象追求者生下了一头小公象。我们给它的孩子起名叫唐纳德，以纪念那个放它自由的人。我们很惊讶，埃莉诺比玛丽年长，也很喜欢与野象玩耍，却到现在也没有怀孕生产。研究人员认为，有可能是因为它没有和平常母象一样在十几岁时进行交配，因此导致了不孕。

现在，玛丽生下了宝宝，我们得以亲眼目睹来自破裂的社会关系背景下母象的诱拐倾向。从破裂家庭出来的母象总是极力想将其他母象的孩子收于自己的保护下，重新构建一个自己的家庭来取代孩子的母亲，这是一种天性。在我们以前抚养的孤儿中，这样的行为经常发生，并被记录在当天的保育员日志里。这回，埃莉诺立即就开始尝试将玛丽的孩子据为己有，将它挪到自己身体底下，并催促它吸吮自己干涸的乳房，还不让玛丽靠近。奶水怎么也吸不出来，小象开始大声叫起来，越来越沮丧和饥饿。玛丽急得团团转，却对要回自己的孩子无能为力，因为埃莉诺比它年长，地位比它高，个头也比它大得多。母象中的等级制度和公象一样严格，也同样与年龄相关。最后还是塔鲁和楚玛合力将小象从埃莉诺身边分开，带回真正的母亲身边。玛丽带着孩子永远离开了埃莉诺的团队，加入了另一个有着更完善结构，并且也有几头小象的野象群。后来保育员们时不时会在丛林中见到玛丽，它会向他们简单致意，却显然没有欲望再和人类、埃莉诺或是附近的孤儿围场有任何联系，那里显然会令它想起在纳纽基那么多年的拘禁生活。

埃莉诺和一头有着自己家庭的野生母象交上了朋友，它们时常待在一块儿，保育员也接受了它的朋友，给它取名叫凯瑟琳。那次倒霉的察沃之行中，寻找埃莉诺时将我扔上天的就是凯瑟琳，让我的一条腿摔得骨折，花了十五个月才重新长好。我急着找到埃莉诺给基金会的一位客人看看，却犯了一个实在不应该犯的错误。我太相信野生的察沃大象不可能接近陌生的人类了，当凯瑟琳对我的呼唤作出回应，虽然直觉上对这头大象的体形和眼睛颜色有所怀疑，我还是立刻说服自己那真的是埃莉诺。毕竟，如果不是它，怎么会如此信任地向我们走来？它让我们去摸它的脸和鼻子，去感受象牙的冰凉，可当我像经常对埃莉诺那样，伸出胳膊到它耳朵后面时，我感受到了它的畏缩，接下来我就被高高地抛到了空中，再重重砸在一堆石块上，右腿被摔得粉碎性骨折。我坐在一摊血中，看得见自己骨头的碎片，一种奇怪的破碎感弥漫全身。

每次我回想起这场可怕的事故，都会提醒自己仍然活了下来有多么幸运。那天也让我学到了宝贵的一课，我所亲历的是大象极其精密而又复杂的交流。在将我扔上天后，凯瑟琳在我上面居高临下，轻轻松松就能让我灰飞烟灭。它们这个物种遭受过人类残忍的对待，我很讶异它没有反过来对我这么做。相反，埃莉诺曾经"告诉"过它，我是朋友，因此对我态度不同，它将象牙伸到我受伤的身体下面，想要扶我站起来。

凯瑟琳的举动使得飞行医生一将我送到内罗毕的医院急诊室就得给我紧急输血并进行手术。手术进行了九个小时后，我醒来发现自己的腿从髋部到脚趾都被打上了石膏，粉碎的股骨和破裂的膝盖上还被植入了许多五金件，还有缠在大腿的止血带留下的水疱。这些水疱引起的问题和骨折的腿一样严重，使得我在一段时间内根本无法行动。所幸吉尔和JF接管了育儿所的所有职责。由于吉尔正怀着第二个孩子，JF不得不一边拍着电影，一边还要四处跑着发工资、修汽车、修房子、给孤儿们取补给。吉尔的二女儿出生于十月二十二日，那时我仍然躺在医院里。她的名字叫佐伊·艾玛·马乔里，我拄着拐杖回到家看见她的那一刻简直欣喜若狂。可她的诞生带来的欢乐被悲伤的消息冲淡了一些，比尔的妻子露丝在多年与癌症的搏斗后失败去世。露丝是我的密友，也是吉尔和蔼关爱的继母，她的早逝让我们伤心不已。

接下来的半年里，我躺在床上，羡慕地看着卧室窗外鸟儿在天上高飞，小家燕俯冲下来回到我的门廊屋檐下的巢里。但我可以工作，我的床就变成了办公室，大腿上架着移动打字机，电话就在我的身旁。朋友们和慰问者络绎不绝，让我打起精神，老M只要在城里也会定期来看望我。可过了五个月，我还是觉得剧痛，X光检查证实我的股骨没能愈合，必须立即进行骨移植。

还好安吉拉正好回家，说服我去了南非，而不是冒险在内罗毕进行骨移植。她联系了一位在当骨外科医生的大学同事，他敦促我马上赶到南非,因为骨移植是个复杂的过程,不可掉以轻心。他将我介绍给保罗·费尔拉医生,他是人们眼中的业界翘楚,却有个外号叫"庞基"——显然是野狗的意思——让人听着实在有些紧张。

于是,占据了飞机上一排三个位置,腿僵直地包裹在石膏里,我飞去了南非。又经过了十个小时令人精疲力竭的手术,在内罗毕所做的一切又被重新拆了开来。我醒来时臀部和腿都感觉火烧火燎,因为医生从我的髋骨取出干细胞,植入了摔坏的腿部。由于我的腿感染严重,庞基无法做骨移植,而由他的同事杰夫·索琛医生在我仍处于麻醉状态下时插入了骨灌溉管。"从你腿上十种不同的细菌,看得出你是一位优秀的自然保护主义者。"醒来时庞基这样和我开玩笑。我回答他:"多谢,把它们赶出去!"

赶走细菌还需要忍受六周背上插着骨灌溉管的日子。我不需要为此住院,外甥女萨莉让我带着所需的设备住到她在约翰内斯堡的家里去。贝蒂从德班飞来照顾我,而我则被禁锢在床上,躺在蛋壳床垫和羊皮上,腿上绑着十三千克的重物,好让我的腿不会缩短。萨莉在我的床头放了一台小电视和录像机,我和贝蒂就一起边看《爸爸的军队》边回忆我们的童年时光。我的妹妹和她女儿简直就是天使,让我忍受骨灌溉的折磨时快乐起来。在萨莉家度过的这几周是拯救我的腿的关键时刻,是一段我无比感激的珍贵时光,我和贝蒂相差四岁,童年时这曾经是一个大鸿沟。

我得再等一个月让所有的灌溉孔完全愈合,这次住在德班贝蒂的家中。之后我又回到约翰内斯堡,接受下一场十个小时的手术,利用从另一侧髋骨中提取的细胞物质进行骨移植,手术成功了。由于在上一次手术中实地确定了破坏程度,庞基这次还为我骨折的膝盖设计了一枚别针。然而,这次醒来的疼痛极其剧烈,我又打了几天吗啡,之后还要悲惨地忍受折床和理疗,让看起来似乎再也动弹不得的膝盖恢复灵活性。我被明确告知,只有在能够拄着拐杖从病房一头走到另一头而不晕倒时,我才能出院。当时的我虚弱无力,以为自己绝对无法做到,不停地倒在紧紧跟随在我身后的护士抬着的椅子上。庞基每天都来察看我的进展,怀疑我受伤的膝盖再也无法向后折过四十度,温柔地帮我做好思想准备,可能以后不得不依靠他植入的大量五金件生存,因为以我的年纪,骨头已经太脆弱,无法再冒险取出。

我一无所知的是,许多朋友和富于同情心的大象支持者,以及龙村仁的《地球交响曲》的影迷们在此期间捐钱给吉尔,支付我的医疗费及以后所需的各种花费。我感动得无法形容,现在我能拥有这条管用的腿,完全要感谢这些善良的人、庞基和杰夫·索琛医生的精湛技术,后者是当时尚算新兴的骨灌溉领域全球屈指可数的几位专家之一。我将永远感激这些无比善良慷慨的人。

龙村仁和他的日本影迷们将我们像皇族一样看待,给我们寄来许多礼物和支持大象的捐款。日本之行中,我们每到一个城市,龙村都组织一场座无虚席的演讲,让我得以向人们传递关于大象和象牙的信息。每天都有顶尖的针灸医生、草药专家和按摩师来为我治疗,让我的腿奇迹般地好转。我特别喜欢一种"替代性"疗法,就是泡在从活火山上汩汩流出的有治疗作用的温泉里。那里的水疗从极热到微热等级齐全。进入温泉对我来说是一种考验。你得将鞋留在门外,全身脱光,将衣服放进储物箱,然后和所有来泡温泉的人一起进去。日本女人都极其苗条，让胖得多的我在她们面前脱衣简直就是一场折磨，可我的针灸师坚持必须如此，于是我只好在午餐时间让安吉拉去察看每扇门外放着的鞋子数量，以此来决定去泡哪个温泉。她回来说只有最热的那个看起来是空的。我匆匆忙忙赶去跳进温泉，可令我又羞又窘的是，又来了几个日本女人和我一起泡。我决定不让自己暴露在她们的目光下，于是被泡得越来越红，等着她们离开时，我真的已经被煮得像一只龙虾，而安吉拉一直都在嘲笑我像个懦夫。

等我回到内罗毕，庞基如约过来看我。他起初对替代性疗法是否真的会有成效心存怀疑，却惊喜地发现我的膝盖已经完全恢复了功能，承认日本之行让我的"大象腿"发生了奇迹。这些年来，我行走没有遇到任何问题，只是偶尔扭身时引起膝盖疼痛，提醒我待它温柔一点，有时需要依赖一下拐杖。

我不在时，吉尔一直向我报告家中所发生的事。回来后，我接到的第一个电话来自她的父亲。我和比尔聊了很久，彼此交换近况。因此当第二天得知他重度中风陷入昏迷、再也无法醒来时，我极度震惊。吉尔和她的异母弟弟们坚持要将他送到纳纽基乡村医院，和他的朋友，还有他热爱的山地国家公园在一起。他去世后，骨灰和露丝的一起撒在了阿伯德尔和肯尼亚山上。比尔是我的第一个爱人、第一任丈夫、吉尔挚爱的父亲、我终身的朋友，也是基金会的重要核心人物。我们还一起爱了埃莉诺三十五年。

与此同时，安吉拉的生活也发生了改变。她和罗伯特·卡尔-哈特利相爱了。我很惊讶她之前竟然不认识他，卡尔-哈特利家可是我们家的老朋友，罗伯特和他的两个手足都是在鲁穆鲁提他们祖父的农场里长大的，离我们的香柏木庄园不远，从早年开始就和我们许多阿吉特家的亲戚比邻而居，也是老肯尼亚定居者家庭。罗伯特和安吉拉一样，还没骑过马就骑上了犀牛，对野生动物和丛林充满热情，但在城市中也同样游刃有余，完全符合安吉拉的择偶要求。他的家庭早年是专业的捕猎人，在麻药被使用前，很早就以搏斗的方式捕捉动物卖给动物园。罗伯特的父亲罗伊还经常来帮助我和吉尔将育儿所里的大象搬到察沃的复原中心去。

一九九六年十二月七日，他们在凯伦教堂成婚，那也正是举行大卫葬礼的地方。穿着浅香槟色丝绸礼服的安吉拉艳光四射。她有五个伴娘，分别是罗伯特姐姐的三个天使般的金发女孩，以及我的两个外孙女艾米莉和佐伊，这两个坚决不肯跟着仪仗走进教堂，没有完成任务。安吉拉被她的异母哥哥——大卫和戴安娜的儿子肯尼思挽着走进教堂。我想给安吉拉一个肯尼亚定居者的传统婚礼，邀请了许多远方的朋友和亲戚，许多人都是从南非和英国赶来，让婚礼变成了一场出色的社交聚会。这是一场盛大的婚礼，我知道大卫会希望我让安吉拉自豪。

在海滨度过蜜月后，新婚夫妇在纳纽基附近的博拉纳旅馆定居下来，罗伯特最近从土地所有人那里获得了这块地的租用权。他和安吉拉一起将这家旅馆改造成了肯尼亚最引人入胜的旅游场所。我知道大卫会喜欢安吉拉挑选的丈夫，因为我也很喜欢，也很高兴她能回到家乡，而不是定居在南非。我为这个女儿在许多方面跟大卫相似而备感骄傲。她在博拉纳负责后勤，并管理一家高档的漂亮小店，监督所有的菜色和用餐安排。她与生俱来的对细节的特别鉴赏力让这家旅馆给人留下了深刻的印象，他俩一起将博拉纳变成了一个最令人向往的旅游目的地。每位客人都可以得到个性化的服务，一切应有尽有。对我、吉尔、JF这些在内罗毕过惯了简朴生活的人来说，在博拉纳和安吉拉、罗伯特享受一个豪华假期真是非常愉快。

这时的大卫·谢尔德里克野生动物信托基金会日渐壮大，也变得更有效率。我们这个羽翼初成的孤儿院变得越来越有名，每天下午都有访客来看望我们越来越大的大象孤儿群。来自世界各地的人们热心地与孤儿们嬉戏，其中来自当地的黑人学生数量也越来越多，很让人振奋。

我们过着享有特权的生活，在内罗毕公园里的家周围都是我们的动物——已经在我们的观察下繁衍了十五代的疣猪；两只在游客手中吃食、睡在值夜人身旁躲避肉食动物捕猎的野羚羊；还有叫一声就会过来吃虫子的鸟儿和松鼠跟我们一起同甘共苦；霍雷肖、坚果、赫里埃和头盔这四头野生老水牛会定时来我们的池塘饮水，并在夜间为我们提供安全防范。我对这些水牛很感兴趣，它们可能是我们在察沃时期那十六名孤儿的直系后代，那些水牛孤儿后来在内罗毕公园建立起了目前公园的水牛种群。

基金会在亚提河南岸买了块地，那片区域是那些猎取野生动物肉类、象牙和犀角的盗猎者进入公园的跳板，大卫生前一直努力要将那里当作国家保护区。在肯尼亚要拥有一块土地必须在上面盖房子，从一位匿名的非洲主人那里买下这块地后，基金会的委托人和我们一起去为我们的建筑选址，这幢建筑后来被称为"萨纳内楼"，成为基金会重要捐助人的聚会场所，也是我们在察沃的野外工作基地。大卫以

前时常满心向往地说起要拥有一小块荒野和它上面的野生居民，但以他的职位，这个愿望是不可能达成的，因此我们知道这个项目肯定会得到他的肯定。萨纳内楼（以大卫的非洲昵称命名）由安吉拉和罗伯特设计，由罗伯特的一位表亲施工，建立在亚提河的南岸，从那里可以远眺雾蒙蒙的雅塔高地，大卫的身影仍在那里流连。萨纳内楼靠基金会邀请的高端捐助人来付款消费享受，以及在两个营地间移动的旅游经营者带来的老客户获利。这里还是我们出差时在察沃的家。原本地基上小丘般的石榴石矿被铺在巨大的底层基石上，成了建筑的一部分，还有长在原地的一棵大戟树和一棵柳树都从门廊的水泥地面上伸出，俯瞰着亚提河，而下层岩石的脊线也反映出察沃地区的地貌。我唯一的贡献就是坚持要将萨纳内楼盖成平顶的，这样我们就可以在察沃晴朗的夜空下躺着看星星。这总让我想起母亲，她每晚走出门都会无限惊喜地凝视着头上的宇宙星空。

后来，基金会又从吉尔和JF那里买下了卡鲁库农场。他俩一直梦想着能过上简朴的农场生活，当公园旁边一块位于姆提托安德伊河道上的土地要出售时，他们买了下来，而那时基金会正好也买下了萨纳内楼所在的那块地。他们利用原有的泥土民居，加盖了几间简单的生活用的圆形茅屋，建起了一个树木苗圃，还发起了首支反盗猎陷阱巡逻队，收缴破坏那些用来获得野生动物肉的铁丝圈套。JF是拯救不幸猎物的老手，他在农场上养了几只从内罗毕到蒙巴萨的主干道上救来的乱哄哄的鸡、一只坏脾气的雄性小羚羊、一条从内罗毕公园大门那里的野生动物孤儿院救出来的鳄鱼，还有一对从路边旅馆的小笼子里"解放"出来的乌龟。他还为蝙蝠盖了间特别的屋子,好让它们不受干扰地一排排挂在里面安睡;还有给蜜蜂提供的蜂房,不是为了获取蜂蜜,仅仅是想帮助它们。让吉尔最爱最珍惜的正是他充满同情心的一面和他对动物生活质量的热情关注,但在有必要时,他还能迅速、干净、高效地结束一只遭难的受害者的生命。他俩为相邻的学校提供了体育设施、书本和移动电影设备,使基金会的活动融入社区。此后我们又将活动范围扩大到了察沃附近的几所社区学校。

令人伤心的是,我们的内罗毕孤儿院发生了持枪抢劫案,吉尔被人用枪指着交出所有员工的工资,这促使 JF 后来决定搬家回到法国。他是独生子,觉得住在法国的上了年纪的父母需要自己和孙女们的陪伴,况且他希望自己的两个女儿能同时精通英语和法语。当吉尔和我的外孙女们离开家去法国时,我感觉得到自己的心碎。而后来得知吉尔过于思念肯尼亚,在法国的第一年里几乎天天都要哭泣时,我真的希望他们都没有离开。但有时事情就该是这样,最好的结果就在前方。现在的吉尔很高兴在法国有个家,在肯尼亚也有个和家人们一起分享的窝。她仍然参与了很多基金会的工作,只要有空,她和孩子们就会回到肯尼亚和我们在一起。可 JF 说,回到已经大变样的卡鲁库对他来说太痛苦了,他宁可花时间陪陪老父亲,他的母亲已经去世,父亲现在更需要他。

我不得不认为上天仍然在眷顾着我,吉尔和 JF 刚刚离开,罗伯特和安吉拉就搬了回来。他们经营的博拉纳旅馆的租约被意外中止了,土地所有人的儿子想要接手旅馆的管理权。可塞翁失马,焉知非福,接下来的几年由于全球经济萧条,旅游业也在衰退,如果既要承担运营费，又要支付租金，会让安吉拉和罗伯特的日子非常艰难。我想微笑——我质朴的房子旁边，吉尔留下的那间简单圆形茅屋原封未动，现在被用作客房，而我自己多余的房间则在那次持枪抢劫后改成了保险室。我房子的另一边是安吉拉美丽的新家，由她和罗伯特自己出资设计。这两所房子鲜明地反映了我两个女儿大相径庭的性格：一个尽量要避开现代生活和消费主义的精美陷阱，选择简朴而老式的生活，另一个喜欢一切漂亮的东西和漂亮的房子，还有所有最新潮的小玩意。安吉拉有着大卫的天赋，也热爱建筑。她最热衷的就是将基金会已有的建筑翻新，并设计监管所有正在施工的新建筑，当然，她还要负责所有房子的室内装饰。

一九九八年五月，安吉拉的大儿子，我的第一个外孙出生了，取名叫塔鲁·大卫·罗伊——塔鲁来源于塔鲁荒漠，就是现在的察沃国家公园；大卫源自于他的外祖父，我的大卫；而罗伊则是向罗伯特的父亲致敬。两年后，二〇〇〇年七月，也就是千禧年，安吉拉的二儿子罗恩·亚历山大·威廉降生。根据古老的中国传说，他出生于一个非常吉利的时刻，是属"金龙"的。从此，我幸福地拥有了两个漂亮的外孙女和两个出色的外孙，他们都无比热爱野生动物。

安吉拉接下了吉尔留下的工作，成为我的副手，还有几名跟随她和罗伯特从博拉纳旅馆过来的忠诚员工，现在在基金会担任会计、机械师、厨师和大象保育员。他们到来前，大卫·谢尔德里克野生动物信托基金会已经由一名好心的捐助人制作了一个基本的网站，但由于我和吉尔都不精通电脑，最多也就能说是有基本信息。而罗伯特和安吉拉都是技术达人，热情欢迎所有最新潮的变化。安吉拉设计并制作了基金会的网上收养程序，取得了巨大成功，全世界的人都能够参与收养大象，我们则定期上传有教育意义的更新内容。感谢网络时代，使得我们的孤儿大象和工作在全球范围内日渐深入人心。吉尔愉快地承认，安吉拉将基金会带到了一个新高度。但遗憾的是，盗猎案件的攀升，以及猛增的人口剥夺了大象古老的迁移路线和空间，这些因素再加上全球变暖引起的干旱频发，让越来越多的大象宝宝变成了孤儿。我们新修了厩房和围场，原来的也得到扩大。罗伯特和他经营高端旅游公司的兄弟威廉一起负责管理基金会越来越多的车辆、水车、发动机和其他设备，并在所有反陷阱巡逻队的车辆上安装了追踪设备，随时跟进他们的行动。JF的卡鲁库农场被改造成了基金会作业基地和在察沃的野外基地，安吉拉为野外管理人员和飞行员们设计了一间更舒适的新茅屋。那里现在有工场、办公室、员工中心，有一座美丽的果园和蔬菜园满足社区的需要，附近的基金会飞机跑道上还有一座机库，停放我们新的顶级幼兽飞机，机库的蓝本就是大卫在沃伊机场修建的那座。卡鲁库野外总部现在完全使用太阳能，无线信号覆盖了整座公园，可以与反陷阱巡逻队保持紧密联系，还可以连接上网。我的小女儿和她的丈夫，还有他们的两个儿子塔鲁和罗恩给基金会带来了魔法般的改变，他们的负责和投入不断令我惊叹。基金会为察沃带来了巨大的改变，其影响延续至今。坐在星空下，我时常想自己仍然在这里，仍然和这个充满魔力的地方交融在一起，是何等幸运。我想念吉尔和我的父母，还有那些我生命中重要的人，失去大卫的伤痛从来没能消散，但暮年的我已经心满意足。当想起自己的子孙时，我知道基金会的延续，还有大卫的遗产和愿景都有了保障。面对

全世界的支持我感到无限卑微，基金会的工作离不开那些在遥远异乡的人们。

这些年来，我时常好奇，是什么让埃莉诺长时间切断了和人类的纽带，将它的孤儿们留给了凯瑟琳？我想现在有了答案。它怀孕了，由于从未经历过内罗毕育儿所的生活，它对我这些年来怎么会有那么多大象宝宝交给它照看感到迷惑不解，认为我会夺走它的孩子。像大象那样思考，它怀疑那些孤儿是我从它们真正的母亲那里劫持而来的，就好像它曾经想要抢走玛丽的新生儿一样。

第 16 章

成就

"我们怎样才能找到天国？"门徒问。

"跟随着飞禽走兽，它们会给你带路。"这就是回答。

——圣托马斯《次经福音》

感谢互联网和过来记录我们照管下的大象和犀牛的全球电影摄制组的努力，大卫·谢尔德里克野生动物信托基金会如今在全世界都有了知名度。世界上有成千上万的人通过网络领养了我们的孤儿，关注着它们的进展。基金会在英国和美国都设有办事处，勤奋的团队致力于递交抗议申请、组织募捐筹款方案，并让公众对野生动物问题有更深的了解。如果大卫知道他留下的精神遗产如何延伸扩展，而且现在他的名字在全世界都是保留、保存、保护野生动物资源的同义词，一定也会大吃一惊。

BBC制作的《大象日记》在全球播放，让我们的形象也得到提升。这部拍摄时间长达一年多的片子是当时最受欢迎的电视节目之一，单在英国每晚就吸引了数百万观众观看，后来在"动物星球"频道上得到了更广泛的传播。该节目也让来育儿所的海外游客激增，人们急切地想要参观大象的日常泥浆浴，看保育员给它们喂食。许多参观者还要继续到肯尼亚的其他地方游历，享受探险，在纳库鲁湖体验火烈鸟带来的喜悦，在马拉看角马大迁徙，在干旱的北部看壮观的风景，当然，还要去察沃。我们的大象们能为肯尼亚的旅游业作出如此积极的贡献真是太棒了。到著名的美国CBS电视台《60分钟》节目摄制组来拍摄时，我们的工作在整个美国得到了广泛认知，被二〇一一年九月号的《国家地理杂志》作为主题推出，并搬上了欧普拉·温弗瑞脱口秀节目。我们仍然欢迎来自欧洲和远东的众多摄制组，最近华纳兄弟公司制作了一部关于我们的孤儿的3D影片《回归野性》，在全球IMAX影院和科学馆放映，片中既有靠保育员养育的孤儿，也有已经生活在野外的孤儿，以及它们在野外生育的后代。这部影片让更多人了解到大象和人类天性相通的一面——那些现在已经独立生活在野外的大象，对还处于人类照料下的伙伴仍然有着深切的关怀。那些曾经的孤儿会定期回来护送新成员回到荒野，将它们介绍给新朋友。在炫目的3D电影里，世界上最为壮观美丽的一支大象牙一直伸到地面，和真实尺寸相若，几乎触手可及。这部影片也捕捉到了拯救孤儿的经过，以及一头被吓坏了的野生小象成长为一头温柔而充满信赖的大象的历程。

虽然处在这个纷扰动荡的世纪，基金会仍在继续为环境保护、教育提供资金，并为保护肯尼亚野生动物遗产项目提供支持。我们继续在许多方面提供协助。我们创立并管理更多的移动反盗猎反陷阱队伍，和肯尼亚野生动物服务部的巡守队员们一起巡逻，扫清公园边界上那些设来诱捕野生动物的险恶圈套。我们提供了全套兽医专业设备，支持野生动物服务部调出的兽医出诊，尽快为患病或受伤的动物提供专业治疗，正如大卫希望的那样。我们还有钻井，在察沃安装了风车，帮助维护公园偏远角落的道路，并扩展了公园的无线电网络，用基金会的顶级幼兽飞机为帮助动物进行至关重要的飞行监控。我们还在已经建立的国家公园的范围之外不断争取并保护尽可能多的

荒野。

所有这些，都会被大卫看作对他领先发起的事业的继承与扩展，但看到我们的社区拓展项目，我知道他一定会又惊又喜。基金会继续每年向二十八所与察沃毗邻的学校提供课本、课桌、体育设施和其他教辅工具。我们用募捐来的大巴组织残疾学生到野外旅行，到察沃去看孤儿们——他们本来绝没有机会亲眼看看自己国家的荒野。我们还有移动电影放映设备四处巡回放电影，让当地的孩子们学会了解、喜欢野生动物。让我骄傲的是，我们还能向肯尼亚的每一座国家公园和其他地方提供一份《荒野守护人》，这是由蒂姆·科菲尔德（他的祖母是查特奶奶的姐妹）从大卫的野外笔记和记录，以及其他经验丰富的野外巡守长提供的资料整理编辑而成的综合野外指南，让这些重要知识和第一手的野外经验不至于随时间流逝而消失。

这些年，我的小木屋原封未动，只是三十五年前从几粒细小的种子开始种植的巨大的荆棘树现在已经高高盖过了它，四周的灌木林也被色彩缤纷的花园植物所替代，这也要感谢野生动物们口下留情。大象育儿所仍然和我的房子相连，但无论是容量还是专业水平都已经有了很大提高，已经负责救助了将近两百头大象孤儿，其中的一百多头现在回到了野外生活，没有我们，它们活不到今天。

大象孤儿一般先在我们位于内罗毕的育儿所度过最初的两年，然后会搬到基金会管理的两个复原中心中的一个，其中一个就位于我们在察沃的家后面，也就是大卫多年前为萨姆、法图玛和埃莉诺建立的那个围场上，现在已经扩大并升级。另一个复原中心是在察沃北部的伊桑巴，就在令人难忘的伊桑巴断层下面。对于大卫来说，北部区域是察沃皇冠上的明珠，是他深爱的一块土地。每当我回到那里，都会回想起我们在一起观察一群群大象拱进干涸的提瓦河河床挖掘水源，还有那些意志坚定地面对大象的挑战、不让它们分享水源的犀牛。悲剧开始于我们离开察沃之后，猖狂而不受控制的盗猎让大象在北部销声匿迹三十年，从那时起在方圆七千七百平方千米的荒野上再也找不到大象的踪迹。我们在伊桑巴的孤儿复原中心成为让野生大象回到北部的契机。几年来，只有大象派出的侦察兵水牛来夜间围场拜访过孤儿们，在夜色的掩护下，跟它们低声交流，直到它们确信这里足够安全，可以带母牛们归来。现在越来越多的野生大象回到围场的水槽喝水，每天都和我们的孤儿们友好相处，甚至能够容忍保育员的存在。

现在，我们共有五十多位辛勤的大象保育员，可以不需我的监督就能熟练地抚养新生大象，虽然暮年的我仍然将大部分时间投身其中。在罗伯特的鼓励下，安吉拉现在负责基金会的运作，成为我的左膀右臂。我知道大卫会为他的女儿和外孙感到无比骄傲，当时机来临，他们会接过接力棒。只要吉尔从法国回来，她就仍是团队的重要成员，我的外孙女们也承袭了她们母亲对祖国和生活其中的野生动物和荒野的热爱。

距离大卫去世已经有漫长的三十多年，可我每天都仍能感觉到他就在我身旁，与我在脑海里分享一切学到的动物知识。我五十多年抚育动物的经验，再加上从它们年幼刚成为孤儿不久就开始养育这一优势，使得我有特别渠道观察和理解它们的故事。孤儿院的护理及复原方法正是由这些知识累积而来。可这只是一个基础，还有更多的空间需要我们去构建。但大卫会和我一样深知，在这一领域没有谁可以单

枪匹马做出成绩，任何进步都来自团队的努力，来自无数人不知疲倦的工作，以及希望竭尽所能给我们照料的动物最好的环境的热忱。也许我觉得最欣慰的一点就是看着大象在我们的保育员、在当地人的心中扎根，变得日益重要。

我们的孤儿项目取得成功，大部分要归功于我们那些国际知名的保育员，他们的绿夹克和棕色风衣已经成了我们工作的标志。大卫肯定会很乐于和所有的保育员聊天，尤其是米斯查克·恩辛比，这位与塔鲁一起到来、在这里工作至今的保育员，他一直都是所有我们经手的大象最喜爱的人，无论它们的年龄大小、来自何方。许多其他保育员现在也拥有了一度只有他才具有的魔力，让起初我们觉得无望救活的小象恢复了健康。我们的保育员通过广播用自己部落的语言向处于偏远地区的同胞传播自己的知识。那些人以前根本懒得去拯救小象，甚至会将其杀死，但现在他们会长途跋涉去救助一名孤儿。没有什么比大象的人类亲人发自肺腑的话语更能教给公众关于大象的知识了。

我们的保育员来自肯尼亚的许多不同部落，他们需要工作，也愿意远离家乡。我经常奇怪为何保育员都是男性。几年前，我们确实也有过女性保育员，可大象在完全回归荒野之前，对保育员的依赖长达十年，我们发现女性通常无法在如此长的时间内完全投入这份工作，因为她们认为自己的主要职责是照顾自己的孩子。

一旦被聘用，保育员会被教导怎样估算并混合喂养大象的乳汁，怎样立刻用泥土覆盖大象粪便，并马上清除，避免苍蝇的聚集，在合适的地点翻松土壤掩埋稀便，如果是成形粪便则只要扔到丛林里让屎壳郎将之滚成球掩埋起来。孤儿们有着读心术这种神秘本领，因此新保育员最好要努力赢得照管对象的爱与尊敬,和它们互动,轻声跟它们说话,触碰抚摸它们,和它们嬉戏,帮它们挑选好吃的叶子,最重要的是,要真情流露。大象从来不会遗忘什么,因此必须始终以爱心和善良相待。我们的保育员连一根小树枝都不用带,用语气语调、手指的摆动就能控制他们的小象,最多也就是在必要的时候极不赞同地捅它一下,以表达对它们不良行为的不快。孤儿们渐渐爱上了它们的人类亲人,乐于讨他们欢心。但和人类小孩一样,它们也会故意淘气,也会和伙伴争吵,也有需要排解的怨恨。保育员会介入分开当事双方,而让团队保持秩序的则是年长的母象,一旦有任何一只大象呼救,它都会迅速过来搭救,将麻烦制造者赶出去让它自己待着——这正是大象对犯错者的惩罚,剥夺了它们生活在大群体中带来的安全感。

孤儿们在育儿所期间,保育员会一天二十四小时都和小象保持身体接触,以填补它们失去亲人带来的失落。等到孤儿回到厩房时,就由另外一位保育员陪着睡觉,彼此之间进行轮换,以避免过于深入的依附,否则可能会产生负面效果,就像我多年前对希梅蒂所做的那样。保育员睡在一张抬高的平台上,伸手就可以触到大象的鼻子,夜里乳汁每三小时新鲜调制一次,日间也是一样。每个厩房上方都悬挂着切好的植物,作为在育儿所期间对觅食的刺激,即使一头象四个月大以后就可以吃树叶,但大象幼仔在生命的头三年里仍然要依靠哺乳,否则就无法生存。

年幼大象的新陈代谢很快。一头新生小象每十分钟就要从母亲那里喝一次奶,吸收的却很少。在育儿所的情况也是这样,新生小象一

开始想喝就喝，渐渐调整到三小时一次。我们给满四个月大以后的小象乳汁里添加煮好的麦片粥以增强效果。一旦小象长到三岁，就给它们断奶。这时候它们对自然植物的摄入会增加，但仍需要用椰子肉补充营养，椰子里含有大象能够吸收的脂肪。一头大象的健康状况直接体现在脸上，而不是胃里，营养不良时胃部也会显得鼓鼓囊囊的。对健康的小象来说，应该看不到它们眼袋下方的颧骨，就和人类的婴儿应该有着胖嘟嘟的脸蛋一样。

所有保育员都要了解我们照料下的每一名孤儿的经历，它们各自的故事是理解某些孤儿刚到来时古怪行为的钥匙。孤儿在育儿所时，应该尽可能让它们快乐，这很重要，只有这样才能让它们在重新面对自然世界时心理健康，举止正常。这些年我们了解到许多年幼失恃给小象带来创伤造成的心理失常。它们的行为通常与罹患创伤后应激综合征的人类相似。我们必须帮助它们愈合此种压力下的心理反应，如果大象的心理不稳定，就有可能被野生群体拒之门外。

感谢现代科技，我们将孤儿们的营救过程拍摄下来，并在保育员日志中按时间顺序记载它们每天的进展，并通过基金会的网站和大家分享。每名孤儿都有一个悲伤的故事，大多数都多少是因为人类的行为让它们失去亲人：被觊觎象牙的盗猎分子杀害了母亲；不慎掉入游牧部落为自己的牲口在干涸的河床沙地上开掘的水井中的母象和小象；由于全球变暖引起的更严重的干旱问题，或是由于母亲的奶水受干旱影响分泌不足而挨饿的小象。有些则是由于破坏了庄稼地被残忍的人们野蛮地残害。最近，家养牲畜非法侵入国家公园，带来的胃部寄生虫和疾病造成大象和其他野生动物死亡。而且，人口数量的增加带来了对水源和草场的争夺，毫无疑问，野生动物总是输的一方。

我们的大象保育员在内罗毕育儿所和两个复原中心之间轮岗，因此所有的大象认识所有的保育员，而所有保育员也熟知每一名孤儿。这样大象会知道，与喜欢的人分离只是暂时的，它们并没有像失去母亲和亲人一样失去又一个喜欢的人。一旦心理稳定下来，身体恢复健康，一般在内罗毕育儿所待上几年后，我们会将它们送到某个复原中心，用专门设计的"大象搬运车"来运送，可以一次舒适地容纳三头小象。汽车的底盘经过加固，车身由罗伯特设计，有三间隔开的宽大舱室，通过一个可折叠的侧面平台与装卸通道连接起来，可以让动物走进去或出来。隔室周围是一条走廊，陪伴大象的保育员可以在它们四周轻松行动，在旅途中给它们喂食并给予安慰。

神奇的是，在目的地，已经生活在野外的前孤儿们提前就在等待着新来的小象。它们怎么会知道消息实在是人脑所无法理解的，但却发生过太多次，所以不会是偶然。偏远的察沃北部移动电话信号很弱，有时候就是伊桑巴的保育员也不知道有新的大象正在前来的途中，可那些已经独立生活的前孤儿们就是"泄密者"，它们会不期而至到围场区域等着新来者。我们只能推测这是心灵感应的作用，更令人称奇的是，这样的心灵感应只可能存在于前孤儿和内罗毕的保育员之间，因为有几次那些已经回归野外的大象并不认识新送来的朋友。

重逢总是欢天喜地，又是嘟嘟吹响喇叭，又是鼻子相互交缠，一边撒尿，一边低语，新来者总能得到热情洋溢的欢迎。复原期的孤儿们在保育员的陪伴下到丛林里去吃自然植被，中午再享受个泥浆浴，然后再花上整个下午继续觅食，晚上回到安全而宽敞的夜间围场休息,那里有切好的蔬菜等着它们。现在保育员已经不再真正和孤儿们睡在一起了,而是在耳力能及的地方,听到动静就起来查看引起不安的原因,并安慰害怕的孩子们。复原中心的大象都住在一座围场里,不再需要每三小时喂一次奶,一天只要在早中晚各喂一次就够了,夜间还可以吃点切好的蔬菜。

一开始,孤儿们跟着保育员去丛林中觅食,但在复原期间情况会慢慢发生变化。孤儿们现在自作主张,每天自己决定要到哪儿觅食,通过低沉频繁的"次声波"联系与那些前孤儿们碰头,它们将之视为自己大象家庭的一分子。它们开始与野生同类们交往,由那些已经完成转变的大象介绍给朋友。与野生大象交往时,保育员只是隔着安全距离找棵树坐在下面,直到孤儿打算离开时过来找他们。

荒野的呼唤势不可挡。每名孤儿到了一定时间都会响应召唤,具体根据大象对野生家庭生活的记忆清晰程度而定。那些在婴儿时期就成为孤儿的大象对之前的野生生活几乎没有印象,因此会在人类家庭多逗留一段时间,但只要时机成熟,每一头大象都会走出我们的育儿所,在察沃国家公园的野生大象社群中过着完全正常的野生生活。更重要的是,两万平方千米的察沃有足够大的空间让大象过上高品质的野生生活。它们的活动范围广泛,有时候会走数百甚至数千千米。它们长距离漫游,拜会亲戚朋友,寻找新鲜的草场。同样不平常的是,我们的孤儿和保育员进入丛林遇到威胁时,会保护它们的人类家人。察沃的荒野对没有武器的徒步者来说仍然十分险恶,里面生活着爱吃人的可怕狮子,乖戾的老水牛藏身在灌木丛里,还有被骚扰盗猎了数十年,不喜欢、不信任人类的大象可能发起攻击。可保育员知道他们可以依靠孤儿们来探察危险并保护自己,他们聚集在一起,由稍年长的孤儿将可能的威胁驱赶开。尽管大象本质上是一种平和的动物,与动物王国的所有成员都能和谐共处,可它们仍然是地球上最强大的哺乳动物,一旦由于某种残忍行为或骚扰而变得富有攻击性,就会成为可怕的敌手,尤其它们还和人类一样,会推理,会计划,会思考。

年长些的孤儿以温柔和耐心指导新来者,教导它们不要去碰电网,带它们出去觅食,中午和它们一起洗泥浆浴,将它们介绍给每天散步时遇到的相识的友好野生大象。通常,曾经的母象孤儿会挑选一头小象作为自己的保护对象。这是一种很受欢迎的特权,领头大象会允许小象早上走出围场时,或是往返泥浆浴场的路上,还有回家途中走在队伍的最前端。尽管大象生来就有着关于生存的重要本领的基因记忆,这些记忆仍然需要经过野外条件的锤炼。我们从不会将大象直接扔进荒野,而是循序渐进地通过可能长达十年的接触与暴露其中的体验,让这些自然本能被磨炼得更出色。由于所有一起长大的孤儿都会将自己看作家庭的一分子,那些已经完成转换回到"野生"状态的大象乐于与仍然在保育员照顾下的大象保持联系,不时会回来看望留在围场里的成员,它们知道对方也和自己一样可以从大象的安慰与指导中获益良多。

住在围场里的小象经常被年纪稍长一些的选来作伴一起去野外尝试"夜间行动",但如果新手们离开人类家人的保护没有安全感也能得到理解,它们会被护送回围场交回给保育员。大象的记忆从不会消失,这一点已经多次得到了证明。埃莉诺四十多岁时有次回到围场,那时它已经过了多年野外生活。当一个当值的保育员不认识的人从远处走来，快走到埃莉诺身边时，它的耳朵突然伸展开来，让所有人都大吃一惊的是，它快速冲向陌生人，用鼻子搂住他，给他大象最崇高的欢迎礼节。之后大家才知道，那个人曾经在它五岁时担任过它的保育员，即使过了三十七年，它仍然能够一眼就认出他来。

我们逐渐发现，现在已经生存在野外的前孤儿在需要时知道上哪儿寻求帮助。这些年中有不少孤儿腿上带着套索，或是身上有着被箭或长矛刺伤引起的感染回到围场，甚至还有就在它们的人类家庭附近分娩的。艾米莉和从婴儿期就在育儿所里长大的艾迪现在已经是野生小象们的妈妈了，二〇〇九年它们自己的奶水不够时就带着孩子回到了围场。艾米莉的孩子十分虚弱，保育员在例行的巡查中碰到它们时，小象只能勉强走几步。它们被送到米斯查克那里，他将小象接回沃伊围场，用营养奶糕和其他补品让艾米莉重新分泌出乳汁。艾迪的孩子还要更小些，但是强壮些，它自己想办法带着孩子回来，一旦乳汁分泌恢复正常，两头小象也就得救了。同样的，一头名叫索兰戈的孤儿在它也曾是孤儿的朋友布拉的陪伴下，拖着一条严重受伤、无法着地的后腿回来。它费尽气力回到沃伊围场，接下来的四个月里我们用顺势疗法作为辅助手段帮它治疗，这期间它的朋友们会定期来看望，就好像我们去医院看望生病的亲戚一样。大象真的和我们很相像，在许多方面甚至比我们做得更好。对我们这些身处这个险恶世界却又深爱它们的人来说真是莫大的安慰。然而，对大象再了解，我也清楚地知道，不管面临多大的危险，它们都不会用牺牲在荒野之中的自由来换取被禁锢的安全生活。

第16章 | 成　就

　　在内罗毕，育儿所从早到晚都忙个不停。我每天天刚亮就起床去检查每头大象的夜间饲喂记录，通过这些记录可以及早发现健康隐患。这些年我懂得了任何食欲不振、粪便形态或睡眠规律的改变，都预示着麻烦即将来临，在大象宝宝身上，病情可能发展得极其迅速极其严重且出人意料。我会处理夜里出现的所有问题，和保育员交谈，如果需要就寻求兽医的建议，还要保证为日间工作的开展做好准备。十一点钟前，我听到独轮车过来了，保育员带着满满一车装满奶的奶瓶经过我的前院，然后小心地将它们分开放在地上。与此同时，其他保育员围着立杆拉起警戒线，将孤儿们洗泥浆浴的区域和游客、当地人以及学生分隔开，他们已经开始排队等候每天一小时的开放时间，来看大象中午喝奶，如果天气允许，还能看到一场清凉的泥浆浴。保育员一将牛奶送来，人群就开始兴奋地谈论起来，孩子们开心地聊着天，期待地等着大象从附近的森林里出来。他们的耐心很快就得到了回报，育儿所的大象从森林里跑了过来，后面跟着它们气喘吁吁几乎赶不上的保育员。

　　每头大象都熟知自己的位置，清楚地知道哪只奶瓶是属于自己的。它们有些会自己举着奶瓶，用鼻子绕在上面吸奶，直到贪心地喝得一干二净，然后等着保育员再递过来一瓶。周围的游客都看得入迷，大象有着独特的魅力能够吸引大多数人——也许是因为它们和我们是如此相像。相机和录像机的咔嚓声和运转声不绝于耳，直到又一阵欢呼声爆发，最小的那些孤儿跑得不像稍年长的那么快，它们被温柔地领到悬挂着的毯子旁，这样可以将鼻尖靠在毯子上，感受一点类似母亲身体的感觉。等到它们都在毯子上找好了位置，一名保育员站

在毯子后面抬起下端,将大橡皮奶嘴塞到小象嘴里。要让这些极为年幼的新生儿喝下能够保证存活的足量的奶需要无限的耐心,二十四小时内至少要摄入二十四品脱奶。少于这个量意味着小象很快就会衰弱下去,在几天内就变得皮包骨头。

哺乳结束,由孤儿们自行决定天气是否足够暖和到可以洗个清凉的泥浆浴。如果可以,它们会在泥水里嬉戏打滚,爬到旁边大象的身上,将鼻子在空中甩来甩去,然后跑起来和保育员们踢足球。大象宝宝们显然很享受被观众关注,绝不错过回应人群的欢呼,用前后脚踢球,伸着耳朵去追球。疣猪希望永存家的后代们也经常会出现,也想到泥浆里洗个澡。它们的出现总是会让游客发出一阵戏谑的笑声。小象开始追逐它们,但也只是将它们赶远一点。如果一只母猪虚张声势地坚守阵地,大象反而会被吓退。孤儿们对林羚或是屎壳郎那样的小东西都会害怕,我们有个孤儿在一只变色龙从树上掉到它背上后吓得颤抖了一整天。

如果天气凉爽,所有保育室的大象背上都需要披上毯子保暖,肚子下用柔软结实的废丝袜捆扎起来。一旦天气暖和起来又要将这些毯子取下。大象身上没有汗腺,所以无法通过排汗调节体温。炎热时它们就躲在树荫下面,扇着耳朵,或是用水来给自己降温。在极端环境下,正如大卫多年前让科学家们难以置信的发现那样,它们会用鼻子将胃里的水抽出来洒到耳后和身上。新生儿还很容易被阳光灼伤,在野外它们可以藏在母亲的身体下躲避太阳,风雨天也总有亲近的家人环绕在身边遮风挡雨。游客们看到保育员给柔嫩脆弱的小象耳朵抹防晒霜都觉得很滑稽,看到他们撑起伞给新生儿遮阳都忍不住笑起来,但这些措施对于预防阳光带来的危害都是十分必要的。

我们不仅仅只关注大象，多年来我们还将自己抚育犀牛的专业知识与肯尼亚的私人牧场分享，通过这一方法我们拯救了许多小犀牛的生命。我们的观众都对孤儿院的犀牛着迷，尤其是对马克斯威尔，一头生来眼盲，却能绕着自己的围场熟练狂奔，一边还能避开所有障碍的成年犀牛。它喜欢和索力欧交流，索力欧是一名来自索力欧牧场的孤儿，那里曾经庇护了普希米和斯特罗皮多年，也是里尤迪成长为种牛、繁衍下今天肯尼亚的许多现存犀牛的地方。

我一回想到和大卫谈论着退休计划的那次旅行就忍不住微笑。这在那时不太有可能实现，现在就更不可能了，虽然我早就已经过了正常的退休年纪。我需要做的只是放下工作，可没有大卫在身旁，我根本不想那么做。他去世后，我在心中每天都和他在一起，当我看着孤儿院和我们以他的名义从事的工作，就知道他会高兴的。

大卫教会我去尊重、去爱、去理解动物。一位第一次世界大战时的美国兽医从大自然中寻得慰藉，将他的经历写成《最外面的屋子》，对我来说，这本书里亨利·贝斯顿的一句话最能体现大卫的思想精髓："我们对动物需要有更智慧更玄妙的观念。它们在一个比我们更古老也更完善的世界中成长、圆满，有着我们已经丧失或是从未拥有过的敏锐感觉，在我们永远听不到的声音中生活。它们不是我们的弟兄，也不是我们的附属，它们是另一个王国，和我们一起身处生命和时间之网，也和我们一样是共同分担地球的壮美与阵痛的囚徒。"

但我清醒地知道，我仍然有许多需要学习的知识。动物确实比我们更古老、更复杂，在许多方面也比我们更老练。它们更完美，因为它们依照大自然的意愿留在大自然可怕的平衡之中。它们应该被尊重、被敬畏，也许其中最值得如此对待的就是大象，那是世界上最富有人类情感的哺乳动物。

尾 声

大
卫

大象和我

长者逝去,整本百科全书也随他而去。

——无名氏

上个世纪五六十年代的情歌让人听来极为感动。我闭上双眼,就回到了多年前,在沃伊酒店的周六舞会上被大卫拥在怀里,我的记忆让我再一次迷醉其中。

大卫没有一夜不曾出现在我的梦中,醒来时的失落感仍然会让我心中空洞洞的。一九七七年六月十三日,五十七岁的大卫去世那天,我可以诚实地说我比以往任何一天都要更爱他。我们一起度过了十七年美满生活,这期间我始终被温暖的爱意和安全感,以及深切的仰慕和尊敬所环绕。大卫总在那儿等我,他总是对的,总会对难题做出果断决定,总是操控一切,总会解决问题,总是去创造、鼓励或是弥补所有事情。他是个令人兴奋的生活伴侣,知识渊博,激情奔放,体贴、富有同情心而且善良。他用最真挚的感受来爱我、保护我。

和大卫在一起的生活是一场视觉和理解力的持续探险。我们一起工作时,仿佛有魔法让一切都变得有意思起来。他寻根究底的精神与对大自然深切的尊重和热爱打下的烙印,每天都鼓舞着我和为了纪念他成立的基金会的工作。他会为我们成功地抚育了大象孤儿和其他野生动物,让它们得以重归与生俱来有权享受的野外生活感到特别骄傲。

大卫去世后,我翻过了许多页,但他从未远离过我的思绪。我全

尾 声 | 大 卫

心全意地爱他，想他有时会想到心痛。如果大卫还活着，和我白头到老，他现在也该九十多岁了，让我实在无法想象。因为他在我心中永远没有丝毫岁月的痕迹，总是魅力十足、强壮而英俊。我知道他会为安吉拉和所有的外孙对大自然和野生动物的热爱而无比骄傲。他一直都是安吉拉两个儿子的偶像，他们在很多方面都跟他很相像。他也会为基金会坚持他的道德准则，努力发扬他对热切关爱的自然世界的贡献而骄傲。我愿将这本书作为对他的致敬，同时也是对其他那些像他一样的早期国家公园巡守长的致敬，正是他们克服一切艰难险阻，使得现今的肯尼亚人民得以保住这些无可替代的野生动物，和全世界一起分享它们。这是一笔极大地惠及他们和他们国家的无价资源。

致　谢

我要感谢我优秀的父母教会我对动物的爱，他们的潜移默化在我一生中都根深蒂固。我已故的丈夫大卫进一步加深并丰富了我对动物的理解。作为自然主义者，他就是一册名副其实的百科全书，领先于他的时代认识到了每个生命体的内在关联对整体的健康运转至关重要。他的谦逊、专业、不可动摇的勇气和绝对正直诚实是指引我保护工作的光芒。我要无限感激他的一切，感激我们共同度过的美好岁月，感激为纪念他而成立的基金会能够达到今天的成就。

我对自己的家庭有着深深的亏欠，尤其是对我的两个姐妹希拉和贝蒂，在我生命中最黑暗的日子里她们总在我身边，还有大卫·里德将快乐和笑声重新注入我的生命。女儿们是我骄傲和力量的源泉，她们一直在我身边，将外孙们带来，给我增添无穷欢乐。吉尔曾经是我的伙伴，在大卫·谢尔德里克信托基金会刚刚成立之时承担起早期的繁重工作。我们一起夯土筑路，一起手拿帽子为野生动物们巡回募款。没有厩房,她就和第一头大象孤儿分享一间卧室。最近更成为我的旅伴,同情我对迷路的恐慌。她的父亲,我的第一位丈夫比尔·伍德利一直以来都是我的朋友,他是一个真正有见识的人。

安吉拉,我和大卫才华横溢、美丽、有艺术气质的女儿,像她父亲一样做什么都能出类拔萃。大卫去世时她只有十三岁。我对住在察沃时在加拉纳牧场的邻居马尔蒂和伊莉·安德森欠一份深情,他们承担了安吉拉在开普敦大学就读的学费,并提供她假期返家的旅费。安吉拉后来将大卫·谢尔德里克野生动物信托基金会带到了一个我永远无法企及的新高度。她用敏锐的商业触觉、洞察力和智慧运作着基金会,忠实于大卫的保护准则。我还要感谢两位女婿,无论何时我都能依赖他们无私的帮助。吉尔的法国丈夫让·弗朗索瓦将自己的小雷诺4从法国运来送给大卫·谢尔德里克基金会,这是基金会的第一辆汽车。他和吉尔帮助建立了基金会的首批反盗猎反陷阱巡逻队,清除察沃边界上那些导致众多动物受苦至今的臭名昭著的套索。安吉拉的丈夫罗伯特是我们坚定稳固的基石,我们始终都能依靠他去处理麻烦,只要有需要,他随时都乐于为我们服务。罗伯特对荒野和其所包含的一切的热爱、他的洞见、他为了达到自己的自然保护梦想而具备的平静决心和耐力是一种珍贵的天赋,让基金会受益,也让更多的保护对象受益。

感谢西蒙·特雷弗,在基金会的草创阶段,他允许我们使用他在察沃拍摄的和大卫一起工作的纪录影片。还要感谢他将现在位于察沃亚提河岸上的基金会土地介绍给我们,那里现在是基金会所有野外运作的基地。

大卫·谢尔德里克野生动物信托基金会的成立，要感谢已故的约翰·萨顿和我的哥哥彼得（他现在也去世了），他们争取到让我居住在内罗毕国家公园的许可。我还要深深感谢肯尼亚当局，他们充满同情和仁慈地给予我这一特权，以及大卫去世后我密切合作过的历任野生动物部长。尤其是已故的美国非洲野生动物基金会驻肯尼亚办事处的负责人鲍勃·普尔，他鼓励新生的大卫·谢尔德里克野生动物信托基金会的成长，并在时机成熟时给它翅膀让它高飞。我同样要深深感谢基金会的委托人和顾问委员会成员们，他们指导了基金会的保护经费发放，始终忠实于我们的使命声明，大卫也会对此表示赞赏。

我没有一天不在默默感谢在我摔伤后拯救了我的腿的南非外科大夫们。这次事故让我拄着拐杖度过了漫长的十五个月。庞基·费尔拉医生出色地修复了我破碎的骨头，让我的腿从此能够正常使用，再也没有出现麻烦。杰夫·索琛医生用骨灌溉法清除了已经侵入骨头碎片的细菌，挽救了我的腿。我的妹妹贝蒂无私而辛勤地护理我度过这次考验，我一直都对她的耐心和陪伴，以及对外甥女萨莉让我住在她家怀有最深的感激。我还要深深感谢的是所有为我的康复捐过款的人，感谢龙村仁，我和他一起制作了著名的《地球交响曲》中大象的部分，他让我去日本接受了专门的替代药物治疗。我现在能有一条完全正常的右腿，他出了不少力。我们在日本受到的接待也惊人的热情。

如果不是我的代理人，康维尔-沃尔什公司的帕特里克·沃尔什的努力，这本书也许永远也没法上架。他来到肯尼亚逼我坐下来写出吸引出版商的大纲。我还要深深感谢的是我的编辑吉莉安·斯特恩，她做的是一点也不值得羡慕却极为出色的工作。同时也感谢维京的出版人艾里奥·戈登在整个过程中的指引和理解。

  我诚挚地感谢全世界慷慨而持久地支持着基金会工作的人们，感谢我们的美国友会和当地受托人愿意花费时间让基金会走得更远。我个人要对美国友会总统基金会的斯蒂芬·史密斯表示深切的感激，在他的帮助下我得以解决电影合同相关的个人法律问题。多谢，斯蒂芬！

  最后，但绝不是最无关轻重的，我的生命每天都被多年来众多送到我们手上的动物孤儿充实得无法估量，尽管养育野生孤儿一直都是苦乐参半的工作。是大象本身向我示范如何面对逆境——去悼念，去哀伤，这些都不可避免，但是，要翻过新的一页，关注如何生存下去。它们在人类手上遭受了如此深重的灾难，却从未丧失原谅的能力，即使作为大象，它们从不遗忘。